Prépabac

1re GÉNÉRALE

SVT SPÉCIALITÉ

Cours & entraînement

Nicolas Ducasse
Professeur certifié de SVT
Lycée Jacques Prévert (Boulogne-Billancourt)
Lycée d'adultes de la ville de Paris

Benjamin Forichon
Professeur certifié de SVT
Lycée Adolphe Chérioux (Vitry-sur-Seine)

Johanna Garcia
Professeure agrégée de SVT
Lycée Jacques Prévert (Boulogne-Billancourt)
Lycée d'adultes de la ville de Paris

Hervé Mulard
Professeur agrégé de SVT
Lycée Georges de la Tour (Nancy)

Bruno Vah
Professeur agrégé de SVT
Lycée Galilée (Gennevilliers)

ISBN : 978-2-401-09495-6

Hatier

Mode d'emploi

Voici les ressources que vous trouverez dans ce Prépabac :

Dans chaque chapitre

Un cours visuel

1. Des fiches synthétiques et illustrées
2. Des méthodes détaillées
3. Une carte mentale récapitulative

Un entraînement progressif

1. Des quiz pour se tester
2. Des exercices guidés
3. Des sujets de type bac

Des corrigés détaillés

Nous vous recommandons d'utiliser régulièrement l'ouvrage, en fonction de vos besoins. Ainsi, vous pourrez aborder vos contrôles en toute sérénité et acquérir les compétences nécessaires pour la Terminale.

Les auteurs

Nicolas Ducasse

Johanna Garcia

Benjamin Forichon

Hervé Mulard

Bruno Vah

SOMMAIRE

La Terre, la vie et l'organisation du vivant

1 Réplication de l'ADN et divisions cellulaires eucaryotes

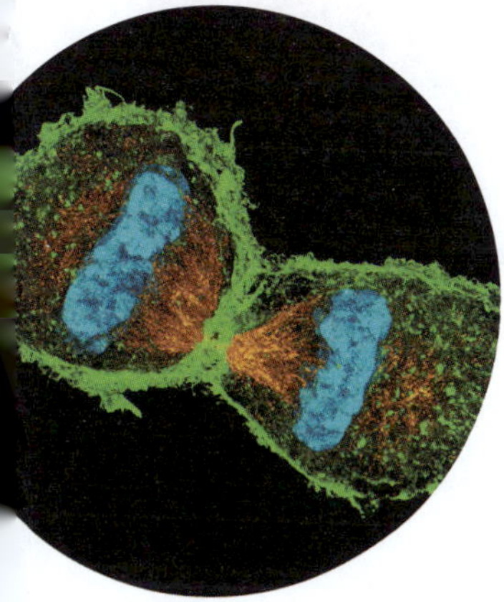

2 De l'ADN aux protéines

3 Mutations, variabilité génétique et histoire humaine

COURS & MÉTHODES

4 La structure de la Terre

COURS & MÉTHODES

5 Des plaques mobiles : exemple des zones de divergence

COURS & MÉTHODES

6 La dynamique des zones de convergence

Enjeux contemporains de la planète

7 Les écosystèmes : interactions entre êtres vivants et milieu

8 L'humanité et les écosystèmes : les services écosystémiques et leur gestion

Corps humain et santé

9 Variation génétique et santé

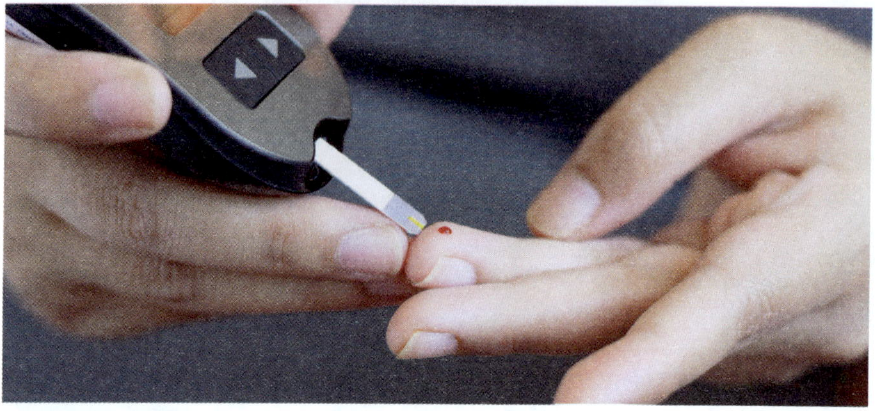

COURS & MÉTHODES

10 L'immunité innée

COURS & MÉTHODES

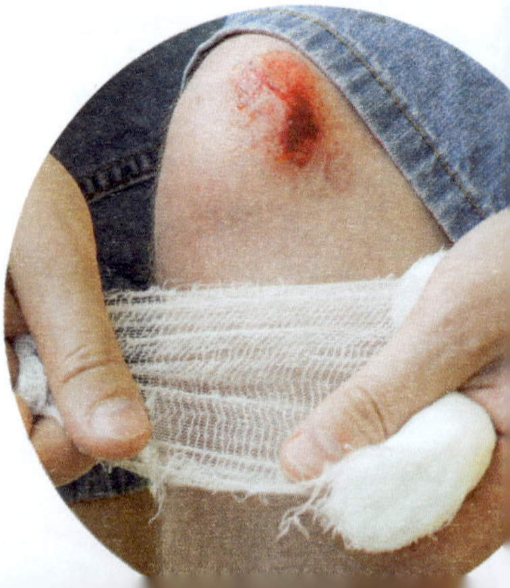

11 L'immunité adaptative

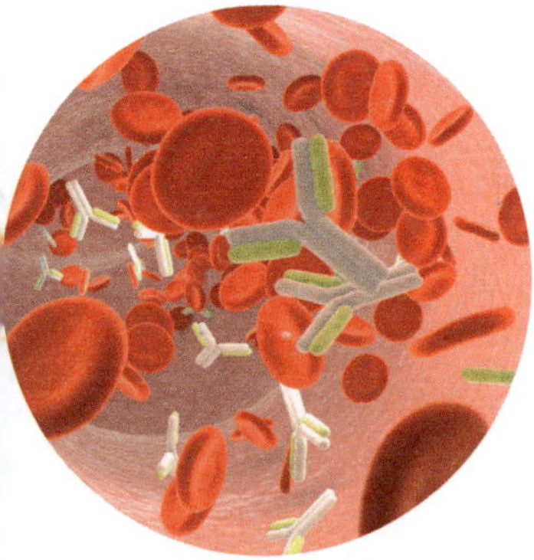

12 Mémoire immunitaire et santé humaine

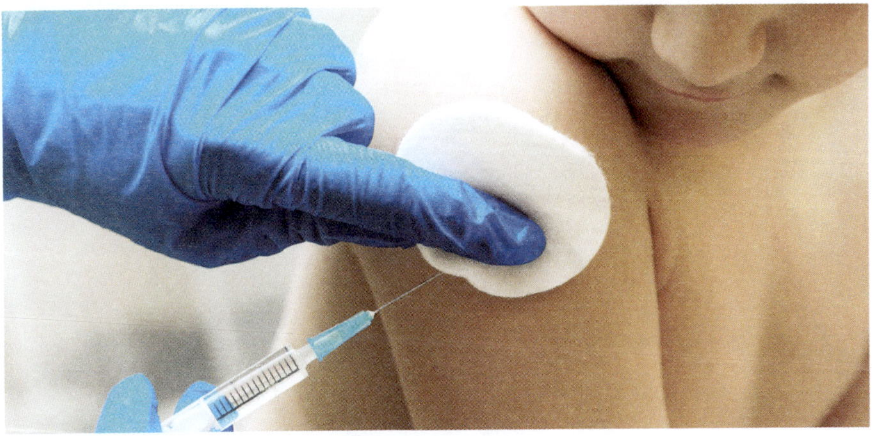

La Terre, la vie et l'organisation du vivant

1 Réplication de l'ADN et divisions cellulaires eucaryotes

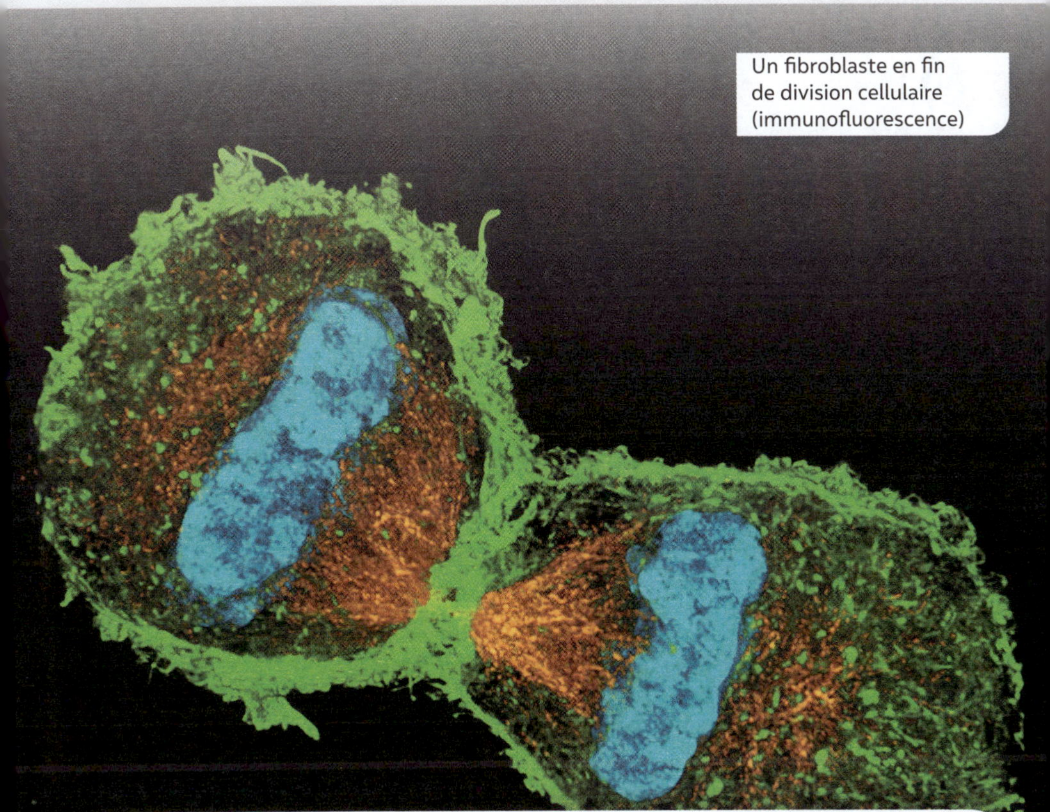

Un fibroblaste en fin de division cellulaire (immunofluorescence)

1 Cycle cellulaire et état de l'ADN

En bref *Au cours de la vie d'une cellule, il existe des périodes de croissance et des périodes de division. Les molécules d'ADN peuvent prendre plusieurs formes pendant ces périodes.*

I Le cycle cellulaire

- Dans un organisme, les cellules ne sont pas inertes. Elles sont actives et se développent en suivant un cycle appelé le cycle cellulaire. Ce cycle est constitué de deux grandes phases : l'**interphase** et la division cellulaire ou **mitose** (phase M). L'interphase se divise elle-même en trois étapes dont les durées peuvent être variables : les phases G1, S et G2.
- Pendant la phase S du cycle cellulaire, la quantité d'ADN dans les cellules double. Les **chromosomes** passent de une à deux chromatides. Ce phénomène se nomme la réplication de l'ADN.
- Pendant la phase M, on observe une division par deux de la quantité d'ADN qui s'explique par une division par deux du nombre de chromatides des chromosomes.

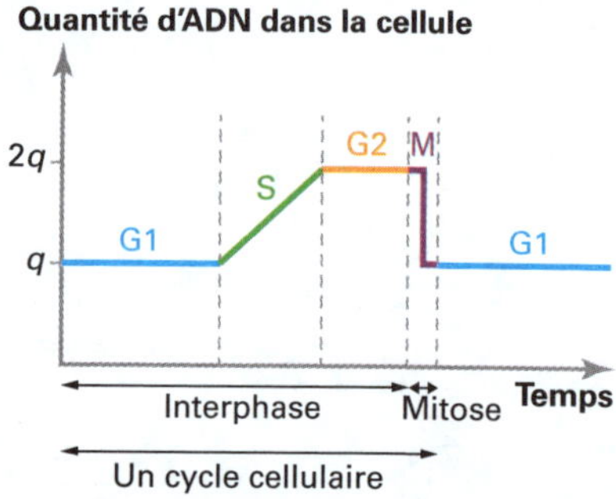

Doc 1 Quantité d'ADN au cours du cycle cellulaire

MOT CLÉ
Chromosomes : support de l'ADN dans la cellule, ils sont constitués d'une ou deux chromatides reliées par le centromère. Une chromatide contient une molécule d'ADN.

II Chromosomes et cycle cellulaire

- Pendant l'interphase, les chromosomes sont décondensés sous la forme de fibre de chromatine et occupent tout le volume du noyau de la cellule.
- Au début de la division cellulaire, ils se condensent au maximum pour former des chromosomes bien individualisés.

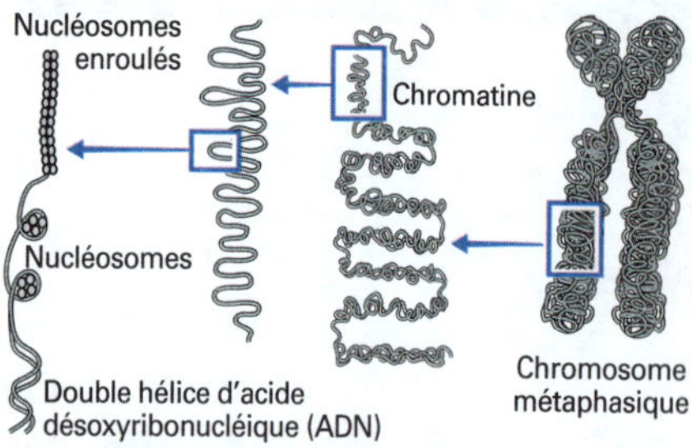

Doc 2 Différents états de condensation des chromosomes

Méthode

Identifier les différentes phases du cycle cellulaire

Le cycle cellulaire connaît différentes phases. Identifier ces phases.

Doc L'ADN à différents stades du cycle cellulaire

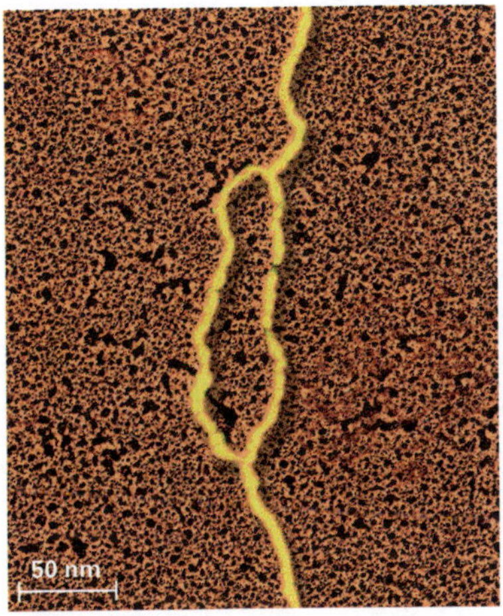

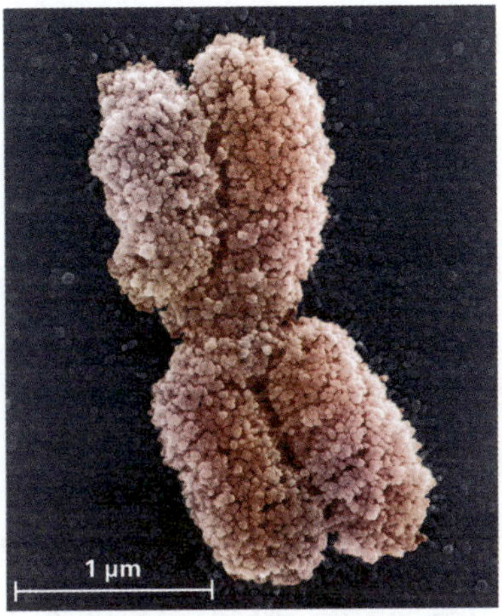

CONSEILS

Étape 1 Identifier le nombre de chromatides que possède chaque chromosome sur les photos.
Étape 2 Estimer l'état de condensation des chromosomes en observant l'échelle de la photo.
Étape 3 Faire le lien entre ces informations et la phase du cycle cellulaire.

SOLUTION

Étape 1 Sur la première photo, on observe des zones où il n'y a qu'une molécule d'ADN, donc une chromatide, et d'autres où cette molécule semble se dédoubler, donc deux chromatides.
Sur la seconde photo, le chromosome possède deux chromatides.

Étape 2 En étudiant les échelles d'observation, on remarque que le chromosome de la seconde photo est plus gros. Cela signifie que ce chromosome est plus condensé que celui de la première photo.

Étape 3 Le premier chromosome est décondensé et subit un dédoublement de sa chromatide, il est donc en phase S du cycle cellulaire.
Le second chromosome possède deux chromatides et est très condensé, il provient donc d'une cellule en début de division cellulaire.

2 La réplication de l'ADN

En bref *Les chromatides d'un chromosome sont identiques. Elles sont synthétisées au cours de la phase S de l'interphase.*

I L'ADN polymérase et la réplication

- L'ADN est une molécule constituée de deux brins formés de nucléotides (nucléotides à adénine (A), thymine (T), guanine (G) et cytosine (C)). Ces deux brins sont complémentaires : les adénines d'un brin sont associées aux thymines de l'autre et les guanines aux cytosines.
- La réplication est réalisée par une **enzyme** : l'ADN polymérase. Elle a lieu en plusieurs étapes.

MOT CLÉ
Enzyme : voir chapitre 2.

A — T
T — A
T — A
G — C
C — G
C — G
A — T
T — A
C — G
A — T

Doc 1 Une molécule d'ADN

II Les étapes de la réplication

- Cette enzyme sépare ponctuellement les deux brins d'une molécule d'ADN. Cela forme une structure appelée fourche de réplication (1).
- Elle se déplace ensuite le long de la molécule d'ADN et associe à chaque nucléotide le nucléotide complémentaire (2).
- Chaque brin initial sert donc de matrice au brin nouvellement synthétisé. On passe donc d'une molécule d'ADN à deux molécules génétiquement identiques (3).
- Un chromosome va être répliqué par plusieurs ADN polymérases simultanément, ce qui accélère la vitesse de réplication de l'ADN de la cellule.
- Pendant la phase S, un chromosome double donc la quantité d'ADN qu'il contient, cependant l'information génétique reste inchangée. Elle devient juste présente en deux exemplaires.
- Chaque nouvelle molécule d'ADN est formée d'un brin présent initialement avant la réplication et d'un brin néosynthétisé, on dira donc que la réplication est semi-conservative.

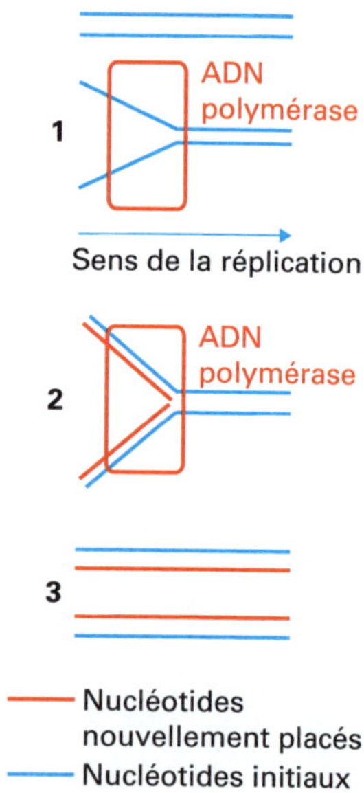

Doc 2 Les étapes de la réplication

Méthode

Déterminer la durée de la réplication par l'ADN polymérase

Escherichia coli est une bactérie intestinale commune.

Le tableau suivant décrit quelques caractéristiques de son génome et de sa réplication.

En combien de temps l'ADN polymérase de la bactérie *Escherichia coli* peut-elle répliquer l'intégralité du chromosome bactérien ?

Doc Quelques caractéristiques du génome et de l'ADN polymérase d'*Escherichia coli*

Type de chromosome	Circulaire
Nombre de chromosomes	1
Longueur du chromosome	$1,87 \times 10^6$ nm
Distance entre deux paires de nucléotides	0,34 nm
Vitesse moyenne de l'ADN polymérase bactérienne	500 paires de nucléotides par seconde

CONSEILS

Étape 1 Calculer le nombre de paires de nucléotides total dans le chromosome de la bactérie.
Étape 2 Utiliser les données de vitesse de l'enzyme pour déterminer la durée de la réplication.
Étape 3 Conclure.

SOLUTION

Étape 1 $1,87 \times 10^6 \div 0,34 = 5,5 \times 10^6$

Il y a donc 5,5 millions de paires de nucléotides dans le génome d'*Escherichia coli*.

Étape 2 $5,5 \times 10^6 \div 500 = 1,1 \times 10^4$

Il faut donc 11 000 secondes soit environ 3 heures.

Étape 3 Une ADN polymérase de la bactérie *Escherichia coli* est donc capable de répliquer l'intégralité du chromosome bactérien en 3 heures.

3 La mitose

En bref *La mitose est une division de la cellule qui assure une égale répartition de l'information génétique dans les deux cellules filles.*

I Le mécanisme de la mitose

- En phase M du cycle cellulaire, la cellule entre en division. Ce mécanisme aboutit à la formation de deux cellules génétiquement identiques entre elles et identiques à la cellule de départ. La mitose assure donc une **reproduction conforme** de la cellule. Elle est constituée de quatre étapes.

- La mitose aboutit donc à la formation de deux **cellules filles** à partir d'une cellule mère. Chaque cellule fille commence un nouveau cycle cellulaire qui se termine par sa division également.

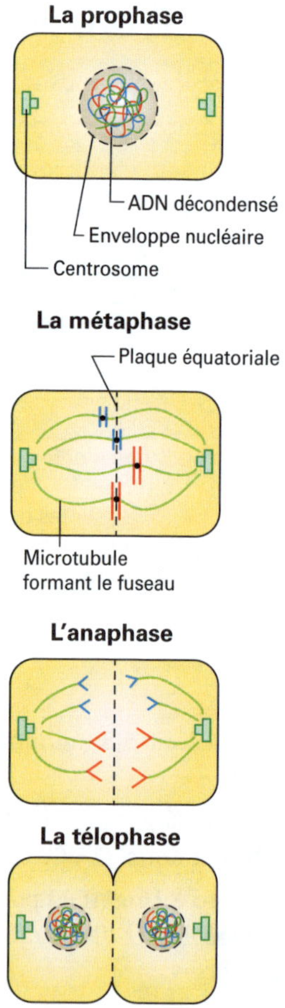

Doc **Les étapes de la mitose**

II Les quatre étapes de la mitose

- **La prophase**

Les chromosomes se condensent et l'enveloppe nucléaire disparaît. Les **centrosomes** migrent aux pôles des cellules.

> **MOT CLÉ**
>
> **Centrosome :** structure cellulaire permettant la mise en place des microtubules qui font partie du squelette de la cellule, appelé cytosquelette.

- **La métaphase**

Les chromosomes s'alignent au niveau de la plaque équatoriale de la cellule. Les microtubules formant le fuseau mitotique se mettent en place et relient les centrosomes au centromère des chromosomes.

- **L'anaphase**

Les chromatides de chaque chromosome se séparent et migrent à un pôle de la cellule, tirées par les microtubules qui se raccourcissent.

- **La télophase**

Les chromosomes se décondensent et l'enveloppe nucléaire se reforme. Les cytoplasmes des deux cellules commencent à se séparer, c'est la **cytodiérèse**.

Méthode

Mettre dans le bon ordre les différentes étapes de la mitose

La mitose est une division cellulaire se déroulant en quatre étapes principales.

Remettre dans l'ordre les quatre photos suivantes correspondant à ces quatre étapes.

Doc Différents stades de mitose dans le désordre

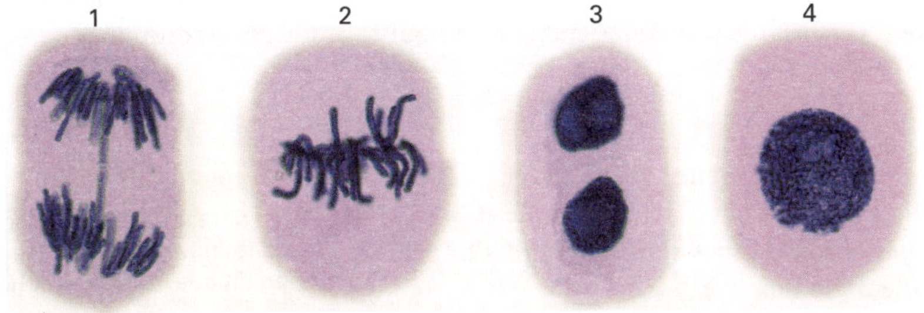

CONSEILS

Étape 1 Déterminer la position des chromosomes et le nombre de cellules sur chaque photo.
Étape 2 En déduire l'étape de la mitose qui correspond à chaque photo.
Étape 3 D'après vos connaissances, remettre ces étapes dans l'ordre.

SOLUTION

Étape 1

Photo 1 : une seule cellule et les chromosomes sont répartis au niveau de ses pôles.
Photo 2 : une seule cellule et les chromosomes sont alignés au centre.
Photo 3 : une limite entre deux cellules semble apparaître au centre de la photo et les chromosomes sont regroupés au milieu de chacune d'entre elles.
Photo 4 : une seule cellule et les chromosomes sont regroupés au centre.

Étape 2

Photo 1 : anaphase.
Photo 2 : métaphase.
Photo 3 : télophase.
Photo 4 : prophase.

Étape 3

Le bon ordre est donc : photo 4 (prophase) ; photo 2 (métaphase) ; photo 1 (anaphase) et photo 3 (télophase).

4 La méiose

En bref *La méiose est une division particulière à l'origine de la formation des cellules reproductrices.*

I La formule chromosomique

■ La méiose est constituée d'une succession de deux divisions, qui aboutit à la formation de quatre cellules présentant une réduction du nombre de chromosomes. Une cellule somatique humaine a pour formule chromosomique :

$$2n = 46$$

■ Dans cette formule, 46 représente le nombre total de chromosomes dans la cellule et $2n$ signifie que les chromosomes sont par paire. On parle de cellule **diploïde**.

À NOTER
On note n si les chromosomes sont individuels. Dans ce cas, on dit que la cellule est **haploïde**.

II La première division de méiose

■ La première division de méiose est dite **réductionnelle**. Elle est constituée de quatre phases (prophase, métaphase, anaphase et télophase). Au cours de l'anaphase, contrairement à une mitose, ce sont les chromosomes homologues, c'est-à-dire les chromosomes d'une même paire, qui se séparent.

■ Au cours de cette première division de méiose, le nombre de chromosomes est divisé par deux dans chaque cellule fille. Comme les chromosomes portent les mêmes gènes mais pas les mêmes allèles, les deux cellules filles ne contiennent pas la même information génétique.

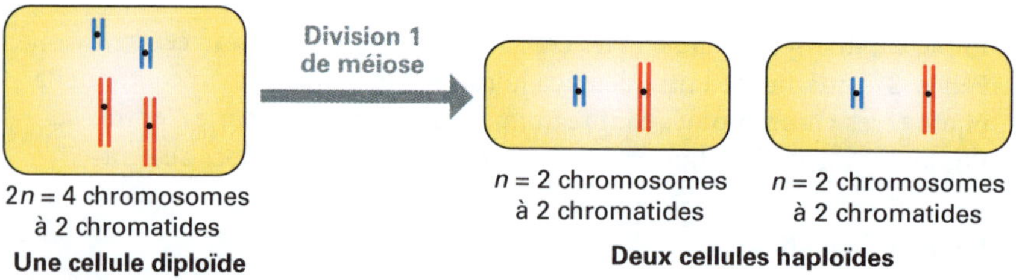

Doc 1 La première division de méiose

III La seconde division de méiose

- Les deux cellules filles vont se diviser en suivant les différentes étapes d'une mitose classique. Les chromatides de chaque chromosome vont se séparer et migrer aux pôles de la cellule. Cette division est dite **équationnelle.**
- Cette division aboutit à la formation de deux cellules filles identiques. La méiose permet donc le passage d'une cellule diploïde à quatre cellules haploïdes, qui deviendront les cellules reproductrices. La fécondation permettra le retour de la diploïdie avec la formation de la cellule œuf.

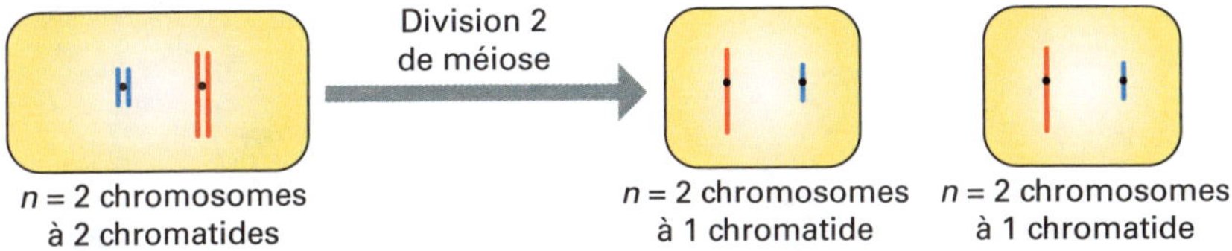

Doc 2 La seconde division de méiose (pour une des deux cellules filles de la première division)

Méthode

Déterminer la formule chromosomique d'une cellule

Le caryotype suivant présente les chromosomes d'un foetus humain non viable. **Déterminer sa formule chromosomique.**

Doc Caryotype d'un fœtus humain non viable

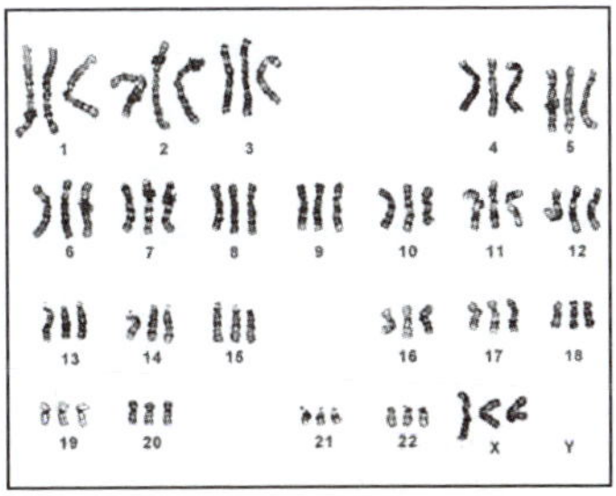

CONSEILS

Étape 1 Compter le nombre total de chromosomes de ce caryotype.
Étape 2 Déterminer si les chromosomes sont individuels, par paire, etc.
Étape 3 Écrire la formule chromosomique.

SOLUTION

Étape 1 Le caryotype présenté contient 66 chromosomes.

Étape 2 Les chromosomes de ce caryotype sont organisés par triplets, la cellule est donc **triploïde**.

Étape 3 La formule chromosomique est donc : $3\,n = 66$ chromosomes.

MÉMO VISUEL

Le cycle cellulaire

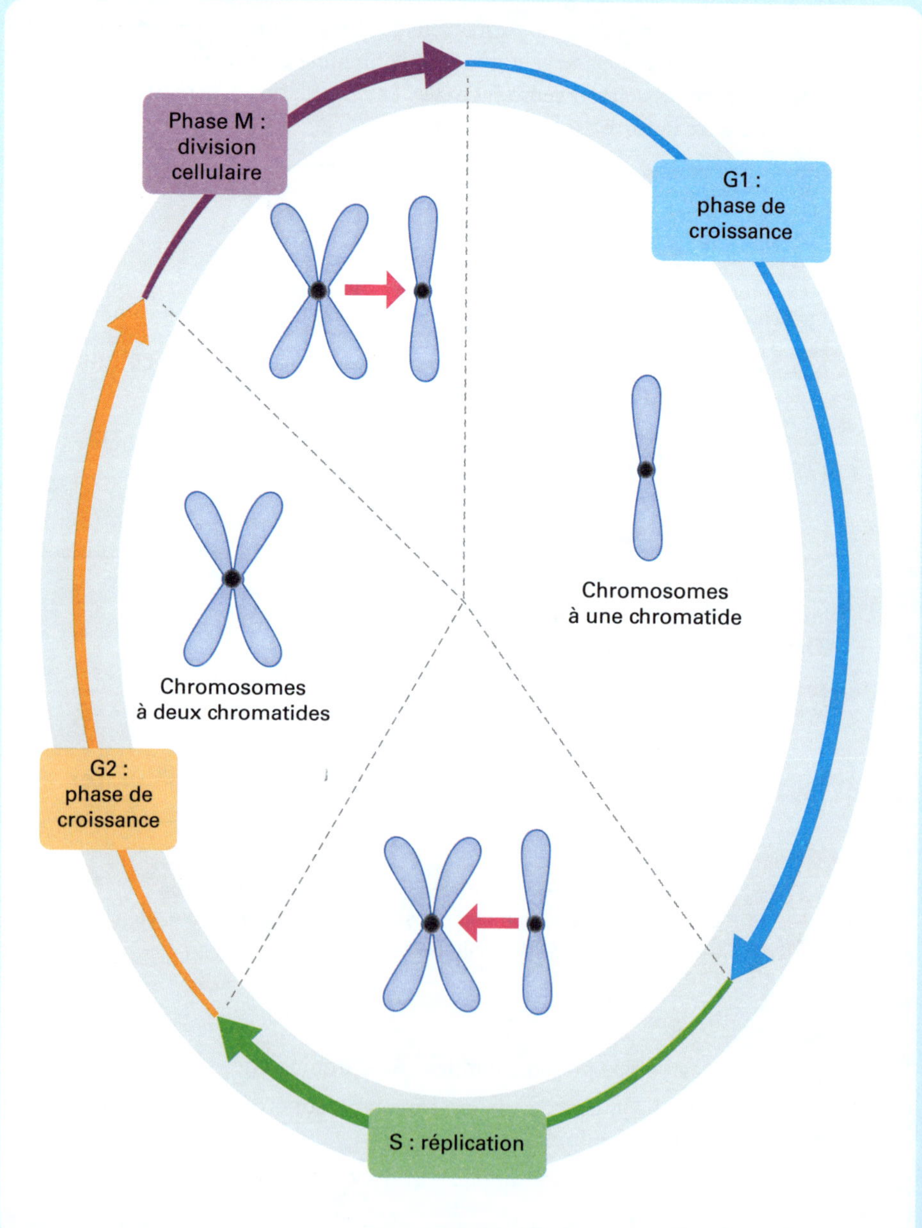

Évolution de la quantité d'ADN au cours d'un cycle cellulaire

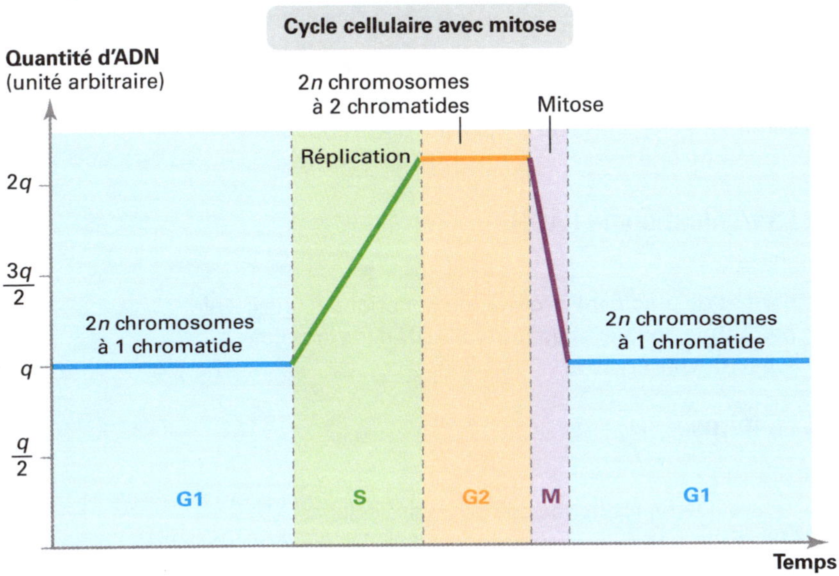

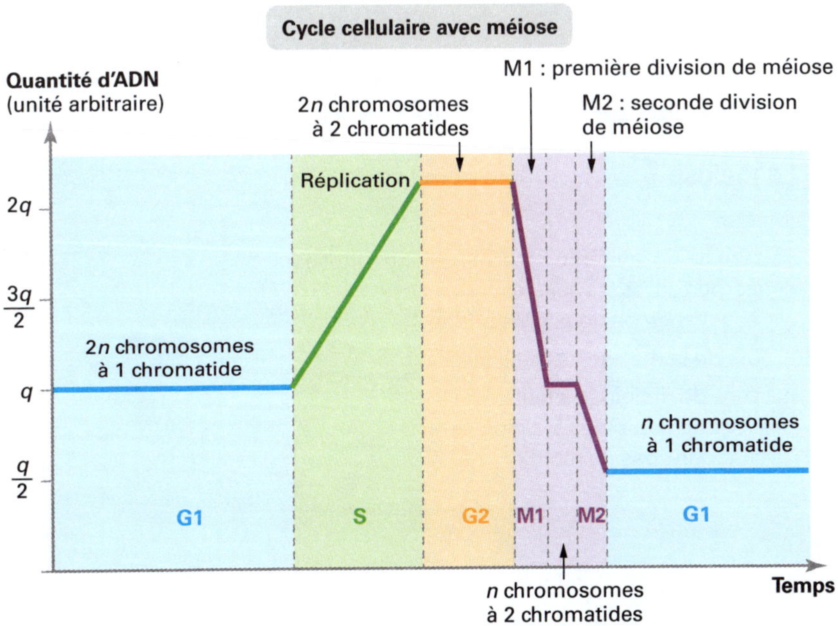

SE TESTER QUIZ

Vérifiez que vous avez bien compris les points clés des **fiches 1 à 4**.

1 Le cycle cellulaire et l'état de l'ADN

→ FICHE 1

Le cycle cellulaire :

☐ **a.** est la succession d'une interphase et d'une phase de division cellulaire
☐ **b.** est constitué de plusieurs phases de durée fixe
☐ **c.** comprend une phase où la quantité d'ADN double
☐ **d.** comprend une phase où la quantité d'ADN triple

2 La réplication de l'ADN

→ FICHE 2

La réplication :

☐ **a.** permet de modifier l'information génétique d'une cellule
☐ **b.** permet de doubler la quantité d'ADN dans la cellule
☐ **c.** est semi-conservative

3 La mitose

→ FICHE 3

1. La mitose

☐ **a.** assure une reproduction conforme des cellules
☐ **b.** sépare les paires de chromosomes dans les deux cellules filles
☐ **c.** sépare les chromatides des chromosomes dans les deux cellules filles

2. L'ordre des différentes étapes de la mitose est :

☐ **a.** prophase – télophase – anaphase – métaphase
☐ **b.** télophase – métaphase – prophase – anaphase
☐ **c.** prophase – métaphase – anaphase – télophase

4 La méiose

→ FICHE 4

1. La méiose :

☐ **a.** se déroule de la même manière qu'une mitose
☐ **b.** concerne toutes les cellules
☐ **c.** est constituée de deux divisions

2. Au cours de la méiose, les cellules :

☐ **a.** passent de diploïdes à haploïdes
☐ **b.** passent de haploïdes à diploïdes
☐ **c.** ne changent pas de ploïdie

S'ENTRAÎNER

5 Durée du cycle cellulaire

→ FICHE 1

Le tableau suivant présente la durée des différentes phases du cycle cellulaire de trois types de cellules.

Doc Durée des phases du cycle cellulaire pour trois types de cellules

	Cellule de foie de souris	Cellule du tube digestif humain	Cellule de racine d'ail
G1	9 h 10 min	1 h 56 min	4 h 54 min
S	9 h 40 min	7 h 21 min	7 h 18 min
G2	2 h 26 min	4 h 02 min	4 h 47 min
M	0 h 44 min	1 h 41 min	2 h 01 min

1. Calculer la durée du cycle de chaque cellule.
2. Déterminer le pourcentage du cycle que représente chaque phase pour chaque cellule.
3. Quelles informations sur le cycle cellulaire peut-on conclure de cette comparaison ?

6 La réplication d'une cellule humaine

→ FICHE 2

Une cellule humaine en phase G1 du cycle cellulaire contient des chromosomes dont voici un extrait de la séquence.

A	T	T	C	G	C	C	T	A	C	T	T	A	C	C
T	A	A	G	C	G	G	A	T	G	A	A	T	G	G

1. Représenter les molécules issues de la réplication de la séquence ci-dessus.
2. Sachant que la cellule présentée contient 46 chromosomes, et que cela représente $3,2 \times 10^9$ paires de nucléotides, calculer le temps nécessaire à la réplication en prenant en compte qu'une ADN polymérase réplique environ 50 paires de nucléotides par seconde.
3. En prenant en compte que la phase S de cette cellule dure 6 heures, déterminer le nombre d'ADN polymérases nécessaires à la réplication de l'intégralité de l'ADN d'une cellule.

7 Division cellulaire et colchicine

→ FICHES 3 et 4

La mitose présentée dans le schéma suivant a été réalisée en présence de colchicine. Cette molécule, issue d'une plante, inhibe la formation des microtubules, ce qui empêche la mise en place du fuseau mitotique.

Doc Déroulement d'une mitose en présence de colchicine

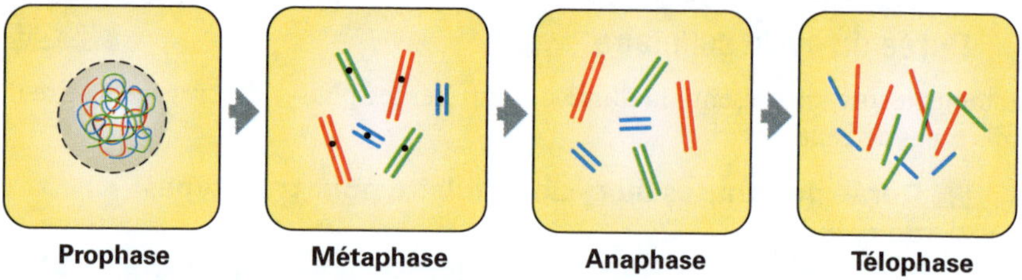

1. En comparant cette mitose avec une mitose normale, montrer l'importance du fuseau mitotique dans le déroulement de la division cellulaire.

2. Établir la formule chromosomique de la cellule en métaphase et en télophase en indiquant également le nombre de chromatides des chromosomes. Qu'a permis la colchicine au niveau de la ploïdie de la cellule ?

8 Méiose et anomalies chromosomiques

→ FICHE 4

Les cellules d'un embryon humain présentent une anomalie chromosomique. Le caryotype d'une de ces cellules est présenté dans le document 1.

Doc 1 Caryotype d'une cellule d'un embryon présentant une anomalie chromosomique

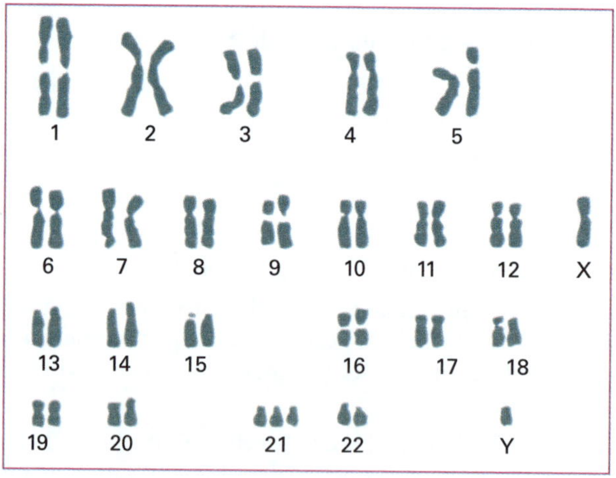

1. Caractériser l'anomalie chromosomique de cette cellule. Donner sa formule chromosomique.

2. Le caryotype des gamètes à l'origine de la cellule œuf dont est issu cet embryon est donné dans le document 2. Identifier le gamète présentant une anomalie et donner la formule chromosomique des deux gamètes.

Doc 2 **Caryotypes du spermatozoïde (à droite) et de l'ovule (à gauche) à l'origine de la cellule œuf du document 1**

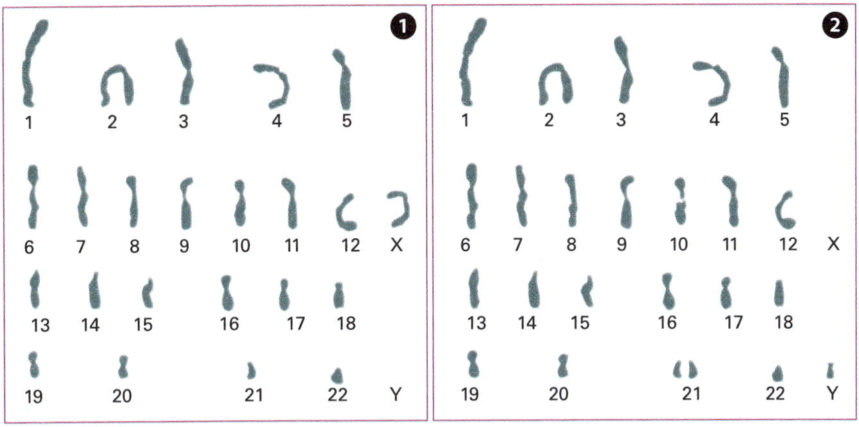

3. Schématiser la méiose à l'origine du gamète présentant l'anomalie chromosomique (deux possibilités) en représentant la paire de chromosomes 21 et une autre paire de chromosomes.

OBJECTIF BAC

9 L'expérience de Meselson et Stahl

30 min

→ FICHE 2

Pour mettre en œuvre les connaissances acquises dans ce chapitre et comprendre les différentes étapes de la démarche expérimentale, on étudie l'expérience historique de Meselson et Stahl (1958).

LE SUJET

À l'aide de vos connaissances et des documents, montrer que les résultats de l'expérience de Meselson et Stahl permettent de conclure que la réplication est réalisée selon un mode semi-conservatif.

Doc 1 **Les trois hypothèses des modalités de réplication**

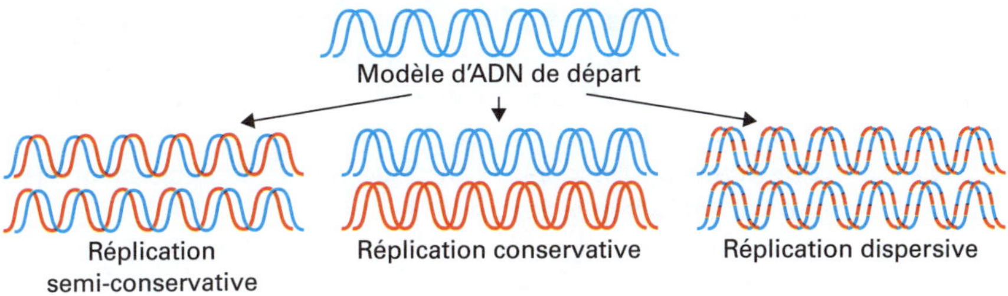

Doc 2 Le protocole expérimental de Meselson et Stahl

Meselson et Stahl réalisent une expérience sur la bactérie *Escherichia coli*. Dans un premier temps, elles se reproduisent sur un milieu ne contenant que de l'azote lourd ^{15}N. L'ADN contenant de l'azote, tout l'ADN de ces bactéries va être constitué d'azote lourd. Les bactéries sont ensuite transférées sur un milieu ne contenant que de l'azote léger ^{14}N.

À des temps variables, des bactéries sont prélevées de ce milieu et leur ADN est analysé par spectrométrie de masse, où il est possible de différencier deux isotopes d'un même élément chimique (voir résultats témoins).

Doc 3 Résultats expérimentaux

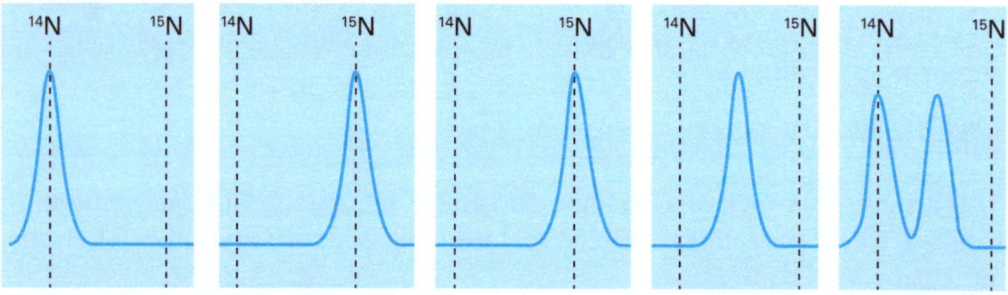

Résultat témoin échantillon ^{14}N | Résultat témoin échantillon ^{15}N | Résultat à *t*0 | Résultat à *t* + 1 cycle | Résultat à *t* + 2 cycle

▶▶▶ LA FEUILLE DE ROUTE

La réponse à cet exercice demande d'analyser une expérience. Il est indispensable de bien comprendre les hypothèses de départ ainsi que le protocole expérimental.

Étape 1 Comprendre les différences entre les divers modèles de réplication

- Le document 1 présente trois modèles de réplication. Les brins initiaux et néo-synthétisés sont représentés de couleurs différentes.
- Pour chaque modèle, on peut résumer en une phrase comment on passe d'une à deux molécules d'ADN.

Étape 2 Comprendre le protocole expérimental utilisé

- Le document 2 permet de comprendre pourquoi de l'azote lourd est utilisé.
- Il permet également de comprendre pourquoi les bactéries sont changées de milieu au cours de l'expérience.

Étape 3 Schématiser les résultats théoriques de cette expérience

- On peut, en suivant le protocole expérimental, déterminer les résultats théoriques pour chaque modèle de réplication à $t + 1$ cycle et à $t + 2$ cycles en indiquant la proportion d'azote léger et lourd dans chaque molécule d'ADN.
- Cela permet de comparer ces résultats théoriques aux résultats obtenus par Meselson et Stahl présentés dans le document 3.
- On peut ensuite conclure sur le mode de réplication de l'ADN.

CORRIGÉS

SE TESTER QUIZ

1 Le cycle cellulaire et l'état de l'ADN

Réponses a et c. Le cycle cellulaire est la succession d'une interphase et d'une phase de division cellulaire. Les différentes phases du cycle peuvent être de durée variable. Au cours de la phase S de l'interphase, la quantité d'ADN double dans la cellule.

2 La réplication de l'ADN

Réponses b et c. Au cours de la réplication, les chromosomes passent de 1 à 2 chromatides identiques. L'information génétique double, mais ne change pas. Le fait que chaque molécule d'ADN soit constituée d'un brin initial et d'un brin néo-synthétisé qualifie la réplication de semi-conservative.

3 La mitose

1. **Réponses a et c.** En répartissant les chromatides identiques des chromosomes dans les deux cellules filles, la mitose assure une reproduction conforme de la cellule.

2. **Réponse c.** L'ordre des différentes étapes de la mitose est : prophase – métaphase – anaphase – télophase.

4 La méiose

1. **Réponse c.** La méiose est une succession de deux divisions contrairement à la mitose qui n'en comporte qu'une. Cette division de concerne que les cellules à l'origine des cellules reproductrices.

2. **Réponse a.** Au cours de la première division de méiose, les paires de chromosomes sont séparées. La cellule diploïde forme donc deux cellules haploïdes.

S'ENTRAÎNER

5 Durée du cycle cellulaire

- **Cellule de foie de souris**

9 h 10 min + 9 h 40 min + 2 h 26 min + 0 h 44 min = **22 h**

- **Cellule du tube digestif humain**

1 h 56 min + 7 h 21 min + 4 h 02 min + 1 h 41 min = **15 h**

- **Cellule de racine d'ail**

4 h 54 min + 7 h 18 min + 4 h 47 min + 2 h 01 min = **19 h**

■ **Cellule de foie de souris**

G1 : $\frac{9\text{ h }10\text{min}}{22\text{ h}} \times 100 = 41,67\ \%$ S : $\frac{9\text{ h }40\text{ min}}{22\text{ h}} \times 100 = 43,94\ \%$

G2 : $\frac{2\text{ h }26\text{ min}}{22\text{ h}} \times 100 = 11,06\ \%$ M : $\frac{0\text{ h }44\text{ min}}{22\text{ h}} \times 100 = 3,33\ \%$

■ **Cellule de tube digestif humain**

G1 : 12,89 % G2 : 26,98 % S : 49 % M : 11,22 %

■ **Cellule de racine d'ail**

G1 : 25,79 % G2 : 25,18 % S : 38,42 % M : 10,61 %

On remarque que la durée du cycle est variable selon le type cellulaire. Pour les trois types cellulaires étudiés, la phase la plus longue est la phase S et la phase la plus courte est la phase M.

6 La réplication d'une cellule humaine

1.

A	T	T	C	G	C	C	T	A	C	T	T	A	C	C
T	A	A	G	C	G	G	A	T	G	A	A	T	G	G

T	A	A	G	C	G	G	A	T	G	A	A	T	G	G
A	T	T	C	G	C	C	T	A	C	T	T	A	C	C

À l'issue de la réplication, on obtient deux molécules identiques, constituées chacune d'un brin initial et d'un brin néosynthétisé.

À NOTER
Utiliser le raisonnement présenté dans la fiche méthode 2 pour déterminer la durée de la réplication.

2.
$v = \frac{d}{t}$ alors $t = \frac{d}{t} = \frac{3,2 \times 10^9}{50}$ $6,4 \times 10^7$ secondes

$6,4 \times 10^7 \div 3\ 600 = 1,78 \times 10^4$ heures

3. $1,78 \times 10^4 \div 6 = 3 \times 10^3$ soit 3 000 ADN polymérases pour répliquer l'intégralité du génome d'une cellule humaine en 6 heures.

7 Division cellulaire et colchicine

1. Il y a plusieurs différences entre cette mitose et une mitose classique :
- les chromosomes ne s'alignent pas au centre de la cellule en métaphase ;
- les chromatides se séparent en anaphase mais restent au centre de la cellule ;
- il n'y a pas de séparation des cytoplasmes en télophase donc pas de réelle division.

Le fuseau mitotique est donc indispensable afin de déplacer les chromosomes dans la cellule et d'assurer la cytodiérèse, ce qui formera deux cellules filles à partir d'une cellule méiose mère.

À NOTER
Voir fiche méthode 4 pour établir la formule chromosomique.

2. En métaphase, la formule de la cellule est $2n = 6$ chromosomes à deux chromatides. En télophase, elle est $4n = 12$ chromosomes à une chromatide. Chaque chromatide d'un chromosome

est devenue un chromosome indépendant dans la cellule. On observe donc un doublement du nombre de chromosomes et un doublement de la ploïdie car les chromosomes sont maintenant associés par quatre.

8 Méiose et anomalies chromosomiques

1. Ce caryotype contient 3 chromosomes 21 au lieu de 2. On pourra appeler cette anomalie une trisomie 21.

Le caryotype contient 23 paires de chromosomes et un chromosome 21 supplémentaire. Sa formule chromosomique est donc $2n = 46 + 1$ chromosomes.

À NOTER
Voir la fiche 4 pour établir la formule chromosomique.

2. Le caryotype du spermatozoïde contient deux chromosomes 21 au lieu d'un seul. Il est donc à l'origine de la trisomie de l'embryon.

La formule chromosomique du spermatozoïde est donc $n = 23 + 1$ chromosomes. Celle de l'ovule est $n = 23$ chromosomes.

3. Première possibilité : non-séparation des chromosomes de la paire 21 au cours de la première division de méiose.

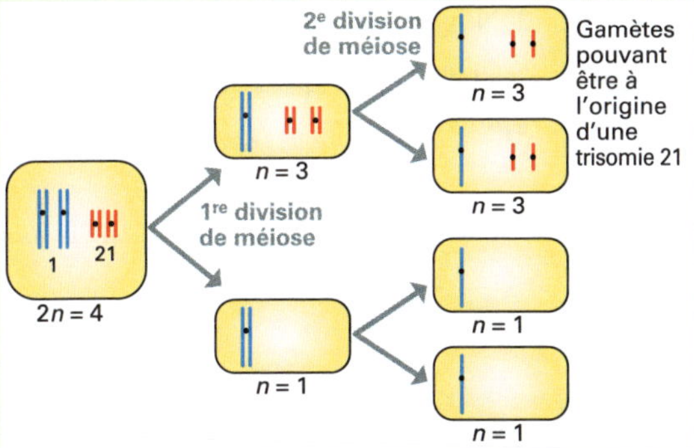

Seconde possibilité : non-séparation des chromatides d'un chromosome 21 au cours de la seconde division de méiose.

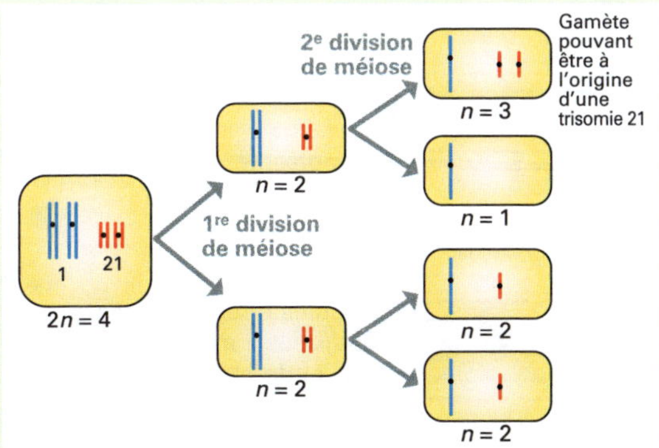

OBJECTIF BAC

9 L'expérience de Meselson et Stahl

→ FICHE 2

Étape 1 Comprendre les différences entre les différents modèles de réplication

- Réplication semi-conservative : dans cette hypothèse, les deux brins d'ADN de la molécule de départ sont répartis dans les deux molécules après réplication et deux nouveaux brins sont fabriqués.
- Réplication conservative : la molécule de départ reste inchangée et une nouvelle molécule, constituée de deux nouveaux brins, est fabriquée.
- Réplication dispersive : la molécule de départ est fragmentée et dispersée dans les deux molécules d'ADN. De nouveaux morceaux d'ADN sont fabriqués pour compléter.

Étape 2 Comprendre le protocole expérimental utilisé

- L'azote lourd est utilisé car l'azote rentre dans la composition des bases azotées qui sont une des molécules constituant les nucléotides de l'ADN.
- Les bactéries sont changées de milieu de manière à pouvoir suivre la fabrication des nouvelles molécules d'ADN, puisque l'azote utilisé sera différent.

Étape 3 Schématiser les résultats théoriques de cette expérience pour chacun des modèles de réplication

- À t_0

Molécules consituées seulement de ^{15}N quel soit le mode de réplication

- À $t + 1$ cycle

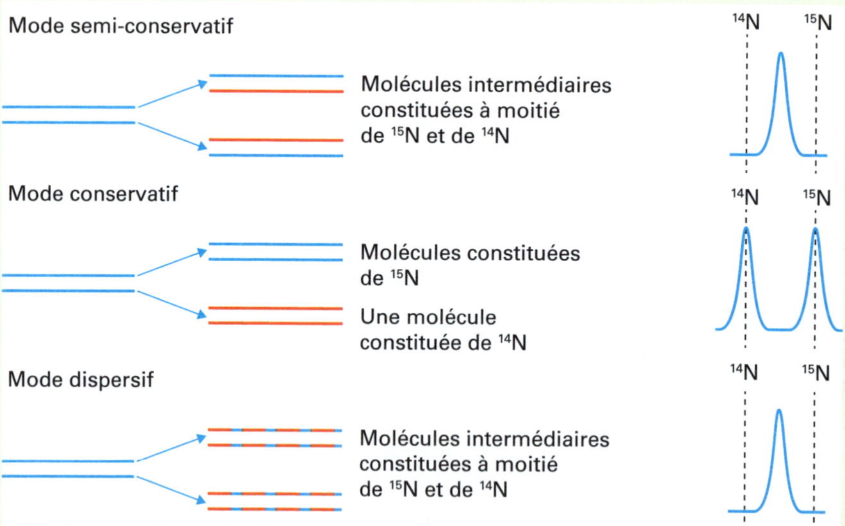

À l'issue des résultats théoriques après le premier cycle de réplication, seul le modèle conservatif n'est pas cohérent avec les résultats réels (doc. 3). Il peut donc être éliminé.

■ À *t* + 2 cycles

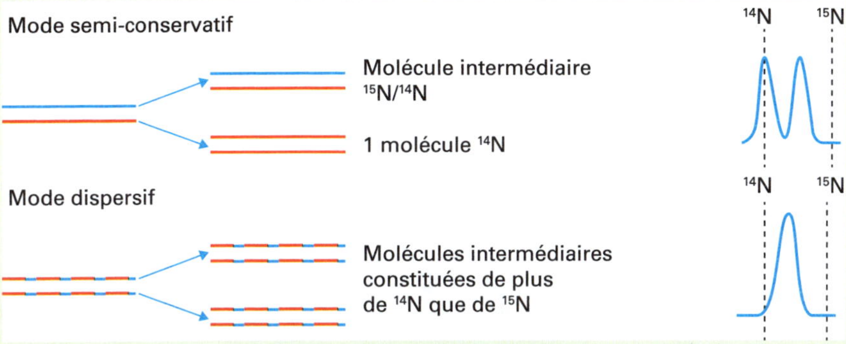

À l'issue des résultats théoriques après le second cycle de réplication, seul le modèle semi-conservatif est cohérent avec les résultats réels (doc. 3). Cette hypothèse est donc la bonne, la réplication a lieu selon un mode conservatif.

2 De l'ADN aux protéines

La capacité des poissons à exprimer un caractère de méduse (fluorescence) suite à l'ajout d'un gène de cet animal par transgenèse repose sur la lecture universelle du code génétique.

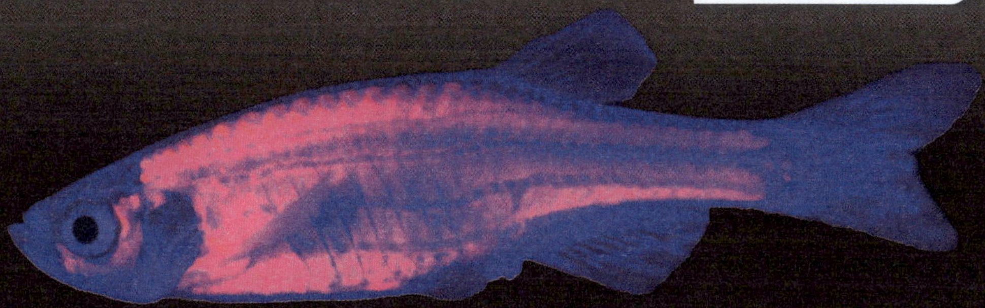

5 Les enzymes, à l'origine du phénotype

En bref *Les enzymes catalysent les réactions du métabolisme. Elles sont spécifiques à leurs substrats et spécifiques de la réaction qu'elles catalysent. Elles permettent l'établissement du phénotype.*

I Les enzymes, des biocatalyseurs

1 Structure des enzymes

MOT CLÉ
Catalyser : accélérer une réaction.

- Les enzymes sont un type de protéines capables de **catalyser** les réactions chimiques du métabolisme des cellules. Elles favorisent la transformation d'une molécule, le substrat, en une ou plusieurs autres, les produits.

- Comme toute protéine, une enzyme est constituée d'une succession de plus petites molécules nommées acides aminés (il en existe 20 sortes), reliées entre elles par des liaisons peptidiques.

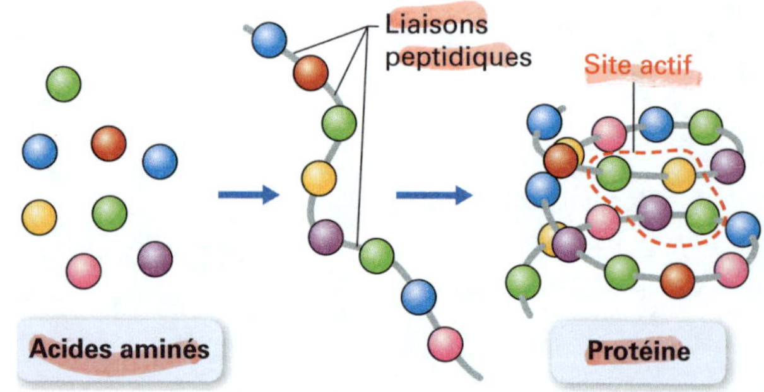

Doc Structure d'une protéine

- Chaque acide aminé ayant des propriétés chimiques différentes (charge électrique, affinité avec l'eau...), certains établissent des liaisons avec des acides aminés distants, ce qui explique que la protéine ne conserve jamais une forme linéaire. Sa forme tridimensionnelle est spécifique à chaque enzyme : elle lui confère des propriétés indispensables à son action.

2 Action des enzymes

- Une portion de l'enzyme est essentielle à son action : il s'agit du site actif. C'est une partie « creuse », constituée d'un ensemble d'acides aminés qui se lient au substrat pour permettre la catalyse.

- Chaque enzyme n'agit que sur un type de substrat, et ne catalyse qu'un type de réaction chimique. Les enzymes ont donc une spécificité de substrat et une spécificité d'action. En revanche, deux enzymes différentes peuvent agir sur un même substrat, mais la réaction chimique catalysée par chaque enzyme est différente (les produits formés aussi, voir le mémo visuel).

II Les protéines, molécules déterminant le phénotype

■ Le phénotype correspond à l'ensemble des caractères observables d'un individu. Il peut être défini à différentes échelles : moléculaire (composition et fonction des protéines), cellulaire (taille, forme, fonctionnement des cellules) et macroscopique (caractères visibles à l'échelle de l'organisme).

■ Une modification dans la séquence d'acides aminés d'une protéine peut changer le fonctionnement des cellules qui la contiennent, et donc les caractères de l'organisme. Le phénotype moléculaire contrôle donc le phénotype cellulaire, qui contrôle le phénotype macroscopique.

■ Le génotype d'un individu contient l'ensemble des informations nécessaires à la synthèse des protéines d'un individu (dont les enzymes). Il contrôle ainsi le phénotype moléculaire, et donc également les échelles supérieures du phénotype.

MOT CLÉ

Génotype : information génétique propre à chaque individu, contenue dans les allèles de l'ensemble de ses gènes.

Méthode

Calculer la vitesse initiale d'une réaction enzymatique

L'activité d'une enzyme peut être caractérisée par sa vitesse initiale de réaction (v_i) : la vitesse à laquelle l'enzyme catalyse la réaction de transformation du substrat en produit, en début de réaction. **Calculer la vitesse initiale de la réaction enzymatique ci-contre.**

Doc Concentration en produit formé au cours du temps

Une enzyme est placée au contact de son substrat dans un bécher à t = 0 min.

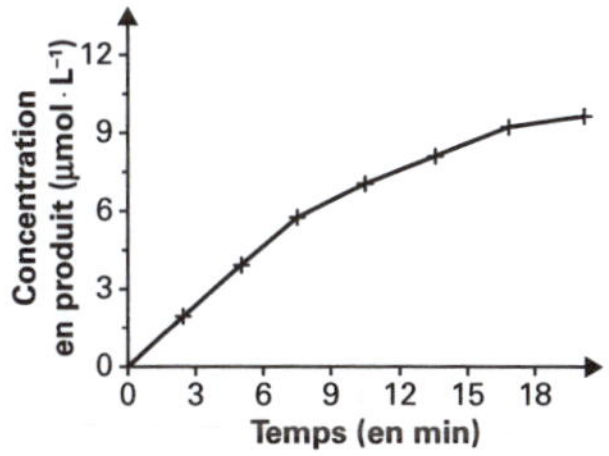

CONSEILS

Étape 1 Tracer la tangente à la courbe au début d'expérience.
Étape 2 Choisir un point A situé sur cette tangente, par exemple à t = 12 min.
Étape 3 Calculer la pente de la tangente à l'aide des coordonnées de A.
Étape 4 Exprimer la vitesse initiale avec les unités adéquates.

SOLUTION

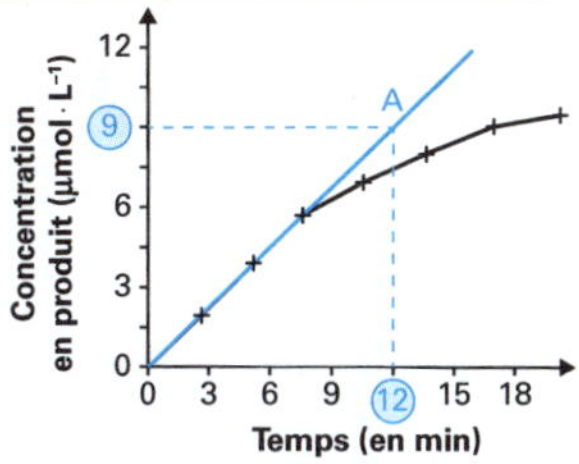

Étape 1 La pente de la tangente à la courbe représente la vitesse de réaction. Elle est maximale en début d'expérience.

Étapes 2 et 3 La pente de la tangente est donnée par $y_A/x_A = 9/12 = 0{,}75$.

Étape 4 La vitesse de réaction est égale à 0,75 µmol · L^{-1} · min^{-1}.

6 La transcription de l'ADN en ARN

En bref *L'information génétique présente dans les gènes est à l'origine des protéines. La première étape de l'expression de cette information correspond à la synthèse d'un intermédiaire, l'ARN, lors de la transcription.*

I Les caractéristiques de l'ARN

- Un gène est une portion d'ADN contenant l'information nécessaire à la synthèse d'une protéine. Les protéines sont synthétisées dans le cytoplasme, mais l'ADN ne sort pas du noyau. C'est l'ARN messager qui transfère cette information, depuis le noyau vers le cytoplasme.
- L'ARN (acide ribonucléique) est une molécule de même nature que l'ADN : c'est un acide nucléique, composé d'une succession de nucléotides. Au contraire de l'ADN, il est constitué d'un seul brin ; le sucre composant ses nucléotides est du ribose ; il ne contient pas de base azotée thymine mais de l'uracile (complémentaire de l'adénine) ; il a une durée de vie très courte.

II La transcription, synthèse de l'ARN

- Lors de la transcription, l'ARN est synthétisé par l'ARN polymérase (enzyme), à partir de nucléotides libres et d'énergie. Elle a lieu dans le noyau.
- L'information contenue dans un gène est copiée par complémentarité de bases avec un des deux brins d'ADN, le brin transcrit (ou brin matrice). La molécule d'ARN ainsi produite est nommée pré-ARNm. Elle subit ensuite une **maturation** dans le noyau et devient l'ARNm, qui est exporté dans le cytoplasme où elle dirige la synthèse d'une protéine.

> **MOT CLÉ**
> **Maturation du pré-ARNm :** modification de cette molécule (suppression de certaines portions non codantes, ajout de séquences « protectrices » à ses extrémités) qui devient alors l'ARNm.

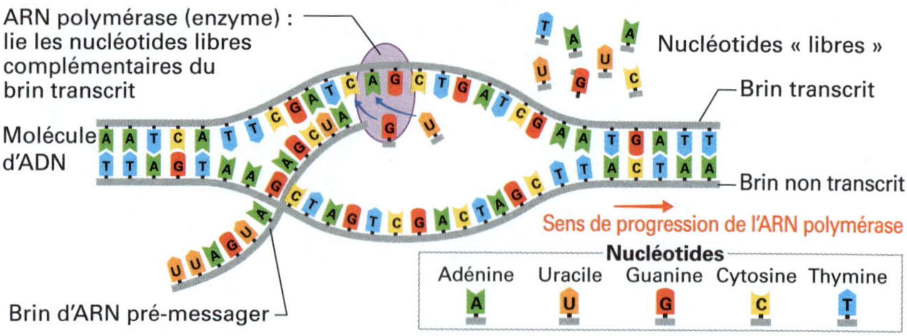

Doc Transcription de l'ADN en ARN

Méthode

Déterminer la localisation d'une molécule

L'autoradiographie est une technique dont le but est de localiser la zone dans laquelle une molécule particulière s'incorpore (dans un tissu ou dans une cellule), et de suivre l'évolution de sa localisation au cours du temps. Pour cela, les chercheurs placent des cellules en présence d'une molécule dont un atome est radioactif, durant un temps suffisant pour que ces molécules radioactives pénètrent dans les cellules. Ils les recouvrent ensuite d'une émulsion photographique dont certains ions précipitent lorsqu'ils sont traversés par un rayonnement radioactif. Les précipités (grains d'argent) révèlent la présence de radioactivité, donc la localisation de la molécule d'intérêt.

Utiliser les résultats de l'expérience d'autoradiographie pour déterminer si l'ADN est capable de sortir du noyau pour transmettre l'information nécessaire à la synthèse des protéines dans le cytoplasme.

Doc Résultat d'une autoradiographie réalisée sur une acétabulaire

Une autoradiographie a été réalisée après avoir mis en présence une acétabulaire (algue unicellulaire) en présence de molécules de thymine radioactive durant 3 h.

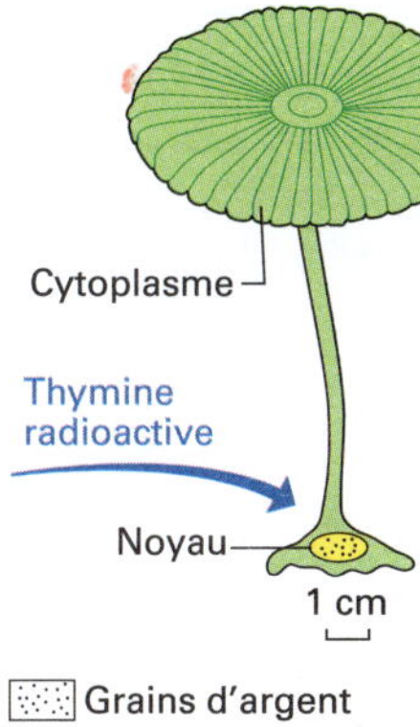

CONSEILS

Étape 1 Repérer quel type de molécule est radioactif pour déterminer quelle est la molécule dont on suit la localisation.
Étape 2 Identifier la localisation de la radioactivité.
Étape 3 Interpréter les résultats pour déterminer la localisation de l'ADN.

SOLUTION

Étape 1 C'est la thymine qui est radioactive. C'est un élément spécifique de la molécule d'ADN (au contraire des autres nucléotides qui sont également communs à l'ARN). C'est donc la molécule d'ADN dont on suit la localisation dans cette expérience.

Étape 2 Les grains d'argent sont cantonnés au noyau cellulaire. La thymine radioactive est donc présente uniquement dans le noyau.

Étape 3 L'ADN, repéré *via* la thymine, est présent dans le noyau de la cellule et n'en sort pas. Ce n'est donc pas cette molécule qui transmet l'information au cytoplasme pour la synthèse des protéines.

7 La traduction de l'ARNm en protéines

En bref *L'information portée par l'ARNm est traduite en une suite d'acides aminés (protéine) à l'aide du code génétique.*

I Le code génétique

■ Le code génétique est un code de correspondance entre un **codon** (triplet de nucléotides) et un acide aminé. Il possède plusieurs propriétés, il est : **univoque** (chaque codon ne correspond qu'à un seul acide aminé), **redondant** (des codons différents peuvent coder le même acide aminé), **universel** (la plupart des êtres vivants utilisent ce même code lors de la synthèse des protéines).

■ La **transgenèse** s'appuie sur l'universalité du code génétique : le transgène est à l'origine de la même protéine chez l'organisme récepteur et donneur.

> **MOT CLÉ**
> **Transgenèse** : technique consistant en un transfert de gène d'un organisme à un autre (de la même espèce ou non).

■ Il ne faut pas confondre code et information. L'**information** nécessaire à la synthèse d'une protéine correspond à la suite de nucléotides portée par un gène sur la molécule d'ADN (et l'ARNm correspondant). Le **code génétique** (*cf.* exercice 5) est un outil qui permet de décoder cette information, pour la convertir en une suite d'acides aminés (protéine).

II Les étapes de la traduction

La **traduction** est réalisée dans le cytoplasme par des ribosomes, suivant l'ordre imposé par la séquence de l'ARNm. Elle s'effectue en trois étapes :

- **initiation** : le ribosome se fixe sur le codon initiateur et place la méthionine ;
- **élongation** : le ribosome se déplace de codon en codon et lie les acides aminés entre eux en respectant le code génétique ; la protéine s'agrandit ;
- **terminaison** : lorsque le ribosome rencontre un codon stop, il se détache de l'ARNm et la traduction s'arrête. La méthionine est enlevée et la protéine acquiert sa forme tridimensionnelle.

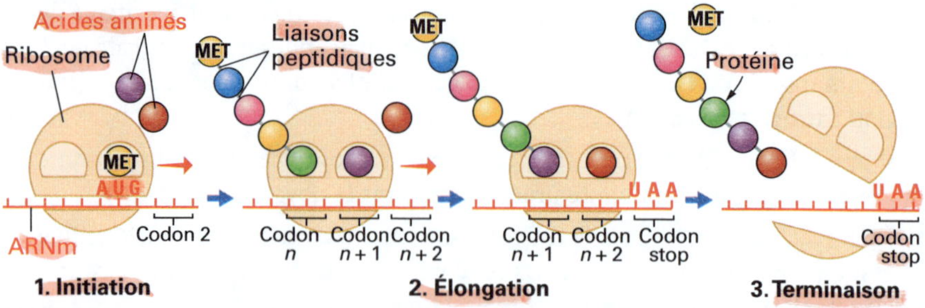

Doc **Étapes de la traduction**

Méthode

Calculer un nombre de combinaisons possibles

Les protéines sont formées d'une succession d'acides aminés déterminée par la séquence de nucléotides de l'ARNm qui les code. Cette correspondance entre l'information codée par une suite de 4 nucléotides différents et la séquence protéique composée de 20 types d'acides aminés, a des similitudes avec l'information présente dans les programmes informatiques, dont certains sont codés par une suite binaire (chiffres 0 ou 1).
Chaque objet porteur d'une information (gène, ARN, protéine, programme informatique) peut exister en de nombreuses versions, dépendantes de la taille de la séquence et du nombre de différents éléments qui la composent.
Calculer le nombre de séquences différentes possibles pour un gène composé d'une suite de 2, 5 ou 10 nucléotides. Faire de même avec une protéine composée du même nombre d'acides aminés, et comparer avec un programme informatique codé de manière binaire.

CONSEILS

Étape 1 Pour chaque objet, repérer le nombre de différents éléments (nucléotide, acide aminé, chiffres...) qui le composent.
Étape 2 Appliquer la formule mathématique correspondante :
nombre de combinaisons possibles = e^n, avec e le nombre d'éléments différents dans la séquence et n la taille de la séquence.
Étape 3 Présenter les résultats dans un tableau pour les comparer facilement.

SOLUTION

Étape 1 Un gène est constitué de 4 types de nucléotides, une protéine de 20 types d'acides aminés, un programme informatique de 2 types de chiffres.

Étape 2 Pour un gène de 5 nucléotides de long, il y a $4^5 = 1\,024$ séquences possibles. Pour une protéine de 5 acides aminés : $20^5 = 3{,}2 \times 10^6$ séquences possibles. Pour un programme informatique : $2^5 = 32$ séquences possibles.

Étape 3 Comparaison du nombre de séquences possibles.

Taille de la séquence	Programme informatique	Gène	Protéine
2	4	16	400
5	32	1 024	$3{,}2 \times 10^6$
10	1 024	1 048 576	$1{,}024 \times 10^{13}$

À NOTER

La taille moyenne d'un gène humain est de 27 000 nucléotides, celle d'une protéine de plusieurs centaines d'acides aminés : le nombre de combinaisons possibles est donc immense !

8 Le contrôle de l'expression génétique

En bref *Les cellules n'expriment pas en permanence l'ensemble de l'information génétique qu'elles contiennent. L'expression de leur génotype est régulée par leur environnement et des facteurs internes.*

I L'expression du génotype selon les cellules

- Les cellules d'un même individu possèdent le **même génotype** (la même information génétique) mais elles n'ont pas toutes le même phénotype. En effet, certaines protéines sont produites en quantité différente dans les différents types cellulaires (cellule musculaire, nerveuse, immunitaire, etc). D'autres sont produites par certaines cellules et pas par d'autres. Ainsi, certaines enzymes sont des **marqueurs de la spécialisation** des cellules.
- Le phénotype moléculaire d'une cellule peut également évoluer au cours du développement de l'organisme (embryon/enfant/adulte).
- Chaque cellule n'exprime donc qu'**une partie de son génome**. Ces différences s'expliquent par des mécanismes de régulation de la transcription des gènes, de la maturation des pré-ARNm et de la traduction.

II Les facteurs contrôlant l'expression des gènes

- Lors du développement embryonnaire, les cellules issues de la division de la cellule œuf acquièrent très tôt différents profils d'expression génétique en vue de leur future spécialisation : certains de leurs gènes sont activés, d'autres sont réprimés. Ce sont des **facteurs internes** (hormones ou autres types de molécules) qui contrôlent cette expression génétique différentielle.
- Ces molécules permettent notamment l'action de protéines, nommées **facteurs de transcription**, qui activent ou inhibent l'activité de l'ARN polymérase et donc la production d'ARNm des gènes correspondants.
- L'expression de certains gènes est également contrôlée par des facteurs de l'**environnement**. Tout comme les facteurs internes, une des actions de l'environnement est d'activer ou non l'action de facteurs de transcription.

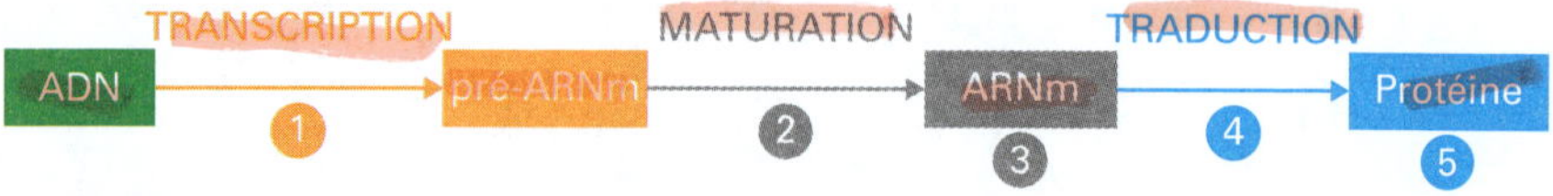

Doc **Contrôle de l'expression des gènes**

Les facteurs internes et l'environnement contrôlent : **1.** la transcription *via* l'action de facteurs de transcription ; **2.** la maturation des pré-ARNm permettant la synthèse de différents ARNm à partir d'un même pré-ARNm ; **3.** la durée de vie des ARNm dans le cytoplasme ; **4.** la traduction ; **5.** le fonctionnement des protéines.

Méthode

Montrer que l'expression des gènes d'une cellule évolue

Lors de l'allaitement, certaines cellules libèrent des sécrétions constituant le lait. Ces sécrétions contiennent aussi des molécules d'ARNm originaires des cellules sécrétrices. Afin de comprendre le fonctionnement de ces cellules, des chercheurs ont analysé le contenu en ARNm des sécrétions de femmes :

– qui produisent du colostrum (« premier lait » produit dès la fin de la grossesse jusqu'à quelques jours après l'accouchement) ;

– qui produisent du lait mature, à partir de 5 jours après la naissance.

Montrer que l'expression des gènes d'une cellule change avec le temps.

Doc Quantité d'ARNm dans les sécrétions des cellules mammaires de quatre femmes qui produisent du colostrum (colonnes A et B) ou du lait mature (C et D).

Chaque ligne correspond à l'analyse d'un type d'ARNm représentant l'expression d'un seul gène (jaune = faible quantité d'ARNm ; rouge = l'inverse ; blanc : aucun ARNm).

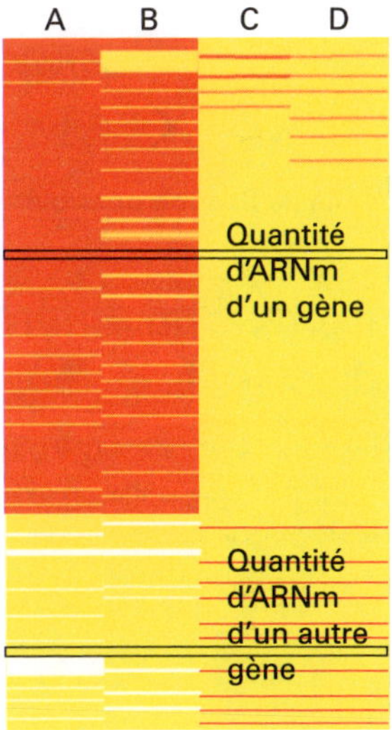

CONSEILS

Étape 1 Différencier les colonnes en fonction des stades d'allaitement.
Étape 2 Repérer les différences dans la production d'ARNm de ces cellules.
Étape 3 Interpréter ces différences en termes d'expression de gènes.

SOLUTION

Étape 1 Les colonnes A et B reflètent l'activité de cellules mammaires en début d'allaitement ; les colonnes C et D lors d'un allaitement plus avancé (lait mature).

Étape 2 Malgré des différences individuelles, on observe une quantité d'ARNm comparable pour les différents gènes des cellules de femmes au même stade d'allaitement. Il y a par contre de grandes différences de quantités d'ARNm produits entre les cellules produisant colostrum ou lait mature.

Étape 3 Les ARNm sont produits à partir de la transcription des gènes. Les gènes ne sont pas transcrits avec la même intensité dans ces cellules selon le stade d'allaitement. Certains gènes sont fortement transcrits en début d'allaitement (3 premiers quarts des colonnes), d'autres faiblement transcrits (dernier quart) ; c'est l'inverse pour un allaitement avancé.

MÉMO VISUEL

La double spécificité des enzymes

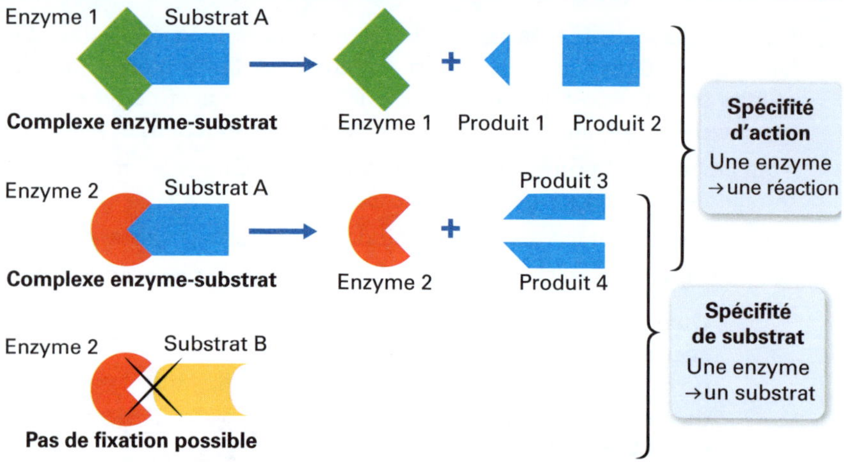

Expression différente du génotype selon le type de cellule

Le gène A est exprimé par toutes les cellules, mais les gènes B, C et D ne sont exprimés que dans un type cellulaire. Les protéines B et C sont des marqueurs de la spécialisation des cellules nerveuses et intestinales respectivement.

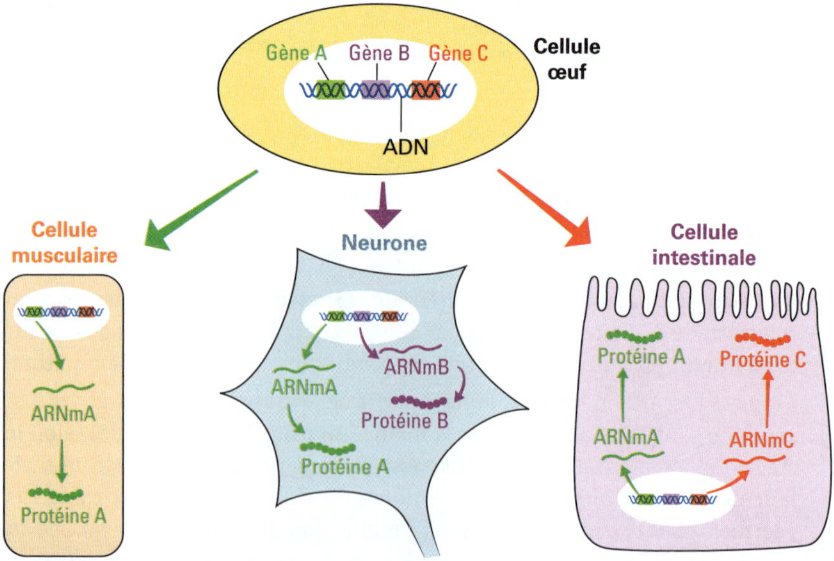

Contrôle du phénotype par le génotype

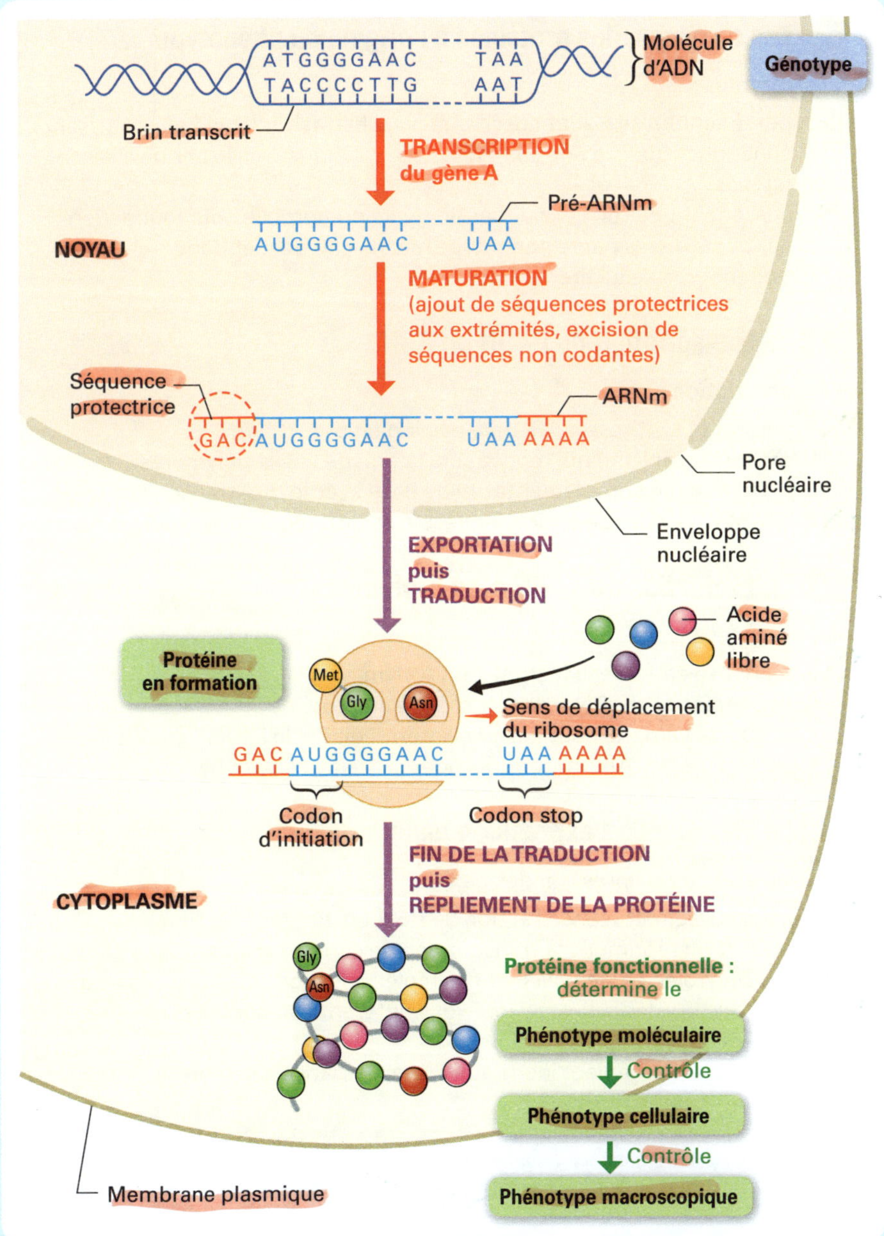

SE TESTER QUIZ

Vérifiez que vous avez bien compris les points clés des **fiches 5 à 8.**

1 Les enzymes, des protéines à l'origine du phénotype → FICHE 5

Les enzymes :

☐ **a.** possèdent un site actif spécifique du substrat sur lequel elles agissent
☐ **b.** sont constituées d'une suite d'acides nucléiques reliés par des liaisons peptidiques
☐ **c.** possèdent une forme tridimensionnelle primordiale pour leur action
☐ **d.** sont contrôlées par le phénotype macroscopique, et donc par le phénotype cellulaire

2 La transcription de l'ADN en ARN → FICHE 6

La transcription :

☐ **a.** permet la synthèse d'ARNm à partir d'un pré-ARNm
☐ **b.** est un mécanisme qui repose sur l'action de l'ADN polymérase
☐ **c.** s'effectue par complémentarité de base avec le brin transcrit de l'ADN
☐ **d.** permet la synthèse d'ARN, molécule constituée d'acides aminés

3 La traduction de l'ARNm en protéines → FICHE 7

Au cours de la traduction :

☐ **a.** un ribose effectue la lecture d'un ARNm
☐ **b.** une molécule d'ARNm se transforme en protéine
☐ **c.** des acides aminés sont liés par l'intermédiaire de liaisons peptidiques
☐ **d.** les codons de l'ARNm sont décodés grâce au code génétique

4 Le contrôle de l'expression génétique → FICHE 8

La régulation de l'expression des gènes :

☐ **a.** peut être effectuée *via* l'action de facteurs de transcription, qui activent ou répriment la transcription de certains gènes
☐ **b.** est contrôlée par le milieu et des molécules produites par l'organisme
☐ **c.** explique que les cellules d'individus différents ne possèdent pas le même phénotype
☐ **d.** s'effectue de manière identique, de la naissance à la mort

pas fou ....

S'ENTRAÎNER

5 Déterminer les effets de mutations sur les protéines

→ FICHE 7

Les mutations des portions codantes de l'ADN peuvent avoir différents impacts sur le phénotype, selon les modifications qu'elles entraînent sur les protéines.

À partir des différentes séquences nucléotidiques issues d'un gène théorique codant une enzyme (doc 1), et du code génétique (doc 2) :

1. Donner les séquences protéiques correspondant à chaque allèle.

2. Formuler des hypothèses sur les impacts potentiels sur le phénotype des différentes mutations présentées (allèles 2 à 4).

Doc 1 Comparaison de différents allèles d'un même gène codant une enzyme (seul le brin transcrit est présenté)

Allèle 1	TACCGAATGTGCTTTATC
Allèle 2	TACCCAATGTGCTTTATC
Allèle 3	TACCGAATGTGTTTTATC
Allèle 4	TACCGAATTTGCTTTATC

L'allèle 1 est considéré comme l'allèle de référence (allèle sauvage). Les allèles 2 à 4 sont les allèles issus de mutations.

Doc 2 Code génétique

1er nucléotide	2e nucléotide : U		C		A		G		3e nucléotide
	U		C		A		G		
U	UUU	phénylalanine [PHE]	UCU	sérine [SER]	UAU	tyrosine [TYR]	UGU	cystéine [CYS]	U
U	UUC		UCC		UAC		UGC		C
U	UUA	leucine [LEU]	UCA		UAA	codon-stop	UGA	codon-stop	A
U	UUG		UCG		UAG		UGG	tryptophane [TRY]	G
C	CUU	isoleucine [ILE]	CCU	proline [PRO]	CAU	histidine [HIS]	CGU	arginine [ARG]	U
C	CUC		CCC		CAC		CGC		C
C	CUA		CCA		CAA	glutamine [GLN]	CGA		A
C	CUG		CCG		CAG		CGG		G
A	AUU	isoleucine [ILE]	ACU	thréonine [THR]	AAU	asparagine [ASN]	AGU	sérine [SER]	U
A	AUC		ACC		AAC		AGC		C
A	AUA		ACA		AAA	lysine [LYS]	AGA	arginine [ARG]	A
A	AUG	méthionine [MET]	ACG		AAG		AGG		G
G	GUU	valine [VAL]	GCU	alanine [ALA]	GAU	acide aspartique [ASP]	GGU	glycine [GLY]	U
G	GUC		GCC		GAC		GGC		C
G	GUA		GCA		GAA	acide glutamique [GLU]	GGA		A
G	GUG		GCG		GAG		GGG		G

6 Calculer la vitesse initiale d'une enzyme dans différentes conditions

→ FICHE 5

L'invertase est une enzyme présente dans le tube digestif des abeilles. Elle leur permet de transformer le saccharose (sucre qu'elles récoltent dans le nectar) en d'autres types de sucres qui constituent le miel. La réaction catalysée par cette enzyme est présentée dans le document 1.

Doc 1 Réaction catalysée par l'invertase

L'invertase catalyse la réaction entre saccharose et eau qui forme le glucose et le fructose.

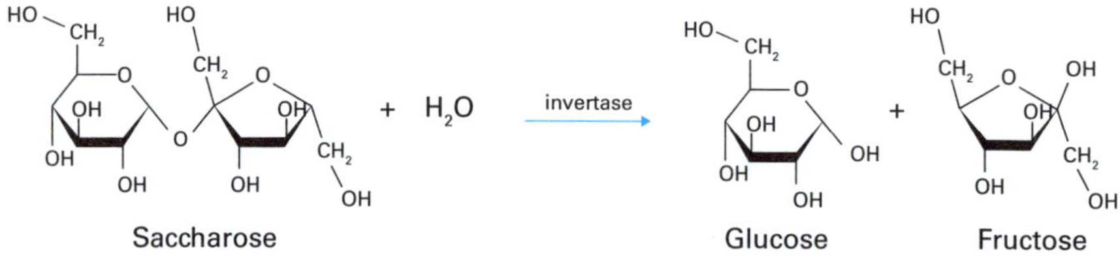

L'activité de l'invertase a été estimée en mesurant l'évolution de la production de glucose dans une solution contenant l'enzyme et son substrat, le saccharose.

Doc 2 Évolution de la concentration en glucose au cours du temps

L'expérience a été réalisée trois fois, avec des concentrations en invertase différentes. La concentration en saccharose en début d'expérience était identique dans les trois cas.

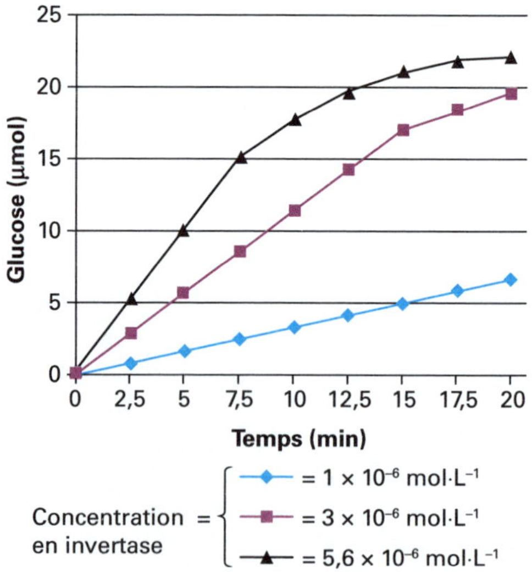

Montrer que la vitesse initiale de réaction de l'invertase dépend de sa concentration.

7 Mettre en évidence le déplacement de la molécule d'ARNm

→ FICHE 6, MÉTHODE

En 1955, Goldstein et Plaut ont étudié l'évolution de la localisation de l'ARN dans des cellules d'amibes (eucaryotes unicellulaires, qui se développent dans les eaux douces ou salées). Pour cela, ils ont réalisé deux types d'expériences basées sur la technique d'**autoradiographie**.

RAPPELS SUR LA TECHNIQUE D'AUTORADIOGRAPHIE

1. Mise en présence de cellules avec un type de molécule dont un atome est radioactif, durant un temps suffisant pour que les molécules radioactives puissent y pénétrer.
2. Recouvrement des cellules par une émulsion photographique dont certains ions précipitent lorsqu'ils sont traversés par un rayonnement radioactif.
3. Observation microscopique et détection de la localisation de la radioactivité grâce à la précipitation de certains composés (grains d'argent) de l'émulsion.

Expérience 1 : ils ont placé des amibes durant 10 min en présence d'uracile marqué radioactivement, puis ont détecté la localisation de la radioactivité (*schéma 1*). Ils ont ensuite transféré les amibes dans un milieu contenant les mêmes éléments, mais non marqués radioactivement, durant 90 min. Une nouvelle détection de radioactivité a été réalisée (*schéma 2*).

Expérience 2 : des noyaux des amibes de l'expérience 1 ont été prélevés 10 min après leur exposition à l'uracile radioactif et greffés dans des amibes non traitées (*schéma 3*). Ces amibes « greffées » ont été cultivées 90 min dans un milieu non radioactif, et la radioactivité détectée (*schéma 4*).

Doc Schémas des résultats d'expériences

10 min d'exposition à l'uracile radioactif	10 min d'exposition à l'uracile radioactif puis 90 min dans un milieu non radioactif	Greffe d'un noyau radioactif dans une amibe non exposée à l'uracile radioactif	Observation des résultats de l'expérience 3, 90 min après la greffe
① 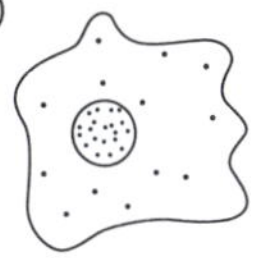	② 	③ 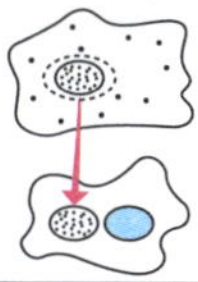	④ 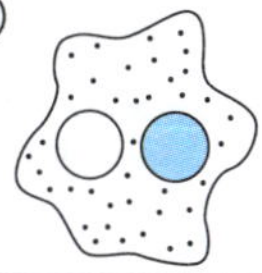

Exploiter les résultats obtenus par les chercheurs et utiliser vos connaissances pour montrer que la localisation de l'ARN dans la cellule évolue après sa synthèse, en lien avec sa fonction.

8 Identifier une modification de l'expression de gènes au cours du cycle cellulaire

→ FICHE 8, MÉTHODE

La transcription de la plupart des gènes est très restreinte durant la mitose (du fait de la condensation de l'ADN notamment). Pourtant, l'expression de certains gènes est essentielle au déroulement des événements ayant lieu durant la mitose : condensation de l'ADN, migration des chromosomes, séparation des chromatides, etc.

Des chercheurs ont étudié les ARNm correspondant à ces gènes dans des cellules cancéreuses de deux manières différentes :

1) ils ont étudié l'intensité de la transcription de ces gènes à différents moments du cycle cellulaire : à l'entrée en phase G1, à l'entrée en phase S, et au cours de la mitose (doc. a) ;

2) ils ont analysé la quantité d'ARNm de ces gènes retrouvée dans le **cytoplasme** durant ces mêmes phases du cycle cellulaire (doc. b).

RAPPEL

Les ARN synthétisés lors de la transcription ne sont pas immédiatement traduits dans le **cytoplasme** : ils subissent d'autres événements, postérieurs à leur formation, qui permettent de réguler leur quantité dans le cytoplasme (maturation dans le noyau, dégradation dans le cytoplasme...).

À partir des résultats présentés dans les documents a et b, montrer que l'entrée d'une cellule en mitose est préparée par les étapes du cycle cellulaire qui la précèdent.

Doc Estimation de l'intensité de transcription (a) et quantité d'ARNm cytoplasmique (b) de gènes dont l'action est importante lors de la mitose

Les mesures ont été effectuées à l'entrée en phase G1, à l'entrée en phase S et au cours de la mitose. Chaque bande correspond à l'analyse d'un gène.

(a) Intensité de la transcription

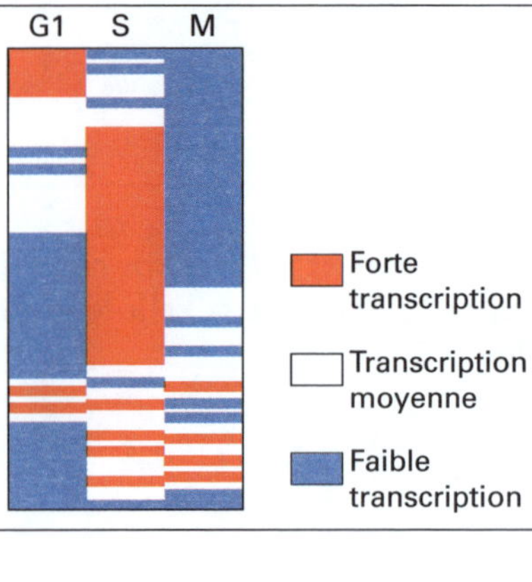

(b) Quantité d'ARNm cytoplasmique

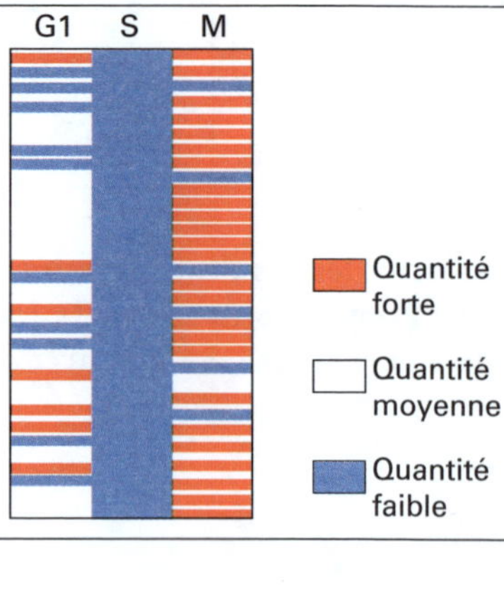

9 Déterminer l'impact d'une mutation sur le phénotype → FICHES 5 et 8

Le glyphosate est un herbicide très puissant, utilisé dans de nombreuses cultures pour éliminer les « mauvaises herbes » (plantes qui entrent en compétition avec les espèces cultivées).

Des chercheurs ont découvert que des populations d'une espèce de « mauvaise herbe », *Eleusine indica*, sont porteuses d'un allèle du gène codant l'**enzyme EPSP synthase** qui leur confère une résistance au glyphosate. Certains individus l'ont acquis par mutation spontanée, et il s'est ensuite répandu au fil des générations dans les populations exposées au glyphosate, par sélection naturelle.

Les chercheurs ont étudié les modifications du phénotype de ces plantes mutantes, et les bases moléculaires de ces modifications (doc. 1 à 4).

Doc 1 Résistance de plants d'*Eleusine indica* sauvages et mutants au glyphosate

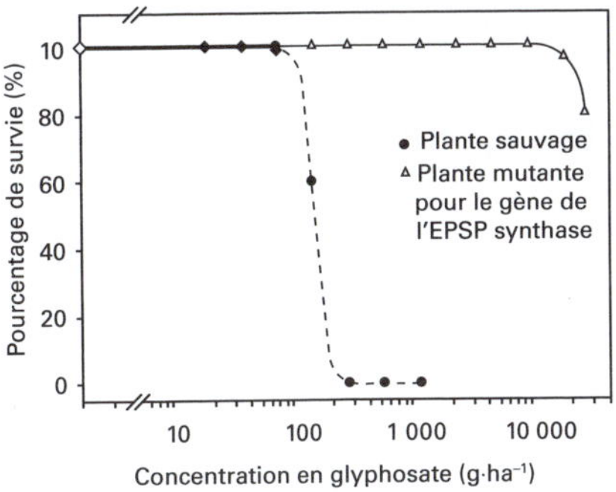

Doc 2 Plants d'*Eleusine indica* cultivés sans glyphosate, dans des conditions identiques

Plants mutants Plants sauvages

Doc 3 Schéma du mode d'action de l'enzyme EPSP synthase

Cette enzyme catalyse la réaction entre le phosphoenolpyruvate (PEP) et le shikimate-3-phosphate (S3P), qui forme un produit nommé EPSP. L'EPSP est indispensable à la production de trois acides aminés (phénylalanine, tyrosine, tryptophane), et donc à la synthèse de la majeure partie des protéines des plantes.

Enzyme associée à ses substrats naturels (PEP et S3P). Le site actif est localisé par la couleur verte.	Action de l'enzyme en présence de glyphosate (Gly). Le site actif est localisé par la couleur verte.
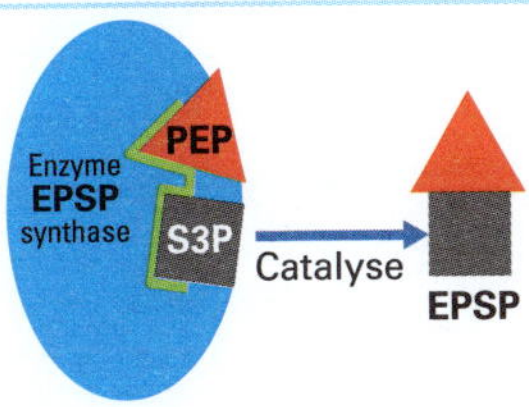	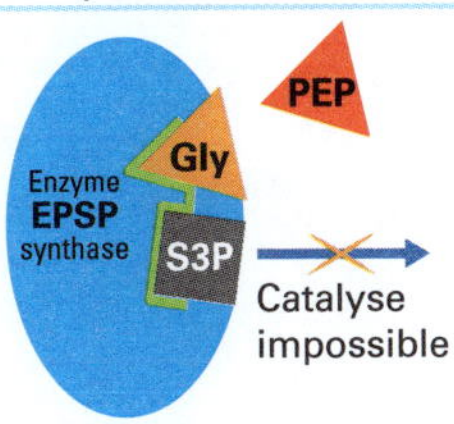

Doc 4 Localisation de la mutation sur l'enzyme EPSP synthase

La conséquence de la mutation du gène codant l'EPSP synthase est la modification de deux acides aminés dont la position est représentée par : .

L'enzyme mutée a une activité réduite : la réaction présentée dans le doc. 3 est catalysée 16 fois moins efficacement que par l'enzyme sauvage.

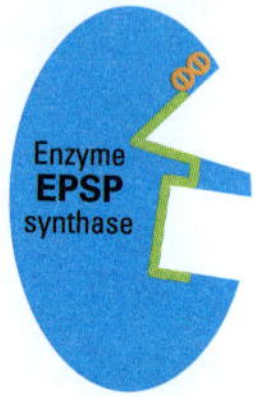

1. Montrer que cette mutation modifie le phénotype de ces plantes.
2. Discuter du caractère avantageux ou non de cette mutation : dans un environnement où le glyphosate est présent ; dans le cas où il est absent.
3. Expliquer comment la mutation du gène codant l'EPSP synthase contrôle le phénotype macroscopique des plantes ; appuyez-vous sur les documents et sur vos connaissances sur le mode d'action des enzymes.

À NOTER

L'avantage conféré par le phénotype d'un individu n'est pas toujours le même selon l'environnement dans lequel il se trouve.

OBJECTIF BAC

10 Montrer comment l'environnement agit sur le phénotype

80 min

Cet exercice est une restitution de connaissances. Il permet de s'entraîner à rédiger une réponse organisée en sélectionnant les connaissances utiles parmi celles acquises tout au long du chapitre.

LE SUJET

L'environnement peut contrôler le phénotype d'un individu, notamment *via* l'action de certaines molécules régulant la transcription des gènes : les facteurs de transcription. Ceci peut être illustré par l'utilisation de certains nutriments par les bactéries. Selon les nutriments présents dans leur environnement, la production d'une protéine, la β-galactosidase (enzyme permettant de digérer le lactose), est activée ou non :

- en présence de glucose dans l'environnement, cette protéine n'est pas produite par la bactérie ;
- en absence de glucose, un facteur de transcription (molécule CAP) active la transcription du gène de la β-galactosidase, permettant aux bactéries l'utilisation de lactose (voir doc.).

Doc Action du facteur de transcription CAP dans deux environnements

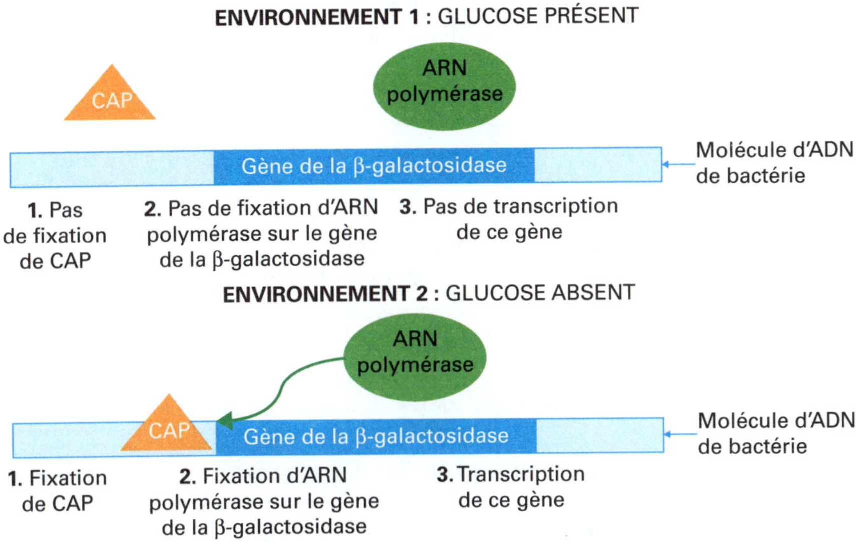

À partir de l'exemple ci-dessus et de vos connaissances, montrer comment l'environnement contrôle le phénotype moléculaire de ces bactéries.

La maturation du pré-ARNm ne sera pas présentée (elle n'a pas lieu chez les procaryotes).

▶▶▶ LA FEUILLE DE ROUTE

Étape 1 Au brouillon, délimiter le sujet et définir une organisation des idées

- Lire plusieurs fois la phrase de consigne principale (en gras).
- Surligner les termes importants, pour baliser le sujet : ici, il faudra présenter la succession des étapes qui mènent d'un environnement cellulaire donné à un phénotype moléculaire particulier pour ces bactéries.
- Noter les mots clés associés au sujet, puis surligner les termes se référant à une même partie pour dégager un plan.
- Noter les titres des différentes parties de votre développement.
- Comparer avec les différentes parties du cours pour vérifier que vous avez pensé à toutes les notions essentielles au traitement du sujet.

Étape 2 Au brouillon, rédiger l'introduction et la conclusion

- Pour l'introduction :

– définir les termes importants du sujet (phénotype moléculaire, facteurs de transcription) dans des phrases qui s'enchaînent logiquement (éviter de faire une liste de définitions) ;
– poser une problématique sous forme de question (reprendre la phrase de consigne et la mettre au mode interrogatif) ;
– annoncer votre plan.

■ Pour la conclusion :
- répondre précisément à la problématique en synthétisant votre développement. Penser à reprendre les mots clés de vos différentes parties ;
- ouvrir sur un questionnement plus large que votre sujet.

Étape 3 Rédiger votre réponse au propre

■ Recopier l'introduction effectuée au brouillon.

■ Rédiger votre développement en reprenant les différentes parties qui sont ressorties lors de l'étape 1. Penser à définir toute notion clé associée au sujet. Pour être sûr d'être exhaustif, une technique possible consiste à se poser les questions suivantes lors des explications de chaque notion :
- **Quoi ?** Par exemple, la notion à présenter est-elle liée à une molécule (protéine/ADN/ARN), une cellule, un organisme ?
- **Où ?** À quel endroit de la cellule ou de l'organisme a lieu le mécanisme en question ?
- **Quand ?** À quel moment de l'expression génétique le mécanisme présenté a-t-il lieu ?
- **Comment ?** Quels sont les éléments (molécules, cellules...) nécessaires à sa réalisation ?

■ Pour chaque paragraphe rédigé, vérifier qu'il permette de répondre (au moins en partie) à la problématique.

■ Ne pas hésiter à réaliser des schémas pour expliquer certaines notions.

■ Recopier la conclusion effectuée au brouillon.

CORRIGÉS

SE TESTER QUIZ

1 Les enzymes, des protéines à l'origine du phénotype

Réponses a et c.

Les réponses b et d sont incorrectes.

b. Les enzymes sont des protéines constituées d'une succession d'acides aminés.
d. Les enzymes constituent le phénotype moléculaire qui contrôle le phénotype cellulaire et donc le phénotype macroscopique (et non l'inverse).

2 La transcription de l'ADN en ARN

Réponse c.

Les réponses a, b et d sont incorrectes.

a. La transcription permet la synthèse du pré-ARNm. À la suite de la transcription, c'est la maturation du pré-ARNm qui permet la formation d'ARNm.
b. La transcription est dirigée par l'ARN polymérase (l'ADN polymérase intervient lors de la réplication de l'ADN).
d. L'ARN produit est constitué de nucléotides ; ce sont les protéines qui sont constituées d'acides aminés.

3 La traduction de l'ARNm en protéines

Réponses c et d.

Les réponses a et b sont incorrectes, car ce sont les ribosomes qui lient des acides aminés entre eux pour produire une protéine, en fonction de l'information portée par la succession de nucléotides de l'ARNm. La protéine produite est donc issue des acides aminés présents dans le cytoplasme, et non de la transformation de l'ARNm (dont l'information permet la synthèse de plusieurs protéines identiques).

4 Le contrôle de l'expression génétique

Réponses a et b.

Les réponses c et d sont incorrectes.

c. Les différents phénotypes des individus ont pour origine leur génotype distinct.
d. Une même cellule peut exprimer différents gènes au cours de sa vie.

S'ENTRAÎNER

5 Déterminer les effets de mutations sur les protéines

1. La synthèse protéique s'effectue à partir d'un ARNm, complémentaire du brin transcrit → FICHE 6. Les ARNm et les protéines correspondantes sont présentés ci-dessous.

ARNm1	AUG GCU UAC ACG AAA UAG
Protéine 1	Met – Ala – Tyr – Thr – Lys
ARNm2	AUG GGU UAC ACG AAA UAG
Protéine 2	Met – Gly – Tyr – Thr – Lys
ARNm3	AUG GCU UAC ACA AAA UAG
Protéine 3	Met – Ala – Tyr – Thr – Lys
ARNm4	AUG GCU UAA ACG AAA UAG
Protéine 4	Met – Ala

2. ■ **La protéine 3** est identique à la protéine 1 : la mutation responsable de l'apparition de l'allèle 3 ne devrait donc avoir aucun impact sur le phénotype. La protéine 2 diffère de la protéine de référence par un acide aminé (Ala remplacé par Gly). L'impact de cette modification dépend de l'importance de cet acide aminé pour l'action de l'enzyme : si cet acide aminé fait partie du site actif de l'enzyme, l'action de la protéine peut être modifiée, et donc le phénotype altéré. Si ce n'est pas le cas, les conséquences de la mutation peuvent être limitées.

■ **La protéine 4** est tronquée, du fait de l'apparition d'un codon stop prématuré. Cette mutation doit donc rendre l'enzyme non fonctionnelle ; elle devrait avoir un impact considérable sur le phénotype.

À NOTER

■ La méthionine correspondant au **codon** initiateur est excisée après formation des protéines. On aurait pu ne pas la représenter dans le tableau.
■ La **mutation 3** n'a aucun impact sur la protéine, du fait de la redondance du code génétique. Les mutations de ce type sont qualifiées de silencieuses.

6 Calculer la vitesse initiale d'une enzyme

Pour pouvoir comparer les vitesses initiales de réaction de l'invertase, il faut commencer par calculer cette vitesse dans chacune des conditions de concentration en enzyme.

En appliquant la méthode de la fiche 5 à cet exemple.

Étape 1 Tracer la tangente aux trois courbes en début d'expérience (flèches noires, violettes et bleues).

> **À NOTER**
> La **courbe bleue** étant quasi linéaire durant les 20 min que dure l'expérience, la tangente tracée est quasi confondue avec cette courbe.

Étape 2 Calculer la pente de chacune des tangentes :

– pour la concentration en invertase de $5{,}6 \times 10^{-6}$ mol · L^{-1} : $v_i = 20/10 = 2$ µmol · min^{-1} (ci-contre un ex. de détermination de pente) ;

– pour la concentration de 3×10^{-6} mol · L^{-1} : $v_i = 14/12{,}5 = 1{,}1$ µmol · min^{-1} ;

– pour la concentration de 1×10^{-6} mol · L^{-1} : $v_i = 5/15 = 0{,}33$ µmol · min^{-1}.

On voit donc que plus la concentration en enzyme est élevée, plus la vitesse initiale de réaction est grande : **la vitesse de réaction d'une enzyme dépend donc de sa concentration dans le milieu.**

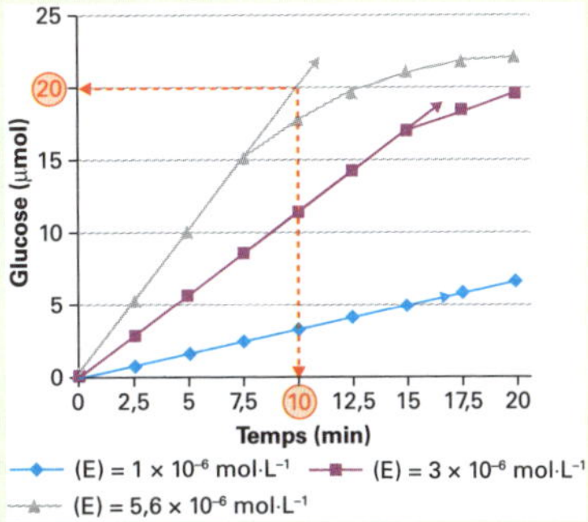

7 Mettre en évidence le déplacement de la molécule d'ARNm

En appliquant la méthode de la fiche 6 à cet exemple.

Étape 1 Des amibes ont été mises en présence d'uracile radioactif. Ce nucléotide étant un composant spécifique de la molécule d'ARN, c'est cette dernière molécule dont les chercheurs suivent la localisation.

Étapes 2 et 3

■ **Expérience 1 :** 10 minutes après l'exposition de l'amibe à l'uracile radioactif, on observe que la **radioactivité** est principalement localisée dans le noyau (quelques grains d'argent sont également retrouvés dans le cytoplasme). C'est le signe que la synthèse de l'ARN à partir de nucléotides tels que l'uracile (radioactif ici) se déroule dans le noyau.

> **À NOTER**
> La **radioactivité** retrouvée dans le cytoplasme s'explique par le fait que les nucléotides libres prélevés dans le milieu extérieur transitent obligatoirement par le cytoplasme avant de pénétrer dans le noyau où ils sont assemblés.

Quatre-vingt dix minutes plus tard, alors qu'aucun nucléotide radioactif supplémentaire n'a pu être intégré, la localisation de la radioactivité est différente : elle est entièrement présente dans le cytoplasme, le noyau n'est plus radioactif.

Ce résultat est le signe que les molécules d'**ARN produites dans le noyau ont été exportées vers le cytoplasme**, lieu de synthèse des protéines. Ce mouvement reflète le rôle de l'ARNm : **transférer l'information génétique depuis les gènes vers le cytoplasme** (où elle est traduite en protéines).

■ **Expérience 2 :** 90 minutes après la greffe d'un noyau contenant de l'uracile radioactif à une amibe cultivée dans un milieu non radioactif, le cytoplasme devient radioactif alors qu'aucun des deux noyaux ne présente d'uracile radioactif. Ceci confirme le transfert d'ARN du noyau vers le cytoplasme. On peut ajouter que ce transfert est unidirectionnel : le trajet inverse (du cytoplasme vers le noyau) n'est pas effectué (visible aussi dans l'expérience 1, schéma 2).

8 Identifier une modification de l'expression de gènes au cours du cycle celulaire

■ Le document b montre que les **ARNm** de la majeure partie des gènes étudiés sont présents en grande quantité durant la mitose. L'ensemble de ces ARNm est très peu présent en début de phase S, et seule une petite partie de ces ARNm est retrouvée en quantité importante en début de phase G1.

Ces ARNm sont porteurs de l'information de gènes qui contrôlent des événements clés, la mitose : ils sont donc présents en grande quantité dans la phase durant laquelle les protéines correspondantes exercent leur action.

À NOTER

Deux hypothèses peuvent être formulées pour expliquer la présence de certains de ces **ARNm** en début de phase G1 : soit les protéines correspondantes ont également un rôle important durant la phase G1 ; soit ils ne jouent pas de rôle dans la phase G1, mais ces ARNm ont une durée de vie plus longue que les autres, et n'ont pas été entièrement dégradés à la fin de la mitose précédente.

■ Le document a présente l'intensité de la transcription de ces mêmes gènes au cours du cycle cellulaire. On observe que la majeure partie de ces gènes n'est que très peu (ou pas) transcrite durant la phase M. La présence des ARNm correspondants durant la mitose est donc due à une transcription plus précoce : en effet, un grand nombre de ces gènes est fortement transcrit durant les étapes précédentes du cycle cellulaire (début de phase S principalement, début de phase G1 pour quelques autres gènes). Nous pouvons donc conclure que les gènes clés dans le contrôle de la mitose sont majoritairement transcrits durant les phases qui la précèdent (début de phase G1 et surtout début de phase S). Mais la plupart des ARNm synthétisés durant ces étapes ne sont pas présents en quantité importante dans le cytoplasme au moment de leur production : on peut imaginer qu'ils sont piégés dans le noyau et/ou qu'ils sont rapidement dégradés dans le cytoplasme, jusqu'à ce que la cellule entre en mitose.

9 Déterminer l'impact d'une mutation sur le phénotype

1. ■ Le document 1 présente le pourcentage de plantes survivant à des doses croissantes de glyphosate. On observe que la survie des plantes sauvages chute brusquement lorsque la dose de glyphosate est supérieure à 100 $g \cdot ha^{-1}$, et qu'aucune plante ne survit à des doses supérieures à 200 $g \cdot ha^{-1}$. En revanche, les plantes qui ont subi une mutation sur le gène codant l'EPSP synthase survivent toutes jusqu'à des doses de plus de 10 000 $g \cdot ha^{-1}$. Leur survie ne commence à chuter qu'à partir de doses proches de 20 000 $g \cdot ha^{-1}$.

Les plantes mutantes ont donc un phénotype qui leur permet d'être résistantes à de fortes doses d'herbicide, contrairement aux sauvages.

■ De plus, le **document 2** compare des cultures de plantes mutantes et sauvages dans un milieu dépourvu de glyphosate. On observe que les plantes mutantes se sont bien moins développées que les plantes sauvages. **Cette mutation a donc une autre action sur le phénotype de la plante : elle limite sa croissance (dans un environnement sans herbicide).**

2. Dans les milieux cultivés (riches en glyphosate), le phénotype d'une plante mutante est avantageux, car il permet sa survie contrairement aux plantes sauvages (d'où l'augmentation de la fréquence de cet allèle mutant dans certains agrosystèmes). En revanche, dans un milieu dépourvu de glyphosate, cette mutation est défavorable : elle entraîne une croissance réduite ; les plantes mutantes sont donc moins compétitives que les sauvages dans ces milieux.

3. ■ **Le document 3** indique que le gène muté contrôle une enzyme (EPSP synthase) qui permet la formation de l'EPSP, molécule nécessaire à la synthèse de trois acides aminés (phénylalanine, tyrosine, tryptophane). Cette enzyme est donc primordiale pour la synthèse de l'ensemble des protéines de la plante. Ce document montre également qu'en présence de glyphosate, un des substrats de l'enzyme (PEP) n'arrive pas à se fixer sur l'enzyme ; le glyphosate prend sa place dans la poche catalytique. La molécule d'EPSP n'est pas produite, la plante n'arrive donc pas à synthétiser une grande partie de ses protéines, ce qui doit être la cause de sa mort.

■ **Le document 4** permet de voir que les deux acides aminés de l'EPSP synthase modifiés chez les plantes mutantes sont localisés proches du site actif de cette enzyme, au niveau duquel la molécule PEP se fixe d'habitude. Il est également indiqué que l'enzyme mutée est beaucoup moins efficace pour la production d'EPSP que l'enzyme sauvage : ceci explique pourquoi les plantes mutantes ont une croissance plus faible que les plantes sauvages.

Enfin, la localisation des acides aminés modifiés sur l'enzyme explique également pourquoi les plantes mutantes sont peu sensibles au glyphosate : il ne peut probablement pas bien se fixer sur l'EPSP synthase mutée.

■ **Pour conclure,** la mutation a modifié les caractéristiques du site actif de l'enzyme EPSP synthase (modification du phénotype moléculaire) : cette enzyme a moins d'affinité pour son substrat (le PEP). La cellule doit donc produire moins d'EPSP et donc avoir plus de difficultés à produire des protéines (phénotype cellulaire modifié). La croissance de la plante entière est donc limitée (phénotype macroscopique). Dans un environnement riche en glyphosate, cet herbicide doit avoir du mal à se fixer sur l'enzyme, expliquant la résistance de la plante à ce produit.

OBJECTIF BAC

10 Montrer comment l'environnement agit sur le phénotype

Étape 1 Délimiter le sujet et définir une organisation des idées

Le sujet doit balayer l'ensemble des événements qui ont lieu depuis une modification de l'environnement jusqu'à une modification du phénotype moléculaire (donc des protéines produites). Les événements principaux à traiter sont donc (I) la transcription (mots clés : ARNm, ARN polymérase, brin transcrit, nucléotides) et (II) la traduction (mots clés : code génétique, codon, ribosome, acides aminés, protéines).

Étape 2 Rédiger l'introduction et la conclusion (voir l'étape 3)

Étape 3 Rédiger votre réponse au propre

La β-galactosidase est une enzyme produite par les bactéries dans des milieux dépourvus de glucose. Leur phénotype moléculaire (ensemble des protéines produites) est donc dépendant de l'environnement dans lequel elles se trouvent. Ce sont des protéines particulières, les facteurs de transcription (ici, la protéine CAP), qui permettent de moduler l'expression du gène de la β-galactosidase.

Comment l'environnement, *via* l'action du facteur de transcription CAP, peut-il modifier le phénotype moléculaire de ces bactéries ? Dans une première partie, nous montrerons que les facteurs de transcription contrôlent la transcription de ce gène en ARNm, puis nous étudierons la traduction de cet ARNm produit en protéine de β-galactosidase.

I. La transcription du gène codant la β-galactosidase

La transcription est un mécanisme permettant la copie de l'information génétique présente dans un gène (portion d'ADN) sur une molécule intermédiaire, nommée ARNm.

A. Caractéristiques de l'ARN

L'ARN (acide ribonucléique) est, tout comme l'ADN, un acide nucléique constitué d'une succession de nucléotides. Cependant, ses nucléotides sont constitués d'un sucre, le ribose, différent de celui constituant les nucléotides de l'ADN (le désoxyribose). De plus, les bases azotées composant les nucléotides de l'ARN sont l'adénine, la cytosine, la guanine et l'uracile (contrairement à l'ADN qui ne contient pas d'uracile, mais de la thymine). Enfin, cette molécule est constituée d'un seul brin, au contraire de l'ADN (composée de deux brins).

B. Déroulement de la transcription du gène

En absence de glucose, la protéine CAP (un facteur de transcription) se fixe en amont du gène codant la β-galactosidase. Cette fixation attire l'ARN polymérase sur le gène, qui lie les ribonucléotides libres et les associe pour former la molécule d'ARNm. La succession des nucléotides de l'ARN est définie par la complémentarité de bases avec le brin transcrit du gène. L'information contenue dans le gène est alors présente dans la molécule d'ARNm formée *(schéma possible)*. Dans un environnement où le glucose est présent, la protéine CAP ne se fixe pas sur l'ADN, et la transcription du gène n'est pas effectuée : l'ARNm codant la β-galactosidase n'est donc pas produit.

II. La traduction de l'information portée par l'ARNm

Après sa production, l'ARNm est lu par les ribosomes dans le cytoplasme, et traduit en une suite d'acides aminés formant les protéines. Les ribosomes respectent le code génétique pour traduire cette information.

A. Caractéristiques du code génétique

Le code génétique est un code de correspondance entre triplets de nucléotides de l'ARNm (codons) et acides aminés. Il est universel (commun à la majeure partie des êtres vivants), univoque (un codon correspond à un seul type d'acide aminé) et redondant (plusieurs codons peuvent désigner un même acide aminé).

B. Étapes de la traduction

La traduction s'effectue en trois étapes :

– initiation : le ribosome détecte le codon initiateur et place la méthionine ;

– élongation : le ribosome se déplace sur l'ARNm codon après codon, et lie les acides aminés correspondant par des liaisons peptidiques ;

– terminaison : une fois le codon stop détecté, le ribosome se détache, la traduction s'arrête. La méthionine de début de séquence est enlevée, et la protéine produite acquiert sa forme tridimensionnelle.

L'ARNm codant le gène de la β-galactosidase n'étant pas produit dans un environnement où le glucose est présent, la protéine n'est pas synthétisée dans ce cas : le phénotype moléculaire de la bactérie est donc différent.

Dans un environnement dépourvu de glucose, le facteur de transcription CAP se fixe proche du gène codant la β-galactosidase qui est donc transcrit grâce à l'action de l'ARN polymérase. L'ARNm ainsi formé est lu par un ribosome qui produit la protéine correspondante (β-galactosidase) par association d'acides aminés, en respectant le code génétique. Cette protéine permet à la bactérie de digérer le lactose présent dans l'environnement, ce qui lui permet de pallier le manque de glucose. En présence de glucose, la protéine CAP ne se fixe pas, la transcription de ce gène n'a pas lieu, la protéine β-galactosidase n'est pas produite : son phénotype moléculaire est donc différent. **L'environnement de la bactérie (présence/absence de glucose) contrôle donc son phénotype moléculaire (production ou non de β-galactosidase).**

3 Mutations, variabilité génétique et histoire humaine

Longtemps considérée comme une espèce éteinte et distincte de l'homme moderne, l'homme de Néandertal se serait pourtant hybridé avec notre espèce il y a environ 47 000 ans et lui aurait transmis une partie de son génome.

AO, Le Dernier Néandertal de Jacques Malaterre, 2010

9 L'apparition des mutations

En bref *Au cours du cycle cellulaire, l'ADN peut être endommagé, ce qui peut parfois modifier le patrimoine génétique.*

I Modifications et réparation de l'ADN

- Lors de la réplication, des erreurs (ex. : mauvais appariement) peuvent survenir lors de l'action de l'ADN polymérase. Cette enzyme en corrige la plupart directement : elle peut « relire » le nucléotide qui vient d'être ajouté et le retirer en cas d'erreur, avant de se déplacer sur le nucléotide suivant.

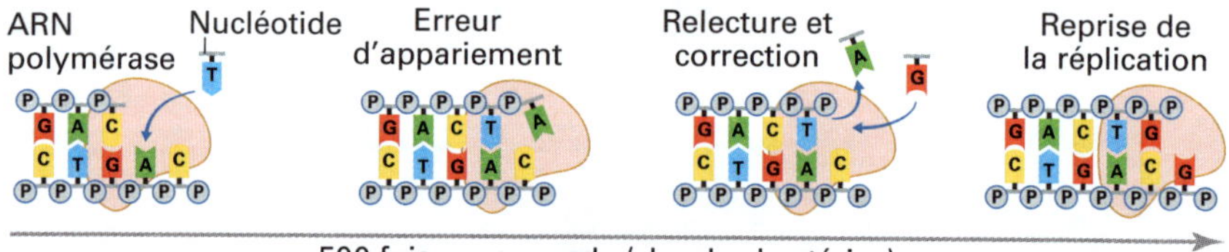

Doc 1 L'ADN polymérase corrige ses erreurs

- Le taux d'erreur passe de 10^{-5} (1 erreur pour 10^5 nucléotides) à 10^{-7} après relecture, ce qui est faible vu la vitesse de réplication.
- D'autres lésions, pouvant modifier la séquence, peuvent survenir n'importe quand : les nucléotides peuvent être modifiés sous l'effet d'autres molécules de la cellule, conduisant à des appariements incorrects entre nucléotides ou à des cassures de l'ADN.
- La cellule possède des mécanismes de réparation, qui reposent sur l'action d'enzymes détectant et corrigeant les lésions. Ces systèmes sont efficaces, puisque, après leur action, le taux d'erreur n'est plus que de 10^{-9} à 10^{-10}.

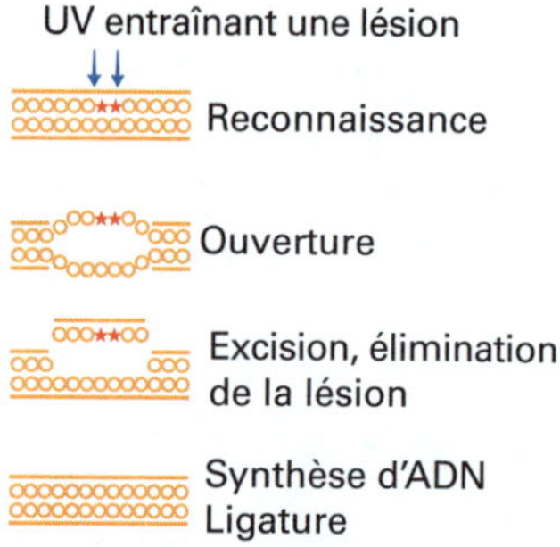

Doc 2 Réparation par excision de nucléotides

II Les mutations induites par l'environnement

- Si la réparation est incorrecte, l'erreur constitue une mutation qui est transmise à la génération cellulaire suivante, lors de la prochaine division.
- Les mutations peuvent aussi être induites par certains facteurs environnementaux, tels les UV (formation de liaisons TT, TC ou CC), les rayons ionisants (cassure de l'ADN), des produits chimiques, des virus, etc.
- Ces facteurs, lorsqu'ils sont présents, augmentent le taux de mutations spontanées. On les qualifie d'agents mutagènes.

Méthode

Quantifier l'action mutagène d'un facteur de l'environnement

Des levures Ade2 sont exposées plus ou moins longtemps aux UV.

Montrer que les UV sont des agents mutagènes et quantifier leur action.

Doc 1 Résultats d'une exposition des levures Ade2 aux UV

Ade2 est une levure donnant des colonies rouges. Après mutation, les colonies peuvent redevenir blanches (comme les levures usuelles). À t = 0 s, on compte environ 500 colonies rouges et 10 blanches.

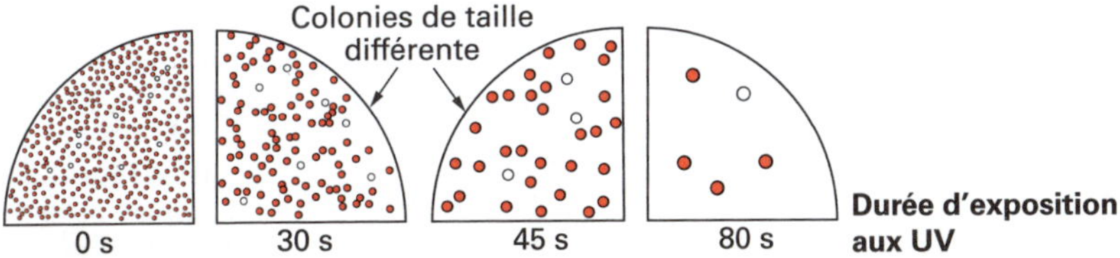

CONSEILS

Étape 1 Identifier les populations mutées et les populations non mutées.
Étape 2 Calculer pour chaque situation le taux de mutation et le taux de survie (car l'accumulation de mutations peut entraîner la mort des cellules).
Étape 3 Étudier l'évolution de ces taux selon les conditions et conclure.

SOLUTION

Étape 1 Les colonies mutées sont blanches, les autres rouges.

Étape 2 Le taux de mutation est égal au nombre de colonies blanches divisé par le nombre total de colonies (rouges + banches). Le taux de survie correspond au rapport entre le nombre de colonies formées en présence d'UV et sans UV. Les résultats sont donnés dans le tableau suivant.

Doc 2 Taux de mutation et de survie selon les situations

Exposition aux UV	0 s	30 s	45 s	80 s
Taux de mutation	10/500 = 2%	7/100 = 7%	3/30 = 10%	1/5 = 20%
Taux de survie	500/500 = 100%	100/500 = 20%	30/500 = 6%	5/500 = 1%

Étape 3 Si l'exposition aux UV se prolonge, le taux de mutation augmente et le taux de survie diminue : ainsi, quand cette durée passe de 45 à 80 s, le taux de mutation double et le taux de survie est divisé par 6. Les UV sont donc des agents mutagènes, potentiellement létaux (= mortels).

À NOTER

Comme peu de colonies survivent longtemps aux **UV**, elles se disputent moins les ressources et se développent mieux, d'où leur taille plus importante.

10 Des mutations à la diversité allélique

En bref *Les mutations sont à l'origine de nouveaux allèles, aux effets variés sur le phénotype, susceptibles d'être transmis à la génération suivante.*

I Les effets des mutations

■ La plupart des mutations sont **silencieuses** (elles n'ont pas d'effet sur le phénotype) : elles peuvent avoir eu lieu dans des régions non codantes de l'ADN, ou, du fait de la redondance du code génétique (voir le chapitre 2), ne modifient pas ou très peu la séquence d'acides aminés de la protéine. Les autres mutations ont des **effets variés** sur le phénotype (souvent défavorables, parfois avantageuses).

■ De nombreux êtres vivants (dont l'homme) possèdent deux exemplaires de chaque chromosome, donc deux allèles pour chacun de leurs gènes. Les mutations sont souvent **récessives**, leurs effets négatifs ne se voient que lorsque l'individu est **homozygote** pour l'allèle muté : cette diploïdie permet donc de contrebalancer les effets négatifs des mutations.

MOT CLÉ
Allèle récessif : qui ne s'exprime qu'en l'absence d'autres allèles, qualifiés de **dominants**.
Homozygote : fait d'avoir, pour un gène, deux allèles identiques. S'oppose à **hétérozygote**.

II La transmission de la diversité allélique

■ Pour les animaux (dont l'humain), on distingue deux types de cellules : la **lignée somatique**, à l'origine de toutes les cellules du corps qui ne participent pas à la reproduction, et la **lignée germinale** qui donne naissance aux gamètes (cellules issues de la méiose et destinées à la fécondation).

■ Les mutations apparues dans la lignée somatique ne sont présentes que chez les cellules issues de la cellule mutée (l'ensemble formant un **clone**). Ces mutations ne sont pas transmises à la génération suivante, mais peuvent intervenir dans certaines maladies, tels les cancers.

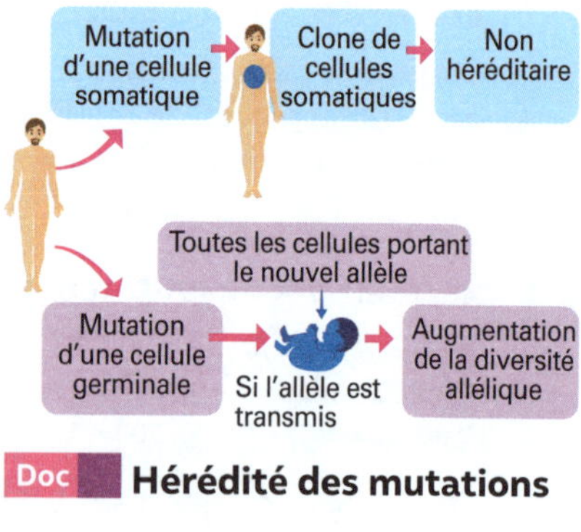

Doc **Hérédité des mutations**

■ Seules les mutations de la lignée germinale peuvent être **héréditaires**.

■ Les mutations de la lignée germinale donnent naissance à de nouveaux allèles ; elles sont donc à l'origine de la **diversité allélique** : cette diversité peut conduire à des adaptations en cas de modification des conditions environnementales.

Méthode

Exploiter des informations sur la diversité allélique

On considère que notre espèce *Homo sapiens* s'est d'abord développée en Afrique, avant de coloniser l'Europe, l'Asie et enfin l'Amérique.

Expliquer en quoi les mesures de diversités alléliques présentées dans le document corroborent l'idée d'une origine africaine de l'homme.

Doc Comparaison de l'ADN mitochondrial de diverses populations

Dans le cadre du *1 000 Genomes Project Consortium*, les chercheurs ont séquencé en 2010 le génome de 59 Africains du Nigeria, 60 Asiatiques de Chine et du Japon, et 60 Européens. Pour chaque gène, ils ont recensé le nombre d'allèles issus de mutations ne touchant qu'un seul nucléotide.

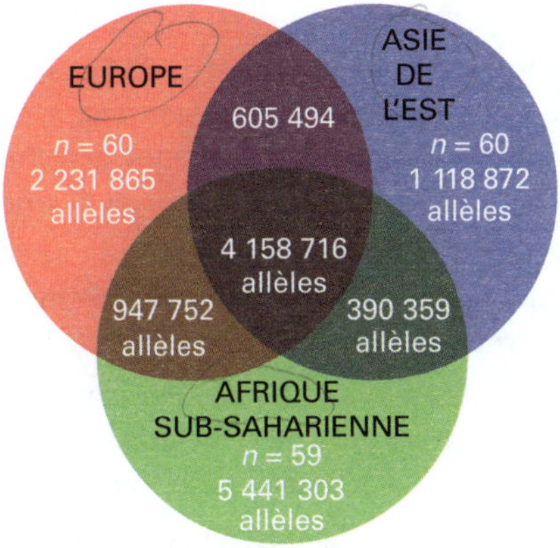

CONSEILS

Étape 1 Comparer la diversité allélique des différentes populations.
Étape 2 Rappeler les liens existant entre la diversité allélique et le temps passé depuis la fondation de la population, ou l'effectif des populations.
Étape 3 Relier les diversités alléliques au temps écoulé et conclure.

SOLUTION

Étape 1 Le nombre d'allèles n'existant que dans la population africaine est plus de deux fois plus élevé que celui des Européens, lui-même deux fois plus important que celui des Asiatiques. Au total, la population africaine étudiée présente 10 938 130 allèles, la population européenne 7 943 827 allèles, et la population est-asiatique seulement 6 273 441 allèles.

Étape 2 Les nouveaux allèles apparaissent par mutations, qui s'accumulent au cours du temps. Une population installée depuis longtemps devrait présenter une diversité allélique plus élevée qu'une autre fondée récemment.

Étape 3 Les diversités alléliques des populations eurasiatiques sont plus faibles que celles de la population africaine. Ceci est bien en accord avec l'idée d'une origine africaine de l'homme et des populations eurasiatiques fondées plus récemment à partir de migrants d'origine africaine.

11 Génomes et relations de parenté

En bref *L'étude de nos allèles permet de nous identifier et de reconstituer nos relations de parenté avec les autres.*

I Un génome propre à chacun

- Notre **génome** est réparti sur 23 paires de chromosomes, contenant au total environ 20 à 30 000 gènes. Ces gènes représentent moins de 3 % des 3×10^9 nucléotides de notre génome, le reste contenant des séquences non codantes mal connues : gènes défectueux (ou pseudogènes), séquences répétées, éléments mobiles, etc.

> **MOT CLÉ**
> **Génome :** ensemble du matériel génétique d'un individu ou d'une espèce.

- Le génome de chaque individu résulte de la rencontre aléatoire, lors de la fécondation, du génome d'un spermatozoïde (contenant la moitié du génome paternel) et de celui d'un ovocyte (contenant la moitié du génome maternel).
- Les recombinaisons possibles au cours de la fabrication des gamètes, couplées aux mutations, permettent à chacun d'entre nous de produire une quasi-infinité de gamètes génétiquement différents.
- Deux individus différents possèdent donc un génome différent (sauf dans le cas des vrais jumeaux). L'étude de la combinaison d'allèles (ou diversité allélique) propre à chacun d'entre nous permet ainsi de nous identifier.

II La reconstitution des relations de parenté

- La comparaison de la diversité allélique entre individus permet de reconstituer les relations de parenté jusqu'aux cousins germains. Au-delà, le taux de similarité n'est pas significativement différent de celui entre deux individus pris au hasard.
- Certaines portions de l'ADN permettent de reconstituer les lignées féminines ou masculines. Ainsi le chromosome Y est transmis de père en fils, et l'ADN mitochondrial est transmis de la mère à tous ses enfants.

Relation de parenté	Proportion moyenne d'allèles communs	Ancêtres communs les plus récents
Frères/Sœurs	1/2	Parents
Cousin(e)s germain(e)s	1/8	Grands-parents
Cousin(e)s issu(e)s de germains	1/32	Arrière grands-parents

Doc **Ressemblance du génome et relations de parenté**

Méthode

Identifier les individus et reconstituer des liens de parenté

Louis XVII serait mort à la prison du Temple en 1795, son cœur étant conservé à la basilique de Saint-Denis. Le baron Naundorff, enterré en 1845 à Delft, prétendait pourtant être Louis XVII et avoir survécu à la prison.

Déterminer si Louis XVII est enterré à Saint-Denis ou à Delft.

Doc Étude de l'ADN mitochondrial des divers restes

En 1998, l'équipe du généticien belge J.-J. Cassiman a prélevé l'ADN mitochondrial sur les restes conservés à Saint-Denis et à Delft, ainsi que sur des restes (de mauvaise qualité) de la reine Marie-Antoinette (la mère de Louis XVII) et de différents membres de sa famille. Le tableau suivant présente les nucléotides présents à différents endroits variables.

Région variable étudiée	HV1	HaeIII	HV2		
Position de la mutation	16260	16519	152	174	263
Cœur conservé à Saint-Denis	C	C	C	T	G
Restes de Naundorff (Delft)	T	T	C	T	G
Marie-Antoinette	C	C	C	C ou T	G
Sœur de Marie-Antoinette	C	C	C	T	G

CONSEILS

Étape 1 Comprendre les relations de parenté recherchées et en déduire le taux de ressemblance attendu entre les individus.
Étape 2 Repérer les différences et calculer le taux de ressemblance observé.
Étape 3 Comparer le taux attendu et le taux observé, et conclure.

SOLUTION

Étape 1 Il faut montrer quels sont les restes du fils de Marie-Antoinette. L'analyse est faite sur l'ADN mitochondrial, transmis par la mère à tous ses enfants. Dans ce cas, le taux de ressemblance entre la mère, ou sa sœur, et le fils devrait être de 100 %.

Étape 2 L'ADN mitochondrial prélevé sur les restes conservés à Saint-Denis est identique à celui de Marie-Antoinette et à sa sœur. Par contre, on observe 2 différences (sur les 5 sites présentés) entre l'ADN mitochondrial du baron de Naundorff et celui de Marie-Antoinette ou de sa sœur.

Étape 3 Le taux de ressemblance attendu correspond à celui observé pour les restes conservés à Saint-Denis, mais pas pour ceux conservés à Delft. Le baron Naundorff ne peut donc pas appartenir à la famille de Marie-Antoinette, contrairement au cœur conservé à Saint-Denis. C'est donc bien le cœur de Louis XVII, mort en 1795, qui est conservé à Saint-Denis.

12 L'histoire lue dans le génome

En bref *La reconstitution des génomes d'humains disparus permet de déduire certaines étapes de l'histoire récente de l'homme.*

I Comparaison des génomes humains

■ Le premier séquençage complet du génome d'un humain actuel a duré de 1990 à 2003. Actuellement, le séquençage à haut débit permet d'obtenir bien plus rapidement et à meilleur marché le génome complet d'un individu.

■ L'ADN se dégrade vite, mais l'amélioration des techniques d'extraction de l'ADN ancien a permis de séquencer le génome d'humains anciens. Le premier génome complet d'un homme de Néandertal a été publié en 2010.

■ La comparaison du génome de l'homme moderne avec celui de Néandertal (Europe, Moyen-Orient) et de Denisova (Sibérie) montre l'existence d'allèles néandertaliens et dénisoviens dans les populations actuelles.

■ Cela révèle l'existence d'hybridations récentes. Les *Homo sapiens* issus d'Afrique se seraient hybridés avec les Néandertaliens au Moyen-Orient, donnant naissance aux Européens, qui se seraient à leur tour hybridés avec les Dénisoviens, donnant naissance aux Océaniens actuels.

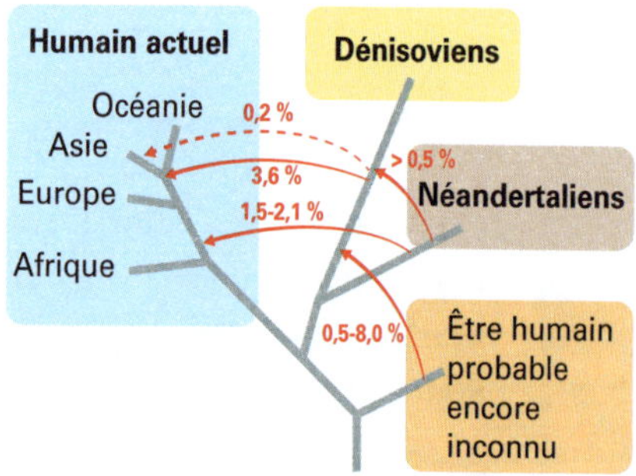

Doc 1 Pourcentage de gènes transférés lors des hybridations récentes des populations humaines

II Des allèles soumis à sélection naturelle

■ Cette étude permet de révéler la présence d'allèles sélectionnés par le passé : ainsi les Européens actuels possèdent un allèle leur conférant une meilleure résistance à la peste, un avantage lors des épidémies du Moyen Âge.

■ La sélection naturelle explique aussi la fréquence plus importante d'allèles permettant de tolérer le lactose dans les populations consommant du lait (Europe, Sahara et Arabie), ou d'un allèle aidant à résister aux hautes altitudes, présent uniquement chez les Tibétains.

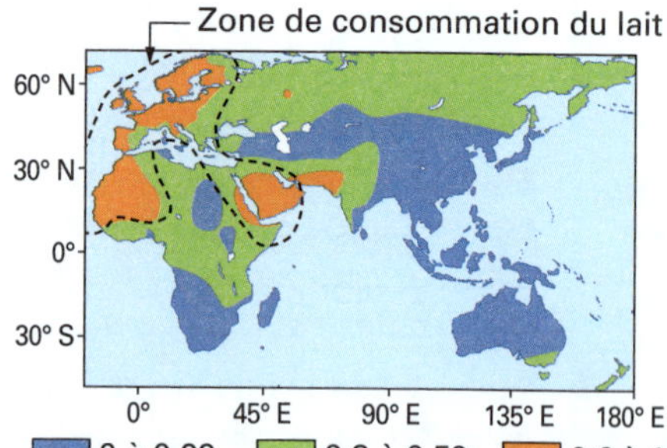

Doc 2 Fréquence du phénotype tolérant au lactose dans l'Ancien Monde

Méthode

Comparer les génomes actuels et anciens

Les Dénisoviens forment un groupe identifié en 2010 par l'analyse génétique des ossements d'une fillette ayant vécu il y a 41 000 ans en Sibérie.

Indiquer dans quelle proportion le génome des Dénisoviens a participé à la constitution du génome des populations humaines actuelles.

Doc Importance des Dénisoviens dans les génomes humains

En 2013, l'équipe du généticien suédois S. Pääbo a comparé le génome de la fillette de Denisova et ceux d'humains actuels. Pour chaque population actuelle, les pourcentages indiquent la proportion du génome dénisovien et les croix rouges localisent les allèles identiques à ceux de la fillette.

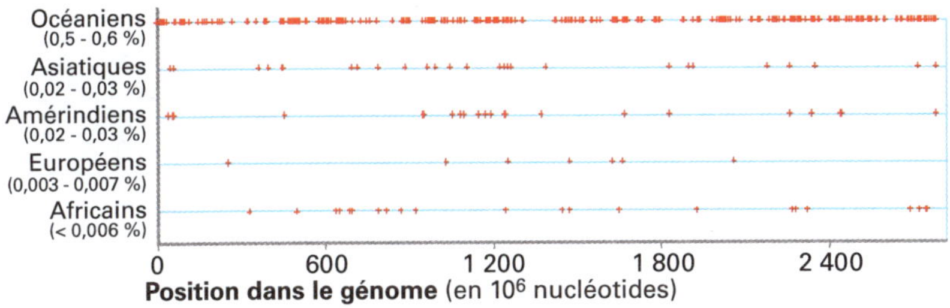

CONSEILS

Étape 1 Identifier les génomes (ou les portions de génome) comparés.
Étape 2 Identifier les allèles identiques ou les pourcentages de similarité.
Étape 3 Comparer les génomes et conclure.

SOLUTION

Étape 1 On compare ici l'intégralité du génome des Dénisoviens (humain archaïque) avec les génomes de 13 humains actuels.

Étape 2 La proportion du génome d'origine dénisovienne est indiquée pour chaque humain actuel, et le nombre de croix rouges indique le nombre d'allèles d'origine dénisovienne (localisés sur le génome).

Étape 3 Les croix rouges sont plus nombreuses chez les Océaniens : 0,5-0,6 % de leur génome serait d'origine dénisovienne. Cette proportion est 10 à 20 fois plus faible chez les Asiatiques et les Amérindiens, et devient quasi nulle chez les Africains et les Européens. Le génome dénisovien a participé à la formation de celui des Océaniens et, dans une moindre mesure, des autres Asiatiques, mais pas à celui des Africains ou des Européens. L'hybridation entre *Homo sapiens* et l'homme de Denisova aurait donc eu lieu après la colonisation de l'Europe, mais avant celle des autres continents.

MÉMO VISUEL

Formation des mutations et transmission

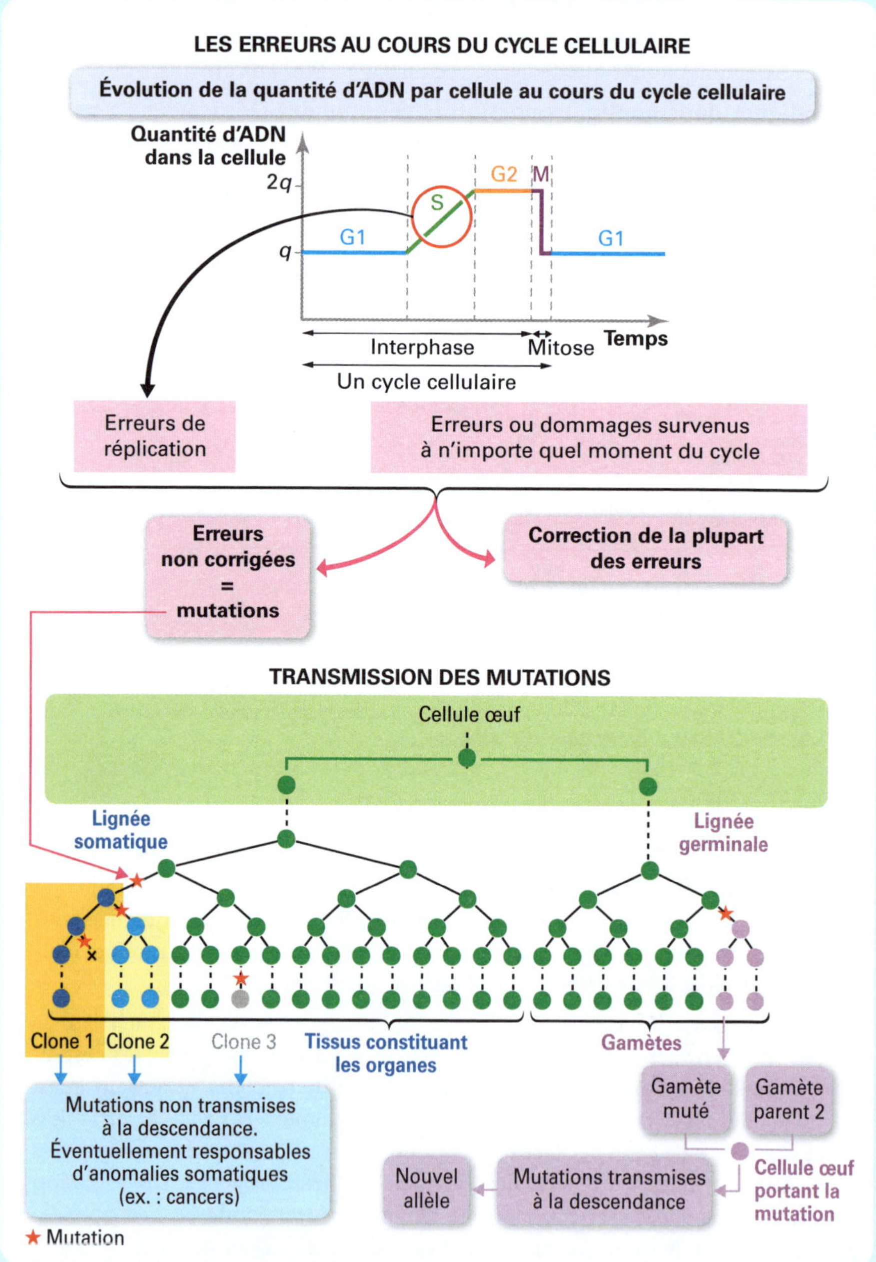

Notre histoire dans notre génome

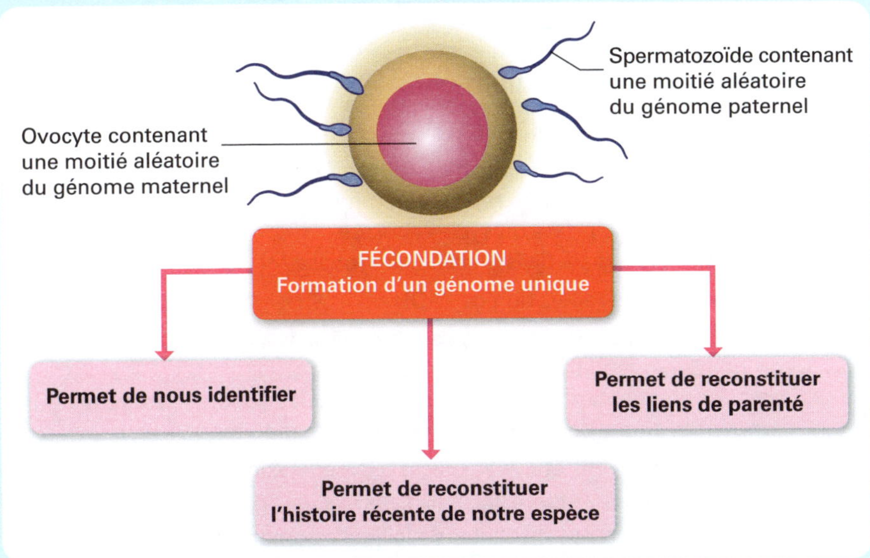

Le génome humain

23 paires de chromosomes nucléaires + ADN mitochondrial.
3 % de séquences codantes (23 000)

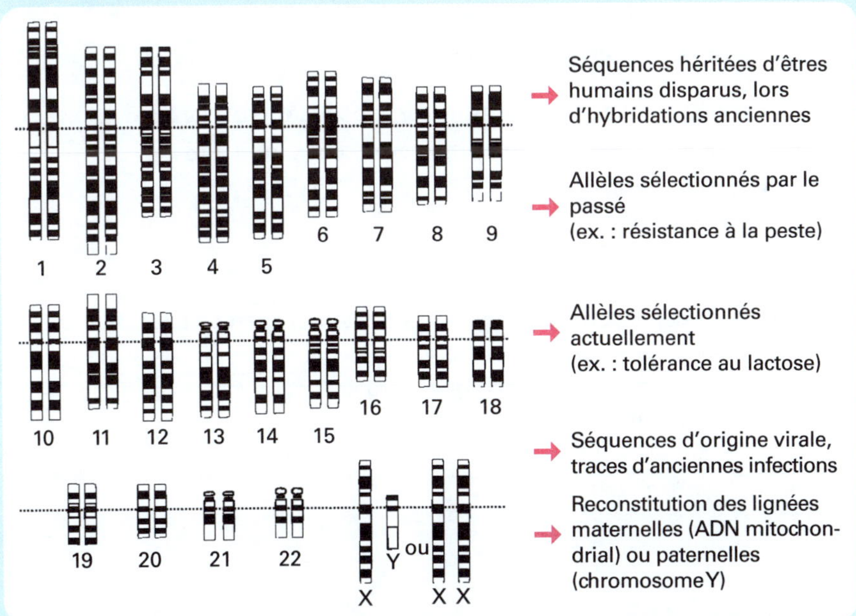

SE TESTER QUIZ

Vérifiez que vous avez bien compris les points clés des **fiches 9 à 12.**

1 Des erreurs aux mutations

→ FICHES **9 et 10**

1. Les erreurs spontanées peuvent avoir lieu :

☐ **a.** uniquement pendant la réplication (phase S)
☐ **b.** principalement pendant la réplication (phase S)
☐ **c.** à n'importe quelle phase du cycle cellulaire
☐ **d.** uniquement lors de la division cellulaire (phase M)

2. Les mécanismes de réparation de l'ADN :

☐ **a.** corrigent la plupart des erreurs spontanées liées à la réplication
☐ **b.** corrigent uniquement les erreurs spontanées
☐ **c.** corrigent uniquement les erreurs induites par les agents mutagènes
☐ **d.** corrigent la plupart des erreurs spontanées et induites

3. Les mutations peuvent être transmises à la génération suivante :

☐ **a.** lorsqu'elles affectent les cellules de la lignée germinale
☐ **b.** lorsqu'elles affectent les cellules de la lignée somatique
☐ **c.** lorsqu'elles sont silencieuses
☐ **d.** lorsqu'elles affectent le phénotype

2 Génome, parenté et histoire de l'homme

→ FICHES **11 et 12**

1. Le génome humain est constitué :

☐ **a.** uniquement de gènes (environ 23 000)
☐ **b.** principalement de gènes
☐ **c.** principalement de séquences ne correspondant pas à des gènes

2. Si deux humains ont le même génome, ce sont sans doute :

☐ **a.** des vrais jumeaux
☐ **b.** des faux jumeaux
☐ **c.** des frères et/ou sœurs
☐ **d.** des individus sans lien de parenté

3. L'étude du génome humain révèle des traces néandertaliennes :

☐ **a.** dans le génome des Africains actuels
☐ **b.** dans le génome des Eurasiatiques actuels
☐ **c.** dans le génome des Amérindiens actuels

S'ENTRAÎNER

3 Agents mutagènes et réparation de l'ADN

→ FICHE 9

Les rayons gamma sont des rayons électromagnétiques de longueur d'onde inférieure au picomètre (10^{-12} m), notamment libérés lors de la désintégration de certains atomes instables (= radioactivité gamma, notée γ). Ce rayonnement souvent très énergétique est suspecté d'être particulièrement mutagène.

Évaluer l'effet mutagène des rayons gamma et montrer l'existence de mécanismes de réparation de l'ADN d'après l'étude du document.

Doc Pourcentage de dommages de l'ADN en cas d'exposition aux rayons γ

En 2017, l'équipe du biologiste indien N.J. Shetty a exposé des moustiques *Aedes aegypti* (vecteurs de nombreuses maladies tropicales) à des doses croissantes de rayonnement γ (Gy = Gray, 1 Gy apportant une énergie de 1 J à un milieu de 1 kg), puis a mesuré la quantité de cassures de l'ADN 1 h, 3 h, 6 h ou 12 h plus tard.

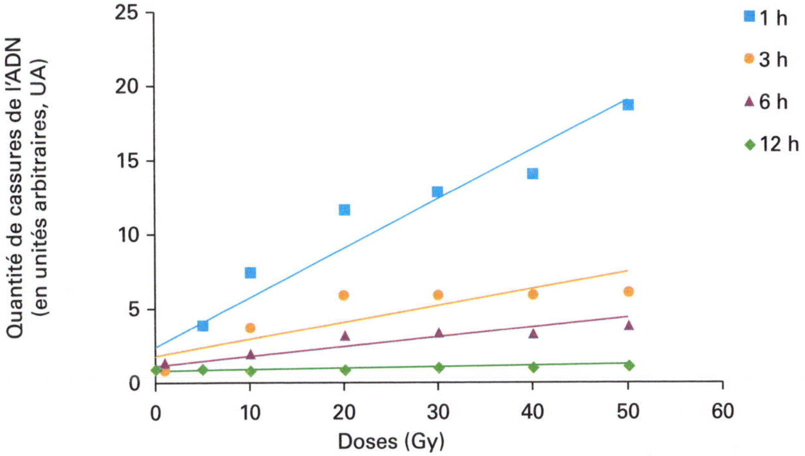

4 Trios Père – Mère – Enfant

→ FICHE 10

En 2012, les progrès des techniques de séquençage ont permis à l'équipe islandaise de K. Stafánsson d'estimer le nombre de nouvelles mutations que possède un enfant mais pas ses parents (= mutations *de novo*).

1. D'après vos connaissances, expliquer dans quelle lignée cellulaire les mutations étudiées ici doivent avoir eu lieu.

2. D'après le document 1, estimer le taux moyen de mutation *de novo* dû au père et celui dû à la mère. Comparer au taux de mutation entre deux générations cellulaires successives (10^{-10}). Proposer des hypothèses pour expliquer les différences constatées.

3. Proposer une hypothèse pour expliquer les résultats du document 2.

Doc 1 Origine des mutations *de novo* pour 5 trios

	Âge lors de la conception		Nombre de mutations *de novo* retrouvées sur les chromosomes		Nombre total de mutations *de novo*
	Père	Mère	Paternels	Maternels	
Trio 1	21,8	19,3	39	9	48
Trio 2	22,7	19,8	43	10	53
Trio 3	25	22,1	51	11	62
Trio 4	36,2	32,2	53	26	79
Trio 5	40	39,1	91	15	106

Rappel : le génome humain fait $3 \cdot 10^9$ nucléotides de long.

Pour connaître l'origine maternelle ou paternelle des mutations *de novo*, il est nécessaire d'avoir également séquencé le génome des enfants de l'enfant du trio. L'étude ne comprenait que 5 familles avec des échantillons sur 3 générations.

Doc 2 Relation entre le nombre de mutations *de novo* et l'âge du père

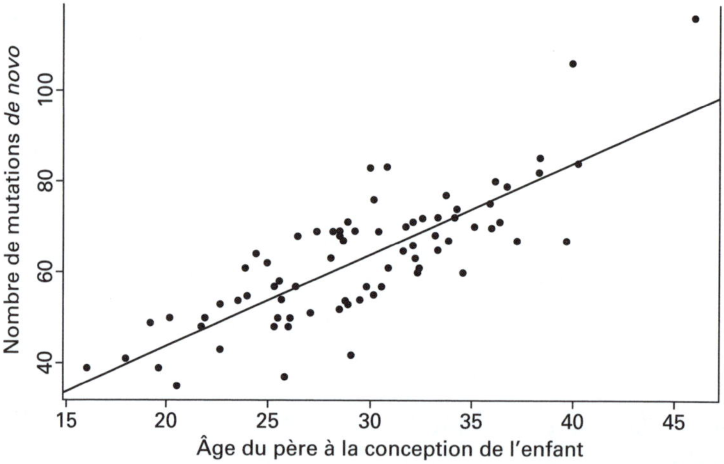

Le nombre de mutations est également corrélé à l'âge de la mère, mais cette corrélation n'est plus statistiquement significative une fois que l'âge du père est pris en compte. On rappelle que le stock d'ovocytes est constitué dès la vie embryonnaire, et n'évolue plus ensuite, tandis que les spermatozoïdes sont fabriqués en continu de la puberté à la mort par division des mêmes cellules souches (qui ont donc déjà subi de nombreuses divisions chez un homme âgé).

5 Diversité génétique entre îles et continent

→ FICHE 10

Parmi les espèces sauvages, celles installées sur les îles sont souvent beaucoup plus menacées que celles des continents. Les chercheurs ont voulu mettre en évidence les paramètres expliquant ce constat.

Grâce aux données du document et à vos connaissances, expliquer en quoi la diversité allélique pourrait être responsable de la vulnérabilité des populations insulaires.

Doc Comparaison de l'hétérozygotie observée dans des populations insulaires ou continentales

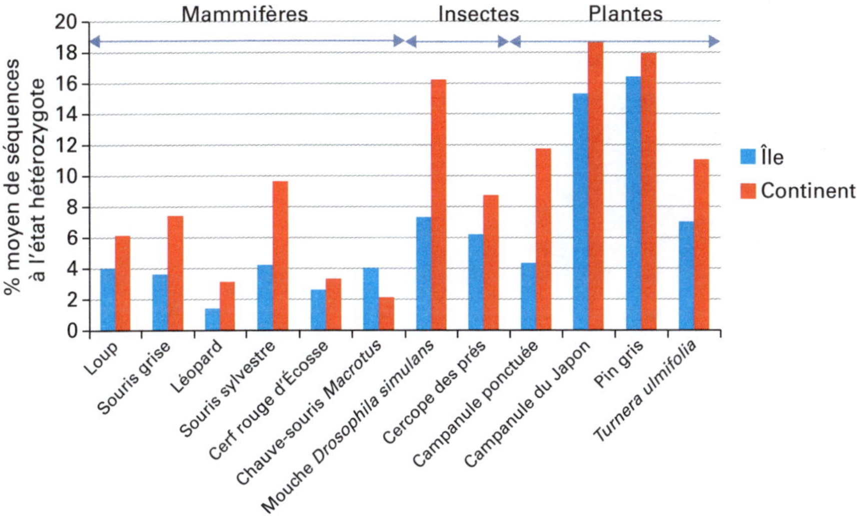

6 Le destin d'Alexis et Anastasia Romanov

→ FICHE 11

Le tsar Nicolas II aurait été assassiné avec toute sa famille le 17 juillet 1918. Devant l'absence des corps, dissimulés dans les forêts autour d'Ekaterinenbourg, certains ont prétendu qu'une partie des membres de la famille avait échappé au massacre, notamment les grandes duchesses Anastasia et Maria, ou le tsarévitch Alexis. La découverte des corps en 1990 n'a pas fait taire la polémique, puisqu'il manquait l'une des filles les plus jeunes (Maria ou Anastasia) et Alexis. En juillet 2007, deux nouveaux corps ont été trouvés près des tombes précédentes, et analysés en 2009 par l'équipe du généticien américain M. Coble.

Montrer que les résultats de l'analyse génétique permettent de supposer qu'aucun membre de la famille impériale n'a échappé à la tuerie.

Doc 1 Analyses de l'ADN mitochondrial

Les régions variables HV1 et HV2 de l'ADN mitochondrial des deux corps trouvés en 2007 sont identiques à celles des corps attribués en 1990 à la tsarine Alexandra et à ses 3 filles aînées (Olga, Tatiana et Maria ou Anastasia). Cet ADN mitochondrial est très rare, puisqu'il ne correspond à aucune des 23 627 séquences des banques de données.

Doc 2 Analyses de l'ADN nucléaire

Ex. de lecture : Olga possède 2 allèles différents (8 et 9.3) pour le gène *TH01*.

	Corps trouvés en 1990 et identifiés, puis inhumés en 1998					Corps trouvés en 2017	
Gène ou marqueur	Nicholas II	Alexandra	Olga	Tatiana	Maria ou Anastasia	Anastasia ou Maria	Alexei
Chromosomes sexuels	X,Y	X, X	X, X	X, X	X, X	X, X	X,Y
D351358	14, 17	16, 18	17, 18	17, 18	16, 17	17, 18	14, 18
TH01	7, 9.3	8, 8	8, 9.3	7, 8	8, 9.3	7, 8	8, 9.3
D21S11	32.2, 33.2	30, 32.2	30, 33.2	32.2, 33.2	30, 33.2	30, 33.2	32.2, 33.2
D18S51	12, 17	12, 13	12, 12	12, 12	13, 17	12, 17	12, 17
D5S818	12, 12	12, 12	12, 12	12, 12	12, 12	12, 12	12, 12
D13S317	11, 12	11, 11	11, 11	11, 11	11, 11	11, 11	11, 12
D7S820	12, 12	10, 12	12, 12	10, 12	12, 12	10, 12	12, 12
D16S539	11, 14	9, 11	11, 11	11, 11	11, 14	9, 11	11, 14
CSF1PO	10, 12	11, 12	11, 12	11, 12	10, 11	10, 12	10, 12
D2S1338	17, 25	19, 23	17, 19	23, 25	17, 19	17, 23	23, 25
vWA	15, 16	15, 16	15, 16	15, 16	15, 16	15, 16	15, 16
D8S1179	13, 15	16, 16	13, 16	15, 16	13, 16	15, 16	15, 16
TPOX	8, 8	8, 8	8, 8	8, 8	8, 8	8, 8	8, 8
FGA	20, 22	20, 20	20, 22	20, 20	20, 22	20, 22	20, 22
D19S433	13, 13.2	13, 16.2	13.2, 16.2	13.2, 16.2	13, 16.2	13, 13	13, 13.2

Doc 3 Analyses du chromosome Y

L'ADN du chromosome Y du corps du garçon trouvé en 2007 (12-15 ans selon l'expertise médico-légale, Alexis avait 13 ans en 1918) est comparé à celui du corps attribué à Nicolas II, et à celui d'Andrew Romanov (petit-neveu en lignée masculine de Nicolas II). Ce dernier est très rare, puisqu'il ne correspond à aucun des 2 068 Européens recensés dans les banques de données.

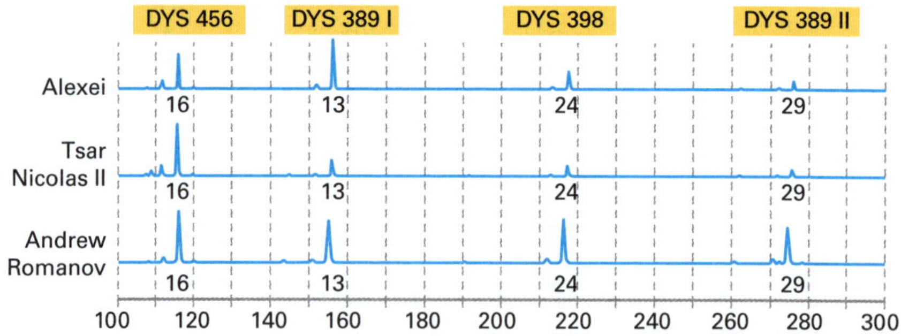

7 L'homme d'Ust'-Ishim

→ FICHE 12

L'homme d'Ust'-Ishim est un *Homo sapiens* découvert en 2008 en Sibérie, près d'Omsk, et daté de 45 000 ans. Dans cette région vivaient alors également des Néandertaliens et des Dénisoviens. Cet humain a été étudié en 2014 par l'équipe de S. Pääbo, spécialisée dans l'analyse de l'ADN ancien.

Déterminer si, à cette époque, *Homo sapiens* s'était déjà hybridé avec les Néandertaliens et/ou avec les Dénisoviens, et reconstituer l'histoire de ce peuplement.

Doc 1 Allèles néandertaliens chez des *Homo sapiens*

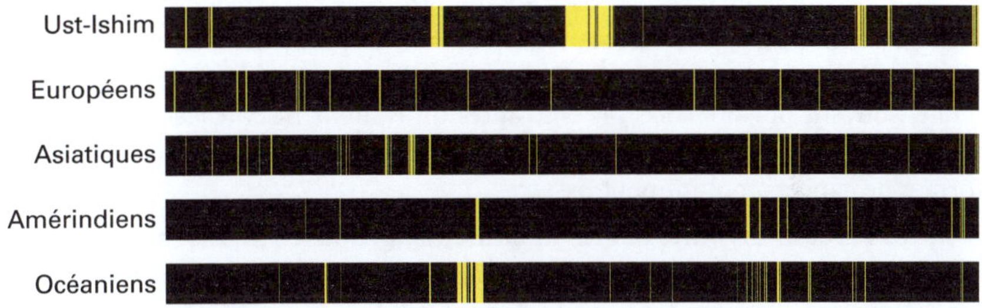

La figure présente en jaune la localisation d'allèles spécifiquement néandertaliens dans un chromosome quelconque (les résultats sont comparables pour tous les chromosomes) chez l'homme d'Ust'-Ishim et divers humains actuels.

Doc 2 Allèles dénisoviens chez divers *Homo sapiens*

De la même façon, les chercheurs ont recherché la présence d'allèles spécifiquement dénisoviens dans un chromosome.

OBJECTIF BAC

8 Les cancers juvéniles

40 min

→ FICHES 9 et 10

Cet exercice fait le lien entre mutations et cancers. Pour l'appréhender, il vaut mieux avoir au préalable bien compris l'exercice 4 et revu le chapitre 9 sur les cancers.

LE SUJET

Le rétinoblastome est l'un des cancers infantiles les plus fréquents. Les enfants atteints développent, généralement avant 5 ans, une ou plusieurs tumeurs à partir des cellules de la rétine d'un œil (forme unilatérale), ou des deux (forme bilatérale, souvent plus précoce). Même après un traitement efficace du rétinoblastome, les enfants affectés sont plus susceptibles que les autres de déclarer d'autres formes de cancers, notamment osseux.

D'après les connaissances et les documents, proposer un mécanisme expliquant l'apparition des différentes formes du rétinoblastome et expliquer les différences constatées dans le document 1.

Doc 1 Enfants de moins de 15 ans affectés de rétinoblastome

Le taux moyen est calculé en nombre d'enfants malades par million d'enfants. On peut considérer que les populations noires d'Afrique du Sud et des États-Unis ont une composition génétique voisine ; les populations noires et blanches des États-Unis vivent dans un environnement comparable.

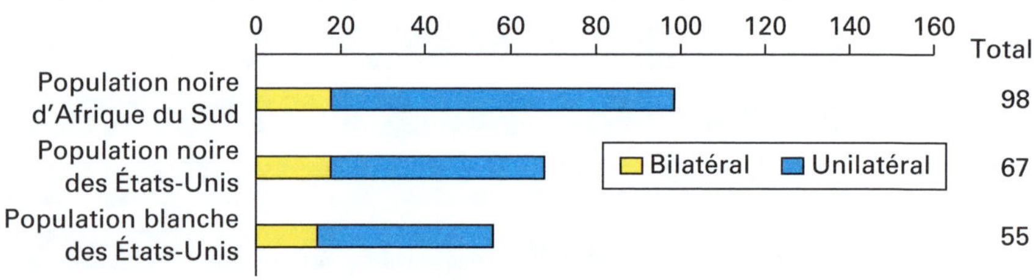

Doc 2 Rôle biologique de *RB1* et de pRB

pRB (ou protéine du rétinoblastome) est codée par le gène *RB1* situé sur le chromosome 13. Lorsqu'elle est active, elle bloque le cycle cellulaire en phase G1 ; il faut donc l'inactiver pour poursuivre le cycle. Cette inactivation est réalisée par des enzymes, elles-mêmes inhibées tant que les systèmes de réparation de l'ADN sont actifs.

Les études ont montré que le rétinoblastome dérivait d'une tumeur bénigne de la rétine (un rétinome). Cette tumeur n'apparaît que si les deux allèles de *RB1* ont été mutés, ces mutations étant récessives. D'autres mutations dans d'autres gènes sont indispensables pour que le rétinome dérive en tumeur cancéreuse (le rétinoblastome) capable de migrer et d'envahir les autres tissus.

Doc 3 Transmission du rétinoblastome

Chez 99 enfants souffrant de rétinoblastome, familial (= d'autres personnes apparentées en ont développé un) ou non, l'équipe de S. Richter a répertorié les mutations de *RB1* présentes dans les tumeurs, et les a comparées avec celles d'autres cellules (sanguines). Celles-ci sont issues d'une lignée qui se sépare très tôt au cours du développement embryonnaire de celle qui donnera les cellules rétiniennes.

Ces enfants possédaient tous une double mutation de *RB1* dans leurs tumeurs rétiniennes. Si les cellules sanguines possèdent également l'une des deux mutations, celle-ci est sans doute partagée par toutes les cellules de l'organisme ; et a vraisemblablement été héritée de l'un des parents (que celui-ci la possède dans toutes ses cellules ou seulement dans certaines cellules germinales). Si aucune des mutations des tumeurs n'est présente dans les cellules sanguines, la prédisposition génétique ne peut avoir été héritée des parents.

	Cancer hérité	Cancer non hérité
Rétinoblastome bilatéral	40 enfants dont :	0
Familial	5	0
Non familial	35	0
Rétinoblastome unilatéral	7 enfants dont :	52 enfants dont :
Familial	1	0
Non familial	6	52

Doc 4 Mortalité due aux maladies infectieuses ou parasitaires

Les maladies infectieuses sont souvent dues à des bactéries ou des virus qui vont intégrer leur génome dans celui des cellules humaines. Cette intégration peut se faire dans n'importe quel chromosome, et provoquer des mutations. La mortalité liée aux maladies infectieuses dépend de la couverture médicale du pays concerné, et de la fréquence des agents pathogènes dans la population.

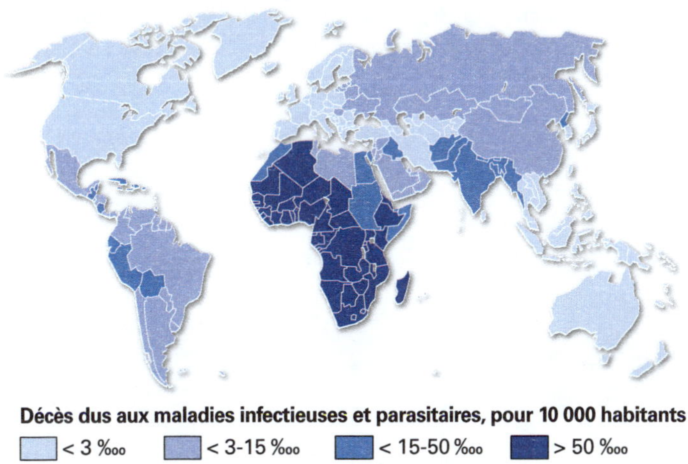

LA FEUILLE DE ROUTE

L'énoncé précise deux parties dans le raisonnement :

• partie 1 : proposer un mécanisme expliquant l'apparition des différentes formes de rétinoblastomes ;

• partie 2 : expliquer les différences constatées dans le document 1 (les documents ne sont pas forcément à utiliser dans l'ordre).

Étape 1 Dans un premier temps, extraire les informations des documents et les relier aux questions posées

- Le **document 1** permet de comparer les fréquences d'apparition des rétinoblastomes uni- et bilatéraux dans deux populations ne variant que par l'environnement (population noire d'Afrique *vs.* celle des États-Unis) ou par la génétique (population noire *vs.* la population blanche des États-Unis).
- Le **document 2** permet d'identifier les mutations nécessaires pour qu'un rétinoblastome puisse apparaître.
- Le **document 3** permet d'identifier à quel moment de l'histoire de l'individu certaines des mutations ont eu lieu, et d'indiquer quelle forme de ce cancer est plus souvent familiale (donc liée à une mutation héréditaire).
- Le **document 4** permet d'identifier les zones du globe où certains agents mutagènes, tels les virus et bactéries infectieux, sont fréquents.

Étape 2 Puis associer les informations des documents

- **Partie 1 : Documents 2 et 3**

Indiquer, d'une part pour les rétinoblastomes transmissibles, et d'autre part pour les non transmissibles, quand (et dans quelle lignée) auraient eu lieu la 1re et la 2e mutation de *RB1*. Expliquer pourquoi l'inactivation de *RB1* facilite la survenue d'autres mutations nécessaires pour aboutir au cancer.

- **Partie 2 : Documents 1, 3 et 4**

Identifier dans le document 1 si les variations principales sont dues à des facteurs génétiques ou environnementaux, et quel est le type de rétinoblastome concerné. Faire le lien avec le document 3 pour indiquer s'il s'agit d'une forme fréquemment familiale ou non (et qui impliquerait alors de nouvelles mutations non présentes chez les parents).

Étape 3 Rédiger ensuite la réponse

- Pour chaque mise en relation, rédiger un paragraphe reprenant les observations et les explications.
- Penser à indiquer le numéro du document utilisé, afin de souligner les relations qui ont pu être établies entre les documents.

CORRIGÉS

SE TESTER QUIZ

1 Des erreurs aux mutations

1. Réponses b et c. Le fonctionnement de l'ADN polymérase est une source importante d'erreur pendant la réplication, mais l'ADN peut également être modifié à n'importe quel autre moment du cycle.

2. Réponses a et d. Les mécanismes de réparation corrigent la plupart des erreurs, quelle que soit leur origine. Ces systèmes sont surtout actifs lorsque l'ADN est décondensé (donc accessible), soit en phase G1, S ou G2.

3. Réponses a, c et d. La lignée somatique ne participe pas à la gamétogenèse, donc les mutations qui l'affectent ne sont pas héréditaires. Par contre, toutes les mutations affectant la lignée germinale peuvent l'être.

2 Génome, parenté et histoire de l'homme

1. Réponse c. Les 20 à 30 000 gènes de notre génome ne représentent que 3 % de notre génome ; l'essentiel contient donc des séquences non codantes.

2. Réponses a. Deux fécondations différentes (avec des gamètes différents) ne peuvent quasiment jamais donner naissance au même génome. Par contre, les vrais jumeaux ont le même génome (ce sont des clones) car les cellules issues des premières mitoses post-fécondation (possédant le même génome) se sont séparées, donnant naissance à des individus différents.

3. Réponses b et c. L'analyse génétique indique que l'hybridation entre *Homo sapiens* et Néandertal aurait eu lieu juste après la sortie d'Afrique. Seules les populations eurasiatiques et amérindiennes, issues de ces *Homo sapiens* sortis d'Afrique, peuvent posséder des séquences néandertaliennes.

S'ENTRAÎNER

3 Agents mutagènes et réparation de l'ADN

En appliquant la méthode de la fiche 9

Étape 1 Pour distinguer les cassures dues aux rayons γ des cassures naturelles, on calcule la différence entre les dommages de l'ADN observés pour un rayonnement donné et ceux observés sans rayonnement.

À NOTER

Le génome du moustique est organisé en plusieurs chromosomes linéaires qui possèdent donc des terminaisons (les télomères). La technique utilisée ne permet pas de faire la différence entre terminaisons normales des chromosomes et **cassures** anormales.

Étape 2 Sans rayons γ, les cellules du moustique possèdent 1 UA de cassures de l'ADN. On obtient alors les résultats ci-après (doc. 1).

Doc 1 **Quantité de cassures de l'ADN des moustiques dues aux rayons γ**

Rayonnement subi (en Gy)		0	10	20	30	40	50
Quantité de cassures de l'ADN (en UA)	1 h après exposition	0	6	11	12	13	17,5
	3 h après exposition	0	3	5	5	5	5
	6 h après exposition	0	0,5	1,5	2	1	2
	12 h après exposition	0	0	0	0	0	0

Étape 3 La quantité de cassures de l'ADN augmente avec la **dose d'exposition** aux rayons γ : 1 heure après l'exposition, la quantité de cassures de l'ADN liées aux rayons γ est trois fois plus élevée pour 50 Gy que pour 10 Gy. Les rayons γ, émis notamment par radioactivité, sont donc mutagènes. Cependant, la quantité de cassures diminue avec le temps écoulé après l'exposition : ainsi 3 heures après exposition, la quantité de cassures n'est plus que du tiers environ de celle observée 1 heure après exposition et, 12 heures après exposition, l'ADN semble avoir retrouvé son état initial. Ceci met en évidence la présence de mécanismes de réparation de l'ADN : il existe dans les cellules des moustiques des enzymes capables de reconnaître ces cassures surnuméraires et anormales, et de les réparer.

À NOTER
Apparemment, l'**exposition** utilisée ici était inférieure à la dose létale, c'est-à-dire la **dose** qui entraînerait des dommages tellement importants qu'ils satureraient les mécanismes de réparation, entraînant la mort de la cellule et *in fine* de l'individu.

4 Trios Père – Mère – Enfant

1. Les mutations retrouvées dans toutes les cellules de l'enfant existent sans doute dès la fécondation : elles sont héritées de l'un ou l'autre des parents, et ont affecté la lignée germinale d'un des deux parents. Puisque les autres cellules des parents ne les possèdent pas (mutation *de novo*), elles ont dû survenir, soit au cours des cycles cellulaires aboutissant à la fabrication de la lignée germinale, soit au cours de la fabrication des gamètes.

2. Le taux de mutation est égal au nombre moyen de mutations *de novo* divisé par la longueur du génome (3×10^9 nucléotides). On obtient :

- pour le père : ≈ 55 mutations ; taux de mutation ≈ 2×10^{-8} ;
- pour la mère : ≈ 14 mutations ; taux de mutation ≈ 5×10^{-9}.

Ces taux sont respectivement 200 et 50 fois plus élevés que le taux de mutation estimé au cours d'un cycle cellulaire (10^{-10}). On peut donc supposer que plus d'un cycle cellulaire sépare la cellule initiant la lignée germinale des gamètes finalement produits. De plus, il y aurait davantage de cycles pour produire des spermatozoïdes que pour produire des ovocytes : en effet, le stock d'ovocytes est fabriqué pendant l'embryogenèse et n'augmente plus par la suite, alors que les spermatozoïdes sont en permanence fabriqués par division des cellules souches (les spermatogonies) qui subissent donc de très nombreux **cycles cellulaires**.

À NOTER
On pourrait utiliser ces valeurs afin d'estimer le nombre de **cycles cellulaires** ayant eu lieu entre la 1re cellule de la lignée germinale et le gamète à l'origine de l'enfant. En effet, le taux de mutation attendu après *n* cycles cellulaires serait égal à $(10^{-10}) \times 2^n$, les mutations s'accumulant après chaque cycle. Ainsi il y aurait eu au moins 6 cycles pour former un ovocyte, contre au moins 8 pour un spermatozoïde.

3. Le nombre de mutations *de novo* augmente avec l'âge du père, mais n'est pas directement corrélé à l'âge de la mère. Ceci confirme que, pour fabriquer ses spermatozoïdes, un père âgé réutilise des cellules souches ayant accumulé des mutations lors des nombreux cycles précédents, d'où la corrélation entre le nombre de mutations et l'âge du père. En revanche, une mère âgée utilise toujours le même stock d'ovocytes formés à l'embryogenèse, dont l'état dépend donc moins directement de l'**âge**.

À NOTER
Ceci est vrai pour les mutations *de novo*, mais pas pour d'autres anomalies génétiques. Ainsi la probabilité d'avoir un enfant trisomique est davantage corrélée à l'**âge** de la mère.

5 Diversité génétique entre îles et continent

En appliquant la méthode de la fiche 10

→ FICHE 10

Étape 1 La majorité des populations présente une diversité allélique (ici une hétérozygotie) plus faible sur les îles (d'1/3 environ) que sur les continents.

Étapes 2 et 3 Les populations insulaires ont été fondées à partir d'un nombre limité d'organismes migrants du continent. Elles sont donc passées par un épisode à effectif réduit ; de plus, comme elles sont issues des populations continentales, elles sont également plus récentes que ces dernières. Ces deux phénomènes expliquent que la diversité allélique sur les îles soit inférieure à celle du continent.

Réponse à la question

La diversité allélique observée pour les populations insulaires est plus faible que celle des continents, car ces îles ont été colonisées par un nombre réduit de migrants ne possédant qu'une partie de la diversité allélique de la population continentale initiale. Comme les populations insulaires sont généralement plus menacées que les populations continentales, on peut suggérer que leur faible diversité allélique explique en partie cette vulnérabilité.

6 Le destin d'Alexis et Anastasia Romanov

En appliquant la méthode de la fiche 11

→ FICHE 11

Étapes 1 et 2 Sachant que les corps du tsar, de la tsarine et de 3 de leurs enfants avaient été identifiés en 1990, il faut montrer que les 2 corps de 2007 sont ceux des enfants manquants (Alexis, et Maria/Anastasia) et confirmer les parentés

précédemment admises : les 3 enfants trouvés en 1990 sont-ils bien ceux des deux adultes exhumés ? Font-ils partie de la famille impériale ?
Nous avons trois types d'ADN à notre disposition.

■ **Document 1 :** L'ADN mitochondrial est transmis de la mère à tous ses enfants. L'ADN mitochondrial de la femme trouvée en 1990 correspond effectivement à ceux des 3 enfants de 1990 et aux 2 de 2007. Comme cet ADN est très rare, cette similarité n'est sans doute pas le fruit du hasard.

■ **Document 2 :** L'ADN nucléaire est transmis pour moitié par le père et pour moitié par la mère à ses enfants. Tous les allèles présents chez un enfant doivent donc exister, soit chez le père, soit chez la mère.

Quel que soit le gène étudié, l'un des allèles de l'enfant est commun à l'un de ceux présents chez la mère supposée, et l'autre à ceux du père. Vu le nombre de gènes étudiés (15), il ne s'agit sans doute pas de coïncidences.

■ **Document 3 :** L'ADN du chromosome Y est transmis par la lignée paternelle. Le chromosome Y d'un fils correspond donc à celui de son père et à ceux de tous les parents masculins de la lignée paternelle masculine.

Là aussi, les allèles du chromosome Y du garçon de 2007 (dont l'âge correspond à celui d'Alexis en 1918) sont identiques à ceux de l'homme de 1990, et à ceux d'Andrew Romanov, qui fait partie des Romanov.

Étape 3 Le document 3 permet de montrer que les 3 individus étudiés appartiennent à la même famille : donc l'homme retrouvé en 1990 est sans doute le tsar Nicolas II, et le garçon de 2007 le tsarévitch Alexis. Le document 1 permet de conclure que les 5 enfants sont bien issus de la femme exhumée en 1990. Le document 2 confirme cette parenté, ainsi que celle entre les 5 enfants et Nicolas II : la comparaison avec le document 1 confirme que la femme est la tsarine Alexandra. Ainsi tous les corps de la famille impériale ont bien été retrouvés dans les bois d'Ekaterinenbourg, ce qui confirme que toute la famille a bien été massacrée le 17 juillet 1918.

7 L'homme d'Ust'-Ishim

En appliquant la méthode de la fiche 12

→ FICHE 12

Étape 1 Les documents permettent d'identifier les ressemblances entre, d'une part l'homme d'Ust'-Ishim et les hommes actuels, et d'autre part l'homme de Néandertal (doc. 1) ou celui de Denisova (doc. 2).

Étape 2 Le niveau de ressemblance peut s'estimer avec le nombre de séquences partagées : une bande signifie que la séquence est identique chez l'humain étudié et chez l'homme de Néandertal (doc. 1) ou Denisova (doc. 2).

Étape 3 Les séquences néandertaliennes (doc. 1) sont plus nombreuses et plus longues chez l'homme d'Ust'-Ishim que chez les hommes actuels. Pour ceux-ci, les séquences néandertaliennes semblent moins nombreuses chez les Européens que chez les Asiatiques, les Amérindiens ou les Océaniens. Les séquences dénisoviennes (doc. 2) sont en revanche absentes chez Ust'-Ishim ou chez les Européens, peu fréquentes chez les Asiatiques et les Amérindiens, et beaucoup plus abondantes chez les Océaniens.

Réponse à la question

L'homme d'Ust'Ishim possède des séquences néandertaliennes mais pas dénisoviennes, donc soit *Homo sapiens* ne s'était pas encore hybridé avec les Dénisoviens il y a 45 000 ans, soit cet homme appartient à une lignée dont les ancêtres ne s'étaient pas hybridés avec les Dénisoviens. L'absence de séquences dénisoviennes chez les Européens indique que ceux-ci ne sont pas issus de cette hybridation.

À NOTER
La présence d'allèles néandertaliens et dénisoviens chez les autres humains indique qu'ils sont issus d'*Homo sapiens* qui s'est d'abord hybridé avec Néandertal, puis avec Denisova.

OBJECTIF BAC

8 Les cancers juvéniles

Étape 1 Extraire les informations des documents et les relier aux questions posées

- **Document 1 :** La fréquence des rétinoblastomes bilatéraux est similaire dans les 3 populations, mais celle des rétinoblastomes unilatéraux est plus importante dans les populations vivant en Afrique qu'aux États-Unis.
- **Document 2 :** Il faut 1 mutation pour chaque allèle de *RB1* pour développer un rétinome et d'autres mutations pour passer au rétinoblastome.
- **Document 3 :** Le rétinoblastome bilatéral est toujours transmissible à la génération suivante, donc la 1re mutation (chronologiquement) a été héritée des gamètes et est possédée par toutes les cellules de l'enfant (dont les cellules sanguines). La forme unilatérale est rarement héritée donc les 2 mutations de *RB1* ont eu généralement lieu uniquement dans la lignée rétinienne, puisqu'on ne les retrouve pas dans les cellules sanguines.
- **Document 4 :** La mortalité liée aux maladies infectieuses, agents mutagènes possibles, est plus importante en Afrique qu'aux États-Unis.

Étape 2 Associer les informations des documents

- **Partie 1 (doc. 2 et 3)** Dans la forme bilatérale et certaines formes unilatérales, la 1re mutation de *RB1* est héritée des parents (mutation germinale) et la 2e a lieu dans la lignée rétinienne (mutation somatique). Pour les autres cas, les deux mutations ont lieu dans la lignée rétinienne. Ces mutations sont ensuite suivies d'autres mutations pour aboutir au cancer. Celles-ci se développeront plus rapidement dès que pRB est inactivée, car la cellule se divisera alors activement même si son ADN est endommagé.
- **Partie 2 (doc. 1, 3 et 4)** La forme unilatérale nécessitant généralement deux nouvelles mutations chez l'enfant, celle-ci est plus susceptible de survenir dans les zones soumises à de nombreux agents mutagènes tels les agents infectieux.

Or ceux-ci sévissent davantage en Afrique qu'en Amérique ; ils pourraient donc être responsables de la surabondance de rétinoblastomes unilatéraux dans la population africaine par rapport à celles des États-Unis.

Étape 3 Rédiger la réponse

Les cancers infantiles, tel le rétinoblastome, impliquent souvent une prédisposition génétique, c'est-à-dire une mutation héritée des parents. Dans le cas des rétinoblastomes familiaux, une mutation du gène *RB1* est effectivement possédée par d'autres membres de la famille ; dans le cas des rétinoblastomes non familiaux, cette mutation a pu avoir lieu au cours des divisions cellulaires aboutissant à la formation des gamètes parentaux. Dans les deux cas, cette 1re mutation peut être qualifiée de mutation germinale, et est transmissible à la génération suivante : c'est le cas de tous les rétinoblastomes bilatéraux (doc. 3), et de 12 % des rétinoblastomes unilatéraux (7 cas sur 59). Pour les autres formes, la 1re mutation a lieu dans la lignée rétinienne (lignée somatique), et n'est donc pas héritable. Dans tous les cas, cette mutation est suivie d'une 2e mutation de l'autre allèle de *RB1*, dans les cellules rétiniennes, puis de mutations d'autres gènes pour aboutir à la tumeur cancéreuse. Ces mutations se mettent plus facilement en place une fois que la protéine pRB, codée par *RB1*, est inactivée, puisque la cellule se divise alors activement même si son ADN est endommagé (doc. 2).

La fréquence du rétinoblastome bilatéral est similaire dans les 3 populations (doc. 1). En revanche, le rétinoblastome unilatéral est plus fréquent dans les populations noires vivant en Afrique qu'aux États-Unis, alors même que leurs compositions génétiques sont identiques. Ceci indique que l'environnement serait responsable de cette surabondance de rétinoblastomes. Comme ce cancer est nettement moins héritable que le rétinoblastome bilatéral, et implique généralement deux mutations de *RB1* chez l'enfant, on peut suspecter que les **Africains** seraient soumis à davantage d'agents mutagènes que les Américains. C'est effectivement ce que l'on constate dans le **document 4** : la mortalité liée aux agents infectieux, souvent mutagènes, est plus importante en Afrique. Ainsi les virus et les bactéries, fréquents en Afrique, favoriseraient la survenue des deux mutations de *RB1* nécessaires à la mise en place du rétinome initial, de même que celles aboutissant au rétinoblastome. Ceci expliquerait la fréquence plus importante des rétinoblastomes unilatéraux en Afrique.

À NOTER

Les maladies infectieuses ne sont pas les seuls paramètres qui pourraient expliquer ces différences. Les **populations africaines**, plus pauvres, n'ont pas le même accès aux soins. De ce fait, elles consultent souvent lorsque le rétinoblastome est déjà bien avancé. Aux États-Unis, le suivi des populations est meilleur, et les patients peuvent être pris en charge dès l'apparition des premières tumeurs bénignes (rétinomes), ce qui limiterait également la survenue des rétinoblastomes.

4 La structure de la Terre

Le tsunami du 11 mars 2011 au Japon (séisme de magnitude 9,1, au moins 18 000 morts). L'étude des ondes sismiques a permis d'apprendre beaucoup sur l'organisation interne de la Terre.

13 Des contrastes entre les océans et les continents

En bref *La répartition bimodale des altitudes révèle d'importantes différences entre continents et océans.*

I La répartition des altitudes

- Les altitudes relevées à la surface de la Terre se répartissent en deux modes, alors qu'un seul serait attendu si la Terre était uniforme.
- L'un des modes correspond aux continents (alt. moyenne : 300 m) et l'autre aux océans (alt. moyenne : – 4 800 m).
- Cela a permis à E. Suess (1901) de supposer que le matériel constituant les continents est différent du matériel constituant le plancher des océans.

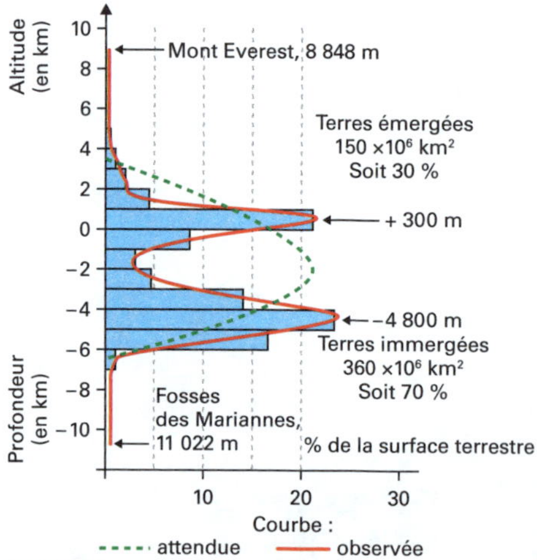

Doc 1 La répartition bimodale des altitudes

II Des roches différentes

- À l'affleurement, les continents présentent de nombreuses roches : sédimentaires (calcaires, grès...), métamorphiques (gneiss, schistes...) ou magmatiques. **Granite** et dérivés en sont les roches les plus représentatives.
- Le granite est issu d'un magma qui a cristallisé entièrement (structure grenue) donc lentement et en profondeur (= roche magmatique plutonique). Peu dense, il est composé de quartz, feldspaths et micas.
- Les premiers forages dans les océans (années 1960) ont confirmé les hypothèses de Suess. Sous ses sédiments, la **croûte océanique** est constituée d'une épaisseur variable de **basaltes** et de **gabbros**.
- Ces deux roches océaniques sont plus denses (2,9) et sont constituées surtout de pyroxènes et de plagioclases. Elles sont issues du même magma ayant cristallisé en profondeur (gabbro : roche plutonique grenue), ou en surface (basalte : roche volcanique à structure microlithique). Comme les croûtes sont en équilibre sur le manteau, la croûte continentale est plus épaisse que la croûte océanique.

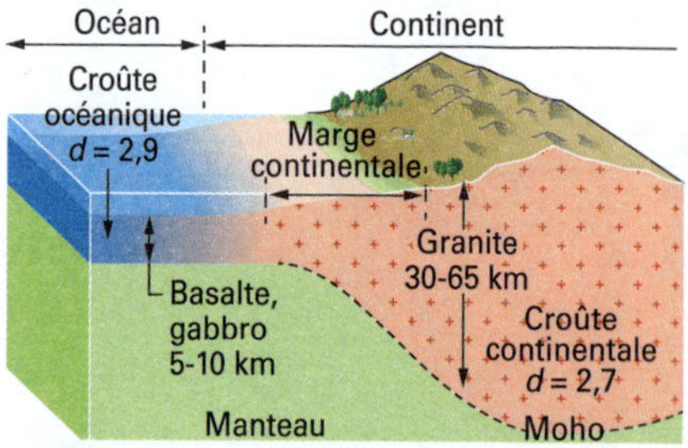

Doc 2 Les croûtes sur le manteau

Méthode

Utiliser une carte géologique

Le Massif armoricain, occupant la Bretagne et la Basse-Normandie, est considéré comme un complexe de roches anciennes recouvertes à partir du Permien par des roches sédimentaires formant le Bassin parisien (à l'est).

Justifier cette idée grâce à la répartition des roches dans cette région.

Doc Carte géologique de l'Ouest de la France

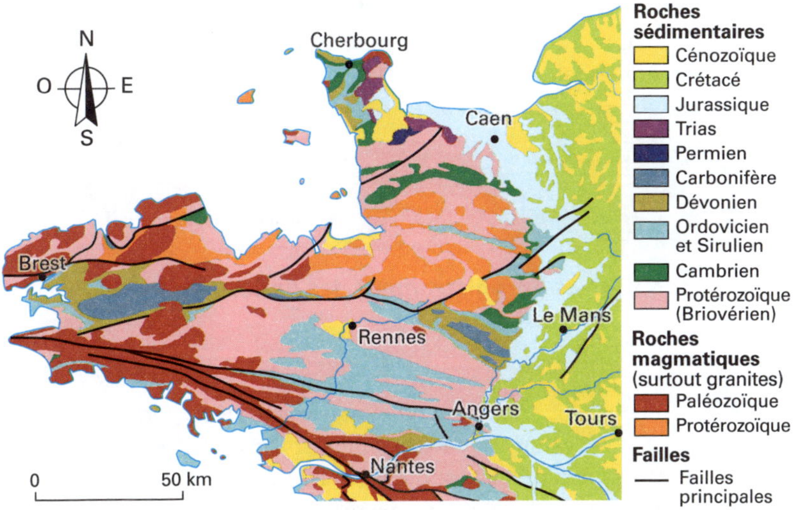

CONSEILS

Étape 1 Repérer les principales familles de roches et leurs dates.
Étape 2 Regrouper ces roches par ensemble géographique.
Étape 3 Comparer les roches dans ces différents ensembles et conclure.

SOLUTION

Étape 1 L'Ouest de la France est surtout composé de roches sédimentaires datant du Protérozoïque au Quaternaire et de granites anté-Mésozoïque.

Étape 2 À l'est de Caen, les roches datent d'après le Permien : d'ouest en est, on trouve des roches du Jurassique (Caen), du Crétacé (Le Mans) et du Cénozoïque (Tours). À l'ouest, la majorité des roches datent d'avant le Permien.

Étape 3 On retrouve donc des roches très anciennes à l'ouest, et des roches plus récentes à l'est. Le Massif armoricain peut donc être considéré comme un vieux massif de roches (un socle), recouvert à partir du Permien dans sa zone orientale par les sédiments du Bassin parisien.

14 Ondes sismiques et structure interne

En bref *L'étude des ondes libérées par un séisme a permis de reconstituer l'organisation verticale de notre planète.*

I Séismes et ondes sismiques

■ Les séismes correspondent à la brusque libération de l'énergie que les roches ont accumulée sous l'effet des **contraintes** qu'elles ont subies. Cette brusque rupture de la roche entraîne la libération d'ondes mécaniques.

■ Les ondes de volume (P pour premières et S pour secondes) se propagent en profondeur et permettent de reconstituer la structure interne de la Terre.

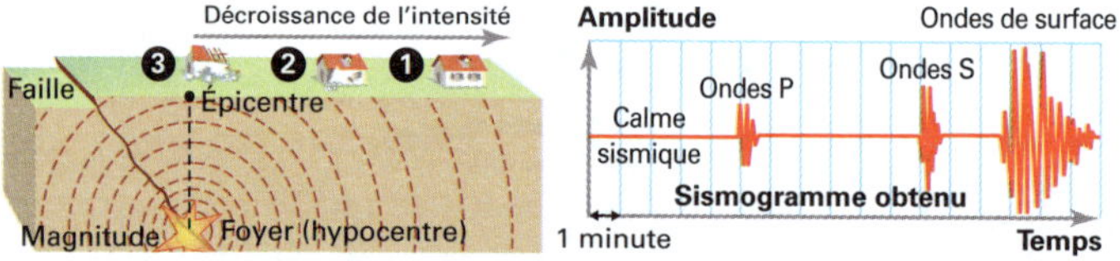

Doc 1 **Propagation et enregistrement des ondes sismiques**

II Structure verticale de la Terre

■ Les ondes sismiques sont réfléchies ou réfractées si elles rencontrent un milieu différent. En cas de réflexion, les mêmes ondes sont enregistrées plusieurs fois. En cas de réfraction, il existe à la surface de la Terre une **zone d'ombre** où on n'enregistre plus ni l'onde directe ni l'onde réfractée.

■ A. Mohorovičić (1909), B. Gutenberg (1912) et I. Lehmann (1936) ont montré certaines discontinuités. Grâce au modèle PREM (*Preliminary Reference Earth Model*, 1981, décrivant l'évolution de la vitesse des ondes en fonction de la profondeur), on en déduit un modèle de la structure interne de la Terre.

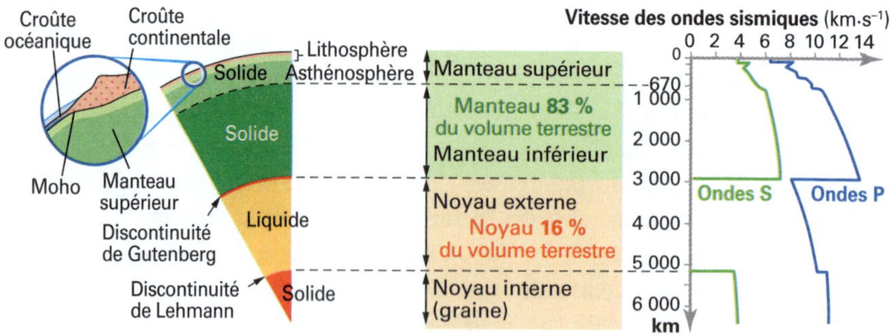

Doc 2 **Modèle de la structure interne de la Terre déduit du modèle PREM**

Méthode

Évaluer la profondeur du Moho

La croûte continentale est plus épaisse que la croûte océanique, sous laquelle le Moho se situe généralement vers 6 km de profondeur.

Prouver cette supposition en calculant la profondeur du Moho dans un domaine continental stable, grâce au sismogramme ci-dessous.

Doc Séisme de Savoie du 19/01/91 enregistré à Annemasse

La distance entre l'épicentre et la station (Δ) vaut 63,3 km, et le foyer était à une profondeur (*h*) de 11 km. Dans la croûte, la vitesse (*V*) des ondes P est constante et vaut 6,25 km·s⁻¹. Si on connaît le retard (δ*t*) entre les ondes directes (P) et les ondes réfléchies sur le Moho (PMP), on démontre, par construction géométrique et grâce au théorème de Pythagore, que la profondeur (*H*) du Moho vaut :

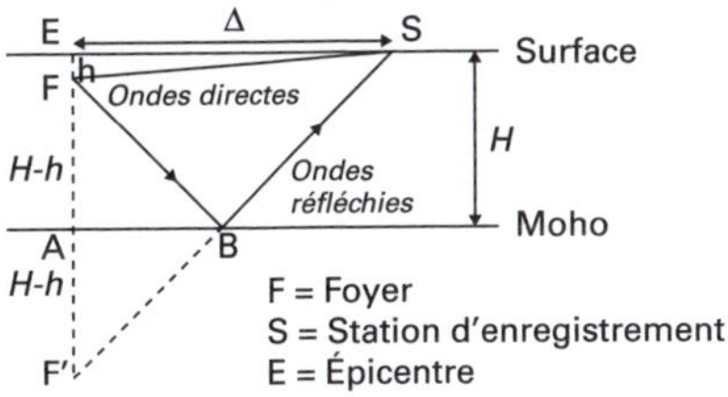

$$H = \frac{1}{2}\left[h + \sqrt{\left(V \cdot \delta t + \sqrt{h^2 + \Delta^2}\right)^2 - \Delta^2}\right]$$

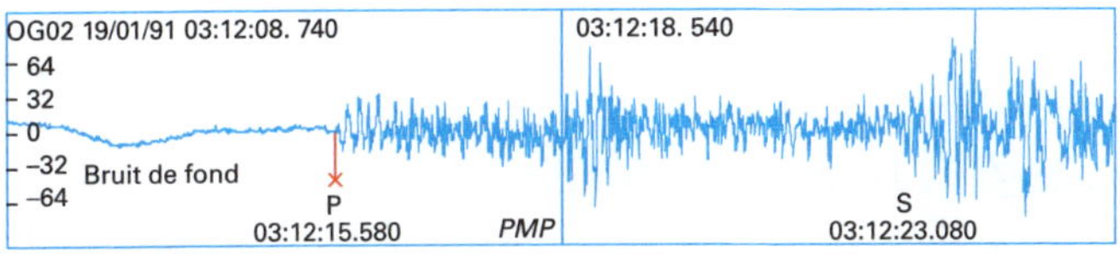

CONSEILS

Étape 1 Repérer les inconnues qui restent pour appliquer la formule.
Étape 2 Évaluer ces inconnues et appliquer la formule.
Étape 3 Conclure.

SOLUTION

Étape 1 Il ne manque que δt pour pouvoir appliquer la formule.

Étape 2 δt est la durée écoulée entre l'arrivée des ondes P (3 h 12 min 15,580 s) et les ondes PMP (3 h 12 min 18,540 s), soit 2,960 s. En appliquant la formule, on trouve alors *H* = 32,1 km.

Étape 3 Le Moho est donc 5 fois plus profond dans un domaine continental stable que sous la croûte océanique, donc la croûte continentale est beaucoup plus épaisse que la croûte océanique.

15 Nature et comportement des couches

En bref *L'analyse des ondes sismiques permet de déduire de nombreuses caractéristiques des enveloppes internes de la Terre.*

I Nature et épaisseur des couches

- La masse de la Terre indique que son noyau doit être dense, donc constitué principalement de fer et de nickel. Les ondes S étant des ondes de cisaillement, elles ne peuvent pas se propager dans les liquides. L'absence d'ondes S dans le **noyau** externe montre donc que celui-ci est constitué de **fer** et de **nickel** liquides, au contraire du noyau interne solide.
- Vers 100-200 km de profondeur, les ondes sont ralenties dans la **LVZ** (*Low Velocity Zone*), qui sépare la **lithosphère** de **l'asthénosphère**.
- La LVZ est plus profonde sous les continents que sous les océans, donc la lithosphère continentale est plus épaisse (150-200 km) que la lithosphère océanique (généralement moins de 100 km).

II Comportement des couches

- La **tomographie sismique** est l'analyse de la vitesse des ondes sismiques. La vitesse dépend de la densité du milieu : en effet, les ondes se propagent plus facilement si les atomes sont proches, donc dans un milieu dense.
- Cette étude révèle des **anomalies** par rapport au modèle PREM. Ainsi, une anomalie négative indique un milieu moins dense, donc souvent plus chaud ; une anomalie positive révèle un milieu plus dense et plus froid.

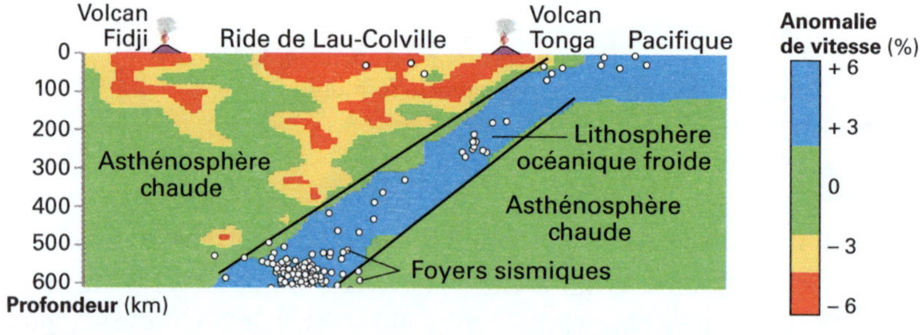

Doc **Séismes et anomalies de vitesse près de la fosse des Tonga**

- Au voisinage des fosses océaniques, la présence d'un panneau plus froid d'environ 100 km d'épaisseur montre que l'ensemble de la lithosphère océanique plonge dans l'asthénosphère. Les foyers des séismes étant majoritairement localisés dans la lithosphère océanique, celle-ci est donc rigide et cassante, au contraire de l'asthénosphère plus chaude et ductile.

Méthode

Utiliser un document de tomographie sismique

Les géologues suspectent l'existence d'une ancienne lithosphère océanique sous l'est de l'Amérique du Nord, appelée lithosphère de Farallon, qui aurait été engloutie dans le manteau il y a 50 Ma.

Montrer que cette lithosphère est toujours visible par tomographie.

Doc Coupe par tomographie sismique sous les États-Unis

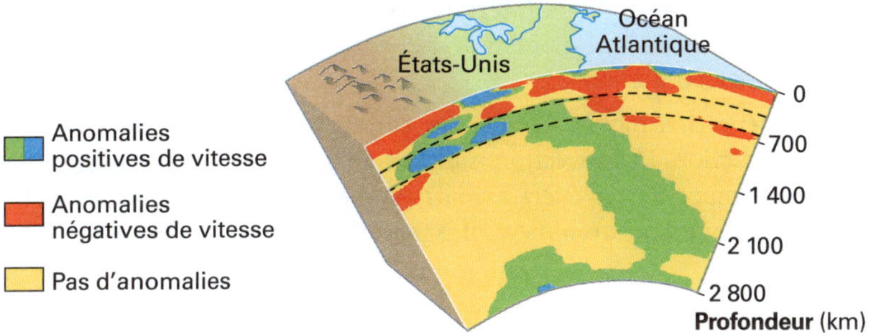

CONSEILS

Étape 1 Faire appel à ses connaissances pour savoir ce que l'on cherche.
Étape 2 Mettre en évidence les principales zones d'anomalies de vitesse.
Étape 3 Rappeler le lien entre vitesse, densité et température.
Étape 4 Comparer les observations à ce qu'on attendait, et conclure.

SOLUTION

Étape 1 Une ancienne lithosphère océanique se caractérise par un panneau froid, disposé de façon oblique puisqu'il a été englouti (vers – 50 Ma).

Étape 2 On observe, sous les États-Unis, une zone horizontale vert-bleu (= anomalie positive de vitesse) entre 400 et 650 km de profondeur, qui se prolonge en oblique à partir de la côte est jusqu'à au moins 2 100 km de profondeur. Le reste du manteau (de 30 à 2 900 km de profondeur) présente des vitesses conformes au modèle PREM, voire légèrement plus faibles.

Étape 3 Les ondes sont plus rapides dans un milieu dense et/ou froid, et plus lentes dans un milieu peu dense et/ou chaud.

Étape 4 La vaste zone de vitesses plus importantes indique donc une zone froide, qui pourrait correspondre à l'ancienne lithosphère Farallon. Sous la côte est, la zone oblique indique l'ancienne région où cette plaque était engloutie (par subduction, voir le chapitre 6). Ainsi la tomographie sismique montre bien les traces de cette ancienne lithosphère océanique.

16 Structure thermique de la Terre

En bref *L'augmentation de la température en profondeur montre que la Terre libère de l'énergie, par conduction ou par convection.*

I L'existence d'un gradient géothermique

■ Les sources chaudes ou l'élévation de la température dans les mines indiquent que la température croît en profondeur (**gradient géothermique**).

■ Cette énergie vient de la désintégration des éléments radioactifs présents dans le globe terrestre, ou des collisions ayant formé notre planète.

■ Les transferts thermiques se font par **conduction** et (ou) par **convection**. La convection transfère rapidement une quantité importante d'énergie, mais elle ne peut se mettre en place que dans un milieu suffisamment ductile.

MOTS CLÉS
Conduction : transfert thermique sans déplacement de matière.
Convection : transfert thermique par déplacement de matière.

II L'étude thermique de la Terre

■ Les études sismiques permettent d'estimer la température pour certaines profondeurs et donc de supposer une évolution entre ces points. Ainsi, le manteau étant constitué de péridotite solide, sa température ne peut excéder 4 000 °C ; le noyau externe étant constitué de fer et de nickel liquide, sa température est supérieure à 1 800 °C. À 670 km de profondeur, le changement de structure de l'olivine de la péridotite se fait à 1 600 °C ; à 5 100 km de profondeur, la cristallisation du noyau se fait vers 4 725 °C. La frontière lithosphère/asthénosphère correspond à **l'isotherme 1 300 °C**.

■ Cette analyse révèle que le gradient est plus faible dans le manteau et le noyau (0,3 à 0,55 °C par km) que dans la croûte (10 à 30 °C par km). Les transferts sont donc plus efficaces dans le noyau et le manteau que dans la croûte.

■ Le manteau est donc animé de mouvements de convection. Dans la lithosphère, les transferts se font uniquement par conduction.

■ La tomographie sismique révèle des anomalies de vitesse par rapport au modèle PREM. Celles-ci sont interprétées comme des hétérogénéités thermiques au sein du manteau (→ FICHE 15).

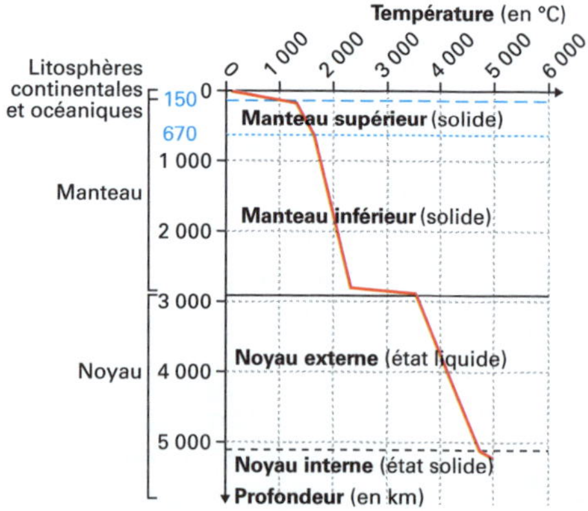

Doc **Modèle thermique de la Terre**

Méthode

Interpréter des données thermiques

Les transferts thermiques se font par conduction et/ou convection.

Calculer le gradient thermique dans la lithosphère et l'asthénosphère, et identifier le mode privilégié de transfert dans chacune.

Doc Reconstruction de l'évolution de la température de 0 à 670 km

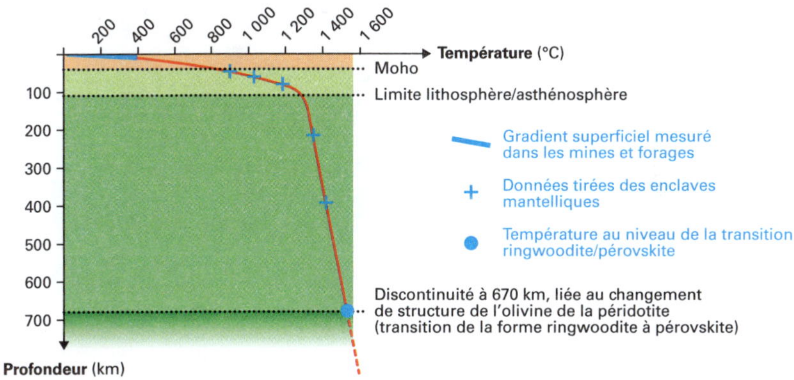

CONSEILS

Étape 1 Évaluer la température aux différentes limites de couches.
Étape 2 Calculer le gradient thermique (s'exprime en °C par km).
Étape 3 Rappeler les différences entre convection et conduction.
Étape 4 Comparer les valeurs obtenues avec les modèles et conclure.

SOLUTION

Étape 1 À 670 km de profondeur, la transition de l'olivine (de la forme ringwoodite à pérovskite) se fait à 1 550 °C. En surface, la température vaut 0 °C et à la limite lithosphère/asthénosphère (vers 120 km), 1 300 °C.

Étape 2 Dans la lithosphère, la température augmente de 1 300 °C en 120 km, soit un gradient moyen d'environ 11 °C par km. Dans l'asthénosphère, la température augmente de 250 °C en 520 km, soit 0,5 °C par km.

Étape 3 La convection est plus efficace que la conduction, donc dans un milieu animé de convection, le gradient thermique est plus faible que dans un milieu ne transférant la chaleur que par conduction.

Étape 4 Le gradient est 20 fois plus faible dans l'asthénosphère, indiquant que les transferts s'y font par conduction et convection. Dans la lithosphère, seuls les transferts par conduction seraient possibles.

MÉMO VISUEL

Le modèle PREM

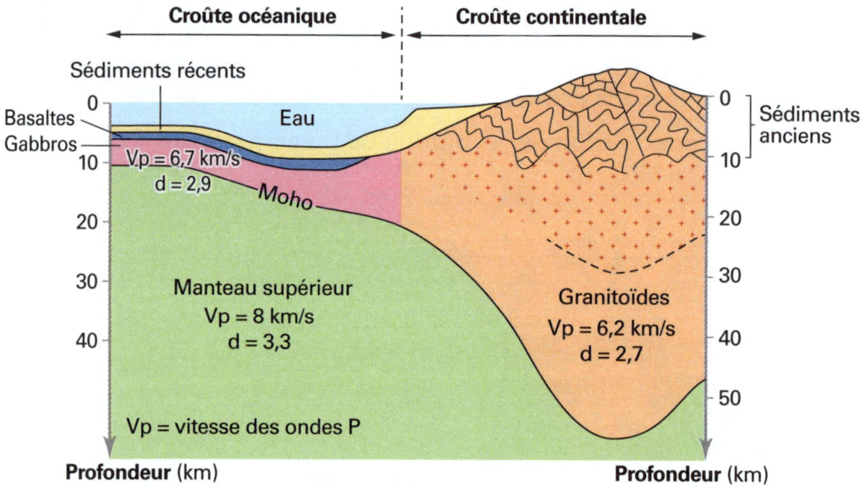

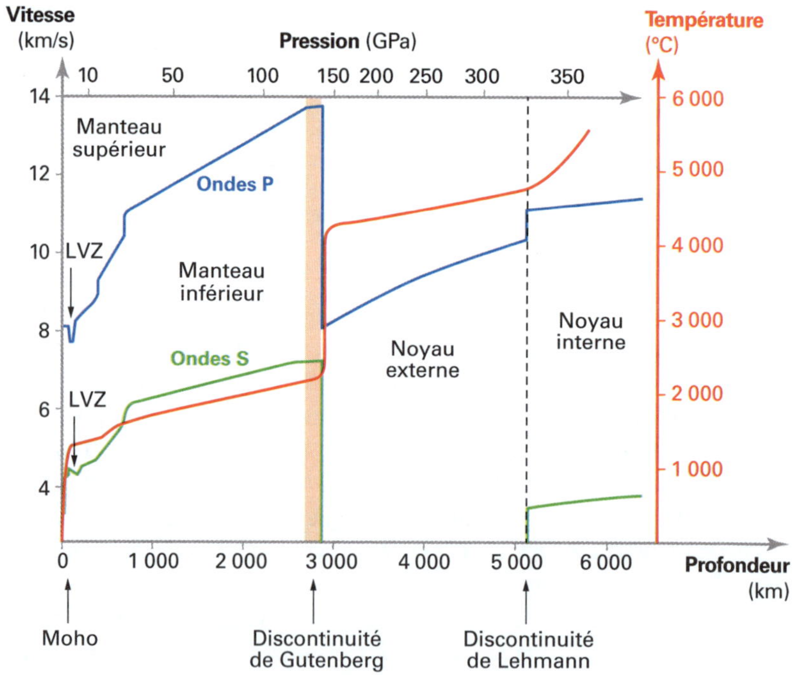

L'organisation interne du globe terrestre

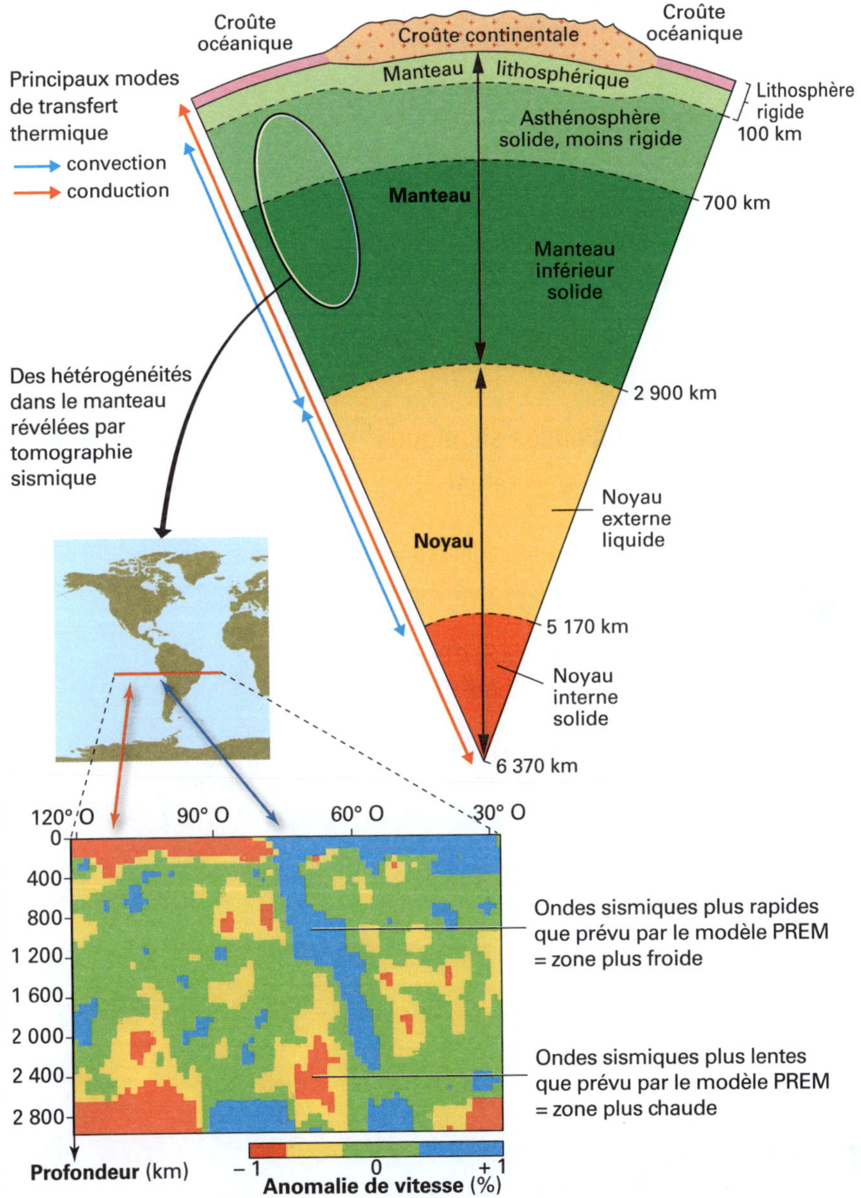

SE TESTER QUIZ

Vérifiez que vous avez bien compris les points clés des **fiches 13 à 16.**

1 Océans et continents

→ FICHE 13

1. La croûte océanique est formée principalement de :

☐ **a.** granites et ses dérivés
☐ **b.** basalte et de gabbros
☐ **c.** roches sédimentaires
☐ **d.** péridotite

2. Par rapport à la croûte océanique, la croûte continentale est :

☐ **a.** plus épaisse
☐ **b.** moins épaisse
☐ **c.** plus dense
☐ **d.** moins dense

2 Les études des ondes sismiques

→ FICHES 14, 15 et 16

1. Les ondes P émises par un séisme :

☐ **a.** se transmettent uniquement dans les milieux solides
☐ **b.** se transmettent dans les milieux solides et liquides
☐ **c.** sont des ondes de volume
☐ **d.** sont des ondes de surface

2. L'étude des ondes sismiques permet :

☐ **a.** de localiser le foyer et l'épicentre du séisme
☐ **b.** d'évaluer la magnitude du séisme
☐ **c.** d'évaluer la profondeur des principales discontinuités
☐ **d.** d'estimer la température absolue régnant aux différentes profondeurs

3 Le modèle du globe terrestre

→ FICHES 14, 15 et 16

1. La lithosphère :

☐ **a.** comprend la croûte
☐ **b.** comprend le manteau
☐ **c.** est limitée par le Moho
☐ **d.** est limitée par la LVZ

2. Le manteau :

☐ **a.** est constitué de péridotite solide
☐ **b.** est en partie liquide
☐ **c.** transfère la chaleur uniquement par convection
☐ **d.** transfère la chaleur par conduction et convection

S'ENTRAÎNER

4 Comparer les chaînes anciennes aux chaînes récentes

→ FICHE 13

Dès qu'une chaîne de montagnes se forme, elle est soumise à érosion, mettant en surface des parties plus anciennes. Ainsi, les anciennes chaînes présentent souvent à l'affleurement une proportion plus importante de roches anciennes, d'origine profonde, que les chaînes plus récentes.

Justifier cette idée par l'étude du document, sachant que le Massif central (rive ouest du Rhône) fait partie d'une chaîne formée au Carbonifère, tandis que les Alpes (rive est) se sont formées au Cénozoïque.

Doc **Carte géologique de la région Rhône-Alpes**

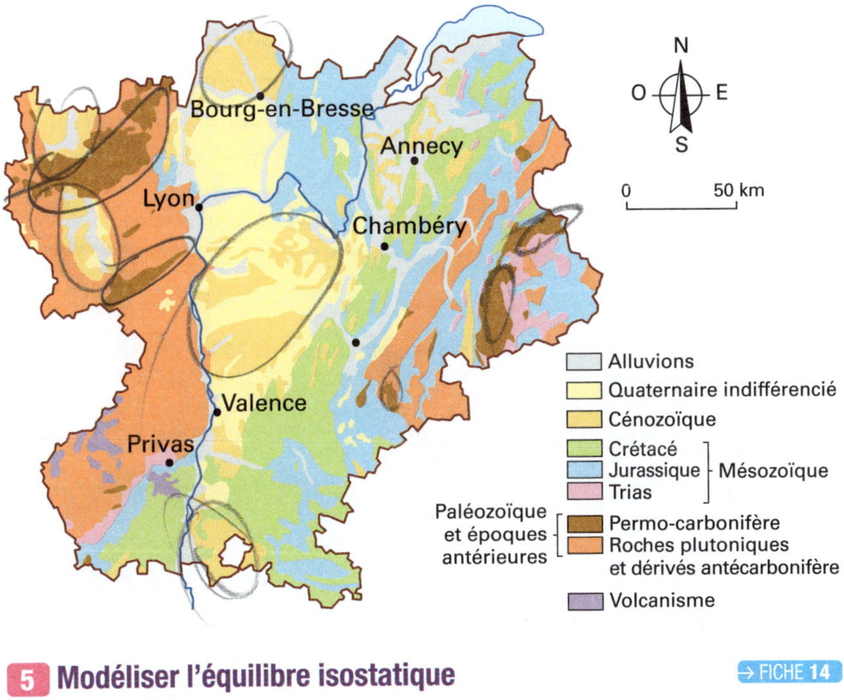

5 Modéliser l'équilibre isostatique

→ FICHE 14

Au cours d'un voyage de 10 ans en Amérique du Sud (1735-1745), Philippe Bouguer met en évidence que la gravité en altitude est plus faible qu'attendue. Ceci indique que la croûte continentale est en équilibre sur le manteau : ainsi les excès de masse liés au relief seraient compensés en profondeur. Plusieurs modèles différents ont été proposés pour expliquer cet équilibre, nommé également isostasie.

Déterminer le modèle s'appliquant le mieux à la croûte continentale.

Doc 1 Modèles d'isostasie d'Airy et de Pratt

L'excès de masse lié à un relief est compensé ainsi : dans le modèle d'Airy (1854), la profondeur du Moho est plus importante dans les reliefs que dans les vallées ; dans le modèle de Pratt (1855), la masse volumique ρ du matériel dans les reliefs est plus faible que dans les vallées.

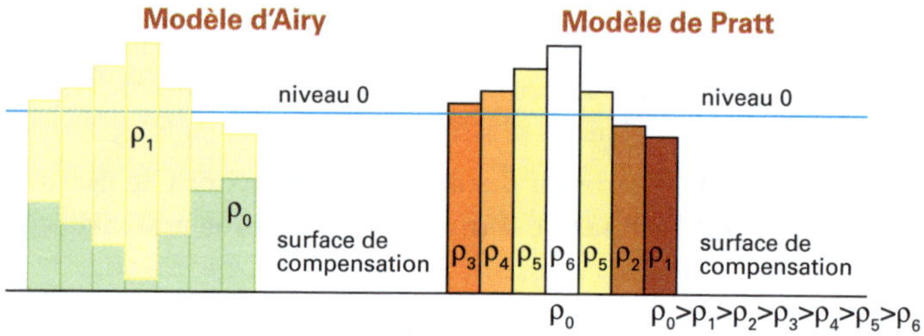

Doc 2 Données sur quelques échantillons de roches (Alpes)

Type de roche	Origine	Masse	Volume
Granite	Massif du mont Blanc	142 g	53 mL
Gneiss		127 g	46 mL
Grès	Vallées (Houches, Chamonix)	189 g	73 mL
Argile		95 g	56 mL

Doc 3 Données sismiques

La profondeur du Moho (H) vaut $\frac{1}{2}\left[h + \sqrt{(V \cdot \delta t + \sqrt{h^2 + \Delta^2})^2 - \Delta^2}\right]$ avec h la profondeur focale, V la vitesse des ondes P dans la croûte continentale (6,25 km · s^{-1}), Δ la distance épicentrale, et δt le retard entre les ondes P directes et les ondes PMP réfléchies sur le Moho.

A. Sismogramme reçu par la station OG03 (Samoëns) du séisme du 19/01/1991. Réflexion des ondes P au niveau des vallées périalpines.

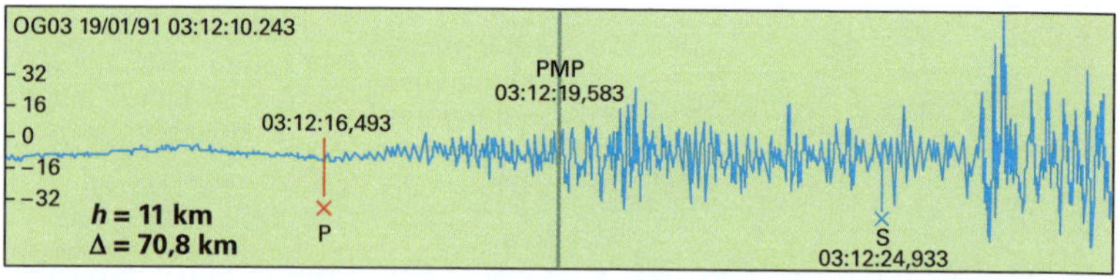

B. Sismogramme reçu par la station RSL (Roselend) du séisme du 23/04/1991. Réflexion des ondes P au niveau des massifs centraux.

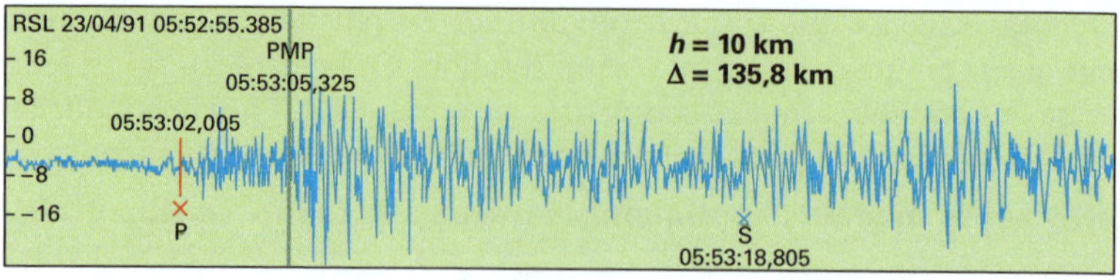

6 Identifier les différents modèles de convection mantellique

→ FICHES 15 et 16

Plusieurs modèles de convection dans le manteau ont été envisagés :
- un modèle à une couche, avec des remontées de matière chaude profonde (venant de la discontinuité de Gutenberg) et des descentes de matière refroidie en surface jusqu'au manteau profond ;
- un modèle à deux couches : deux systèmes de cellules convectives existeraient indépendamment dans le manteau supérieur (au-dessus de 670 km de profondeur) et dans le manteau inférieur.

Grâce aux documents, trouver des arguments en faveur de chacun des modèles et élaborer un schéma synthétique.

Doc Coupes par tomographie sismique dans le Pacifique et l'Atlantique

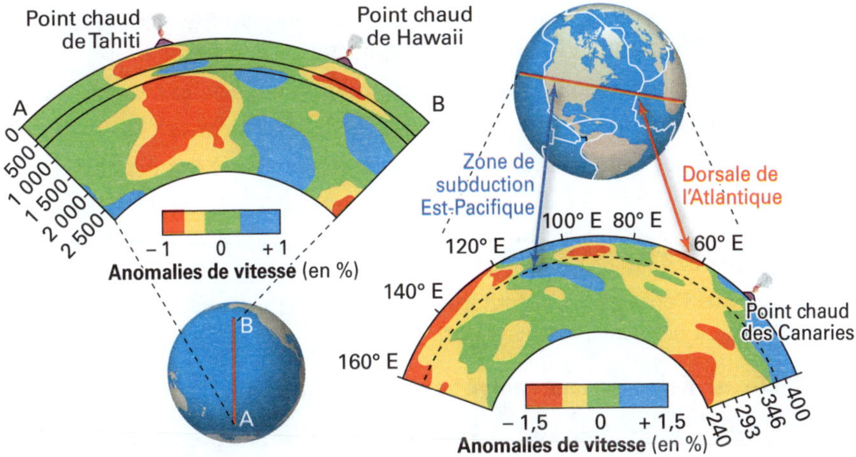

7 Montrer les variations des gradients géothermiques en France

→ FICHES 15 et 16

Même en domaine continental, le gradient géothermique peut varier de façon importante d'une région à l'autre.

Calculer le gradient géothermique dans les 3 zones proposées, et déduire la profondeur de la limite entre la lithosphère et l'asthénosphère dans chaque zone. Ces profondeurs vous semblent-elles plausibles ?

Doc Données thermiques issues de différents forages

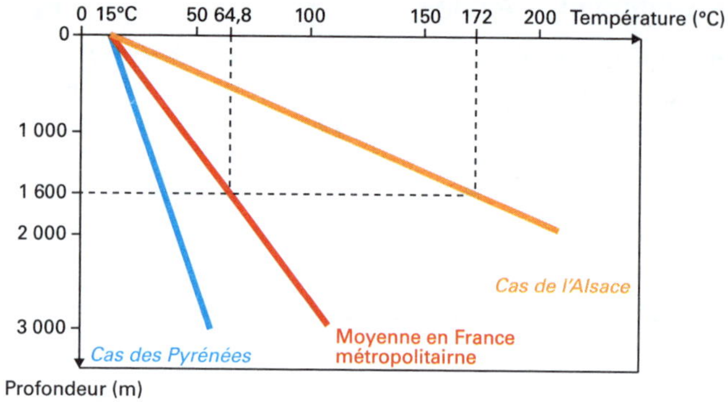

8 Reconstituer le géotherme

→ FICHES 15 et 16

Le gradient géothermique mondial vaut, en moyenne, 30 °C par km dans la croûte, comme le montre l'évolution de la température dans les mines.

Grâce à cette valeur et aux documents, répondre aux questions suivantes.

1. Estimer la température aux principales limites du document 1.

2. Montrer que ces températures sont en contradiction avec l'état des différentes enveloppes terrestres.

3. Estimer d'après les documents la température régnant à la discontinuité de Lehmann et à 670 km de profondeur.

4. Reconstituer l'ensemble du géotherme, et estimer la profondeur à laquelle l'olivine passerait à la forme post-pérovskite.

Doc 1 Principales limites relevées par la sismologie

Limite	Profondeur	Pression	Interprétation
LVZ	120 km	4 GPa	Isotherme 1 300 °C : manteau plus ductile
Asthénosphère / manteau inférieur	670 km	23 GPa	Transition de phase de l'olivine : de la forme ringwoodite à la pérovskite / magnésiowüstite
Gutenberg	2 900 km	130 GPa	Passage de la péridotite solide du manteau au mélange fer/nickel liquide du noyau
Lehmann	5 100 km	330 GPa	Cristallisation du mélange fer/nickel
Centre de la Terre	6 400 km	400 GPa	Centre de gravité

Doc 2 Diagramme de phases du fer

Le noyau terrestre est composé d'environ 90 % de fer.
Les zones α, γ, ε et θ correspondent à différentes formes solides du fer.
On estime le gradient dans un mélange de type noyau à 0,55 °C par km.

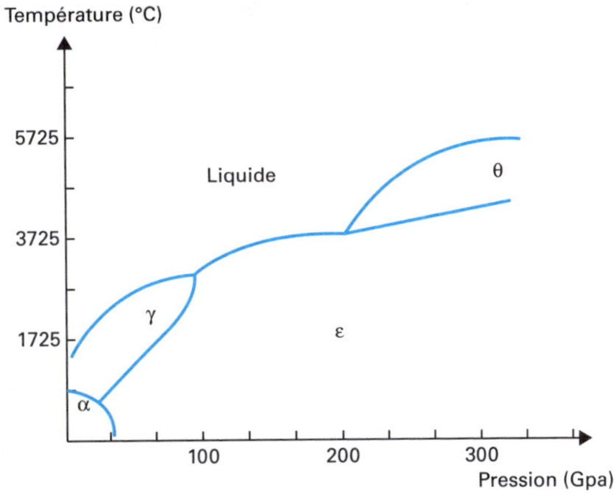

Doc 3 Diagrammes de phases de l'olivine

L'olivine représente le minéral majoritaire (à 90 %) de la péridotite. Les géologues avaient identifié les formes les plus superficielles (à gauche). En 2004, A. Oganov et S. Ono ont montré l'existence d'une phase « post-pérovskite » pouvant exister dans le manteau inférieur. On estime le gradient dans la péridotite à 0,3 °C par km.

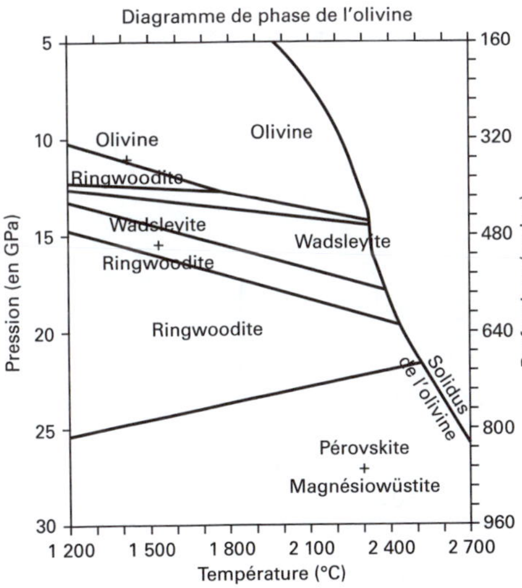

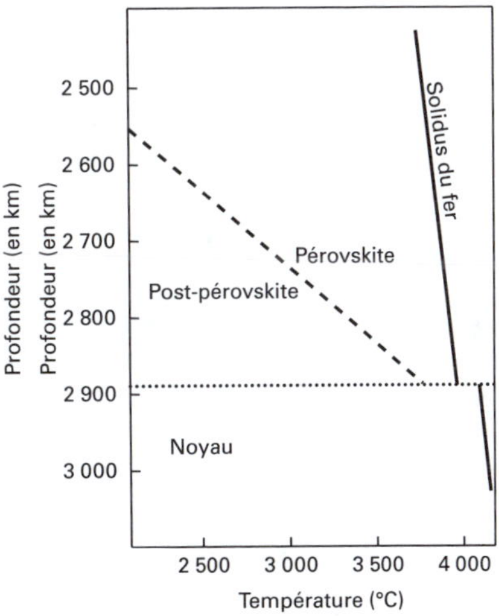

▶ OBJECTIF BAC

9 La limite lithosphère/asthénosphère

40 min

→ FICHES 15 et 16

Cet exercice permet de mieux comprendre la transition entre lithosphère et asthénosphère, et les arguments indiquant que les plaques tectoniques sont constituées de l'ensemble de la lithosphère rigide glissant sur l'asthénosphère.

LE SUJET

Dans son modèle de dérive des continents, A. Wegener propose en 1912 que les continents se déplacent sur le plancher des océans. En 1961, Hess et Dietz proposent, dans leur théorie de l'expansion océanique, que ce soient les croûtes qui se déplacent sur le manteau. Les modèles actuels considèrent que l'ensemble de la lithosphère, rigide, se déplace sur l'asthénosphère : une zone très ductile sous la lithosphère permettrait alors à celle-ci de « glisser » sur l'asthénosphère.

À partir des documents et des connaissances, montrer que, au contraire de la lithosphère, la zone située en haut de l'asthénosphère est très ductile.

Doc 1 Vitesse des ondes à la limite lithosphère/asthénosphère

À gauche sous les continents, à droite sous les océans.

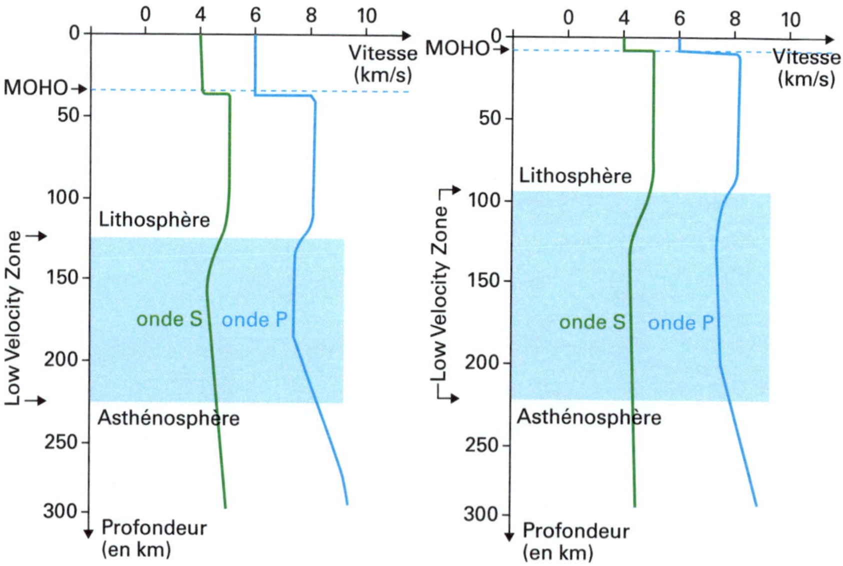

Doc 2 Comportement des roches à la limite lithosphère/asthénosphère

Un matériau solide est d'autant plus ductile que sa température (T) est proche de sa température de fusion (T_f). Ainsi, on considère que la roche est très ductile si $T/T_f > 0,9$; elle est cassante si $T/T_f < 0,45$.

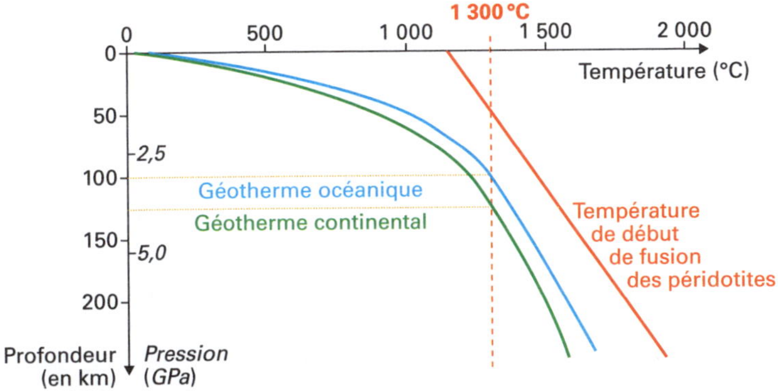

Doc 3 Tomographie sismique sous le Pacifique

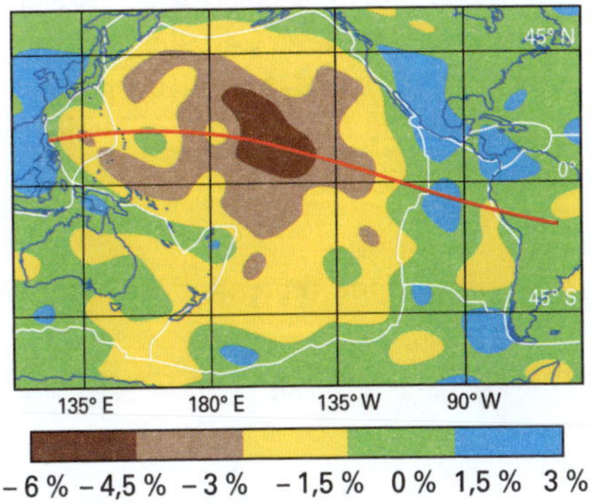

A. Carte tomographique à 100 km de profondeur.

L'échelle correspond à la variation en pourcentage de la vitesse des ondes à une certaine profondeur par rapport à la moyenne (PREM).

B. Coupe tomographique selon le tracé rouge du document 3A.

Les cercles rouges correspondent aux foyers des séismes récents.

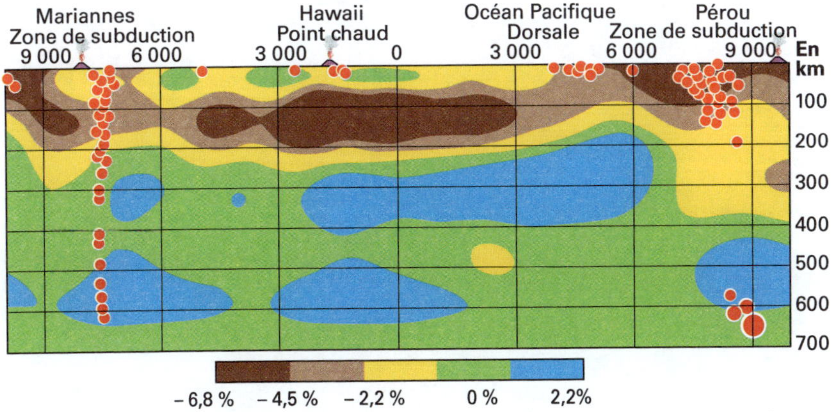

▸▸▸ LA FEUILLE DE ROUTE

Étape 1 Au brouillon, extraire les informations des documents et les relier à la question posée

- Le **document 1** permet d'étudier les différences de vitesse entre la lithosphère et l'asthénosphère, et d'introduire la notion de LVZ.
- Le **document 2** permet d'identifier l'état du manteau au niveau de la limite lithosphère/asthénosphère.
- Le **document 3** permet de confirmer la présence d'une anomalie de vitesse sous la lithosphère océanique. La localisation des séismes permet de préciser quelles sont les zones cassantes ou ductiles.

Étape 2 Au brouillon, associer les informations des documents

- **Documents 1 et 3, et connaissances**

Expliquer la notion de LVZ et relever ses limites dans le document 1 et le document 3. Préciser d'après vos connaissances ce que ces anomalies de vitesse vous permettent de déduire de la température des roches dans la lithosphère et dans la LVZ.

- **Documents 2 et 3, et connaissances**

Reporter les limites de la LVZ dans le document 2 et décrire la position des courbes du géotherme et de fusion des péridotites dans la lithosphère. Calculer le rapport T/T_f aux limites de la LVZ et en déduire l'état du manteau dans la lithosphère, la LVZ et l'asthénosphère. Confirmer cela par l'étude de la localisation des foyers des séismes.

Étape 3 Rédiger ensuite la réponse

- Pour chaque mise en relation, rédiger un paragraphe reprenant les observations et les explications.
- Penser à indiquer le n° du document utilisé, afin de souligner les relations qui ont pu être établies entre les documents.

CORRIGÉS

SE TESTER QUIZ

1 Océans et continents

1. Réponse b. La croûte océanique est formée de basaltes et de gabbros. La croûte continentale contient du granite et le manteau de la péridotite. Les deux croûtes sont recouvertes, en faible proportion, de sédiments.

2. Réponses a et d. L'altitude des continents est plus importante que celle des océans, car la croûte continentale est plus épaisse et moins dense que la croûte océanique. Ainsi les deux croûtes sont en équilibre sur le manteau.

2 Les études des ondes sismiques

1. Réponses b et c. Les ondes P sont des ondes de volume. Ces ondes longitudinales se propagent en milieu solide et liquide, à l'inverse des ondes S (ondes de cisaillement) qui ne se propagent pas en milieu liquide.

2. Réponses a, b et c. À partir de plusieurs enregistrements du même séisme, on peut localiser son foyer (et donc son épicentre), et l'amplitude des oscillations mesurées permet d'évaluer sa magnitude. L'étude des ondes réfléchies et réfractées permet de localiser les principales discontinuités. Enfin, par tomographie, on peut proposer une température relative par rapport au modèle PREM, mais pas une température absolue.

3 Le modèle du globe terrestre

1. Réponses a, b et d. La lithosphère est l'enveloppe la plus externe de la Terre, rigide et cassante. Limitée à sa base par la LVZ, elle est donc constituée de la croûte et d'une partie du manteau (le manteau lithosphérique).

2. Réponses a et d. Le manteau est entièrement constitué de péridotite solide. La chaleur y est transmise à la fois par convection (cette péridotite étant ductile sur une longue durée) et par conduction (qui a lieu dans l'ensemble du globe). Seul le noyau externe est liquide.

S'ENTRAÎNER

4 Comparer les chaînes anciennes aux chaînes récentes

En appliquant la méthode de la fiche 13

Étape 1 On observe des roches plutoniques (formées en profondeur) datées d'avant le Carbonifère. Les autres roches sont de nature sédimentaire et, à part celles du Permo-Carbonifère, plus récentes (Mésozoïque, Cénozoïque).

Étape 2 Sur la rive ouest du Rhône, on trouve surtout des roches anciennes (roches plutoniques anté-Carbonifère, sédiments Permo-Carbonifère). Sur la rive est dominent les roches sédimentaires du Mésozoïque et du Cénozoïque ; les affleurements de roches anciennes (visibles à l'extrémité est) sont en proportion beaucoup moins abondants qu'au niveau de la rive ouest.

Étape 3 Ainsi le Massif central (chaîne ancienne formée au Carbonifère) présente à l'affleurement une proportion plus importante de roches anciennes (Carbonifère ou Permo-Carbonifère), d'origine profonde (roches plutoniques), que les Alpes (chaîne récente formée au Cénozoïque).

5 Modéliser l'équilibre isostatique

Pour répondre au sujet, il faudra calculer la masse volumique moyenne des roches (doc. 2) et la profondeur du Moho (doc. 3) selon qu'on étudie les vallées (périalpines, Houches, Chamonix) ou les massifs centraux (tel le mont Blanc). On pourra alors comparer les valeurs obtenues avec celles attendues selon les deux modèles proposés dans le document 1.

En appliquant la méthode de la fiche 14 à partir du document 3

Étape 1 Il s'agit de déterminer le retard δt pour les deux enregistrements.

Étape 2 Pour le séisme du 19/01/1991 (doc. 3A), δt = 03:12:19,583-03:12:16,493 = 3,09 secondes. Pour le séisme du 23/04/1991 (doc. 3B), δt = 05:53:05,325-05:53:02,005 = 3,32 secondes.

Étape 3 En appliquant la formule, on trouve une profondeur du Moho dans les vallées périalpines (doc. 3A) H = 34,1 km ; sous les massifs centraux (doc. 3B), H = 44,3 km.

On peut rendre les résultats sous la forme d'un tableau :

	Masse volumique ($g \cdot mL^{-1}$)	Masse volumique moyenne ($g \cdot mL^{-1}$)	Profondeur du Moho (km)
Massifs	Granite : 142/53 = 2,7 Gneiss : 127/46 = 2,8	2,7	44,3
Vallées	Grès : 189/73 = 2,6 Argile : 95/56 = 1,7	2,2	34,1

Réponse rédigée à la question

Selon le modèle de Pratt, un excès de masse lié à un relief serait compensé par une masse volumique des reliefs moindre (doc. 1). Or, d'après le document 2, nous mesurons que la masse volumique des roches affleurant dans les massifs est plutôt plus importante que dans les vallées. Donc ce modèle ne rend pas compte des observations. Selon le modèle d'Airy, un excès de masse lié à un relief est compensé par un Moho plus profond. C'est effectivement ce qui est observé : sous les massifs centraux, le Moho est plus profond de 10,2 km que sous les vallées. Ainsi le **modèle d'Airy** est celui qui s'applique le mieux à la croûte continentale.

À NOTER

Le **modèle d'Airy** sous-entend une masse volumique à peu près équivalente dans les plaines et les montagnes. Les valeurs calculées montrent une différence. En effet, dans les vallées, les roches échantillonnées sont de nature sédimentaire. Celles-ci ne sont que de fins dépôts qui recouvrent la croûte continentale, cette dernière étant composée à plus de 95 % de granite et de ses dérivés (tel le gneiss). Ainsi la masse volumique moyenne de la croûte continentale dans les vallées ne sera pas significativement différente de celle dans les montagnes, la proportion de roche sédimentaire restant très faible.

6 Identifier les différents modèles de convection mantellique

En appliquant la méthode de la fiche 15

Étape 1 On cherche des arguments permettant de reconstituer les mouvements de convection dans le manteau. Ceux-ci se caractérisent par des remontées de matière chaude et des plongées de matière froide.

Étape 2 On observe des anomalies négatives de vitesse sous les points chauds et sous les dorsales. Sous les dorsales (Atlantique), ces anomalies ne s'observent que dans la zone la plus superficielle du manteau supérieur. Sous les points chauds, les anomalies semblent se poursuivre jusqu'à la discontinuité de Gutenberg (c'est bien visible pour Tahiti et les Canaries ; pour Hawaii, l'anomalie est moins prononcée dans le manteau inférieur et semble déviée vers l'est). On observe également des anomalies positives de vitesse, notamment dans les zones de subduction (Est-Pacifique) et entre Hawaii et Tahiti dans le manteau inférieur.

Étape 3 Les anomalies négatives indiquent un milieu plus chaud, et les anomalies positives un milieu plus froid qu'attendu selon le modèle PREM.

Étape 4 Pour le modèle à une seule cellule de convection, les remontées de matériel chaud correspondraient aux points chauds (Tahiti, Hawaii, Canaries) et les plongées de matière froide aux zones de subduction (Est-Pacifique). Pour le modèle à deux cellules de convection, il y aurait aussi des plongées de matière froide dans le manteau inférieur non corrélées aux zones de subduction (ex. : entre Hawaii et Tahiti), et des remontées de matière chaude dans le manteau supérieur au niveau des zones de dorsale (Atlantique).

Ainsi la matière du manteau est soumise à des mouvements de convection selon un modèle hybride, qui pourrait être illustré comme dans le document ci-après.

Doc Modèle de convection dans le manteau

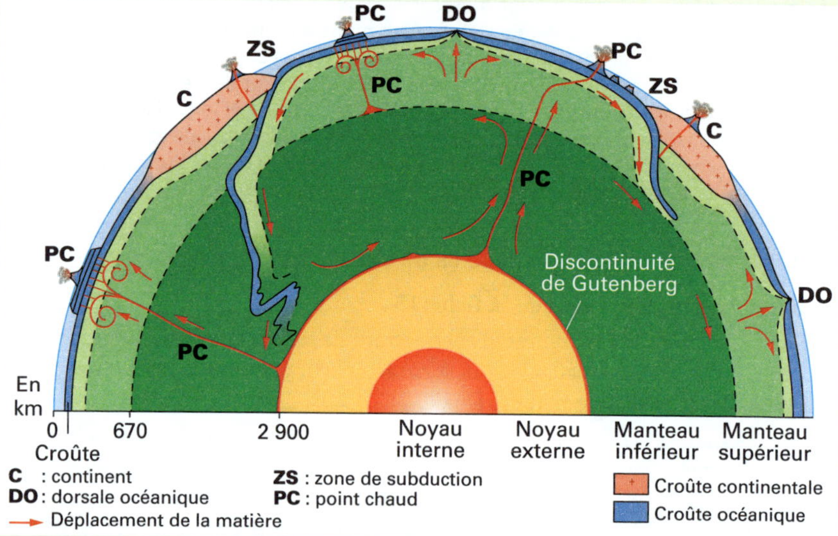

7 Montrer les variations des gradients géothermiques en France

■ Sachant que la limite entre la lithosphère et l'asthénosphère correspond à l'isotherme 1 300 °C, on peut donc, connaissant le gradient géothermique et en le considérant comme constant dans toute la lithosphère, calculer la profondeur à laquelle cette température est atteinte. On peut alors reporter les mesures et les calculs dans le tableau suivant :

Région	Pyrénées	Moyenne en France	Alsace
Température en surface (°C)	15		
Température à 1 600 m de profondeur (°C)	40	64,8	172
Gradient géothermique (en °C/km)	16	31	98
Profondeur de l'isotherme 1 300 °C (limite lithosphère/asthénosphère)	80	41	13

■ Les profondeurs de la limite lithosphère/asthénosphère calculées sont toutes très inférieures à la profondeur moyenne de l'isotherme 1 300 °C sous les continents (120 km, début de la LVZ). Cette incompatibilité entre profondeurs théoriques et profondeur mesurée signifie que l'une des hypothèses faites pour le calcul est fausse : en effet, le gradient géothermique n'est pas constant dans la **lithosphère**, mais diminue avec la profondeur.

À NOTER

Mêmes fausses, les valeurs montrent que la **lithosphère** est plus fine en Alsace que dans les Pyrénées : en effet, l'Alsace correspond à une zone d'écartement (une dorsale avortée) donc d'amincissement lithosphérique, tandis que les Pyrénées correspondent à une chaîne de montagnes, donc une zone de reliefs, ceux-ci étant compensés, d'après le modèle d'Airy vu dans l'exercice 5, par un épaississement de la croûte et de l'ensemble de la lithosphère.

8 Reconstituer le géotherme

1. Si on considère un gradient géothermique de 30 °C/km, on obtient :

Doc 1 Températures estimées aux différentes limites

Limite	Profondeur (km)	Température estimée (°C)
LVZ	120	120 × 30 = 3 600
Asth. / Manteau inf.	670	670 × 30 = 20 100
Gutenberg	2 900	2 900 × 30 = 87 000
Lehmann	5 100	5 100 × 30 = 153 000
Centre	6 400	6 400 × 30 = 192 000

2. ■ Le manteau est constitué de péridotite. On remarque que les températures estimées pour la LVZ, la limite asthénosphère/manteau inférieur, ou la discontinuité de Gutenberg, sont toutes largement supérieures à celles du solidus de la péridotite (doc. 3) : ceci signifie que la péridotite devrait être à l'état liquide, alors que les données sismiques ont montré que l'ensemble du manteau était solide !

■ De la même façon, le fer du noyau cristallise à la discontinuité de Lehmann. Or si la température qui règne à cette profondeur est de 183 000 °C, le fer reste à l'état liquide (voire gazeux).

■ Ainsi les températures calculées ne sont pas compatibles avec l'état de la péridotite ou du fer dans le manteau et le noyau.

3. ■ D'après le document 1, la limite à 670 km de profondeur correspond à la transition de l'olivine de la forme ringwoodite à la forme pérovskite + magnésiowüstite. Par lecture graphique sur le document 3, à 670 km de profondeur, cette transition se fait à 1 600 °C.

■ À 5 100 km de profondeur, le fer cristallise. La pression qui y règne vaut 330 GPa (doc. 1). Par lecture sur le document 2, cette solidification se fait pour une température d'environ 4 700 °C.

4. ■ Dans le document 2, on indique un gradient dans le noyau de 0,55 °C par km. En partant d'une température de 4 700 °C à 5 100 km de profondeur, on trouve pour la discontinuité de Gutenberg une température de 4 700 – (5 100 – 2 900) × 0,55 ≈ 3 500 °C. Au centre de la Terre, la température serait de 4 700 + (6 400 – 5 100) × 0,55 ≈ 5 400 °C.

■ Dans le document 3, on indique un gradient dans la péridotite (donc dans le manteau) de 0,3 °C par km. En partant d'une température de 1 600 °C pour 670 km de profondeur, on peut estimer la température à la discontinuité de Gutenberg à 1 600 + (2 900 – 670) × 0,3 ≈ 2 300 °C. Par ailleurs, la température à 120 km de profondeur est de 1 300 °C (doc. 1). On peut donc reconstituer le graphique suivant :

Doc 2 Évolution du géotherme

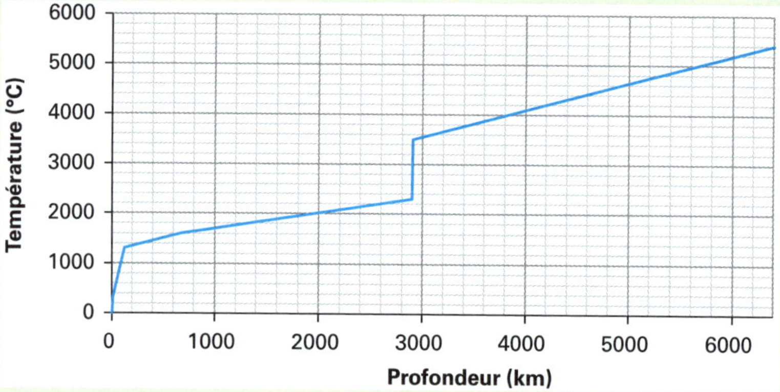

■ En reportant ce géotherme dans le document 3, on peut estimer que l'olivine passe de **la forme pérovskite à la forme post-pérovskite** vers 2 800 km de profondeur, c'est-à-dire à proximité immédiate de la discontinuité de Gutenberg.

À NOTER

La découverte récente de cette forme post-pérovskite pourrait permettre d'expliquer en partie certains sauts de vitesse des ondes sismiques observés à proximité de la discontinuité de Gutenberg. De plus, la transition **pérovskite – post-pérovskite** libérant beaucoup d'énergie, elle pourrait participer à la formation des points chauds.

OBJECTIF BAC

9 La limite lithosphère/asthénosphère

Étape 1 Au brouillon, extraire les informations des documents et les relier à la question posée

■ **Document 1**

À la limite lithosphère/asthénosphère, on observe une anomalie négative dans la vitesse des ondes sismiques, autrement dit, les ondes sont ralenties : c'est la LVZ (*Low Velocity Zone*). Cette LVZ est comprise entre 120 et 220 km de profondeur sous les continents, et entre 100 et 220 km de profondeur sous les océans.

■ **Document 2**

Sous les océans, la température vaut 1 300 °C à 100 km de profondeur, et 1 650 °C à 220 km. Sous les continents, elle est de 1 300 °C à 120 km de profondeur, et de 1 550 °C à 220 km de profondeur. La température de fusion de la péridotite est respectivement de 1 450 °C, 1 550 °C et 1 900 °C à 100, 120 et 220 km de profondeur.

■ **Document 3**

À 100 km de profondeur, on observe une anomalie négative de vitesse (jusqu'à – 6 % de la vitesse prédite par le modèle PREM) présente sous l'ensemble de l'océan Pacifique (doc. 3A). Cette anomalie s'observe aussi dans le document 3B : sous Hawaii et la majorité de l'océan Pacifique, elle est présente entre 100 et 200 km de profondeur. On observe également dans ce document que les séismes au niveau du Pacifique n'ont lieu qu'en surface (à moins de 50 km de profondeur) ou dans les zones de subduction.

Étape 2 Au brouillon, associer les informations des documents

■ L'anomalie négative de vitesse au niveau de la LVZ (zone de moindre vitesse) visible dans les documents 1 et 3 (entre 100 et 220 km sous les océans tel l'océan Pacifique, entre 120 et 220 km de profondeur sous les continents) trahit la présence d'un milieu plus chaud (moins dense) que celui prévu par le modèle PREM. Au contraire, la vitesse des ondes sismiques dans la lithosphère océanique (doc. 3) apparaît comme conforme à celle prédite.

■ Au niveau de la LVZ, le géotherme continental et océanique semblent « se rapprocher » du solidus de la péridotite. Ainsi, sous les océans, $T/T_f > 0{,}85$ entre 100 et 220 km de profondeur, et sous les continents, $T/T_f > 0{,}81$ entre 120 et 220 km de profondeur. Ces valeurs montrent que les roches sont très ductiles dans la LVZ. Dans l'asthénosphère plus profonde, les courbes du géotherme « s'éloignent » de celles du solidus, indiquant que cette zone est moins ductile que la LVZ, et de même dans la lithosphère. Ainsi à 15 km de profondeur (profondeur maximale du Moho sous les océans), le rapport T/T_f n'est plus que de $300/1\,200 = 0{,}25$, ce qui montre que cette région est très rigide. Le fait que les foyers des séismes soient situés généralement à moins de 50 km de profondeur dans les océans confirme que seule la lithosphère est cassante, donc rigide.

Étape 3 Rédiger ensuite la réponse

Le modèle de la tectonique des plaques actuel nécessite la présence d'une zone particulièrement ductile située sous la lithosphère, permettant que celle-ci « glisse » sur l'asthénosphère.

D'après le document 1, les ondes sismiques se déplacent plus lentement dans la LVZ (*Low Velocity Zone*, ou zone de moindre vitesse), située à 100-220 km de profondeur sous les océans et à 120-220 km de profondeur sous les continents, que dans la lithosphère ou dans le reste de l'asthénosphère. La tomographie sismique révèle la présence de cette anomalie négative de vitesse à 100 km de profondeur sous l'océan Pacifique (doc. 3A), et indique qu'elle se prolonge jusque vers 200-220 km de profondeur (doc. 3B).

Grâce au document 2, on voit qu'au niveau de la LVZ, la température des roches est très proche de leur température de fusion, autrement dit, le rapport T/T_f est supérieur à 0,81, sous les océans comme sous les continents. Ceci signifie que les péridotites de la LVZ sont particulièrement ductiles, au contraire de celles du reste de l'asthénosphère ou de la lithosphère. L'absence de foyers de séismes dans la LVZ (doc. 3B) confirme que ce milieu est ductile, au contraire de la lithosphère, beaucoup plus cassante.

Ainsi la lithosphère constitue bien un bloc rigide qui « glisse » sur la LVZ, cette zone située en haut de l'asthénosphère étant particulièrement ductile.

5 Des plaques mobiles : exemple des zones de divergence

L'intense activité géothermique des dorsales océaniques donne lieu à des geysers sous-marins : les fumeurs blancs et noirs. Cette circulation d'eau chaude modifie les roches et permet la mise en place d'écosystèmes uniques et diversifiés.

17 Les indices d'une mobilité horizontale

En bref *La lithosphère est découpée en plaques rigides animées de mouvements : convergence, divergence ou coulissage.*

I Des plaques mobiles

- La lithosphère est découpée en plaques rigides, dont les mouvements sont à l'origine des séismes et des volcans situés généralement à leurs frontières. Diverses méthodes permettent de reconstituer ces mouvements.
- Les roches magmatiques fossilisent le champ magnétique lors de leur cristallisation. Celui-ci s'est inversé au cours du temps : dans les océans, ces **anomalies magnétiques** sont disposées de façon symétrique par rapport aux dorsales, ce qui fut la première preuve géophysique claire de la divergence des plaques (1963). Dater les anomalies magnétiques ou les sédiments déposés sur la croûte océanique permet également de calculer la vitesse de cette expansion océanique.
- Certains volcans intra-plaque sont dus à des remontées de matière chaude profonde (**points chauds**), qui perforent les plaques en déplacement. L'alignement de volcans obtenu reproduit le mouvement de la plaque.
- Actuellement, les **mesures GPS** ou laser confirment ces déplacements.

II Divergence, convergence, coulissage

Tous ces indices permettent de distinguer différents types de frontière. Les **dorsales** océaniques, zones de divergence, présentent un flux géothermique important à l'origine du volcanisme effusif sous-marin. Les plaques convergent dans les zones de **subduction** (fosse océanique, volcans explosifs...) et dans les grandes **chaînes de montagnes** ou coulissent le long des **failles transformantes**.

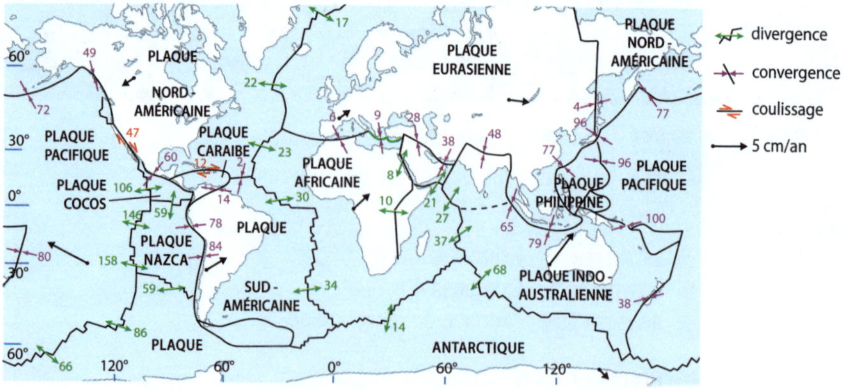

Doc **Mouvements et frontières des principales plaques**

Méthode

Reconstituer les mouvements aux frontières des plaques

La chaîne de montagnes sous-marines de Juan de Fuca sépare la plaque Pacifique de la petite plaque Juan de Fuca.

Indiquer de quel type de frontière de plaques il s'agit et estimer la vitesse de la plaque Juan de Fuca par rapport à la plaque Pacifique.

Doc Anomalies magnétiques au niveau de Juan de Fuca

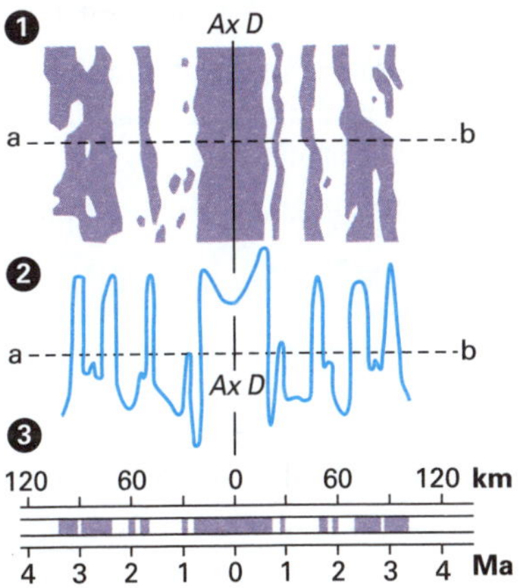

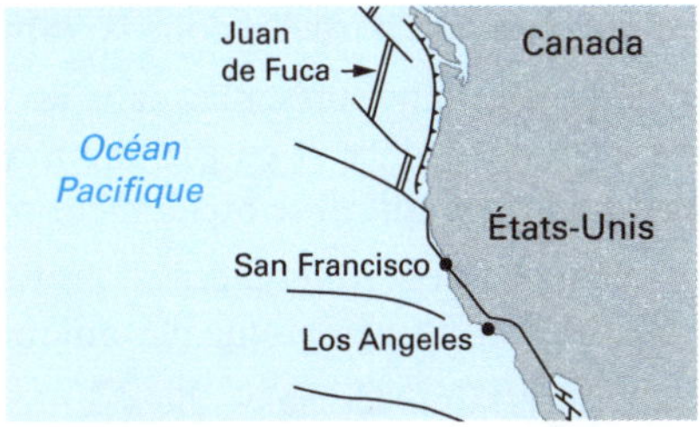

1 Cartographie des anomalies magnétiques
2 Profil magnétique calculé
3 Modèle réalisé à partir du profil calculé
Ma Millions d'années
Ax D (ou 0 km) axe de la chaîne de montagnes sous-marines
Anomalies magnétiques positives
Anomalies magnétiques négatives

CONSEILS

Étape 1 Rappeler les arguments en faveur de chaque type de frontière.
Étape 2 Estimer l'éloignement parcouru (d) pendant une durée donnée (Δt).
Étape 3 En déduire la vitesse moyenne $v = \frac{d}{\Delta t}$ et conclure.

SOLUTION

Étape 1 Dans les zones de divergence, on s'attend à trouver un important flux géothermique et des anomalies magnétiques disposées de façon symétrique. Cette symétrie se retrouve au niveau de la chaîne de Juan de Fuca.

Étape 2 Selon le dernier schéma, les roches formées lors de l'anomalie négative datée de – 3 Ma sont maintenant éloignées les unes des autres d'environ 180 km, puisqu'on les retrouve à 90 km à l'est et à l'ouest de la chaîne de montagnes sous-marines de Juan de Fuca.

Étape 3 Il s'agit donc d'une zone de divergence, cette chaîne de montagnes sous-marines étant une dorsale. Les deux plaques s'éloignent l'une de l'autre à une vitesse de $v = \frac{d}{\Delta t} = \frac{180 \times 10^6}{3 \times 10^6} = 60 \text{ mm} \cdot \text{an}^{-1}$.

18 La dynamique des zones de divergence

En bref *La divergence des plaques dans les dorsales est à l'origine de la fabrication d'une nouvelle lithosphère océanique qui évolue rapidement.*

I Divergence et fabrication de lithosphère océanique

- L'étirement de la lithosphère dans les dorsales entraîne son amincissement, donc la remontée des roches chaudes du manteau. Cette **décompression** du manteau entraîne sa fusion partielle, donc la formation d'un **magma** d'origine mantellique.
- Au gré des failles présentes dans les dorsales, ce magma peut atteindre la surface. Pauvre en silice et en gaz, il entraîne un volcanisme effusif caractéristique des dorsales, et cristallise rapidement sous forme de **basalte**.
- Ce magma peut rester piégé en profondeur et cristalliser lentement : il produit alors une roche magmatique plutonique, le **gabbro**.
- Dans certaines dorsales dites lentes, la faible activité magmatique conduit directement à l'affleurement de zones du manteau (donc de la **péridotite**).

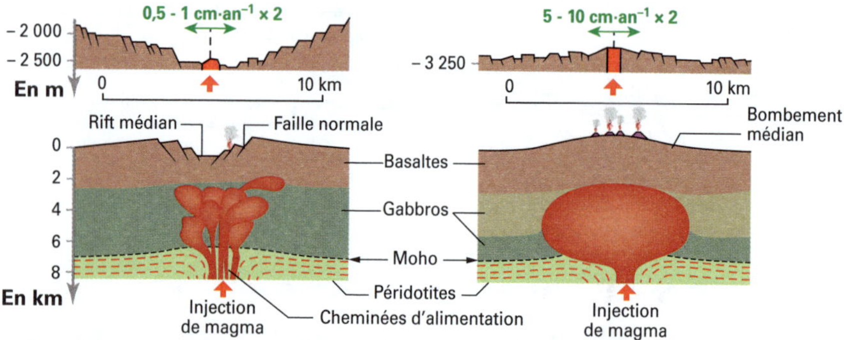

a. Dorsale lente : nombreuses petites chambres magmatiques fonctionnant de façon intermittente

b. Dorsale rapide : grosse chambre magmatique

Doc Fabrication de la lithosphère dans les dorsales

II Évolution de la lithosphère océanique fabriquée

- La lithosphère fabriquée se **refroidit** en s'éloignant de la dorsale. La limite inférieure de la lithosphère correspondant à l'isotherme 1 300 °C, son refroidissement entraîne son **épaississement** par ajout de manteau lithosphérique dense, et donc une augmentation progressive de sa **densité** globale ou moyenne.
- La croûte océanique et les zones superficielles du manteau sont le siège d'une importante circulation d'eau, réchauffée par la proximité du magma. Cet **hydrothermalisme** conduit à une modification des minéraux (apparition de minéraux hydratés : serpentine, hornblende, chlorite…).

Méthode

Calculer la densité moyenne de la lithosphère océanique

Dans son devoir, Alicia a écrit : « La densité de la croûte océanique augmente lorsqu'elle vieillit ». Elle ne comprend pas que son professeur ait barré le mot « croûte » pour le remplacer par « lithosphère ».

Expliquer à Alicia son erreur et calculer la densité moyenne de la croûte et de la lithosphère océanique en fonction de son âge.

Doc **Évolution de la lithosphère océanique**

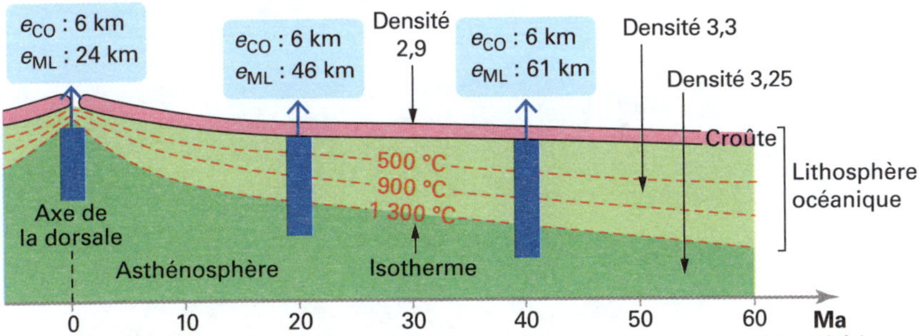

e_{CO} : épaisseur de la croûte continentale e_{ML} : épaisseur du manteau lithosphérique

CONSEILS

Étape 1 Relever les épaisseurs et les densités des différents compartiments.

Étape 2 Calculer la densité moyenne de la lithosphère océanique selon la formule $d_{LO} = \frac{d_{CO} \times e_{CO} + d_{ML} \times e_{ML}}{e_{CO} + e_{ML}}$ pour chaque jeu de données.

Étape 3 Conclure.

SOLUTION

Étape 1 On connaît l'épaisseur de la croûte océanique et du manteau lithosphérique pour trois âges différents : 10, 30 et 50 Ma. Les densités de la croûte océanique (2,9) et du manteau lithosphérique (3,3) sont constantes.

Étape 2 La densité de la croûte océanique n'évolue pas selon son âge. Par contre, en appliquant la formule, on trouve 3,22 pour une lithosphère de 10 Ma ; 3,25 pour 30 Ma ; et 3,26 pour 50 Ma.

Étape 3 Ainsi la densité et l'épaisseur de la croûte océanique n'augmentent pas au cours de son vieillissement. Par contre, lorsqu'elle vieillit, la lithosphère océanique se refroidit et s'épaissit, et l'ajout de manteau lithosphérique dense qui en résulte conduit à une augmentation de la densité de la lithosphère. Ceci explique la remarque du professeur sur la copie d'Alicia.

MÉMO VISUEL

Quelques preuves du déplacement des plaques

Symétrie des anomalies magnétiques au niveau de la dorsale

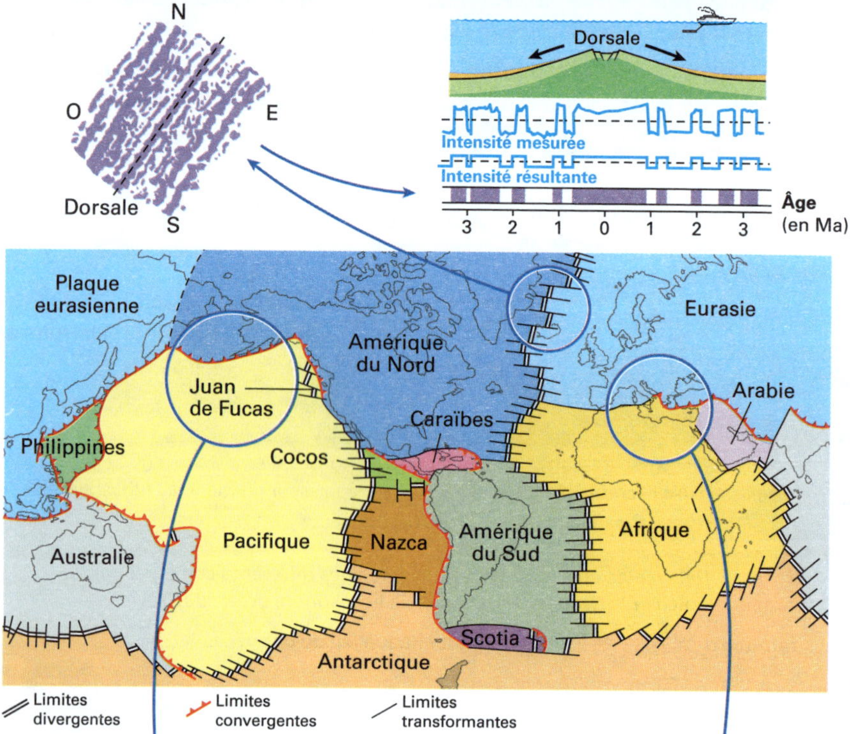

Alignements des volcans de point chaud

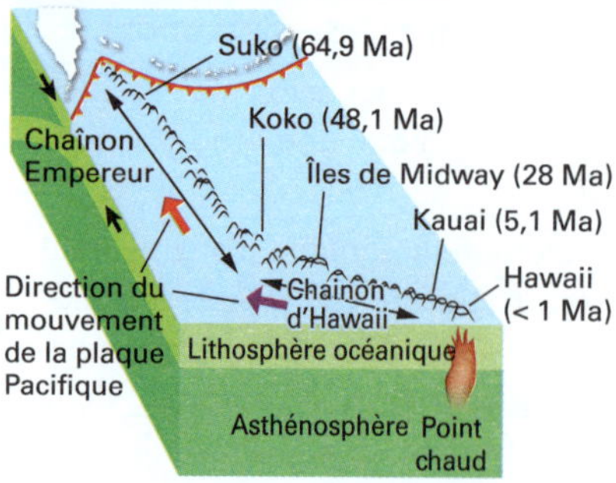

Calcul de la vitesse par GPS

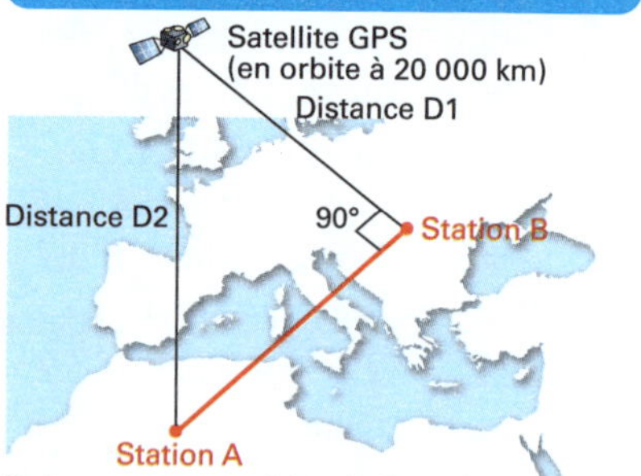

Cette mesure est refaite plusieurs fois au cours du temps, et permet de calculer l'évolution de la distance AB au cours du temps.

Fabrication et évolution de la lithosphère océanique

La lithosphère océanique est fabriquée au niveau de la dorsale…

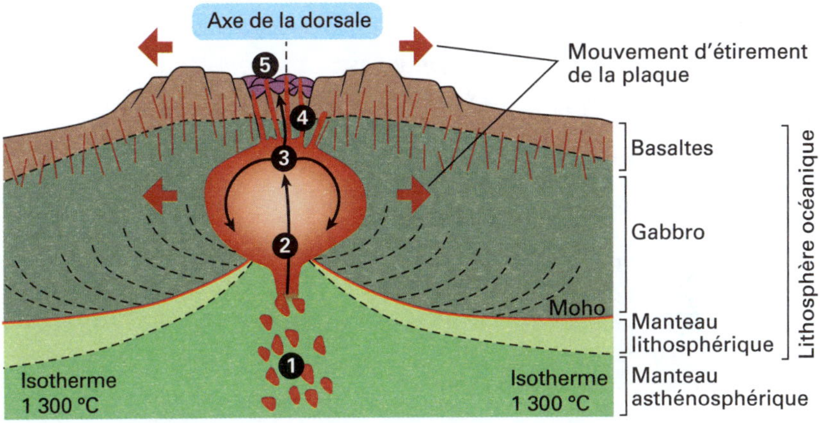

1. Du fait de la divergence, décompression du manteau à l'origine de sa fusion partielle : formation du magma.
2. Remontée du magma moins dense.
3. Cristallisation lente dans la chambre magmatique : mise en place des gabbros.
4. Remontée vers la surface du magma grâce aux failles.
5. Refroidissement brutal du magma : mise en place des basaltes.

… et est rapidement modifiée en vieillissant lorsqu'elle s'en éloigne.

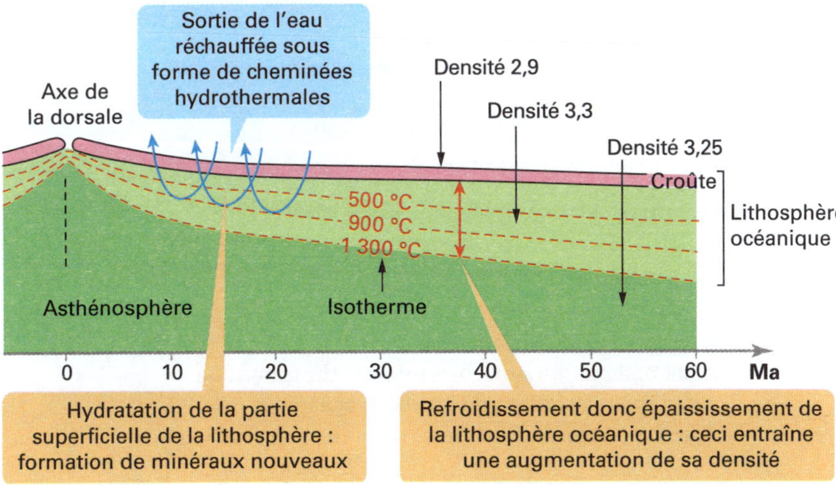

SE TESTER QUIZ

Vérifiez que vous avez bien compris les points clés des **fiches 17 et 18.**

1 Des plaques en mouvement

→ FICHE 17

1. En 1963, les géologues redémontrent l'expansion océanique grâce à :

☐ **a.** la symétrie des anomalies magnétiques
☐ **b.** l'étude des alignements de volcans intra-plaque
☐ **c.** l'alignement de foyers sismiques près des fosses
☐ **d.** des mesures par GPS

2. Dans les zones de divergence, on retrouve généralement :

☐ **a.** une dorsale
☐ **b.** des volcans effusifs
☐ **c.** des volcans explosifs
☐ **d.** des foyers sismiques alignés sur le plan de Wadati-Bénioff
☐ **e.** une fosse océanique
☐ **f.** un flux géothermique important

2 Fabrication de la lithosphère océanique

→ FICHE 18

1. Dans les dorsales, la formation du magma :

☐ **a.** explique la divergence
☐ **b.** est causée par la divergence
☐ **c.** est due à la décompression du manteau
☐ **d.** est due à des remontées de matériel chaud du manteau inférieur

2. Dans la lithosphère océanique, les gabbros :

☐ **a.** cristallisent en surface sous forme de coussins
☐ **b.** se situent dans le manteau lithosphérique
☐ **c.** cristallisent en profondeur dans la chambre magmatique

3 Évolution de la lithosphère océanique

→ FICHE 18

1. Les minéraux hydratés de la lithosphère océanique :

☐ **a.** sont dus à la cristallisation d'un magma déjà hydraté
☐ **b.** sont dus aux circulations d'eau de mer dans la lithosphère
☐ **c.** entraînent une augmentation de la densité de la lithosphère

2. L'épaississement de la lithosphère lorsqu'elle vieillit :

☐ **a.** est lié à son refroidissement
☐ **b.** se fait par épaississement du manteau lithosphérique
☐ **c.** se fait par épaississement de la croûte océanique
☐ **d.** entraîne une augmentation de sa densité

S'ENTRAÎNER

4 Étudier la frontière entre deux plaques

→ FICHE 17

L'île de Pâques et l'île de Tahiti (archipel de la Société) sont deux îles de l'océan Pacifique distantes d'environ 4 200 km.

D'après les documents, montrer que ces deux îles n'appartiennent pas à la même plaque. Indiquer quel type de frontière et de structure géologique doit se trouver entre elles, et préciser le mouvement de chacune.

Doc 1 Déplacement de l'île de Pâques, mesuré par GPS

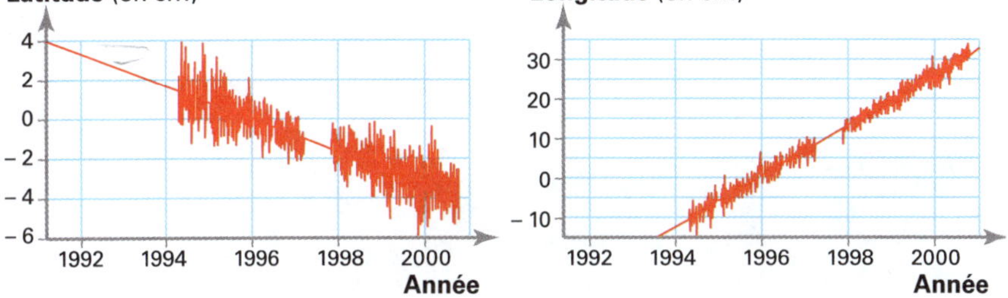

Doc 2 Quelques données sur l'archipel de la Société

Îles	Distance en km (1)	Âge moyen en Ma
Mehetia	0	< 0,2
Tahiti Iti (presqu'île)	145	0,4
Tahiti Nui (grande île)	180	1,0
Moorea	230	1,5
Huahine	368	2,1
Raiatea	400	2,4
Tahaa	425	2,9
Bora Bora	458	3,2
Maupiti	495	4,3

(1) distances calculées à partir de Mehetia

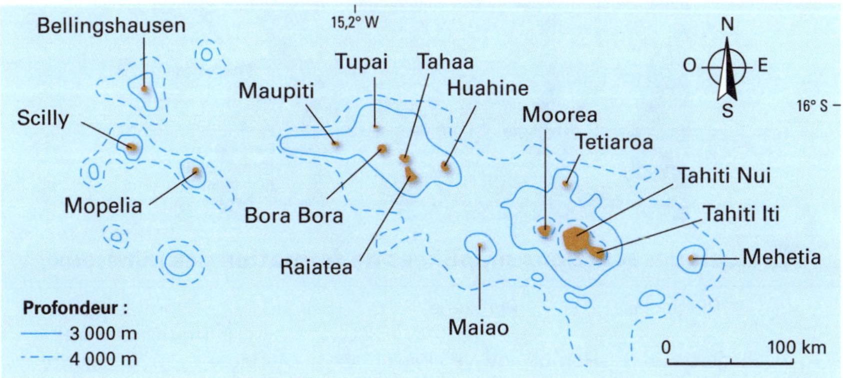

5 Expliquer l'entrée en subduction de la lithosphère

→ FICHE 18

L'entrée en subduction serait le moteur de la tectonique des plaques, la partie plongeante tirant derrière elle l'ensemble de la plaque à laquelle elle appartient, entraînant éventuellement des déchirures à certains endroits, à l'origine des rifts continentaux et des dorsales océaniques.

D'après le document, montrer que l'évolution de la densité de la lithosphère océanique expliquerait l'entrée en subduction. Estimer l'âge minimal que doit avoir la lithosphère océanique pour subduire.

Doc Quelques données sur l'évolution de la lithosphère océanique

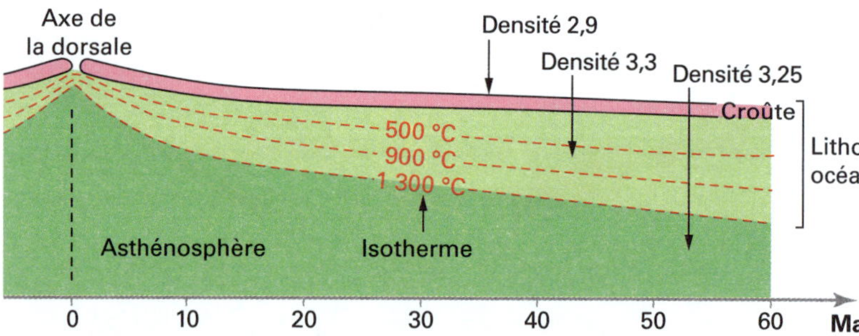

L'épaisseur de la croûte océanique vaut 6 km. L'épaisseur totale *e* (en km) de la lithosphère peut être estimée par la formule $e = 9,5\sqrt{t}$ avec *t* son âge en Ma.

6 Expliquer une transformation minéralogique

→ FICHE 18

Le gabbro natif est constitué de plagioclases et de pyroxènes. Pourtant, les gabbros que l'on peut échantillonner dans la croûte océanique ont plutôt un aspect feuilleté et verdâtre (on parle du « faciès schiste vert »).

D'après les documents et vos connaissances, expliquer comment le gabbro prend rapidement l'aspect d'un schiste vert.

Doc 1 Exemple d'un gabbro dans le faciès schiste vert

Doc 2 Quelques réactions simplifiées de formation des minéraux

Plagioclase	+	Pyroxène	+	Eau	⇋	Hornblende (amphibole brune)		
Plagioclase	+	Hornblende	+	Eau	↔	Actinote (amphibole verte)	+	Chlorite (argile verte)

7 Étudier l'histoire du Groenland

→ FICHES 17 et 18

Le Groenland est une vaste île de l'Atlantique nord. Il fait normalement partie de la plaque Amérique du Nord, mais certains considèrent qu'il pourrait former une plaque tectonique indépendante.

D'après les documents, indiquer si le Groenland est actuellement, ou a été à certaines époques, une plaque tectonique indépendante de l'Eurasie et de l'Amérique du Nord.

Doc 1 Épaisseur de la croûte en mer du Labrador

Le tracé AB correspond au profil magnétique du document 2.

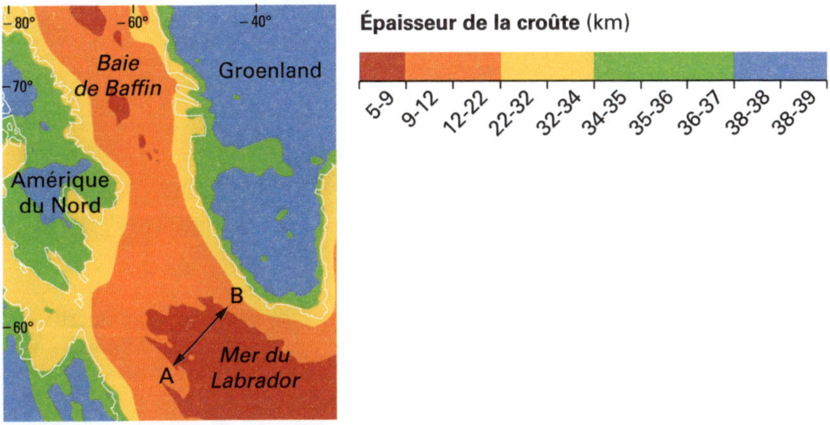

Doc 2 Anomalies magnétiques en mer du Labrador

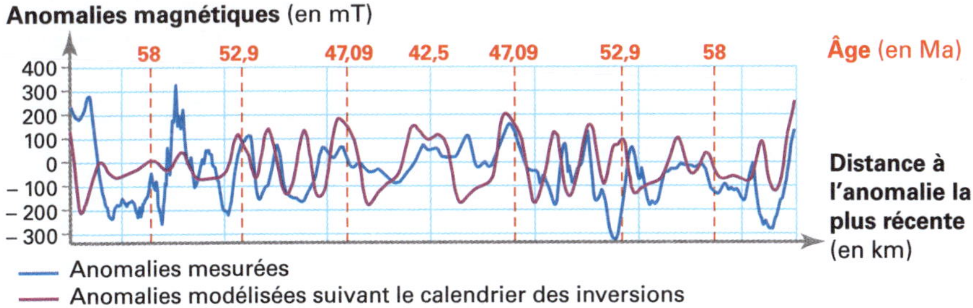

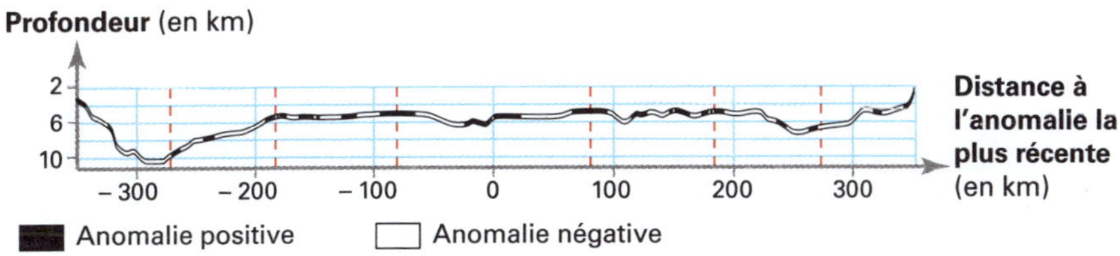

Doc 3 **Âge des sédiments au contact avec la croûte en Atlantique Nord**

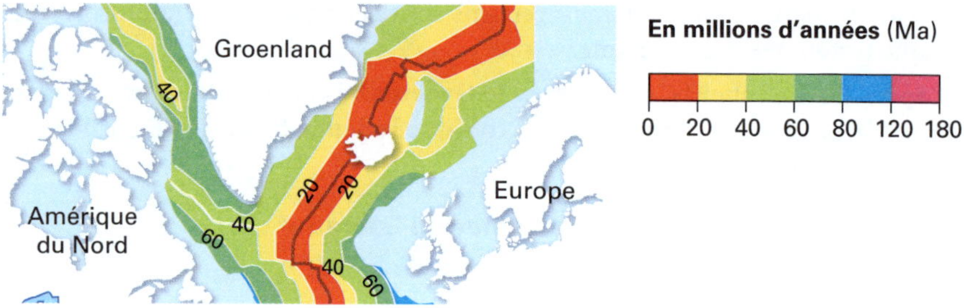

OBJECTIF BAC

8 Expliquer la formation de l'Islande

50 min

→ FICHES 14, 17 et 18

Avec ses quatre documents, cet exercice permet d'entrevoir les objectifs du baccalauréat, en utilisant de nombreux arguments géologiques différents afin d'expliquer la formation d'une île. Pour bien l'appréhender, il est nécessaire de maîtriser également la tomographie sismique (→ FICHE 14).

LE SUJET

L'Islande est une île au milieu de l'océan Atlantique nord, dont les roches les plus anciennes ne dépassent pas 15 Ma.

D'après les documents et les connaissances, expliquer le plus précisément possible comment cette île s'est formée.

Doc 1 Carte géologique simplifiée de l'Islande

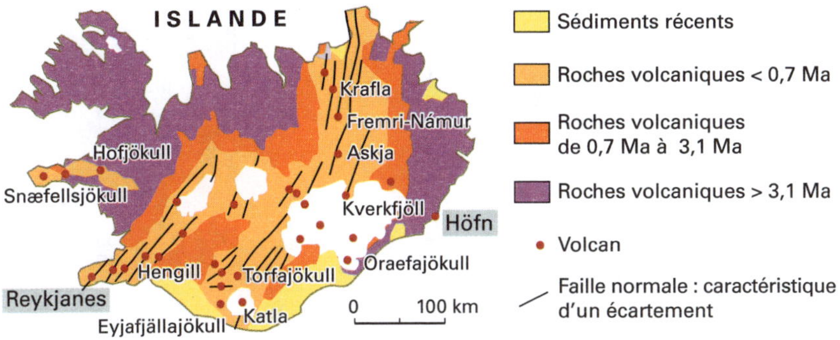

Doc 2 Traces GPS des stations des volcans Höfn et Reykjanes

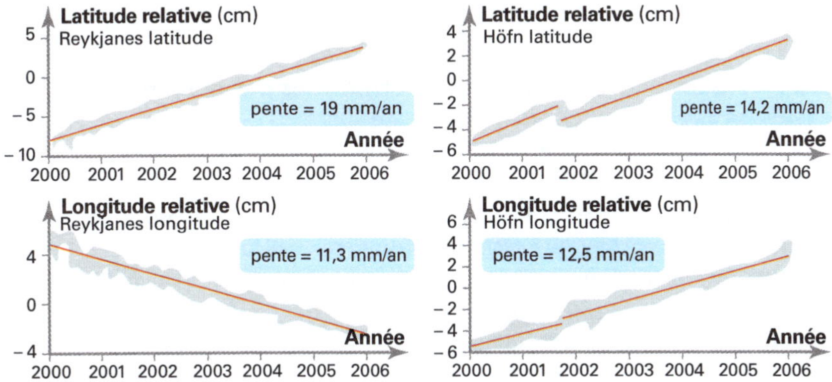

Doc 3 Tomographie sismique sous l'Islande

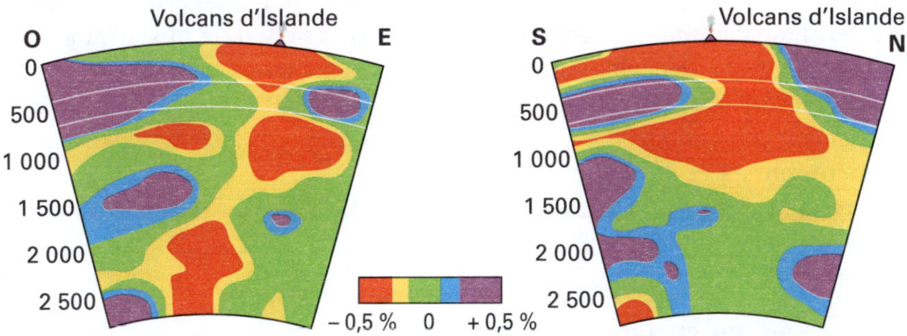

En général, les remontées chaudes dans les dorsales ne se voient pas au-delà de 400 km de profondeur. Certaines remontées des points chauds proviennent de l'interface entre le manteau et le noyau.

Doc 4 Analyse isotopique des principales roches islandaises

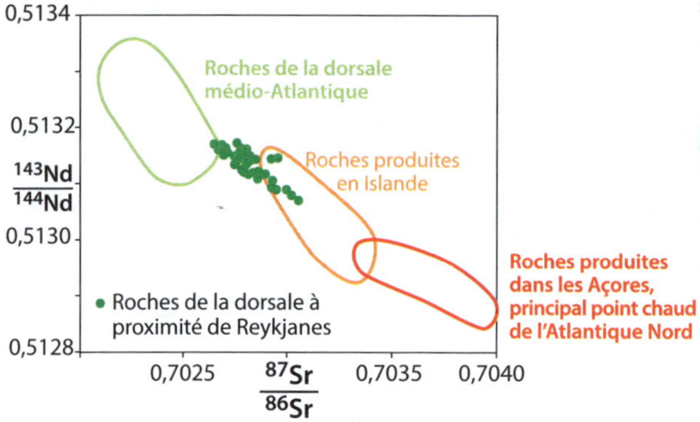

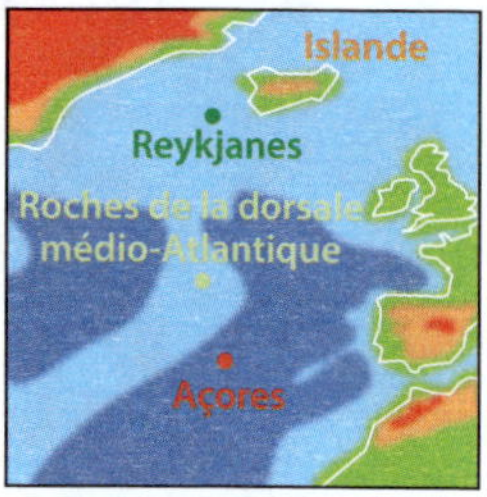

▶▶▶ LA FEUILLE DE ROUTE

Étape 1 Au brouillon, extraire les informations des documents et les relier à la question posée

- Le **document 1** permet d'étudier l'âge de basaltes et de localiser les grandes failles normales caractérisant les zones d'écartement.
- Le **document 2** permet d'estimer le vecteur vitesse dans deux régions de l'Islande, afin d'identifier une éventuelle frontière de plaque.
- Le **document 3** indique jusqu'à quelle profondeur on peut suivre les remontées de matériel chaud sous l'Islande.
- Le **document 4** permet d'indiquer l'/les origine(s) des roches islandaises.

Étape 2 Au brouillon, associer les informations des documents

- **Documents 1 et 2, et connaissances**

Montrer que l'Islande correspond à une zone de divergence, possédant toutes les caractéristiques attendues d'une dorsale. À cette occasion, il serait souhaitable de mesurer la vitesse de déplacement et de montrer que les vitesses estimées grâce au document 1 (âge des basaltes) et grâce au document 2 (mesures GPS) sont globalement cohérentes.

- **Documents 3 et 4, et connaissances**

Montrer que la dorsale seule n'explique pas la diversité des roches islandaises, et que certaines de ces roches pourraient avoir une autre origine qu'il faudra préciser.

Étape 3 Rédiger ensuite la réponse

- Pour chaque mise en relation, rédiger un paragraphe reprenant les observations et les explications.
- Penser à indiquer le n° du document utilisé, afin de souligner les relations qui ont pu être établies entre les documents.

CORRIGÉS

SE TESTER QUIZ

1 Des plaques en mouvement

1. Réponse a. La symétrie des anomalies magnétiques par rapport à l'axe de la dorsale fut, historiquement, la première preuve claire d'une expansion océanique et donc d'une tectonique des plaques. Le plan de Wadati-Bénioff (observé par K. Wadati en 1935 et H. Bénioff en 1949), dans lequel sont alignés les foyers sismiques des zones de subduction, ne fut expliqué qu'après l'avènement de la tectonique des plaques, proposée en 1963 par Morley, Vine et Matthews. Les autres observations sont postérieures.

2. Réponses a, b et f. Les zones de divergence se matérialisent par une dorsale, siège d'un flux géothermique important lié à un volcanisme effusif sous-marin. Les fosses océaniques, les volcans explosifs et le plan de Wadati-Bénioff sont des caractéristiques des zones de subduction (convergence).

2 Fabrication de la lithosphère océanique

1. Réponses b et c. La divergence dans les dorsales provoque un amincissement de la lithosphère, donc une remontée du manteau et sa décompression. Ceci provoque sa fusion partielle, d'où la formation du magma.

2. Réponse c. Les gabbros sont des roches magmatiques plutoniques, donc ils refroidissent lentement en profondeur, dans la chambre magmatique. Les basaltes cristallisent en surface sous forme de coussins, et la péridotite se trouve dans le manteau ou dans certaines croûtes issues de dorsales lentes.

3 Évolution de la lithosphère océanique

1. Réponse b. La lithosphère formée est constellée de failles par lesquelles l'eau de mer s'infiltre. Réchauffée en profondeur, elle ressort sous forme de cheminées hydrothermales. En traversant la lithosphère, l'eau modifie ses minéraux en les hydratant (formation de serpentine, d'amphiboles, etc.)

2. Réponses a, b et d. Plus la lithosphère vieillit, plus l'isotherme 1 300 °C, qui matérialise la limite lithosphère/asthénosphère, est profond. La profondeur du Moho ne change pas. Autrement dit, la lithosphère est de plus en plus épaisse, par ajout de matériel au niveau du manteau lithosphérique. Celui-ci étant plus dense que la croûte, la densité globale de la lithosphère océanique augmente progressivement au cours de son vieillissement.

S'ENTRAÎNER

4 Étudier la frontière entre deux plaques

En appliquant la méthode de la fiche 17

Étape 1

Si les deux îles n'appartiennent pas à la même plaque, elles ne doivent pas se déplacer dans les mêmes directions, ni aux mêmes vitesses. En évaluant le vecteur vitesse pour chacune des îles, on pourra préciser si elles s'éloignent (divergence) ou se rapprochent (convergence).

Étape 2

- D'après le document 1, la latitude de l'île de Pâques diminue, donc elle se déplace vers le sud, à la vitesse de 8 mm/an. Sa longitude augmente, donc elle se déplace vers l'est, à la vitesse 65 mm/an. En additionnant ces deux vecteurs (attention à l'utilisation correcte de la relation de Chasles et du théorème de Pythagore pour calculer la norme du vecteur vitesse obtenu), on obtient une vitesse globale de 65 mm/an vers l'ESE.
- D'après le document 2, les îles de la Société forment un alignement de volcans orientés globalement ONO-ESE, dont le volcan le plus récent, Mehetia, est situé à l'extrémité ESE, et dont l'âge augmente quand on se déplace vers l'ONO. Ceci signifie que cet archipel est dû à un point chaud qui a perforé la plaque au cours de son déplacement vers l'ONO. Selon les points de repères pris, on peut calculer les vitesses ainsi :

Doc Vitesse calculée de la plaque supportant les îles de la Société

Île	Distance parcourue (km)	Temps de trajet (Ma)	Vitesse (mm/an)
Tahiti Nui	180	1	180
Moorea	230	1,5	153
Tahaa	425	2,9	147
Maupiti	495	4,3	115

- La vitesse moyenne de la plaque supportant les îles de la Société pendant ces 5 derniers millions d'années vaut donc environ 150 mm/an.

Étape 3

On observe que les îles de la Société et l'île de Pâques se dirigent dans la même direction (ONO-ESE), mais dans des sens opposés : Tahiti vers l'ONO, et l'île de Pâques vers l'ESE. Elles ne peuvent donc appartenir à la même plaque, puisqu'elles s'éloignent l'une de l'autre à une vitesse d'environ 215 mm/an. Les deux plaques sur lesquelles se trouvent ces îles sont donc divergentes : à leur frontière, on doit trouver une dorsale rapide (puisque la vitesse est supérieure à 20 mm/an).

POUR ALLER PLUS LOIN

L'île de Pâques appartient à la **plaque** de Nazca, séparée de la plaque Pacifique (où se trouve Tahiti) par la dorsale rapide Est-Pacifique. La plaque de Nazca entre en subduction au niveau des côtes de l'Amérique du Sud, tandis que la plaque Pacifique se dirige vers les zones de subduction des Aléoutiennes, du Japon et des Mariannes.

5 Expliquer l'entrée en subduction de la lithosphère

■ En appliquant la formule proposée dans le document, on peut calculer l'épaisseur de la lithosphère pour différents âges, et donc la densité moyenne (→ FICHE 18) pour ces âges. On peut reporter les résultats dans le tableau suivant.

Doc Densité moyenne de la lithosphère pour différents âges

Âge (t, en Ma)	10	20	30	40	50
Épaisseur de la croûte (e_{co}, en km)	6	6	6	6	6
Épaisseur de la lithosphère ($e_L = 9{,}5\sqrt{t}$, km)	30	42	52	60	67
Épaisseur du manteau lithosphérique ($e_L - e_{co}$, en km)	24	36	46	54	61
Densité moyenne de la lithosphère	3,22	3,24	3,25	3,26	3,26
Densité de l'asthénosphère	3,25	3,25	3,25	3,25	3,25

■ On observe que la densité moyenne de la **lithosphère** océanique augmente avec son âge. À partir de 25-30 Ma, cette densité est supérieure à celle de l'asthénosphère. De ce fait, la lithosphère pourrait plonger spontanément et entrer en subduction dès 25 à 30 Ma ; l'augmentation de la densité de la lithosphère océanique, liée à son refroidissement, serait donc l'un des principaux moteurs de l'entrée en subduction.

À NOTER

En général, la **lithosphère** n'entre pas en subduction aussi jeune, car elle reste souvent accrochée à la lithosphère continentale (au niveau de la marge passive) qui agit comme un bouchon maintenant la plaque en surface. Dès que ce lien est rompu, la lithosphère océanique peut entrer en subduction.

6 Expliquer une transformation minéralogique

■ **Le document 1** présente l'assemblage minéralogique caractéristique d'un métagabbro dans le faciès schiste vert : on observe la présence d'auréoles de hornblende autour des pyroxènes, dans la zone de contact entre plagioclases blancs et pyroxènes bruns. Les minéraux verts (actinote et chlorite) se sont également mis en place dans la zone de contact entre les plagioclases blancs et les hornblendes.

■ **Le document 2** explique cette disposition. La hornblende apparaît par réaction entre les plagioclases et les pyroxènes, en présence d'eau. De la même façon, chlorite et actinote nécessitent une réaction entre hornblende et plagioclase, en présence d'eau. Ceci signifie que le schiste vert est beaucoup plus riche en eau que le gabbro natif, puisqu'il faut de l'eau pour faire apparaître hornblende, chlorite et actinote.

■ Ainsi, au fur et à mesure de son vieillissement, la lithosphère océanique s'hydrate du fait de l'infiltration de l'eau de mer dans les nombreuses failles et fissures. Cette eau réagit avec les minéraux de la lithosphère, notamment les pyroxènes et plagioclases du gabbro, entraînant l'apparition de nouveaux minéraux hydratés, tels la hornblende, la chlorite ou l'actinote.

À NOTER

Les réactions décrites ici sont très lentes puisqu'elles se passent à l'état solide.
Ce processus de transformation des minéraux sous l'effet de la pression et/ou de la température (l'eau qui circule ici est réchauffée en profondeur) s'appelle le **métamorphisme**.

7 Étudier l'histoire du Groenland

■ Afin de montrer que le Groenland et l'Amérique du Nord forment actuellement, ou ont pu former dans le passé, deux plaques séparées, il faudra identifier les structures présentes entre le Canada et le Groenland, afin de préciser le type éventuel de frontière. On pourra procéder de même entre l'Europe et le Groenland.

■ En mer du Labrador ou en baie de Baffin, la croûte a une épaisseur moyenne de 6 à 9 km (doc. 1). Cette épaisseur très faible est incompatible avec une croûte continentale, celle-ci faisant au moins 20 km d'épaisseur. Cela signifie donc que la mer du Labrador et la baie de Baffin sont occupées par de la croûte océanique, qui provient donc du fonctionnement d'une dorsale.

■ Cette dorsale peut être mise en évidence dans les deux autres documents. Ainsi, on observe que les anomalies magnétiques sont disposées de façon symétrique en mer du Labrador (doc. 2), de même que les âges des sédiments au contact de la croûte (doc. 3). Ceci s'explique par la fabrication de la croûte océanique au niveau d'une dorsale située au cœur de la mer du Labrador et de la baie de Baffin, croûte qui s'éloigne ensuite peu à peu de cette dorsale. D'après le document 2, on observe qu'environ 160 km de croûte océanique ont été fabriqués entre 42,5 et 47,09 Ma (soit en 4,59 Ma), ce qui correspond à une vitesse d'expansion océanique d'environ 3,5 cm/an.

Cette dorsale semble cependant inactive depuis environ 40 Ma : ainsi en mer du Labrador, aucune anomalie plus récente n'a été enregistrée (doc. 2). Ceci est confirmé par le document 3 : les sédiments au contact de la croûte ont tous au moins 40 Ma, en mer du Labrador comme en baie de Baffin (peut-être un tout petit peu moins dans cette dernière). Ceci signifie qu'actuellement l'Amérique du Nord et le Groenland sont solidaires, et qu'il n'y a plus de divergence active entre les deux, mais ces deux continents formaient deux plaques séparées entre –40 et –60 Ma.

■ D'après le **document 3**, l'âge des sédiments au contact avec la croûte est également disposé de façon symétrique dans l'Atlantique nord, entre le Groenland et l'Europe. Les âges de ces sédiments s'échelonnent de la période actuelle à environ -50 mA. Ceci signifie que depuis -50 mA, une dorsale sépare l'Eurasie du Groenland.

■ Ainsi entre -60 et -50 mA, le Groenland semble appartenir à la plaque Eurasie et se sépare de l'Amérique du Nord. Entre -50 et -40 Ma, le Groenland formait une plaque indépendante, s'éloignant à la fois (lentement) de l'Amérique du Nord et de l'Eurasie ; enfin, à partir de -40 Ma, la dorsale du Labrador cesse de fonctionner et le Groenland appartient alors à la plaque Amérique du Nord.

8 Expliquer la formation de l'Islande

Étapes 1 et 2 Au brouillon, extraire les informations des documents et les relier à la question posée

■ **On observe dans le document 1 :**

- de nombreuses failles normales (caractéristiques d'un écartement) disposées de façon nord-sud dans le nord de l'Islande, ou réparties en deux branches orientées NE-SO dans le sud de l'île ;

- que l'âge des roches volcaniques évolue de façon symétrique par rapport à la zone centrale de l'île. Ainsi au niveau des volcans Askja ou Fremri-Námur, environ 125 km de roches ont été fabriqués pendant les derniers 3,1 Ma.

■ **Dans le document 2, on observe :**

- pour la station de Reykjanes : la latitude augmente (de 19 mm/an) et la longitude diminue (de 11,3 mm/an), ce qui traduit un déplacement vers le nord-ouest de $\sqrt{(19^2+11,3^2)} = 22,1$ mm/an ;

- pour la station de Höfn : la latitude et la longitude augmentent (de respectivement 14,2 et 12,5 mm/an), ce qui traduit un déplacement vers le nord-est de $\sqrt{(14,2^2+12,5^2)} = 18,9$ mm/an.

Toutes ces données montrent que l'île est le siège d'une divergence, matérialisée par une dorsale affleurant en surface dans le centre de l'île. D'après l'âge des roches volcaniques, la vitesse d'expansion est d'environ 40 mm/an. Grâce au GPS, on obtient une vitesse équivalente.

■ **Dans le document 3,** on observe la présence d'une anomalie négative de vitesse sous l'Islande, que l'on peut suivre quasiment jusqu'à la discontinuité de Gutenberg (2 900 km de profondeur). Ceci indique la présence d'une remontée de matériel chaud provenant du manteau inférieur. D'après la note sous le document, il est peu probable que cette remontée ne soit liée qu'au fonctionnement de la dorsale mise en évidence précédemment. Il doit donc exister une autre origine aux roches volcaniques islandaises.

■ **Dans le document 4,** on observe que les roches islandaises ont une composition isotopique intermédiaire entre celle des roches de la dorsale de Reykjanes et celle des roches du point chaud des Açores. On peut donc supposer que les roches islandaises proviennent à la fois de la dorsale et d'un point chaud, les deux types de magmas se mélangeant sous l'Islande.

Étape 3 Rédiger la réponse (proposition de rédaction complète)

L'Islande est située à mi-chemin entre la Grande-Bretagne, appartenant à la plaque Eurasie, et le Groenland, appartenant à la plaque Amérique du Nord. Nous allons identifier les processus géologiques expliquant la formation récente (moins de 15 Ma) de cette île volcanique.

■ D'après le **document 2**, on observe que les stations des volcans de Reykjanes (à l'ouest de l'île) et d'Höfn (à l'est de l'île) se séparent au rythme d'environ 40 mm/an. Ceci signifie qu'il existe une frontière divergente entre les 2 stations : ce type de frontière est généralement caractérisé par la présence d'une dorsale, *i.e.* une chaîne de volcans situés au milieu d'un réseau de failles matérialisant l'effondrement central (le rift) et l'écartement. Comme le montre le **document 1** : cette dorsale unique dans le nord de l'île se sépare en 2 branches orientées NE-SO dans le sud de l'île. La grande majorité des volcans actifs de l'île se situe au niveau de ce réseau de failles normales caractéristiques d'un écartement. De plus, l'âge des roches volcaniques augmente lorsqu'on s'éloigne de cet axe central, ce qui correspond au fonctionnement normal d'une dorsale. À partir des âges maximaux donnés dans ce document, on peut calculer une vitesse d'écartement d'environ 40 mm/an, ce qui est cohérent avec les données GPS du document 2.

■ L'Islande correspondrait donc à une zone où la dorsale Atlantique affleure… mais pas seulement. En effet, par tomographie sismique (doc. 3), on peut suivre la remontée de matériel chaud sous l'Islande jusqu'à la discontinuité de Gutenberg (interface noyau/manteau, 2 900 km de profondeur), ce qui ne correspond pas aux dorsales classiques, dont les remontées ne sont généralement pas plus profondes que 400 km. Par ailleurs, les données isotopiques (doc. 4) montrent que les roches volcaniques islandaises ont une composition intermédiaire entre les roches typiques de la dorsale Atlantique (ou de son prolongement à Reykjanes) et les roches caractéristiques du point chaud des Açores. Les roches islandaises sont donc issues d'un mélange entre un magma de type dorsale, issu d'une remontée superficielle du manteau, et un magma de type point chaud, issu d'une remontée de matériel chaud provenant du manteau inférieur.

■ La formation de l'Islande, seul endroit de la Terre où la dorsale océanique affleure, s'explique donc par la conjonction de deux phénomènes géologiques : une dorsale lente (la dorsale médio-Atlantique) et la présence d'un point chaud.

6 La dynamique des zones de convergence

Les Alpes sont une chaîne de montagnes formée par la **convergence** de deux plaques lithosphériques.

19 Convergence lithosphérique et subduction

En bref *Lorsque deux plaques lithosphériques convergent l'une vers l'autre, des différences de densité des roches peuvent provoquer une subduction.*

I Subduction et données sismiques

■ Plus on s'éloigne d'une fosse océanique, plus les foyers sismiques sont profonds. Cela suggère qu'ils sont répartis selon un plan qui définit la zone de frottements de deux blocs lithosphériques.

■ Ce plan a été mis en évidence en 1935 par Kiyoo Wadati et en 1949 par Hugo Benioff. Il est nommé plan de Wadati-Benioff et met en évidence un plongement de la lithosphère océanique sous la lithosphère continentale. Ce plongement est appelé une subduction.

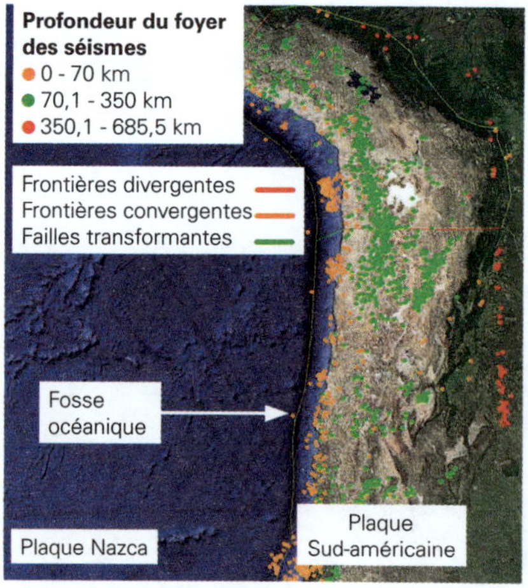

Doc 1 Répartition des séismes sur la côte ouest de l'Amérique du Sud

II Subduction et données thermiques

■ Plus on s'enfonce depuis la surface de la Terre, plus la température augmente. Cette évolution de température constitue le géotherme.

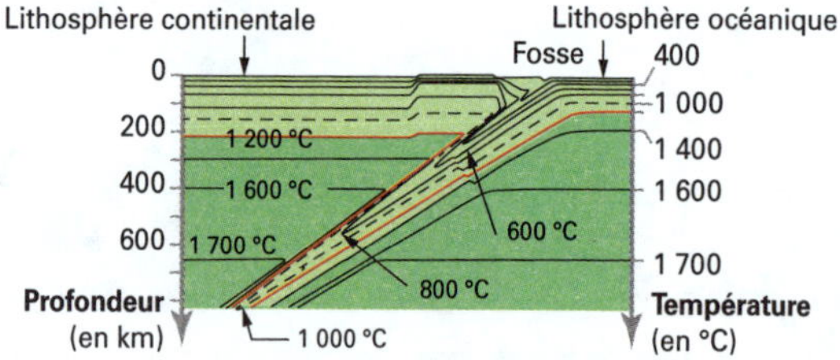

Doc 2 Isothermes dans une zone de subduction

■ Au niveau des zones de subduction, on observe un infléchissement des isothermes. Cela signifie qu'à cet endroit, la température est inférieure à ce qu'elle devrait être. Cela met en évidence la lithosphère froide qui plonge dans l'asthénosphère chaude.

> **MOT CLÉ**
> **Isothermes :** lignes d'égale température en profondeur.

■ Au cours de son vieillissement, le manteau lithosphérique de la lithosphère océanique se refroidit et s'épaissit. Elle peut donc atteindre une densité supérieure à celle de l'asthénosphère. Elle va donc s'enfoncer.

■ Dans certaines conditions tectoniques, cette lithosphère océanique âgée va rompre, et ainsi plonger dans le manteau. C'est le début de la subduction.

Méthode

Subduction et tomographie sismique

À l'aide des documents suivants, montrer qu'au niveau du trait de coupe A-B, la plaque Pacifique subduit sous la microplaque d'Okhotsk.

Doc Plaques lithosphériques et tomographie sismique dans la région du Japon

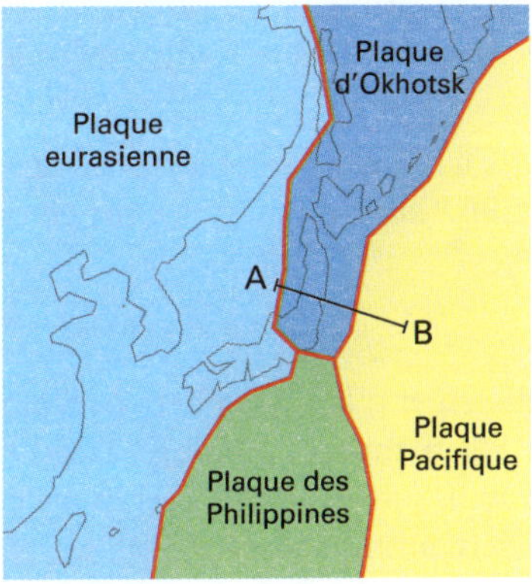

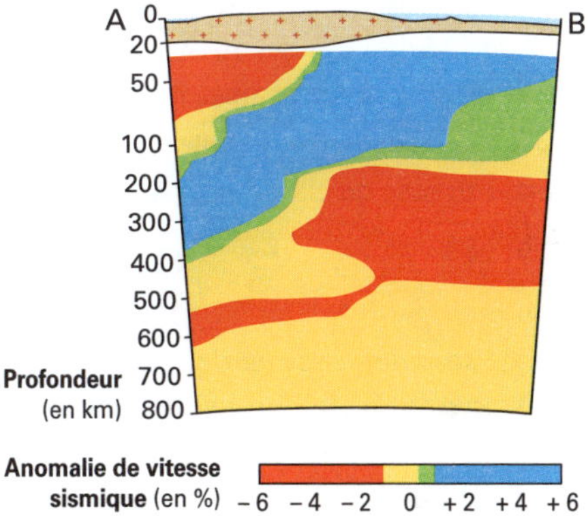

CONSEILS

Étape 1 Décrire l'anomalie tomographique au niveau du trait de coupe.
Étape 2 Interpréter cette anomalie en termes de densité, puis de température.
Étape 3 Établir le lien entre cette anomalie et la subduction.

SOLUTION

Étape 1

On observe une anomalie positive au niveau de la plaque Pacifique qui se prolonge sous le Japon en s'enfonçant jusqu'à 400 km de profondeur.

Étape 2

Cette anomalie tomographique montre que les ondes sismiques ont été plus vite que leur vitesse attendue. Cela signifie qu'elles ont traversé un matériau plus dense, donc plus froid qu'attendu.

> **À NOTER**
> Le principe de la **tomographie** est expliqué dans la fiche 15.

Étape 3

L'étude de cette anomalie montre qu'un bloc lithosphérique plus froid se trouve en profondeur sous le Japon. Ce bloc correspond donc à la subduction de la plaque pacifique sous la plaque d'Okhotsk.

20 Volcanisme et subduction

En bref *Les zones de subduction sont associées à un volcanisme intense et explosif.*

I Les roches magmatiques des zones de subduction

■ Dans les zones de subduction, on distingue deux types de roches magmatiques : des roches volcaniques, ayant subi un refroidissement rapide en surface, de type rhyolites ou andésites ; des roches plutoniques ayant subi un refroidissement lent en profondeur, de type granite ou diorite.

■ Ces roches sont riches en minéraux hydroxylés tels que les amphiboles ou la biotite, ce qui signifie qu'elles sont issues de la cristallisation d'un magma riche en eau.

II L'origine du volcanisme

■ Lors de son vieillissement et de son refroidissement, la lithosphère océanique subit un **métamorphisme** hydrothermal, dû à son contact prolongé avec l'eau (métamorphisme : ensemble des transformations subies par les roches à l'état solide, sans repasser par une fusion). De la serpentine apparaît dans les péridotites du manteau lithosphérique, des amphiboles vertes, de la chlorite et de l'actinote dans les basaltes et les gabbros de la croûte océanique.

Plagioclases + Pyroxènes + H_2O ↔ Hornblende (amphibole)

Plagioclases + Hornblende + H_2O ↔ Chlorite + Actinote

Olivine + H_2O ↔ Serpentine

■ Lors de la subduction, l'augmentation de la pression due à la plongée de la lithosphère entraîne un métamorphisme haute pression/basse température :

Plagioclases + Chlorite + Actinote ↔ Glaucophane (amphibole bleue) + H_2O

Glaucophane ↔ Grenat + Jadéite + H_2O

Ces transformations minéralogiques provoquent la déshydratation de la lithosphère.

■ Cette déshydratation va hydrater la péridotite du manteau sus-jacent qui va fondre. En effet, la température de fusion de la péridotite hydratée est plus basse que celle de la péridotite anhydre.

■ Le magma produit, riche en eau, s'enrichit progressivement en silice en cristallisant petit à petit en remontant. Il sera très donc visqueux, et à l'origine d'un volcanisme explosif. Au cours de sa remontée, ce magma peut faire fondre les roches qu'il rencontre et ainsi changer légèrement de composition, ce qui explique la diversité des roches magmatiques formées par sa cristallisation.

Méthode

Analyser un diagramme de phase

Par l'étude du document suivant, montrer que l'hydratation des péridotites du manteau entraîne leur fusion partielle.

Un diagramme de phase présente les différents états d'un objet en fonction de la pression et de la température. Un domaine Solide est séparé du domaine Solide + Liquide par une limite appelée **solidus**. Ce dernier domaine est séparé du domaine Liquide par une limite appelée **liquidus**.

Doc Diagramme de phase de la péridotite

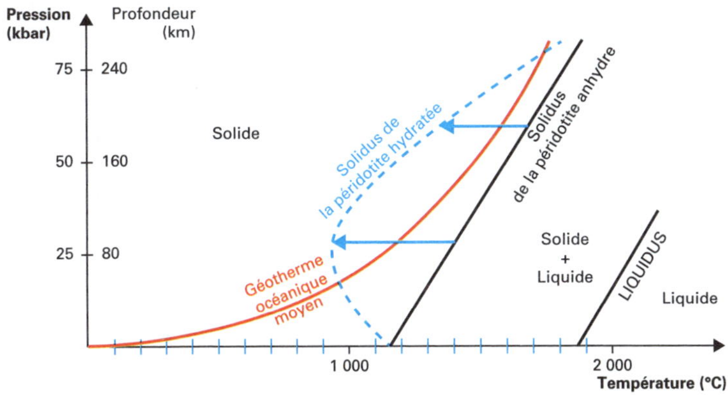

CONSEILS

Étape 1 Décrire le solidus de la péridotite anhydre.
Étape 2 Indiquer dans quel domaine se trouve le géotherme d'une zone de subduction, par rapport à ce solidus.
Étape 3 Indiquer ce qu'on observe avec le solidus de la péridotite hydratée.

SOLUTION

Étape 1 Si elle est anhydre, la péridotite fond entre 1 200 °C à 0 km de profondeur et 1 950 °C à 240 km.

Étape 2 Les conditions de pression et de température dans une zone de subduction maintiennent la péridotite à l'état solide car le géotherme ne recoupe jamais le solidus.

Étape 3 Si la péridotite est hydratée, entre 80 et 240 km de profondeur, on observe que le géotherme coupe le solidus et entre dans le domaine Solide + Liquide. Cela signifie que la péridotite fond partiellement. Elle ne peut donc fondre au niveau d'une zone de subduction que si elle est hydratée.

21 La collision continentale

En bref *Lorsque toute la lithosphère océanique passe en subduction, deux lithosphères continentales entrent en collision. Cette collision est à l'origine de la formation de chaînes de montagnes.*

I Fermeture d'un océan et collision

- On retrouve la trace d'un ancien océan dans les Alpes. On note la présence d'une association de roches typique d'une lithosphère océanique avec des basaltes, des gabbros et des péridotites ayant subi un métamorphisme hydrothermal. On appelle cette association un **complexe ophiolitique**.
- On retrouve également dans cette chaîne de montagnes des roches contenant des minéraux caractéristiques de la subduction comme de la glaucophane ou du grenat.
- Ceci montre qu'il existait un océan à la place des Alpes qui est passé en subduction. À la suite de cette subduction, les deux marges continentales se sont retrouvées accolées et, étant de même densité, sont entrées en collision.

II Collision et épaississement crustal

- La rencontre des deux lithosphères continentales va engendrer des forces de compression sur les roches. On distingue deux types de déformations dans les roches :

- déformations plastiques qui correspondent à des plis ;

- déformations cassantes qui correspondent à des failles inverses.

Doc 1 Petits plis dans des roches des Alpes (Vallée du Guil)

- Cela aboutit à un raccourcissement et donc à un épaississement de la croûte continentale. Des formations géologiques de taille importante vont sous l'effet de la compression glisser sur de grandes distances et s'empiler les unes sur les autres. C'est ce que l'on appelle **des nappes de charriage**.

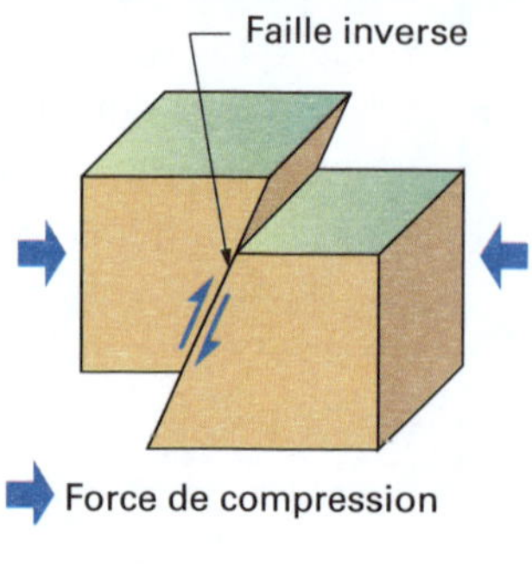

Doc 2 Le fonctionnement d'une faille inverse

Méthode

Mettre en évidence l'épaississement crustal dans une chaîne de montagnes

Des chaînes de montagnes comme les Alpes ou les Pyrénées sont formées par collision continentale.

Montrer par l'étude des isobathes du Moho que cette collision s'accompagne d'un épaississement de la croûte.

MOT CLÉ
Isobathe : courbe d'égale profondeur, ici pour le Moho.

Doc **Isobathes du Moho en France métropolitaine (en km)**

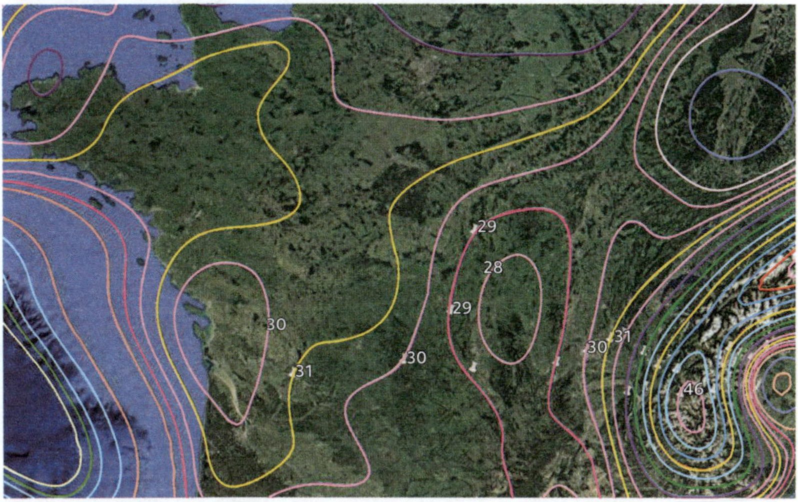

CONSEILS
Étape 1 Rappeler ce qu'est le Moho.
Étape 2 Décrire sa profondeur moyenne en France en dehors des Alpes.
Étape 3 Décrire sa profondeur au niveau des Alpes et conclure.

SOLUTION

Étape 1 Le Moho correspond à une discontinuité, une limite entre la croûte et le manteau lithosphérique.

Étape 2 En France, d'après la carte, le Moho se situe entre 28 et 31 km de profondeur, ce qui correspond à une épaisseur normale de la croûte continentale.

Étape 3 Au niveau des Alpes, le Moho atteint 46 km de profondeur. La croûte continentale est donc plus épaisse que dans le reste du pays. Par conséquent, la collision continentale entraîne un épaississement de la croûte.

Magmatisme et subduction

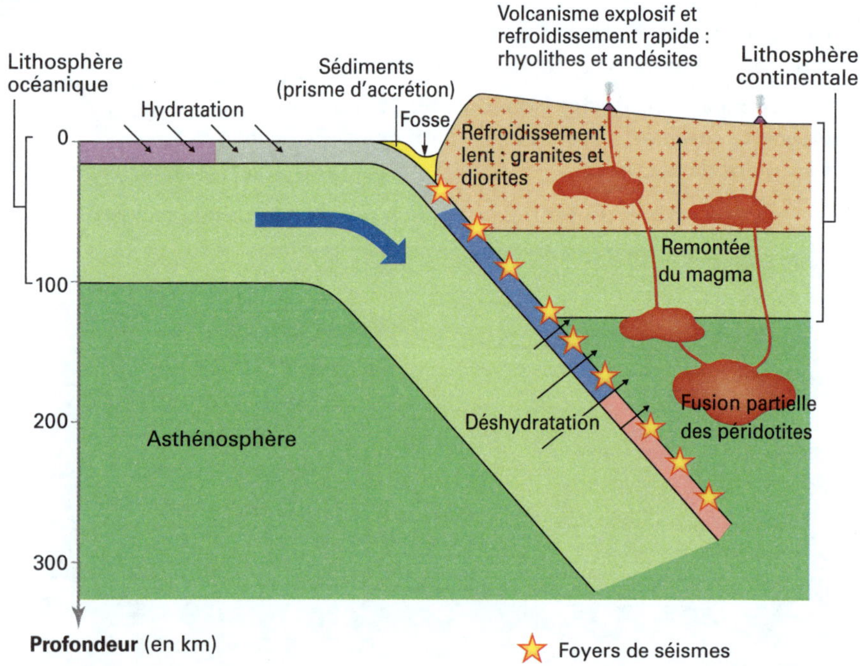

Roches de la croûte océanique :

- Métagabbros à amphiboles
- Métagabbros à chlorite et actinote (faciès schistes verts)
- Métagabbros à glaucophane (faciès schistes bleus)
- Métagabbros à grenat et jadéite (faciès éclogite)

MOTS CLÉS

- **Métagabbro :** gabbro ayant subi un métamorphisme.
- **Faciès métamorphique :** ensemble de roches possédant une association de minéraux caractéristique.

De la subduction à la collision continentale

Subduction de la lithosphère océanique

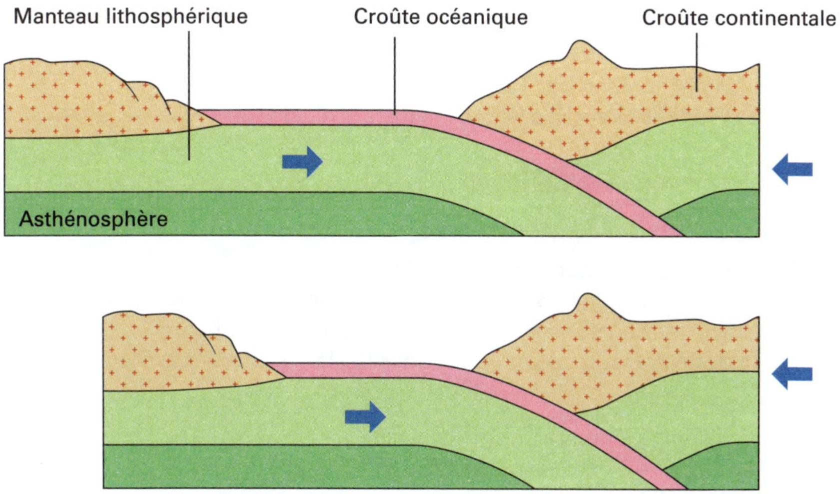

Collision entre deux lithosphères continentales

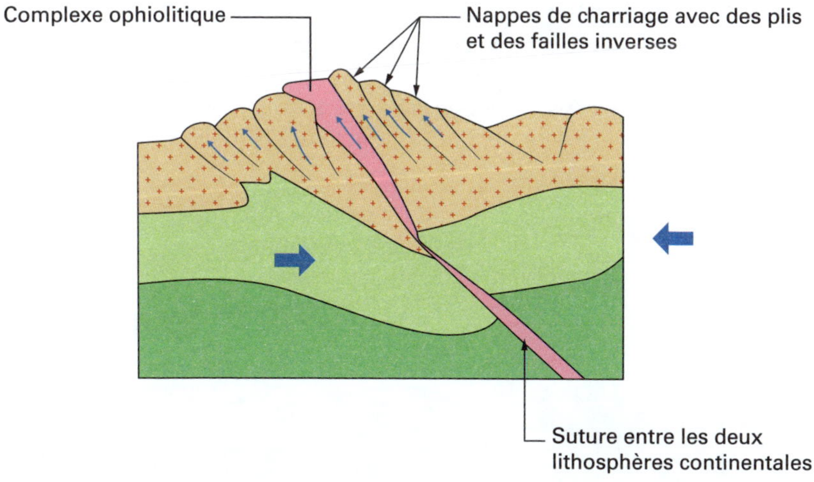

SE TESTER QUIZ

Vérifiez que vous avez bien compris les points clés des **fiches 19, 20, 21.**

1 Convergence lithosphérique et subduction

→ FICHE 19

La subduction :

☐ **a.** correspond à la remontée à la surface de la lithosphère océanique
☐ **b.** correspond à la plongée de la lithosphère océanique dans le manteau
☐ **c.** est un phénomène lié à l'âge de la lithosphère
☐ **d.** est un phénomène lié à la densité de la lithosphère

2 Volcanisme et subduction

→ FICHE 20

1. Actuellement, le magmatisme des zones de subduction est dû à :

☐ **a.** la fusion de la plaque plongeante dans le manteau
☐ **b.** la fusion des péridotites du manteau sous la lithosphère chevauchante
☐ **c.** une hydratation du manteau sous la plaque chevauchante
☐ **d.** une déshydratation du manteau sous la plaque chevauchante

2. Le magma produit :

☐ **a.** est à l'origine d'un volcanisme explosif
☐ **b.** est à l'origine d'un volcanisme effusif
☐ **c.** ne change pas de composition au cours de sa remontée
☐ **d.** permet uniquement la mise en place de roches plutoniques

3 La collision continentale

→ FICHE 21

1. La collision continentale

☐ **a.** entraîne la formation d'une chaîne de montagnes
☐ **b.** entraîne l'apparition de volcans
☐ **c.** provoque un épaississement de la croûte continentale
☐ **d.** provoque un amincissement de la croûte continentale

2. Les failles inverses :

☐ **a.** entraînent le raccourcissement de la croûte continentale
☐ **b.** entraînent l'allongement de la croûte continentale
☐ **c.** sont issues de la déformation plastique des roches

S'ENTRAÎNER

4 Étudier la subduction à l'aide de la tomographie sismique → FICHE 19

Le Mexique et le Japon sont deux pays dont une partie du littoral est bordé par une fosse océanique. À l'aide du document :

1. Montrer que ces fosses correspondent à des zones de subduction.
2. Établir les différences entre ces deux subductions.

Doc Coupes tomographiques au niveau du Japon (à gauche) et du Mexique (à droite)

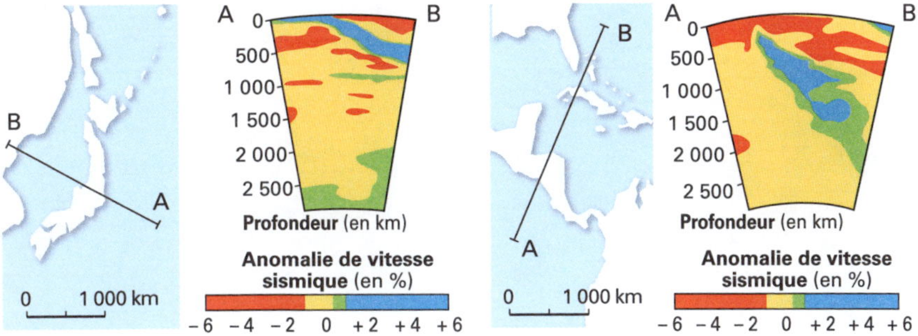

5 Étudier la cristallisation de deux roches → FICHE 20

Dans les zones de subduction, on trouve différentes roches magmatiques, telles que les rhyolites et les granites. Ces deux roches ont la même composition et sont constituées des mêmes minéraux. Elles ont cependant des textures différentes. Le granite est **grenu**, c'est-à-dire que la roche est entièrement cristallisée (constituée de gros minéraux jointifs), la rhyolithe est **microlithique**, c'est-à-dire constituée de petits minéraux (microlithes) avec quelques gros minéraux isolés.

Doc 1 Lames minces de rhyolite (à gauche) et de granodiorite (à droite) à microscope polarisé (lumière polarisée analysée)

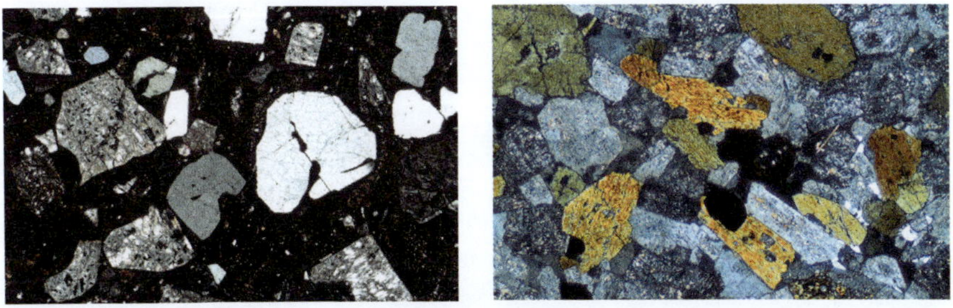

À l'aide de l'expérience présentée ci-après et de vos connaissances, montrer que la texture de ces roches permet de déterminer si elles se sont formées à la surface ou en profondeur.

Doc 2 Protocole expérimental de cristallisation de la vanilline

La vanilline est un composé constitué de cristaux, à l'image du sucre en poudre. Pour réaliser l'expérience :

- Verser quelques cristaux de vanilline sur deux lames de microscope.
- Recouvrir d'une lamelle.
- Chauffer la lame à l'aide d'une flamme pour faire fondre les cristaux.
- Laisser refroidir la première lame à température ambiante (20 °C) et placer la seconde sur des glaçons (5 °C).
- Observer les deux lames au microscope après quelques minutes.

Doc 3 Résultats expérimentaux : refroidissement de la vanilline à 20 °C (à gauche) et à 5 °C (à droite)

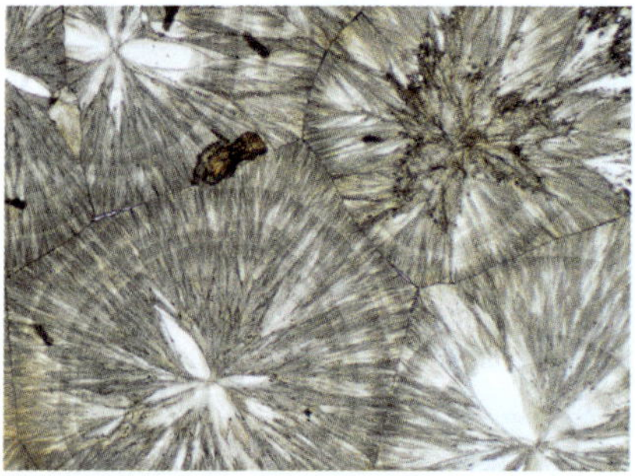

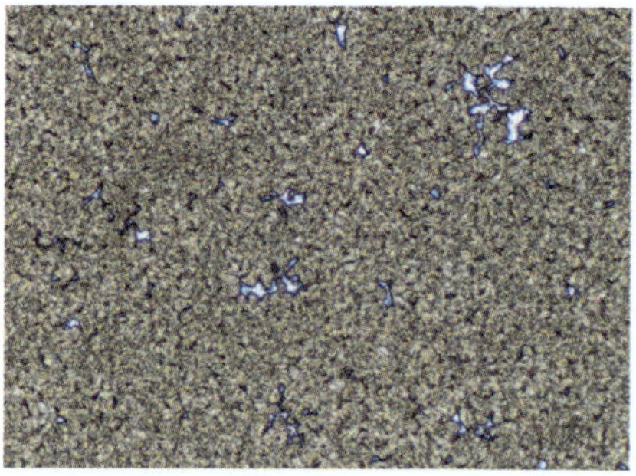

6 Expliquer l'épaississement crustal dans les Pyrénées → FICHE 21

Les Pyrénées sont une chaîne de montagnes séparant la France de l'Espagne. Leur point culminant est le pic Aneto à 3 404 m. Elle s'est formée à la suite de la collision entre la plaque ibérique et la plaque eurasienne, il y a environ 40 millions d'années.

1. À l'aide du document suivant, construire un graphique présentant la profondeur du Moho (cette chaîne de montagnes le long du segment A-B figuré).

On pourra utiliser comme échelle de profondeur 1 cm pour 5 km de profondeur et comme échelle de distance.

2. À l'aide de ce graphique et de l'énoncé, justifier l'affirmation : « la formation d'une chaîne de montagnes de collision s'accompagne de l'épaississement de la croûte continentale ».

Doc **Isobathes du Moho sous la chaîne des Pyrénées (en km)**

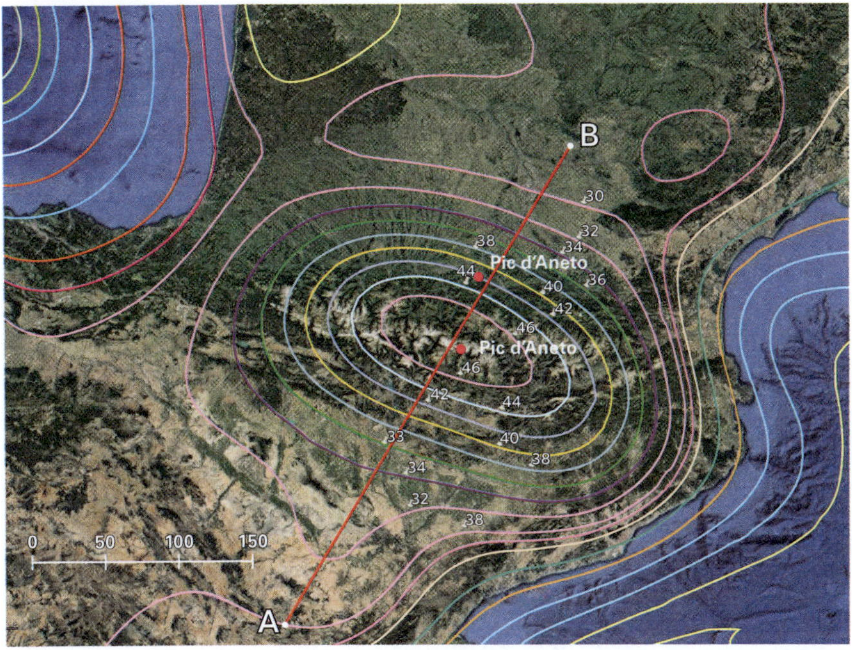

7 Trouver un indice de la subduction continentale

→ FICHE 20

La coésite est comme le quartz, un minéral formé de silice pure (SiO_2). Elle se forme dans des conditions particulières, à partir de minéraux riches en silice préexistants.

À partir des documents suivants, justifier l'affirmation : « la présence de coésite dans des roches est un indice de la subduction de la lithosphère continentale ».

Doc 1 Minéraux riches en silice dans quelques roches et coésite dans une éclogite trouvée dans le massif de la Dora Maira (Alpes)

Roche	Granite	Basalte	Gabbro
Minéraux constitués de silice pure	Quartz	–	–

Doc 2 **Faciès métamorphiques et limite quartz-coésite**

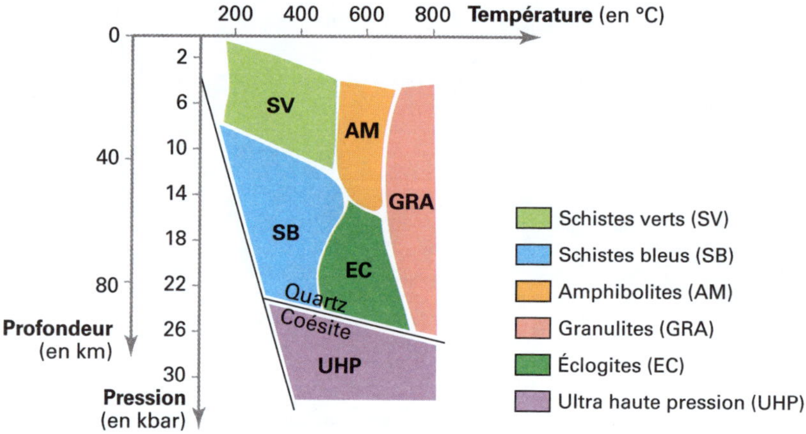

8 Exploiter le diagramme de phase de la péridotite

→ FICHE 20

À la surface de la Terre, certaines zones sont le siège de phénomènes de magmatisme. Parmi ces zones, on trouve les zones de subduction ou encore les dorsales océaniques. Dans ces deux zones, le magmatisme est dû à la fusion partielle de la roche qui constitue le manteau terrestre : la péridotite.

À l'aide du document suivant, expliquer :

1. Pourquoi la péridotite ne fond pas dans tout le domaine océanique.
2. Pourquoi elle fond au niveau des dorsales ou des zones de subduction.

Doc **Diagramme de phase de la péridotite**

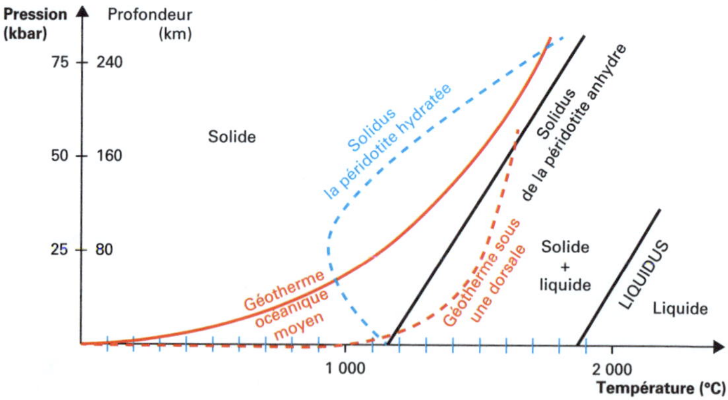

À NOTER

Il n'y a qu'au niveau des zones de subduction que l'on trouve des péridotites hydratées.

OBJECTIF BAC

9 Formation des Alpes et subduction

40 min

→ FICHES 19, 20 et 21

Pour mettre en œuvre vos connaissances sur la subduction et la collision, cet exercice vous propose d'étudier des roches que l'on trouve dans les Alpes, et qui témoignent de la présence d'un ancien océan.

LE SUJET

À l'aide de vos connaissances et des documents, montrer que les roches retrouvées dans les Alpes permettent de mettre en évidence la présence d'un ancien océan, passé en subduction puis d'une collision continentale.

Doc 1 Le massif du Chenaillet dans les Alpes (à gauche) et le détail d'un gabbro de ce massif (à droite)

Les basaltes en coussins sont caractéristiques d'un magma refroidi rapidement au contact de l'eau de mer au niveau d'une dorsale.

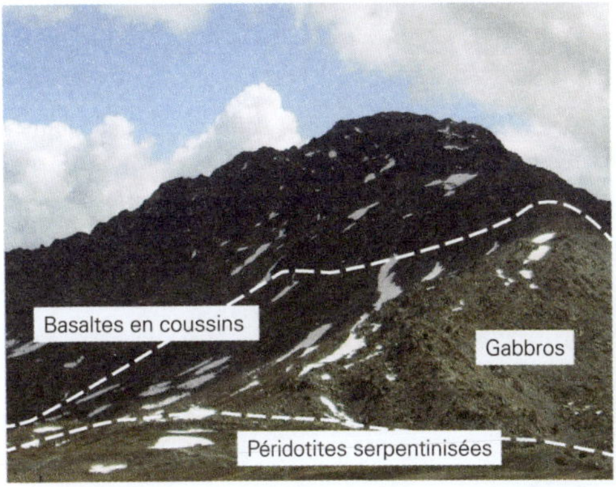

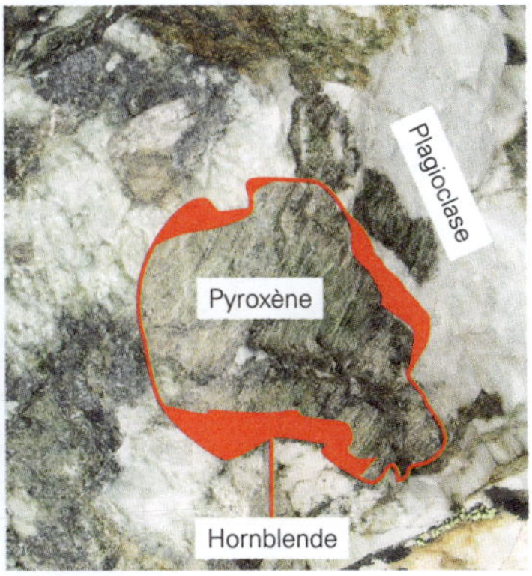

Doc 2 Un métagabbro trouvé dans le massif du Queyras (à gauche) et une éclogite trouvée dans le massif du Mont Viso (à droite).

L'omphacite est un minéral de composition proche de la jadéite.

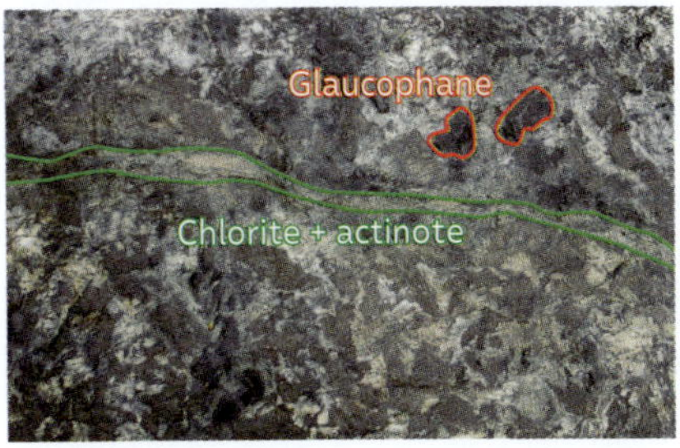

Doc 3 Le grand pli du vélodrome (à gauche) et une faille au col de l'Izoard (à droite)

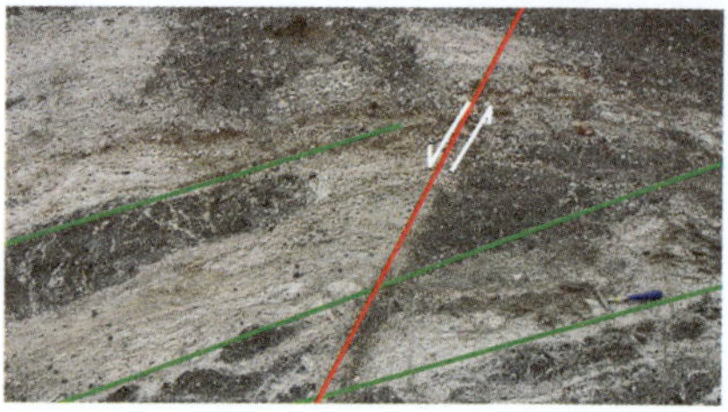

Doc 4 Graphique pression / température représentant les conditions d'apparition des différents faciès métamorphiques et les minéraux associés

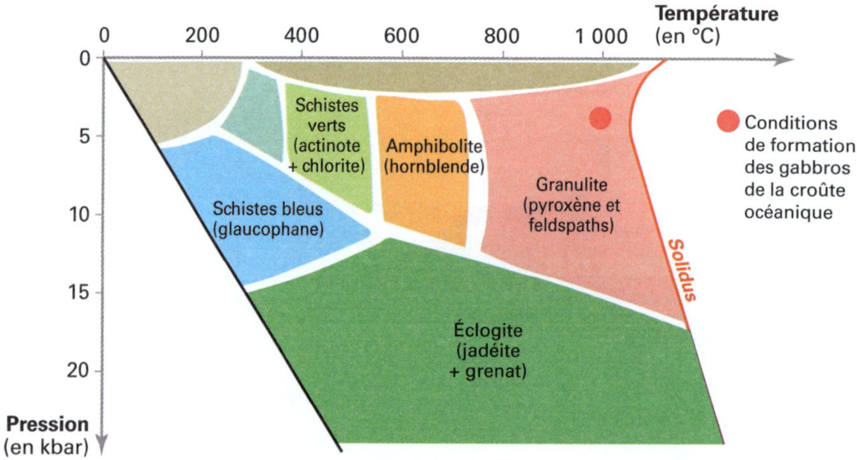

▶▶▶ LA FEUILLE DE ROUTE

La réponse à cet exercice demande d'analyser une expérience. Il est indispensable de bien comprendre les hypothèses de départ ainsi que le protocole expérimental.

Étape 1 Lister les indices d'un ancien océan dans les Alpes

- Le document 1 permet de mettre en évidence des roches que l'on trouve en domaine continental.
- Les documents 1 et 2 permettent de mettre en évidence un contact prolongé entre ces roches et l'eau.
- Le document 4 peut être utilisé pour replacer les conditions de pressions et de température de ces transformations.

Étape 2 Montrer que cet océan est passé en subduction

- Le document 2 présente des transformations minéralogiques caractéristiques d'une subduction.
- Le document 4 peut servir à replacer approximativement les conditions de formation de ces roches, retracer le chemin pression/température emprunté par ces roches et à déterminer le type de métamorphisme qu'elles ont subi.

Étape 3 Trouver des arguments de la collision continentale

- Le document 3 présente des déformations caractéristiques d'une zone de collision.

Étape 4 Rédiger la réponse

La réponse doit comporter :
- une **introduction** qui présente le sujet ;
- le **détail des arguments** pour chaque étape de la formation de cette chaîne de montagnes, en lien avec les connaissances du chapitre ;
- un **graphique pression/température** des différents faciès métamorphiques, légendé avec le chemin emprunté par les roches retrouvées.

CORRIGÉS

SE TESTER QUIZ

1 Convergence lithosphérique et subduction

Réponses b, c et d.

La subduction correspond à la plongée de la lithosphère océanique dans le manteau sous-jacent, lorsqu'elle devient plus dense que celui-ci. Comme la densité de la lithosphère dépend de son âge, la subduction est également liée à celui-ci.

2 Volcanisme et subduction

1. Réponses b et c.

Lorsque la lithosphère subduit, elle se déshydrate, ce qui hydrate le manteau situé sous la plaque chevauchante. Cette hydratation du manteau entraîne la fusion partielle des péridotites, qui produit alors un magma.

2. Réponse a.

Le magma produit s'enrichissant progressivement en silice au cours de sa remontée et étant très visqueux, il sera donc à l'origine d'un volcanisme explosif. De plus, au cours de sa remontée, ce magma peut être contaminé par les roches environnantes et ainsi changer légèrement de composition. En fonction de sa vitesse de refroidissement, il cristallisera plus ou moins pour produire des roches plutoniques en profondeur et volcaniques en surface.

3 La collision continentale

1. Réponses a et c.

L'affrontement de deux lithosphères continentales va entraîner un épaississement de la croûte par la formation de plis et de failles inverses. Cet épaississement crustal est à l'origine de la formation de chaînes de montagnes.

2. Réponse a.

Les failles inverses apparaissent lors de l'application de contraintes compressives sur les roches et entraînent un raccourcissement de la croûte continentale. Elles sont issues de la déformation cassante des roches, contrairement aux plis qui sont issus de la déformation plastique des roches.

S'ENTRAÎNER

4 Étudier la subduction à l'aide de la tomographie sismique

En appliquant la méthode de la fiche 19

1. Dans les deux cas, à partir de la fosse, on observe une anomalie de vitesse positive qui passe sous le Japon dans le premier cas et sous le Mexique dans le second. Cette anomalie positive signifie que les ondes sismiques ont été plus rapides qu'attendu et ont donc traversé un matériau plus dense, donc plus froid. Il s'agit dans les deux cas de la lithosphère océanique de la plaque Pacifique qui plonge dans le manteau. Il s'agit donc bien de deux zones de subduction.

2. En observant dans les deux cas la lithosphère plongeante, on remarque deux grandes différences :

- L'angle du panneau plongeant avec la surface peut être différent. Il est plus important dans le cas du Mexique que du Japon.
- La lithosphère qui subduit n'atteint pas la même profondeur. Dans le cas du Japon, elle semble se stabiliser autour de 700 km de profondeur, alors que dans le cas du Mexique, elle atteint plus rapidement plus de 2 000 km de profondeur.

5 Étudier la cristallisation de deux roches

- Dans les zones de subduction se mettent en place des roches magmatiques comme des rhyolites et des granodiorites à partir du refroidissement d'un magma (fiche 18). La rhyolite est constituée de petits minéraux, la granodiorite de gros minéraux jointifs (doc. 1).
- On modélise la vitesse de refroidissement d'un magma avec de la vanilline que l'on fait refroidir rapidement (à 5 °C) ou lentement (à 20 °C) (doc. 2).

On observe dans le document 3 que la vanilline refroidie rapidement est peu cristallisée et les minéraux formés sont de petite taille, alors que la vanilline refroidie lentement est constituée de gros minéraux jointifs.

- Par analogie avec le refroidissement d'un magma, on peut en déduire qu'un magma qui refroidit lentement forme des roches grenues, alors qu'un magma qui refroidit rapidement va mettre en place des roches microlithiques.

On sait qu'un magma qui refroidit lentement est un magma qui reste en profondeur, alors qu'un magma qui refroidit rapidement remonte à la surface.

- Une roche grenue se forme donc en profondeur alors qu'une roche microlithique se forme à la surface.

6 Expliquer l'épaississement crustal dans les Pyrénées

1.

Doc Profondeur du Moho sous la chaîne des Pyrénées le long du segment A-B

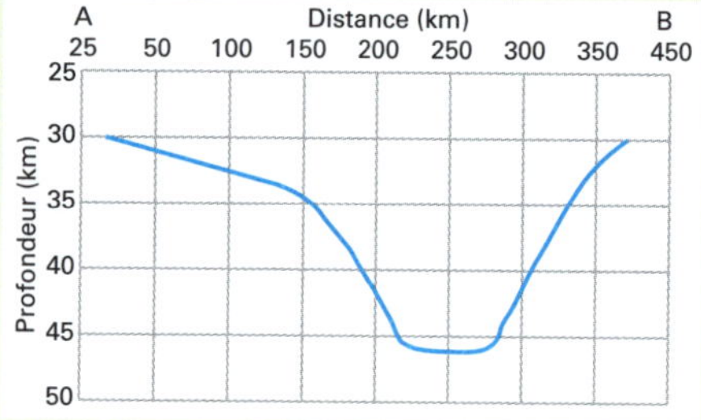

En appliquant la méthode de la fiche 21

2. Le Moho étant la discontinuité entre la croûte continentale et le manteau lithosphérique, sa profondeur nous renseigne sur l'épaisseur de la croûte continentale. On remarque qu'au centre de la chaîne, celle-ci atteint une profondeur de 46 km. De plus, à ce niveau-là de la chaîne, l'altitude atteint 3 404 mètres avec le pic d'Aneto.

La croûte continentale atteint donc au cœur de la chaîne des Pyrénées une épaisseur de 50 km environ au lieu d'une trentaine en dehors des chaînes de montagnes.

La formation d'une chaîne de montagnes de collision s'accompagne donc d'un épaississement crustal.

7 Trouver un indice de la subduction continentale

La coésite se forme à partir de minéraux constitués de silice pure. On en retrouve dans des roches alpines. Seules les roches de la croûte continentale (les granites) possèdent des minéraux constitués de silice pure comme le quartz.

> **À NOTER**
> La structure des croûtes et des lithosphères est détaillée dans le chapitre 4.

■ D'après le document 2, pour que de la coésite se forme, il faut que les conditions de pression soient extrêmement importantes, ce qui correspond à une profondeur d'une centaine de kilomètres.

Or la croûte continentale ne dépasse pas, même dans le cas d'un épaississement lié à une collision continentale, une cinquantaine de kilomètres d'épaisseur.

■ On peut donc expliquer cet enfouissement profond par le fait qu'une partie de la lithosphère continentale a suivi la lithosphère océanique en subduction, une fois l'océan fermé et les 2 lithosphères continentales en contact.

8 Exploiter le diagramme de phase de la péridotite

En appliquant la méthode de la fiche 20

1. Sous un océan, de manière générale, la péridotite est anhydre et donc le géotherme (courbe rouge) ne recoupe jamais le solidus. Cela signifie que les conditions de pression et de température ne permettent la présence que de péridotite à l'état solide.

2. Sous une dorsale, la péridotite est anhydre mais le géotherme est différent de celui de la moyenne des océans. À profondeur égale, la température y est plus importante. Ainsi, le géotherme de la dorsale recoupe le solidus de la péridotite anhydre et il y a une zone, entre environ 20 et 150 km, où les conditions de pression et de température permettent la fusion partielle de la péridotite.

Dans une zone de subduction, la péridotite est hydratée et donc elle va fondre à des températures moins importantes. Le solidus de la péridotite hydratée recoupe le géotherme moyen océanique entre 60 et 250 km. Par conséquent, la péridotite hydratée entre en fusion partielle entre ces deux profondeurs.

OBJECTIF BAC

9 Formation des Alpes et subduction

Étape 1 Lister les indices d'un ancien océan dans les Alpes

■ On retrouve dans le document 1 :

• des basaltes en coussins qui montrent un refroidissement au contact de l'eau ;

• des gabbros avec formation d'amphibole à l'intersection des plagioclases et des pyroxènes : métamorphisme hydrothermal ;

• des péridotites serpentinisées qui montrent également un métamorphisme hydrothermal.

■ On retrouve dans le document 2 un métagabbro avec un filon de chlorite et d'actinote qui marque là encore un métamorphisme hydrothermal.

■ On peut replacer sur le graphique la position de ces gabbros dans les faciès amphibolites et schistes verts, ce qui montre leur refroidissement progressif en domaine océanique.

Étape 2 Montrer que cet océan est passé en subduction

■ Le document 2 montre :

• un métagabbro présentant de la glaucophane, caractéristique du faciès schistes bleus ;

• une roche constituée de grenat et d'omphacite, caractéristique du faciès éclogites.

■ En replaçant ces roches sur le graphique, on s'aperçoit que la lithosphère océanique a subi une augmentation de pression importante et une augmentation modérée de température, caractéristique du métamorphisme des zones de subduction.

Étape 3 Trouver des arguments de la collision continentale

■ Le document 3 montre :

• des déformations plastiques de grande envergure avec des plis ;

• des déformations cassantes avec la présence de failles inverses.

■ Ces indices sont caractéristiques de forces de compression s'exerçant sur les roches, compatibles avec une collision entre deux lithosphères continentales.

Étape 4 Rédiger la réponse

Les Alpes sont une chaîne de montagnes dont une partie se trouve en France métropolitaine. En étudiant les roches que l'on trouve dans différents massifs, il est possible de montrer qu'un océan était localisé à la place des Alpes, que cet océan est passé en subduction et qu'une collision continentale a suivi.

- Tout d'abord on retrouve dans les Alpes un **complexe ophiolitique** constitué de basaltes en coussins, de gabbros possédant des auréoles d'amphiboles autour des pyroxènes et des péridotites serpentinisées. Cela montre qu'une lithosphère océanique se trouvait là et que cette lithosphère était en contact avec l'eau au travers d'un métamorphisme hydrothermal subi par les roches. De plus, on retrouve des gabbros métamorphisés dans le faciès schistes verts, ce qui montre encore ce métamorphisme hydrothermal.

Les gabbros de la croûte océanique ont donc, en refroidissant et en présence d'eau, vu apparaître d'abord des amphiboles de type hornblende, puis des minéraux comme la chlorite ou l'actinote (1 et 2 sur le graphique).

- On trouve également dans les Alpes des roches ayant subi un métamorphisme haute pression basse température avec des gabbros métamorphisés dans le faciès schistes bleus marqués par la présence de glaucophane et des éclogites qui contiennent de l'omphacite et du grenat (3 et 4 sur le graphique). Ce métamorphisme correspond à l'enfoncement d'une croûte froide en profondeur, et donc à la subduction de la lithosphère océanique.

- Enfin, on trouve des indices correspondant à une compression de la croûte continentale avec des plis et des failles inverses. Ces indices sont compatibles avec une collision continentale, une fois que toute la lithosphère océanique a subduit.

Doc **Graphique pression / température représentant les conditions de formation des roches trouvées dans les Alpes**

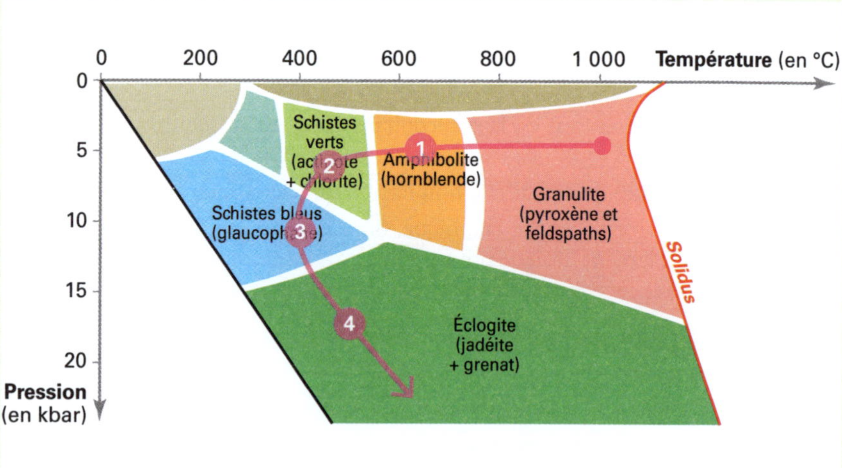

Enjeux contemporains de la planète

7 Les écosystèmes : interactions entre êtres vivants et milieu

Les **écosystèmes forestiers**, comme ici les forêts de l'Ouest du Canada, peuvent être perturbés par un incendie. Les plantes herbacées sont les premières à reconquérir le terrain.

22 Les interactions au sein d'un écosystème

En bref *Un écosystème est constitué par des êtres vivants interagissant avec leur milieu, mais également entre eux.*

I L'écosystème ; biotope et biocénose

■ Les écosystèmes sont constitués par des communautés d'êtres vivants (**biocénose**), c'est-à-dire des ensembles de populations d'espèces différentes. Ces êtres vivants interagissent au sein de leur milieu de vie, le **biotope**, caractérisé par des paramètres géographiques et physico-chimiques, dits abiotiques, variables (climat, nature des roches, altitude, etc.).

■ La biocénose modifie le biotope qui détermine en partie la **répartition des espèces**. Elle interagit donc également avec le biotope.

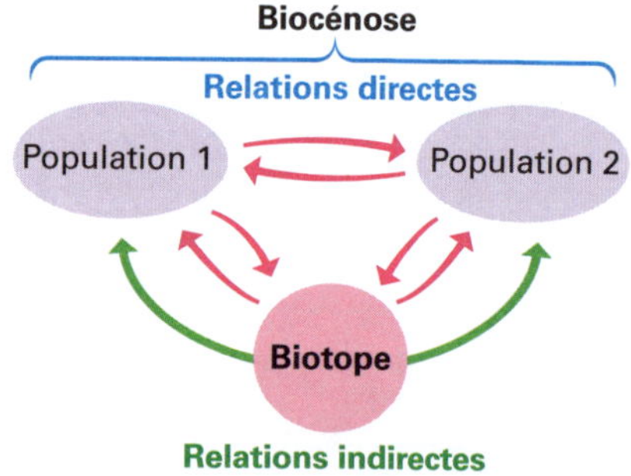

Doc 1 Interactions au sein d'un écosystème

II La diversité des interactions biotiques

■ Les relations entre les êtres vivants s'étudient selon les bénéfices ou les coûts qu'ils impliquent pour les organismes. La prédation, par exemple, est bénéfique pour le prédateur, mais néfaste pour la proie.

■ Ces interactions biotiques ont des effets sur la **valeur sélective** des organismes impliqués.

> **MOT CLÉ**
> **Valeur sélective :** mesure de la capacité de survie et de la fécondité d'un individu.

Interaction		Définition de la relation
Compétition		Deux espèces exploitent les mêmes ressources
Exploitation	Prédation	Un prédateur consomme une proie
	Parasitisme	Obligatoire pour le parasite qui exploite son hôte
Coopération	Mutualisme	Bénéfique et facultative entre deux espèces
	Symbiose	Bénéfique et obligatoire entre deux espèces

Doc 2 Diversité des relations interspécifiques

Méthode

Déterminer la nature d'une relation biotique

Les plantes de la famille des fabacées présentent souvent des bactéries du genre rhizobium dans leurs cellules racinaires.

Déterminer, à partir de l'exploitation des documents, la nature de la relation entre les fabacées et les bactéries du genre rhizobium.

Doc 1 Radioactivité dans les cellules

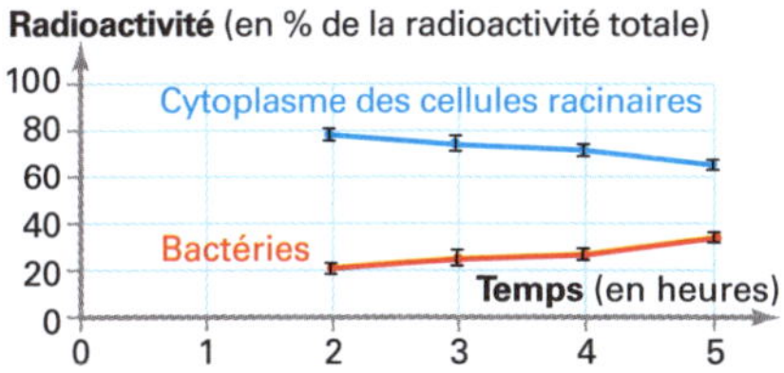

La fabacée a été placée dans une enceinte contenant du $^{14}CO_2$.

Doc 2 Caractéristiques de plants de fabacées

	Longueur (en cm)	Masse d'azote (en mg)
Sans bactéries	68,5	0,0034
Avec bactéries	225,5	0,1012

CONSEILS

Étape 1 Analyser le document 1.

Étape 2 Expliquer l'origine de la radioactivité dans les cellules racinaires et relier l'évolution des courbes avec un transfert de molécules.

Étape 3 Analyser le document 2 en réalisant les calculs judicieux et conclure.

SOLUTION

Étape 1 La radioactivité dans le cytoplasme des cellules racinaires passe de 80 à 65 % en 3 heures. Elle passe de 20 à 35 % dans le cas des bactéries.

Étape 2 La plante placée dans une enceinte contenant du $^{14}CO_2$ produit des molécules organiques radioactives par photosynthèse. La baisse de radioactivité dans le cytoplasme équivalente à sa hausse dans les bactéries montre un transfert de molécules carbonées de la plante vers la bactérie.

Étape 3 Avec bactéries, la longueur des plants est multipliée par 3,3. La masse d'azote est multipliée par 29,8. La plante transfère du carbone organique aux bactéries qui favorisent la croissance des fabacées et augmentent leur masse en azote. Les bénéfices sont réciproques, il s'agit d'une **relation symbiotique.**

23 Le rôle des interactions biotiques dans l'écosystème

En bref *Les relations entre les êtres vivants ont un impact sur la biodiversité et la dynamique des populations de l'écosystème. Elles participent aux cycles biogéochimiques.*

I Influence des interactions biotiques sur les êtres vivants

- La présence d'un prédateur ou d'un compétiteur dans un biotope peut influencer l'**installation d'autres espèces**. Autrement dit, les interactions entre les êtres vivants structurent l'organisation, la biodiversité, des écosystèmes.
- Les interactions biotiques influent également sur la dynamique des **populations** (taux de natalité et de mortalité, effectifs, structure d'âge, diversité génétique, etc.).

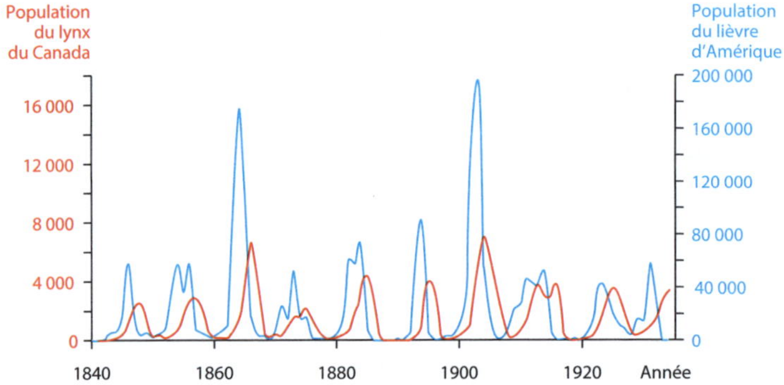

Doc **Évolution des effectifs d'une proie et de son prédateur**

II Influence des interactions biotiques sur les cycles biogéochimiques

- Les êtres vivants participent au fonctionnement des écosystèmes par la production de matière organique (production primaire des organismes autotrophes), sa circulation *via* les **réseaux trophiques** et son recyclage (action des organismes décomposeurs du sol).

> **MOT CLÉ**
> **Réseau trophique :** ensemble de chaînes alimentaires (trophiques) qui relient les organismes d'une biocénose.

- Les êtres vivants génèrent ou facilitent donc des flux de matière (eau, carbone, azote, etc.) qui entrent, circulent et sortent de l'écosystème.
- Les entrées et sorties de matières intègrent les écosystèmes aux différents cycles biogéochimiques des éléments (C, N, etc.).

Méthode

Construire un cycle biogéochimique du carbone

Le carbone, comme d'autres éléments chimiques, entre et sort des écosystèmes dans lesquels il peut résider dans des réservoirs. La circulation du carbone entre réservoirs est traduite par des flux de l'élément.

À partir des données du tableau, construire un cycle du carbone des écosystèmes continentaux.

Doc Quantification de réservoirs et de flux de carbone

Réservoirs (en Gt de C)	Atmosphère	770
	Végétation	640
	Litière et sol	1500
Flux (en Gt de C/an)	Photosynthèse	120
	Respiration des autotrophes	60
	Respiration des hétérotrophes du sol	58
	Mort et sédimentation	50
	Érosion, exportation par les fleuves (sorties des écosystèmes continentaux)	0,8

CONSEILS

Étape 1 Au brouillon, tracer des cadres pour représenter les réservoirs.

Étape 2 À l'aide de vos connaissances, associer les flux à des déplacements de carbone entre réservoirs. Les représenter sous forme de flèches.

Étape 3 Organiser les éléments dans l'espace pour faciliter la lecture.

Étape 4 Reproduire au propre. Légender et titrer le schéma.

SOLUTION

Cycle biogéochimique du carbone dans les écosystèmes continentaux

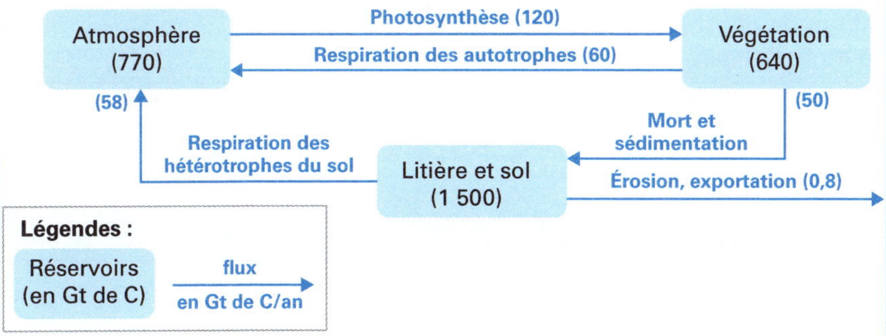

24 Les écosystèmes naturels : un équilibre dynamique

En bref *Des perturbations peuvent affecter la biocénose des écosystèmes. Ceux-ci peuvent retrouver par la suite leur état initial, c'est la notion de résilience.*

I Les perturbations naturelles des écosystèmes

- Indépendamment des actions humaines, la sécheresse, le changement de température, le développement de maladies, peuvent affecter les populations d'un écosystème.

- Au sein d'une forêt par exemple, la chute d'un arbre est une perturbation à petite échelle. En créant une clairière, elle va modifier la luminosité, l'humidité et la disponibilité en nutriments, modifiant ainsi le biotope.

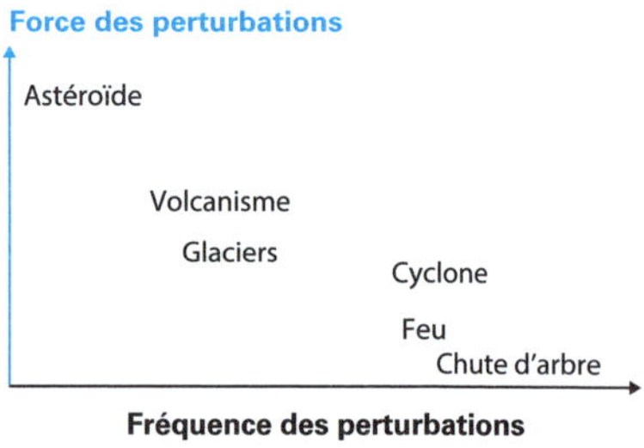

Doc 1 Perturbations affectant les écosystèmes

II La résilience des écosystèmes

- Le terme « résilience » traduit la capacité d'un écosystème à retrouver sa structure initiale après avoir subi une perturbation.

- La complexité du réseau d'interactions et la diversité fonctionnelle d'un écosystème favorisent la résilience. Dans des écosystèmes plus diversifiés, la suppression d'une interaction sera compensée par la mise en place d'une autre.

- La résilience des écosystèmes n'est valable que jusqu'à un certain seuil de perturbation.

- Un écosystème se caractérise donc par un équilibre dynamique susceptible d'être bousculé par des facteurs internes et externes.

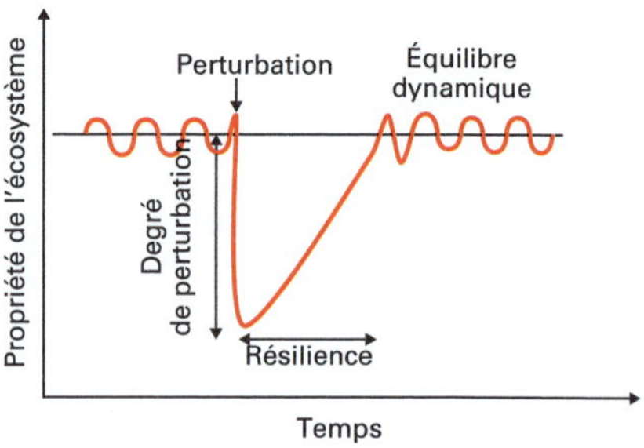

Doc 2 Équilibre d'un écosystème et résilience

Méthode

Établir le lien entre biodiversité et résilience des écosystèmes

Dans un contexte de changements environnementaux globaux, de nombreuses études s'intéressent aux liens entre la biodiversité et les capacités de résilience des écosystèmes. Les résultats de l'étude ci-dessous présentent les effets de la diversité des plantes dans un écosystème.

Montrer que la biodiversité favorise la résilience de l'écosystème.

Doc Quelques effets de la diversité spécifique

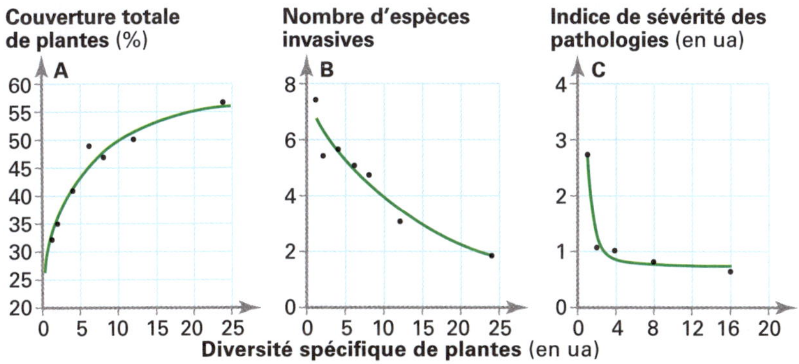

CONSEILS

Étape 1 Analyser les trois graphiques.
Étape 2 Identifier les deux perturbations possibles pouvant affecter l'écosystème et en prévoir les conséquences.
Étape 3 Répondre à la question posée.

SOLUTION

Étape 1 Lorsque la diversité spécifique des plantes passe de 1 à 24 ua, le pourcentage de couvert végétal passe de 26 à 56 %, le nombre d'espèces invasives de 7,5 à 1,9 %, l'indice de sévérité des pathologies de 2,8 à 0,8 ua.

Étape 2 Dans le cas d'une invasion par une espèce exotique, cette dernière a moins de chance de s'installer lorsque la diversité des plantes est plus importante (B). Ceci peut s'expliquer par une occupation plus importante de l'espace (A). Dans le cas de la survenue d'une pathologie, son impact sera moins grand si la biodiversité de l'écosystème est importante (C).

Étape 3 La biodiversité favorise donc la résilience des écosystèmes en limitant les effets des perturbations pouvant les affecter.

MÉMO VISUEL

Interactions biotiques et flux de matière dans un écosystème

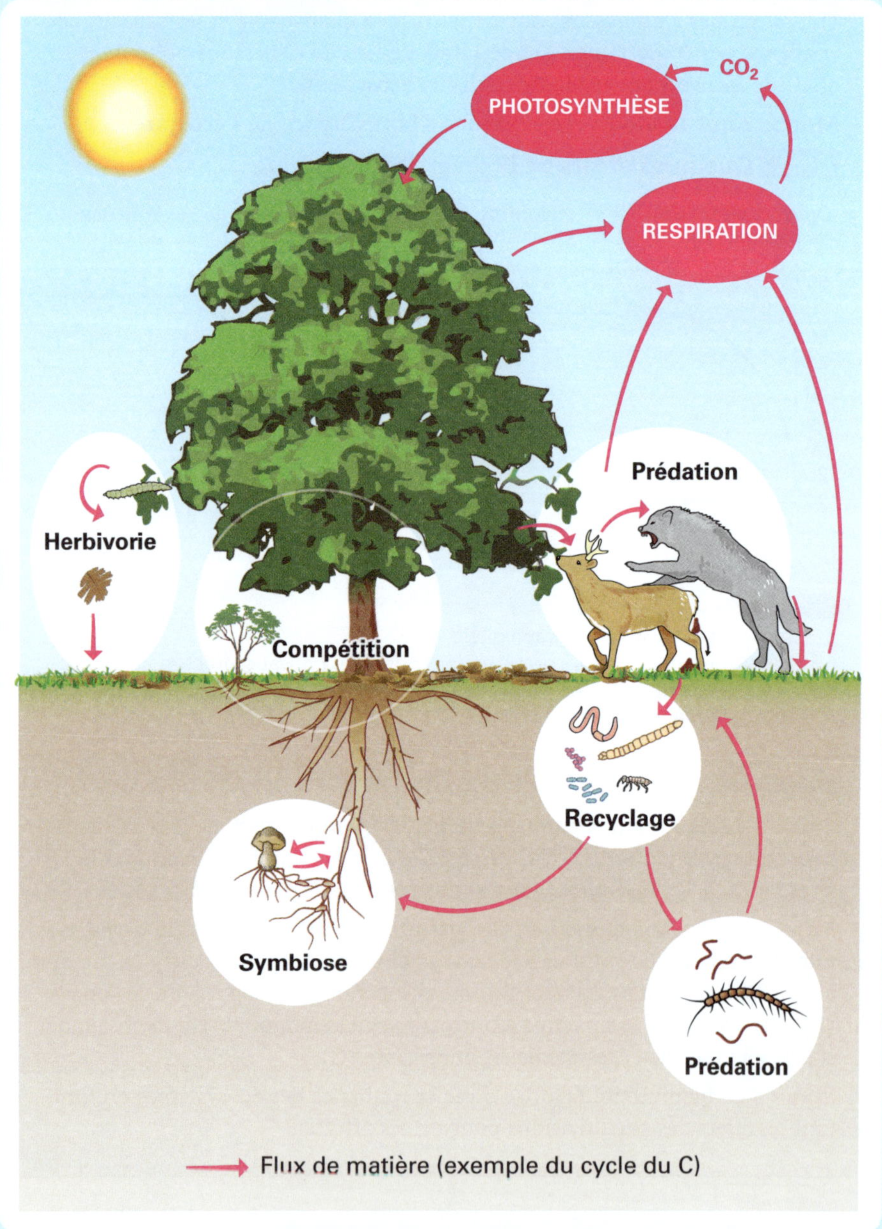

Perturbations et résilience des écosystèmes

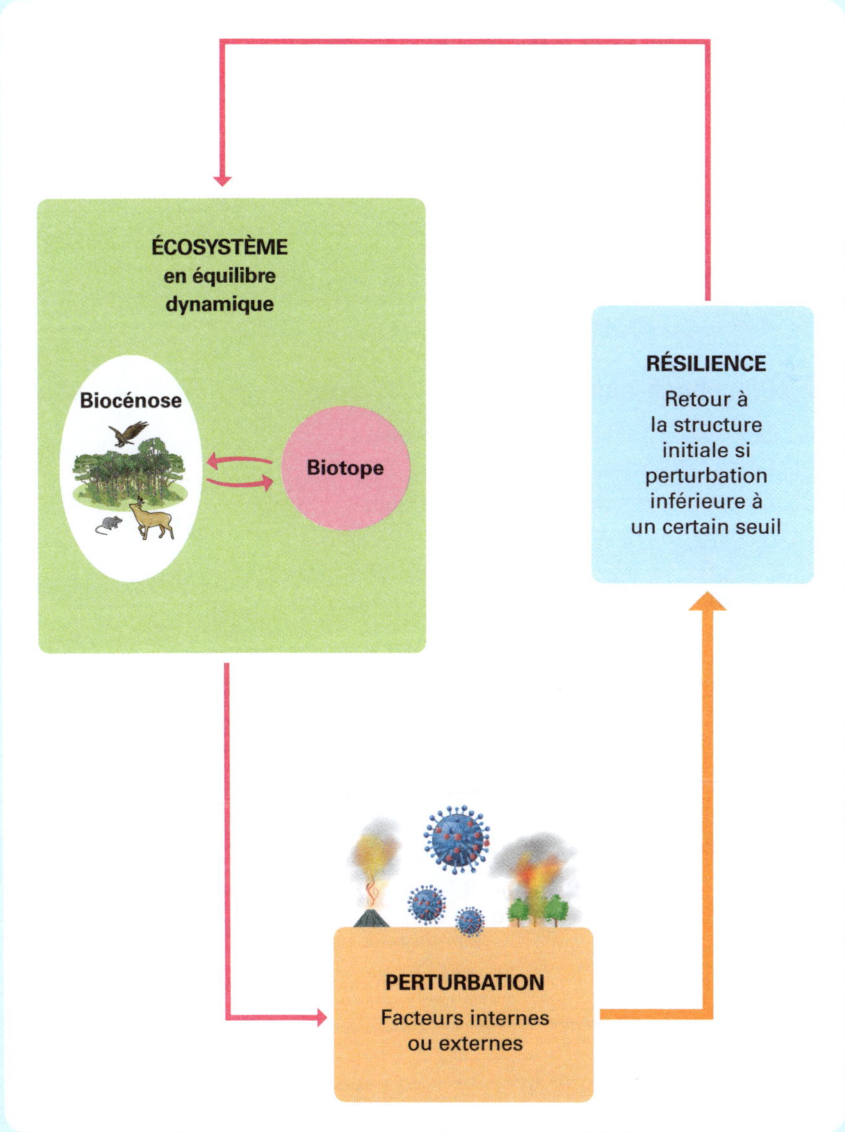

SE TESTER QUIZ

Vérifiez que vous avez bien compris les points clés des **fiches 22 à 24.**

1 Écosystèmes et interactions

→ FICHE 22

1. Un écosystème comprend :

- ☐ **a.** des populations d'une même espèce
- ☐ **b.** des populations d'espèces différentes et leur biotope
- ☐ **c.** des populations d'espèces différentes, leur biotope et des interactions

2. Les interactions biotiques :

- ☐ **a.** sont les interactions entre le biotope et les organismes vivants
- ☐ **b.** peuvent augmenter la valeur sélective des organismes impliqués
- ☐ **c.** sont toujours néfastes en termes de valeur sélective

2 Biocénose-biotope

→ FICHES 22 ET 23

La biocénose installée dans un écosystème :

- ☐ **a.** présente une dynamique dépendant des facteurs biotiques
- ☐ **b.** ne dépend pas des facteurs abiotiques
- ☐ **c.** ne dépend pas des interactions biotiques

3 Cycles biogéochimiques

→ FICHE 23

Les éléments chimiques :

- ☐ **a.** entrent et sortent des écosystèmes
- ☐ **b.** circulent au sein des réseaux trophiques
- ☐ **c.** ne sont pas échangés entre différents réservoirs

4 Perturbations et résilience

→ FICHE 24

1. Les perturbations des écosystèmes :

- ☐ **a.** sont toujours d'origine anthropique
- ☐ **b.** participent à leur dynamique
- ☐ **c.** les modifient de manière irréversible

2. La résilience d'un écosystème :

- ☐ **a.** existe toujours quelle que soit l'intensité de la perturbation
- ☐ **b.** traduit l'intensité d'une perturbation
- ☐ **c.** est favorisée par une diversité biologique importante

S'ENTRAÎNER

5 Comprendre la mycorhization du palmier dattier

→ FICHE 22

Depuis dix ans, la disparition de palmiers dattiers dans certaines palmeraies des oasis tunisiennes menace l'équilibre de ces écosystèmes. Le sol des palmeraies étant pauvre et aride, le succès d'une replantation nécessite de disposer de plantules capables de se nourrir et de croître rapidement.

À partir de l'exploitation des documents, montrer que l'association plante-champignon contribue à améliorer la croissance et la nutrition minérale des plantules de palmier dattier.

Doc 1 La mycorhize, une association plante-champignon

Photographie d'une mycorhize observée à la loupe. Les mycorhizes constituent une association symbiotique entre un champignon et une plante assurant des échanges réciproques d'éléments nutritifs entre les deux organismes. Dans le sol, au contact de la plante, le champignon se développe sous forme de filaments mycéliens.

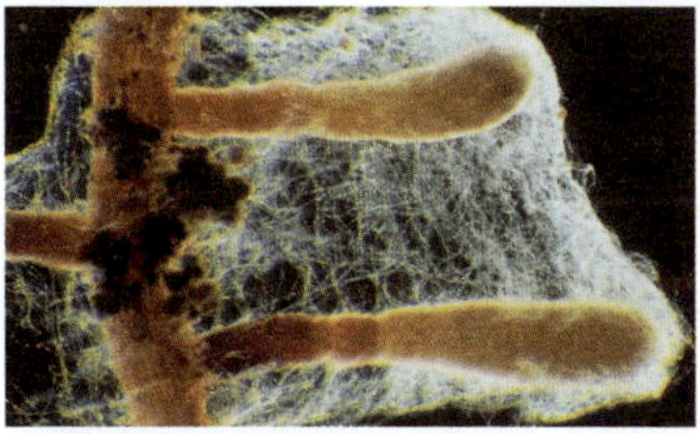

Doc 2 Effet de la mycorhization sur la croissance et la nutrition minérale du palmier dattier

Des chercheurs ont étudié l'effet de la mycorhization sur des plantules de palmier dattier cultivées deux ans dans un sol de palmeraie. La masse sèche et la teneur en minéraux sont comparées entre plantules mycorhizées et non mycorhizées.

Paramètre mesuré		Plantules non mycorhizées	Plantules mycorhizées
Masse sèche (en g)	Système aérien	6,67	9,14
	Système racinaire	0,246	0,296
Éléments minéraux dans les parties aériennes (en % de masse sèche)	N	0,0902	0,1010
	P	0,0500	0,1250
	K	0,4950	0,5270

6 Construire un réseau trophique dans l'écosystème sol

→ FICHE 23

Le sol est le milieu de vie de nombreux êtres vivants de taille très diverse. Certains sont des décomposeurs de la matière organique de la litière, d'autres sont des prédateurs.

À l'aide du document, construire une chaîne trophique en représentant par une flèche la relation « est consommé(e) par ». Construire ensuite le réseau trophique de l'écosystème.

Doc Régime alimentaire de quelques organismes du sol

Être vivant	Principal régime alimentaire
Champignons	Détritivore
Acarien gamaside	Carnivore (collemboles et acariens oribates)
Acarien oribate	Omnivore (détritus et champignons)
Fourmi	Omnivore (détritus, acariens, champignons et collemboles)
Collembole	Microbivore (champignons)

7 Construire un cycle biogéochimique de l'azote

→ FICHE 23

Comme le carbone, l'azote est présent dans différents réservoirs, sous différentes formes.

À partir de l'exploitation des documents, construire un cycle biogéochimique de l'azote dans les écosystèmes continentaux.

Doc 1 Réservoirs et quelques flux d'azote dans les écosystèmes terrestres

			Forme de l'azote
Réservoirs (en Mt de N)	Atmosphère	$3,8 \times 10^9$	N_2
	Biosphère	49×10^3	Azote organique
	Sol	95×10^3	NO_2^-, NO_3^-, NH_4^+
Flux (en Mt de N/an)	Minéralisation par les décomposeurs	600	
	Absorption racinaire	460	
	Érosion, lessivage	40	

Doc 2 Fixation biologique de l'azote

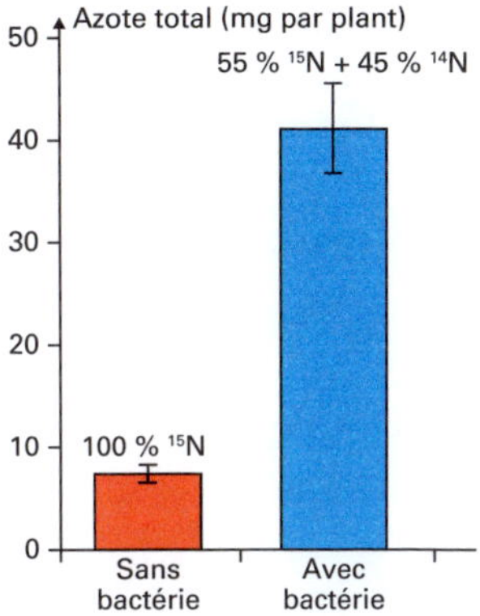

Des graines de blé sont mises à germer sur un milieu stérile contenant des ions $^{15}NO_3^-$. L'utilisation des isotopes permet de distinguer l'origine de l'azote fixé dans les plantules puisque l'air ambiant contient du $^{14}N_2$. Après 6 semaines de croissance, la quantité totale d'azote présente dans les plantes et la part des isotopes dans les parties aériennes sont mesurées. L'expérience est réalisée sans ajout de bactéries, ou avec des bactéries du sol *Klebsiella pneumoniae*.

À l'échelle des écosystèmes terrestres, l'activité des bactéries représente un flux annuel d'azote de 140 Mt.

8 Étudier les interactions biotiques entre espèces → FICHES 22 et 23

La mouche orientale des fruits, *Dacus dorsalis*, pond dans des fruits que les larves consomment après éclosion des œufs. Elle est signalée à Hawaii en 1945. Pour lutter contre ce ravageur de cultures, différentes guêpes du genre *Opius* ont été successivement introduites. Ces guêpes pondent leurs œufs dans les larves de *D. dorsalis* et s'y développent.

À partir de l'étude du document et des connaissances, déterminer la nature des relations biotiques entre les espèces et expliquer la dynamique des populations.

Doc Évolution du nombre de mouches des fruits et pourcentage de ponte des guêpes *Opius sp.*

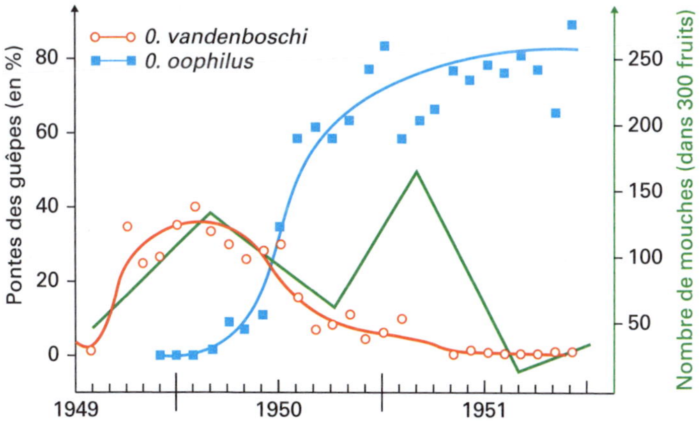

9 Étudier la résilience des récifs coralliens

→ FICHE 24

Le récif corallien de Tiahura, en Polynésie française, a été étudié sur une période de 30 ans durant laquelle cet écosystème a connu de nombreuses perturbations naturelles : invasion de l'étoile de mer mangeuse de corail (*Acanthaster planci*), des épisodes de blanchiment et des cyclones.

À l'aide des documents, discuter de la résilience de l'écosystème corallien.

Doc 1 Surface de fond marin occupée par le récif de Tiahura entre 1979 et 2011

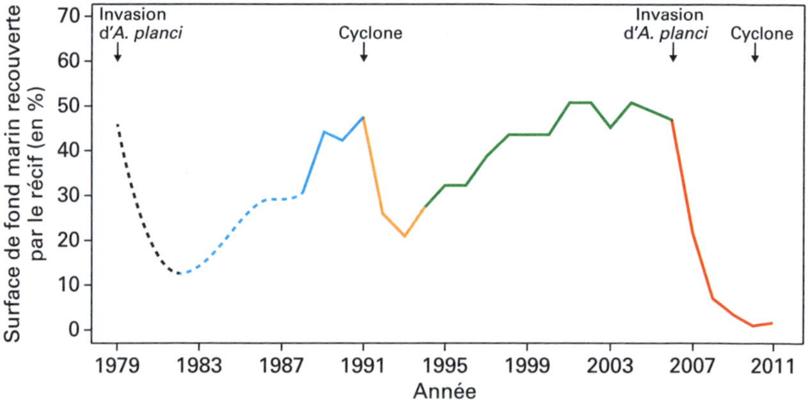

Doc 2 Évolution de la biodiversité du récif de Tiahura

Les espèces de coraux dominantes changent d'une perturbation à l'autre. Les coraux branchus du genre *Acropora*, omniprésents en 1979, ont décliné après chaque nouvelle perturbation, laissant place aux genres *Pocillopora* et *Porites*. Les communautés de poissons, notamment corallivores, ont également été impactées par les différentes perturbations. Ainsi, au cours de trois décennies, et alors même que la richesse spécifique est restée stable, l'identité, l'abondance et le rôle des espèces de poissons dans les chaînes trophiques ont été continuellement modifiés. Cependant, depuis 2010, la densité de la plupart des groupes de poissons a chuté de manière dramatique.

OBJECTIF BAC

10 Des écosystèmes dans l'obscurité

40 min

→ FICHES 22 et 23

Cet exercice fait appel à plusieurs notions et permet de découvrir le fonctionnement d'écosystèmes privés de la production photosynthétique.

LE SUJET

En 1977, à 2 600 m de profondeur sur la ride océanique des Galápagos, des communautés animales exubérantes ont été observées pour la première fois, associées à des sources hydrothermales (fumeurs noirs). Ces écosystèmes marins sont parmi les plus productifs malgré des conditions particulièrement hostiles : absence de lumière, fluides dont la température atteint parfois 410 °C, pressions extrêmes.

À partir de l'étude des documents et des connaissances, expliquer le fonctionnement de l'écosystème des sources hydrothermales abyssales.

Un schéma bilan du fonctionnement de ces écosystèmes est attendu.

Doc 1 Comparaison du métabolisme de bactéries chimiosynthétiques et de la photosynthèse

Dans l'environnement proche des fumeurs noirs, en présence de nombreux composés toxiques tels que des métaux lourds et de l'hydrogène sulfuré, de nombreuses bactéries autotrophes ont été identifiées. Ces organismes, qualifiés de sulfo-oxydants, sont capables d'utiliser l'hydrogène sulfuré comme source d'énergie pour incorporer le CO_2 dans des molécules organiques.

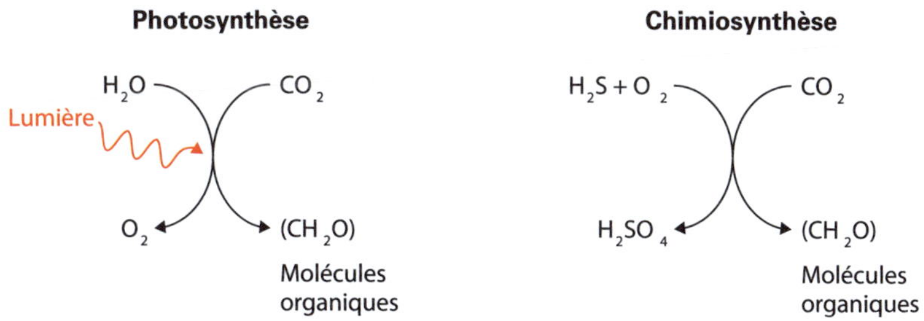

Doc 2 *Riftia pachyptila*, un ver géant

Riftia pachyptila est un ver pouvant atteindre 2 mètres de haut, vivant fixé dans un tube d'où émerge un panache branchial par lequel s'effectue la captation de gaz : CO_2, O_2, H_2S. Ce ver, dépourvu de bouche, de tube digestif et d'anus, possède un organe très vascularisé, le trophosome, contenant de très nombreuses bactéries intracellulaires ($3,7 \cdot 10^9$ bactéries/g).

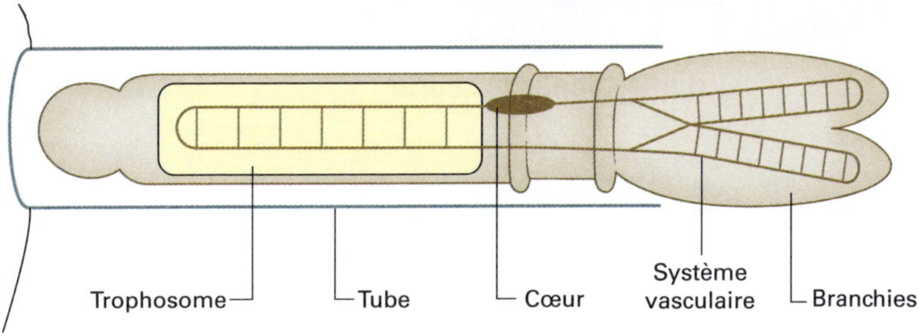

Doc 3 Radioactivité dans les cellules du trophosome au cours du temps

Des cellules du trophosome de *Riftia pachyptila* ont été cultivées en présence de $^{14}CO_2$. La radioactivité a été évaluée dans le cytoplasme des cellules du ver et dans les bactéries.

Le **succinate** est une molécule organique.

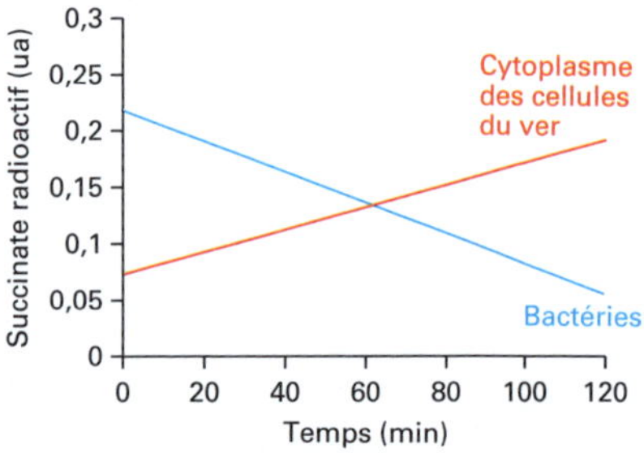

Doc 4 La biocénose de l'écosystème hydrothermal

Une faune diversifiée vit autour des fumeurs noirs. Outre les vers géants, des mollusques gastéropodes et des crevettes «broutent» les tapis bactériens qui se développent sur les rochers alors que des crustacés cirripèdes et des moules récupèrent à l'aide de leurs branchies les particules en suspension dans l'eau colonisées par ces bactéries. D'autres organismes sont des prédateurs. Les vers géants supportent une forte prédation des poissons et de crabes, ces derniers se nourrissant également des moules. Des céphalopodes et des poissons *macrouridae* sont des prédateurs occasionnels de ces oasis sous-marines fréquentant les fumeurs noirs pour de courtes périodes en exploitant tout type de proie. La biocénose présente enfin divers organismes nécrophages.

▶▶▶ LA FEUILLE DE ROUTE

La consigne indique qu'il faut réaliser un schéma bilan après avoir expliqué le fonctionnement de cet écosystème :

Partie 1. Expliquer le fonctionnement de l'écosystème.

Partie 2. Traduire les différents éléments sous la forme d'un schéma bilan.

Partie 1. Expliquer le fonctionnement de l'écosystème

Étape 1 Au brouillon, extraire les informations des documents et les relier aux questions posées, identifier les connaissances nécessaires

- Le **document 1** présente le métabolisme de bactéries chimiosynthétiques capables de produire des molécules organiques en l'absence de lumière.
- Le **document 2** présente l'organisation d'un ver, *Riftia pachyptila*.
- Le **document 3** donne les résultats d'une expérience utilisant du carbone radioactif pour déterminer les concentrations en succinate dans les cellules du trophosome.
- Le **document 4** présente la biocénose de l'écosystème et les relations trophiques existant entre les organismes.

Étape 2 **Au brouillon, associer les informations des documents, les connaissances**

- **Document 1 et texte d'introduction**

Identifier la chimiosynthèse comme le métabolisme permettant l'entrée de matière dans l'écosystème en l'absence de lumière. Qualifier les bactéries de producteurs primaires.

- **Documents 1 à 3**

En utilisant la méthode de la fiche 22, montrer que l'association entre *Riftia pachyptila* et les bactéries de son trophosome est de nature symbiotique.

- **Document 4**

Qualifier les organismes consommateurs et les niveaux trophiques : consommateurs primaires, secondaires. Identifier les flux de matière entre les différents niveaux, les flux sortants de l'écosystème, les organismes assurant le recyclage de la matière.

Étape 3 **Rédiger la réponse**

- Rédiger la réponse en associant l'analyse des documents et les connaissances utiles.
- Penser à indiquer le numéro du document utilisé, afin de souligner les relations établies entre les documents.

Partie 2. Traduire en schéma bilan le fonctionnement de l'écosystème

Étape 1 **Au brouillon, placer les différents organismes, leur statut dans l'écosystème (producteurs, consommateurs). Schématiser par des flèches les relations trophiques (flux).**

Étape 2 **Recopier le schéma proprement**

- Titrer et légender le schéma.

CORRIGÉS

SE TESTER QUIZ

1 Écosystèmes et interactions

1. Réponse c. L'écosystème est défini comme un biotope, dans lequel interagissent des populations d'espèces différentes qui interagissent également sur leur milieu.

2. Réponse b. De nombreuses interactions biotiques confèrent, au moins à l'un des partenaires, un avantage en termes de valeur sélective.

2 Biocénose-biotope

Réponse a. L'installation d'espèces dans un écosystème, comme la dynamique des populations, dépend de facteurs biotiques soit des autres organismes de l'écosystème.

3 Cycles biogéochimiques

Réponses a et b. Les éléments chimiques, tel le carbone, entrent, circulent au sein des réseaux trophiques, et sortent des écosystèmes.

4 Perturbations et résilience

1. Réponse b. Les perturbations, si elles n'excèdent pas un certain seuil, participent à la dynamique naturelle des écosystèmes.

2. Réponse c. La diversité spécifique et la diversité des interactions favorisent la résilience d'un écosystème suite à une perturbation.

S'ENTRAÎNER

5 Comprendre la mycorhization du palmier dattier

Les mycorhizes sont des associations symbiotiques entre un champignon et une plante (doc. 1). La photographie d'une mycorhize montre l'association étroite, au niveau des racines, entre la plante et un réseau dense de filaments mycéliens.

En s'inspirant de la méthode de la fiche 22

D'après le document 2, les plantules mycorhizées de palmier dattier présentent au bout de deux ans une masse sèche 1,4 fois plus importante pour le système aérien par rapport à des plantules non mycorhizées. La masse du système racinaire est également plus grande (1,2 fois plus). En proportion de la masse sèche dans les parties aériennes, la teneur en azote est multipliée par 1,1, celle en phosphore par 2,5, et celle en potassium par 1,1 lorsque les plantules de palmier dattier sont en association avec des champignons.

Ainsi, les plantules mycorhizées présentent une croissance et une teneur en éléments minéraux plus importantes au bout de deux années de culture. Le doc. 1 signale que les échanges en éléments nutritifs sont réciproques, ce qui justifie la nature symbiotique de cette association. En améliorant la croissance et la nutrition minérale des palmiers dattiers, les mycorhizes pourraient intervenir dans le succès d'une replantation dans les sols pauvres et arides des oasis tunisiennes.

> **À NOTER**
> Une conclusion replaçant les données dans le cadre général sera la preuve de votre recul critique sur l'exercice.

6 Construire un réseau trophique dans l'écosystème sol

> **À NOTER**
> Pour construire une chaîne trophique à partir des données, il est conseillé de prendre en compte les organismes possédant les régimes alimentaires les plus stricts.

Chaîne trophique dans l'écosystème sol :

> **À NOTER**
> Le positionnement des organismes ayant des régimes alimentaires plus larges va permettre que construire un réseau plus complexe.

Réseau trophique dans l'écosystème sol :

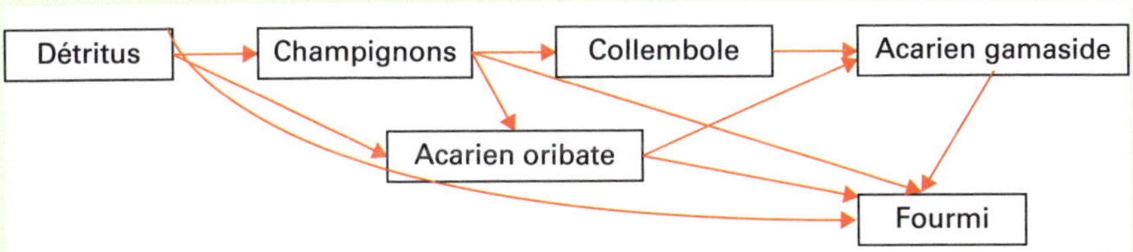

7 Construire un cycle biogéochimique de l'azote

D'après le document 2, la quantité totale d'azote après 6 semaines de culture est de 8 mg/plant de blé cultivé dans un milieu stérile. Elle est de 40 mg/plant lorsque des bactéries du sol *Klebsiella pneumoniae* ont été ajoutées. En milieu stérile, l'azote des plants est uniquement l'isotope ^{15}N, le blé absorbe donc les ions $^{15}NO_3^-$. Pour le milieu contenant des bactéries, 55 % de l'azote a la même origine et 45 % de l'azote est l'isotope ^{14}N. L'air ambiant contenant $^{14}N_2$, l'origine de cet azote est donc atmosphérique. Les bactéries sont donc capables de transformer l'azote gazeux en une forme disponible pour les plants de blé. Ce **flux** d'azote représente 140 Mt/an à l'échelle des écosystèmes terrestres.

> **À NOTER**
> L'analyse du document 2 permet donc d'identifier un flux n'apparaissant pas dans le document 1. Ce **flux**, qualifié de fixation biologique, intègre donc de l'azote atmosphérique dans la biosphère.

En appliquant la méthode de la fiche 23

Cycle biogéochimique (simplifié) de l'azote dans les écosystèmes terrestres

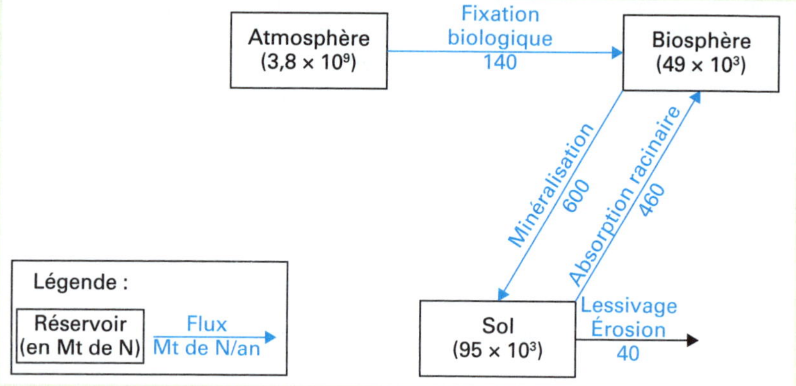

8 Étudier les interactions biotiques entre espèces

La mouche des fruits, *Dacus dorsalis*, pond ses œufs dans des fruits que les larves consomment ensuite. Les guêpes du genre *Opius* ont été introduites à Hawaii pour lutter contre la mouche des fruits. Ces guêpes pondent leurs œufs dans les larves de la mouche et s'y développent. Ces guêpes sont donc des parasites de *D. dorsalis*.

> **À NOTER**
> Ce type d'insecte est qualifié de **parasitoïde**.

D'août 1949 à février 1950, alors que le nombre de mouches passait de 50 à 125 pour 300 fruits, le pourcentage de ponte d'*Ophius vandenboschi* est passé de 0 à 35 % (doc). Durant cette période, plus le nombre d'hôtes augmentait, plus les guêpes pondaient. En novembre 1949, une nouvelle espèce de guêpe, *O. oophilus*, a été introduite et son pourcentage de ponte a rapidement augmenté pour atteindre 65 % en octobre 1950. Durant cette période, le parasitisme conjoint des deux guêpes a entraîné une diminution du nombre de mouches jusqu'à 60 pour 300 fruits. Entre octobre 1950 et avril 1951, alors que le pourcentage de ponte d'*O. oophilus* continuait d'augmenter de 65 à près de 80 %, celui d'*O. vandenboschi* diminuait pour devenir quasi nul. Ces deux guêpes pondant dans le même hôte sont en compétition et l'exploitation des larves de mouches des fruits apparaît plus grande pour *O. oophilus* que pour *O. vandenboschi* qui semble disparaître d'Hawaii.

> **À NOTER**
> Dans ce cas, on parle d'exclusion compétitive.

Enfin, durant l'année 1951, même si la population de *Dacus dorsalis* a été de 160 mouches pour 300 fruits en mars, le nombre de mouches des fruits n'est plus que d'environ 25 pour 300 fruits. Ainsi, le parasitisme d'*O. oophilus* apparaît comme efficace pour lutter contre la mouche.

9 Étudier la résilience des récifs coralliens

À NOTER
Les consignes du type « discuter » sont généralement difficiles puisqu'il s'agit de faire preuve d'un véritable recul critique vis-à-vis des connaissances, ici sur ce qu'est la résilience.

Entre 1979 et 2011, le récif corallien de Tiahura, en Polynésie française, a connu quatre perturbations selon le document 1 : deux invasions de l'étoile de mer mangeuse de corail en 1979 et 2006, deux cyclones en 1991 et 2010. La première invasion de l'étoile de mer s'accompagne d'une réduction de la surface des fonds marins de 35 %. Mais en 1989, dix ans plus tard, le récif recouvre de nouveau 45 % du fond marin. De même, le passage d'un premier cyclone en 1991 fait régresser le récif de 25 % mais en 2000 environ, le récif recouvre de nouveau près de 50 % des fonds. Suite à ces deux perturbations, il semble que l'écosystème corallien soit capable de retrouver son état initial en termes de surface couverte.

À NOTER
Les deux premières perturbations permettent de montrer la capacité de résilience de l'écosystème.

D'après le document 2, les coraux du genre *Acropora* ont décliné après chaque perturbation, remplacés par les genres *Pocillopora* et *Porites*. Les communautés de poissons ont également été impactées par les différentes perturbations et les espèces présentes dans le récif ne sont plus les mêmes qu'en 1979. La biocénose s'est donc modifiée suite aux différentes perturbations, ce qui montre que de ce point de vue, la capacité de résilience de l'écosystème est limitée.

À NOTER
Ici, l'analyse des données sur la biodiversité permet de montrer qu'il n'y a pas de retour à l'état initial de l'écosystème. Enfin, l'analyse des données liées aux deux dernières perturbations va permettre de poser la question du dépassement du seuil de perturbation.

L'invasion par l'étoile de mer mangeuse de corail en 2006, suivie du passage d'un cyclone en 2010, s'est traduite par la plus grande régression de la surface occupée par le récif en trente ans. En effet, en 2011, le récif corallien n'occupe plus que 5 % de la surface de fond marin (doc. 1). Par ailleurs, d'après le document 2, depuis 2010, la densité de la plupart des groupes de poissons a chuté de manière très importante. Ces deux perturbations successives, qui pourraient avoir dépassé le seuil de perturbation, posent donc la question de la capacité de résilience de cet écosystème.

OBJECTIF BAC

10 Des écosystèmes dans l'obscurité

Partie 1. Expliquer le fonctionnement de l'écosystème

Étape 1 Au brouillon, extraire les informations des documents et les relier aux questions posées, identifier les connaissances nécessaires

- **Document 1 :** l'utilisation de l'énergie lumineuse permet la production de molécules organiques à partir de matière minérale lors de la photosynthèse. En l'absence de lumière, les bactéries autotrophes capables de chimiosynthèse utilisent l'H_2S comme source d'énergie pour incorporer le CO_2 dans des molécules organiques.
- **Document 2 :** le ver *Riftia pachyptila* est dépourvu d'appareil digestif. Ses branchies lui permettent de capter les gaz et il possède un organe très vascularisé, le trophosome, dans lequel il y a de très nombreuses bactéries intracellulaires.
- **Document 3 :** la teneur en succinate, molécule organique, diminue dans les bactéries. Parallèlement, elle augmente dans le cytoplasme des cellules du trophosome.
- **Document 4 :** la biocénose de l'écosystème comporte des consommateurs de bactéries, des prédateurs, des organismes nécrophages.

Étape 2 Au brouillon, associer les informations des documents, les connaissances

En l'absence de lumière, les bactéries réalisant la chimiosynthèse sont autotrophes et sont les producteurs primaires de l'écosystème.

- Les bactéries du trophosome de *Riftia pachyptila* sont en symbiose avec le ver : le succinate produit par ces bactéries et transféré au ver.
- Les organismes «brouteurs» ou filtreurs des particules sont des consommateurs primaires de bactéries. Les prédateurs sont des consommateurs secondaires et certains exportent une partie de la matière hors de l'écosystème. Les nécrophages participent au recyclage de matière.

Étape 3 Rédiger la réponse

- Les écosystèmes associés aux sources hydrothermales ont été découverts en 1977 à 2 600 m de profondeur. Malgré l'absence de lumière, ces écosystèmes sont très productifs. Le document 1 compare le fonctionnement des métabolismes photosynthétique et chimiosynthétique. L'utilisation de l'énergie lumineuse permet, lors de la photosynthèse, d'incorporer le carbone minéral à des molécules organiques. Les bactéries des écosystèmes hydrothermaux utilisent l'hydrogène sulfuré, normalement toxique, comme source d'énergie pour convertir le carbone minéral du CO_2 en carbone organique. Ces organismes autotrophes sont donc les producteurs primaires de l'écosystème.
- *Riftia pachyptila*, un ver pouvant atteindre 2 m de haut, est dépourvu d'appareil digestif. Un panache branchial permet de capter les gaz, notamment CO_2 et H_2S. Il possède un organe très vascularisé, le trophosome, dont les cellules contiennent $3{,}7 \cdot 10^9$ bactéries intracellulaires par gramme (doc. 2). Le document 3 montre qu'en

présence de $^{14}CO_2$, la teneur en succinate radioactif passe de 0,225 à 0,05 ua en 2 heures dans les bactéries intracellulaires. Parallèlement, elle passe de 0,075 à 0,2 ua dans le cytoplasme des cellules du ver. Ces bactéries sont donc capables de produire une molécule organique, le succinate, à partir de CO_2. Elles sont donc autotrophes et réalisent la chimiosynthèse (doc. 1). Le succinate produit est transféré au cytoplasme des cellules du trophosome du ver. Il s'agit d'une relation symbiotique.

À NOTER
Cette conclusion est juste, même si les documents ne permettent pas de mettre en évidence un avantage de l'association pour les bactéries. Elles bénéficient cependant d'un milieu intérieur stable et le ver assure leur approvisionnement en gaz.

■ Des mollusques gastéropodes et des crevettes « broutent » les tapis de bactéries (doc. 4). Ce sont donc des consommateurs primaires, tout comme les crustacés cirripèdes et les moules qui filtrent les particules colonisées par ces bactéries avec leurs branchies. Les crabes sont des prédateurs des moules et de *Riftia pachyptila*. Ce sont donc des consommateurs secondaires, tout comme les poissons prédateurs du ver géant. Les prédateurs fréquentant cet écosystème sur de courtes périodes sont des consommateurs tertiaires qui exportent la matière hors de celui-ci. Les organismes nécrophages participent au recyclage de la matière organique des organismes morts.

Partie 2. Traduire en schéma bilan le fonctionnement de l'écosystème

Étape 1 **Au brouillon, placer les différents organismes, leur statut dans l'écosystème (producteurs, consommateurs). Schématiser par des flèches les relations trophiques (flux).**

Étape 2 Recopier le schéma proprement.

Fonctionnement de l'écosystème hydrothermal

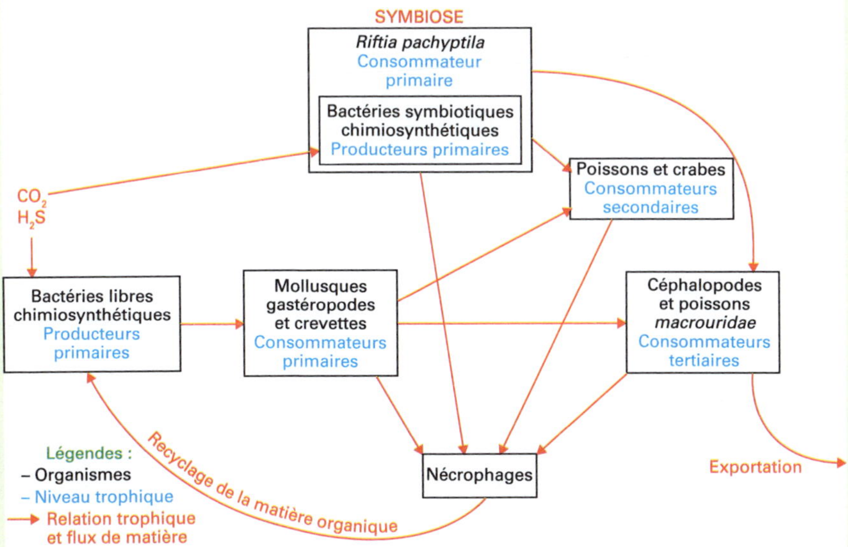

8 L'humanité et les écosystèmes : les services écosystémiques et leur gestion

La disparition de l'habitat des orangs-outans, en particulier à cause de la déforestation, est responsable d'un déclin démographique inquiétant. Entre 1999 et 2015, plus de 100 000 orangs-outans ont disparu à Bornéo.

25 L'impact de l'homme sur les écosystèmes

En bref *L'homme affecte le fonctionnement de la plupart des écosystèmes. La perte mondiale de biodiversité a des conséquences sur les activités humaines.*

I L'espèce humaine dans les écosystèmes

- L'espèce humaine, comme les autres organismes, appartient à la biocénose. C'est donc un élément parmi d'autres de tous les écosystèmes qu'elle a colonisés.
- L'homme vit en interaction avec le biotope et d'autres espèces parasites, commensales tirant profit de leur relation avec l'homme sans lui nuire, **domestiquées** et exploitées.

> **MOT CLÉ**
> **Espèce domestiquée :** espèce dont les caractéristiques héréditaires résultent d'une sélection artificielle ou d'une interaction longue avec l'homme.

- L'homme affecte le fonctionnement de la plupart des écosystèmes en :

- exploitant des ressources (bois, pêche, etc.) ;
- modifiant le biotope local (sylviculture, érosion des sols, etc.) ;
- modifiant le biotope global (changement climatique, introduction d'**espèces invasives**).

> **MOT CLÉ**
> **Espèce invasive :** espèce exogène dont le développement démographique nuit à la biodiversité autochtone.

II L'impact des activités humaines

- De nombreux écosystèmes mondiaux sont affectés par les activités humaines et la **perte mondiale de biodiversité** fait craindre une sixième grande crise biologique.
- La **dégradation des écosystèmes** a des conséquences néfastes pour les activités humaines : diminution de la production, pollution des eaux, développement de maladies, etc.

Doc Stocks mondiaux de céréales

La FAO réalise des prévisions de productions et de stocks de céréales au niveau mondial dans un contexte de dégradation des sols et de diminution de la surface cultivée par habitant. Pour 2018-2019, la production devrait diminuer de 2,4 %, pour des besoins en croissance de 1 %.

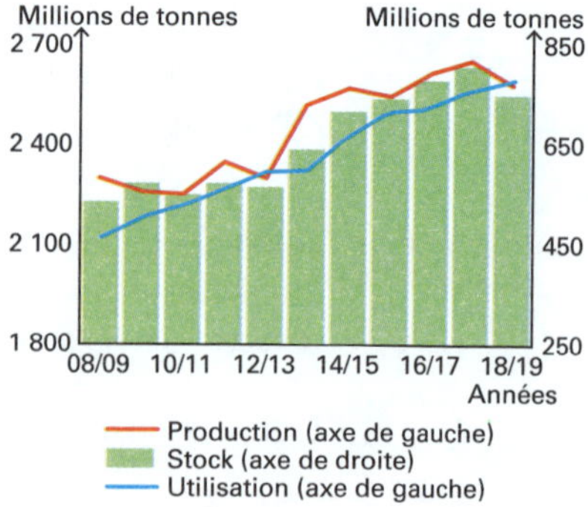

Méthode

Construire un schéma fonctionnel du processus d'eutrophisation

L'eutrophisation des milieux lacustres est un phénomène naturel fortement accéléré par les apports de phosphore d'origine anthropique.

À partir du document, présenter sous la forme d'un schéma fonctionnel les événements menant à l'eutrophisation d'un lac.

Doc Processus d'eutrophisation d'un lac

La forte disponibilité en phosphore entraîne une multiplication intense du phytoplancton limitant la pénétration de la lumière, ce qui finit par réduire la production de dioxygène. L'activité de ces producteurs primaires conduit à une sédimentation importante de matière organique. Les décomposeurs consomment progressivement tout le dioxygène. Des cyanobactéries se développent parallèlement produisant des toxines préjudiciables aux autres organismes. En l'absence de dégradation complète de la matière organique, celle-ci s'accumule dans les sédiments comblant progressivement le lac, qui devient une zone de marais.

CONSEILS

Étape 1 Identifier les événements du processus.

Étape 2 Au brouillon, organiser les événements dans des cadres reliés par des flèches matérialisant les liens entre eux.

Étape 3 Reproduire au propre en titrant le schéma et en légendant les figurés.

SOLUTION

Étapes 1 à 3 Schéma fonctionnel de l'eutrophisation d'un lac

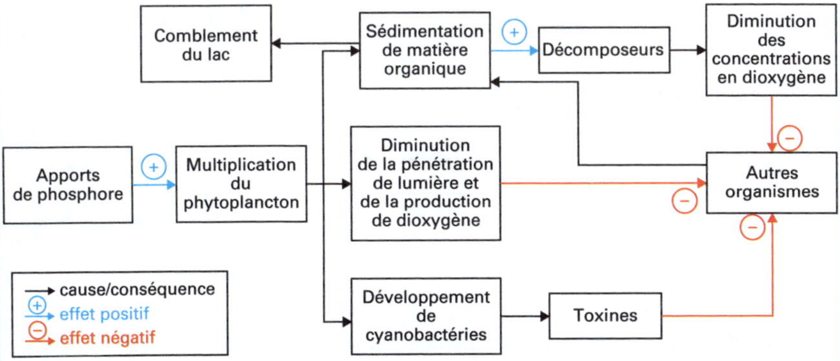

26 Les services écosystémiques

En bref *Les écosystèmes fournissent gratuitement à l'homme des biens et des services nécessaires à son bien-être et à son développement : ce sont les services écosystémiques.*

I Les services d'approvisionnement

- Les services d'approvisionnement concernent les **produits exploités des écosystèmes** ainsi que **les processus nécessaires à ces productions**.
- La production de nourriture (poissons, fruits, graines, etc.) comme la production de matériaux (bois) sont des services rendus par les écosystèmes.
- Un processus tel que la pollinisation, nécessaire à la production de graines et de fruits, est également un service d'approvisionnement.

II Les services de régulation

- Les services de régulation regroupent les **avantages du fonctionnement** des écosystèmes. Les écosystèmes, en récupérant et en dégradant des composés en excès, participent au contrôle des pollutions de l'eau et de l'air.
- Le fonctionnement des écosystèmes concourt à la formation des sols mais également à lutter contre l'érosion par le vent, le ruissellement, etc.
- À travers les cycles biogéochimiques, les écosystèmes participent au recyclage de la matière organique, à la fixation de carbone et donc à la régulation du climat.
- Les écosystèmes assurent la régulation des populations de ravageurs et d'agents pathogènes. La santé de l'homme dépend de celle des écosystèmes.

Doc Les maladies émergentes

Beaucoup de maladies émergentes sont dues à des pathogènes présents depuis longtemps chez d'autres espèces mais qui infectent désormais l'homme à la suite de changements de l'environnement.

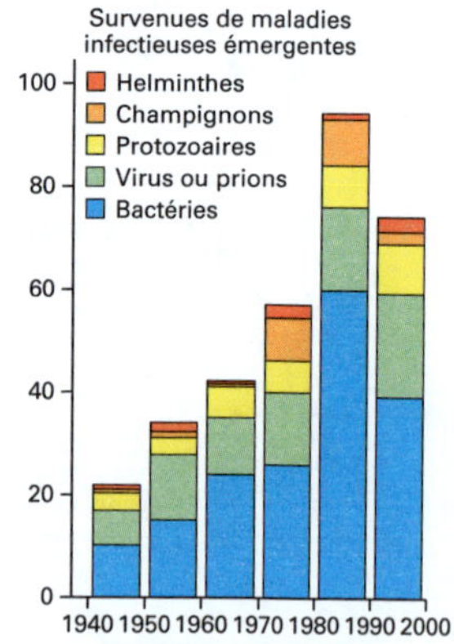

III Les services culturels

- Les services culturels incluent les **avantages non matériels** des écosystèmes.
- Les écosystèmes fournissent des opportunités pour des activités de loisirs et pour d'autres usages non commerciaux (valeur esthétique, patrimoniale, etc.).

Méthode

Évaluer l'importance des services écosystémiques

L'évaluation économique des services écosystémiques est complexe et source de débats. Cette discipline récente entend peser dans les prises de décisions politiques concernant les écosystèmes.

Évaluer l'importance des services écosystémiques rendus par la forêt de Masoala par rapport à sa conversion en culture agricole de riz.

Doc 1 Données sur la filière riz à Madagascar

Rendement moyen	Prix moyen au producteur	Coût moyen de production
25 q/ha	0,22 €/kg	0,12 €/kg

1 quintal (q) = 100 kg

Doc 2 Valeurs d'une forêt de 230 000 ha, le parc de Masoala

1. Médicaments : 1 214 900 €.
2. Protection contre l'érosion : 292 000 €
3. Stockage du carbone : 80 935 000 €.
4. Loisirs : 3 973 200 €.
5. Produits forestiers : 3 288 000 €.

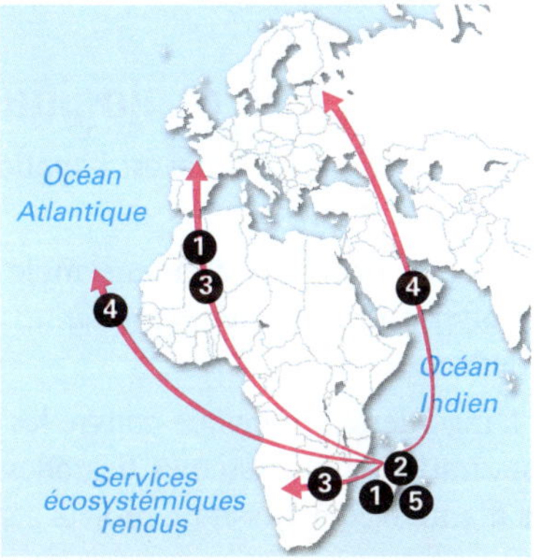

CONSEILS

Étape 1 Calculer le bénéfice d'une culture de riz sur la surface de la forêt.
Étape 2 Faire la somme des valeurs des services écosystémiques et comparer.
Étape 3 Commenter les valeurs en tenant compte de la durabilité des services écosystémiques et des différentes populations concernées.

SOLUTION

Étape 1 Bénéfice lié à la culture de riz : 230 000 × 25 × 100 × (0,22 – 0,12) = 57 500 000 €.

Étape 2 Valeur cumulée des services écosystémiques : 89 703 100 €. Soit un bénéfice 1,56 fois supérieur (89 703 100/57 500 000).

Étape 3 Les services rendus par la forêt de Masoala ont une valeur économique plus importante qu'une culture du riz à surface égale. Au-delà de cette « valeur marchande », l'écosystème bénéficie durablement aux populations locales, mais aussi au reste du monde.

27 Écologie et gestion des écosystèmes

En bref *La connaissance scientifique des écosystèmes et les applications qui en découlent sont nécessaires à la solution rationnelle des problèmes posés par l'expansion de l'homme dans la biosphère.*

I L'écologie et la gestion rationnelle des ressources

- L'écologie est la science qui étudie les écosystèmes et leur fonctionnement. Historiquement enracinée dans les sciences de la nature, elle touche aussi aujourd'hui les sociétés humaines.
- Les connaissances scientifiques peuvent permettre une gestion rationnelle des ressources exploitables en assurant à la fois l'activité économique et un maintien des services écosystémiques.

II L'ingénierie écologique, une science appliquée

- L'ingénierie écologique est l'application des principes de l'écologie à la gestion de l'environnement.
- Elle est constituée d'un ensemble de techniques visant à manipuler, modifier, exploiter ou réparer les écosystèmes afin d'en tirer durablement le maximum de bénéfices.
- L'ingénierie écologique couvre les champs de la conservation biologique, de la restauration d'écosystèmes dégradés ou de la compensation écologique dans le cas d'aménagements et de projets générateurs de nuisances sur la biodiversité.

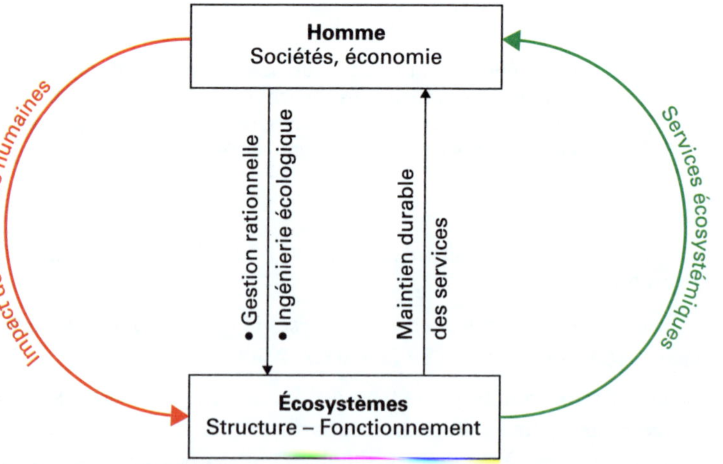

Doc Relations entre l'homme et les écosystèmes, et maintien des services écosystémiques

Méthode

Montrer la validité d'un modèle à partir de résultats

L'agroforesterie est une modalité d'exploitation des terres agricoles associant des arbres aux cultures ou aux élevages.

Montrer la validité du modèle d'agroforesterie à l'aide des résultats.

Doc 1 Modèle d'interactions dans un système agroforestier

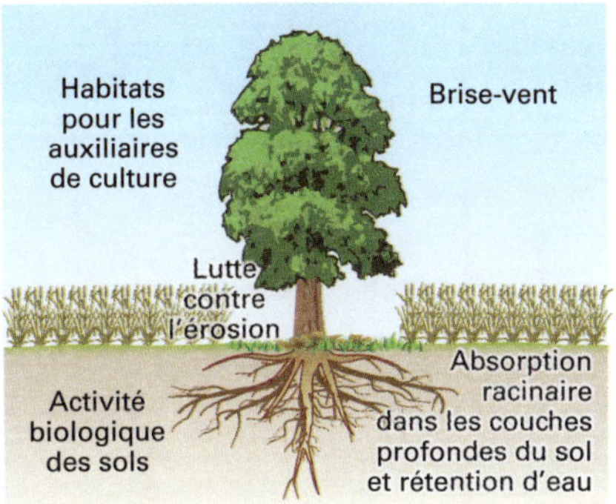

Doc 2 Résultats de cultures de blé et de peupliers, associées ou en monoculture

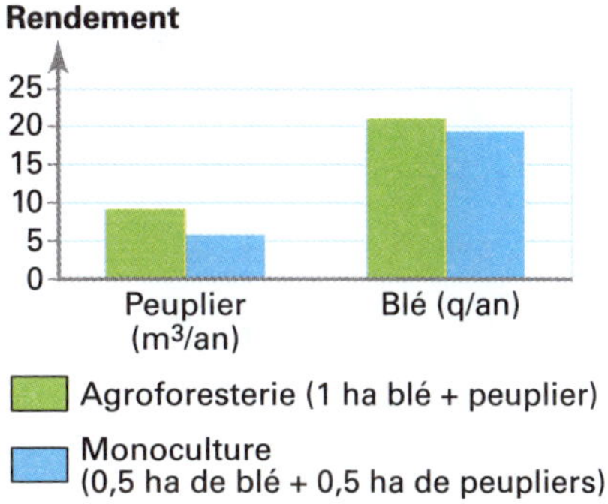

CONSEILS

Étape 1 Analyser les résultats expérimentaux pour identifier les effets bénéfiques de l'agroforesterie sur les productions.
Étape 2 Identifier dans le modèle les éléments explicatifs des bénéfices.
Étape 3 Conclure en justifiant la validité du modèle.

SOLUTION

Étape 1 Le rendement en peupliers passe de 6 à 9 m^3/an lorsque les peupliers sont associés à une culture de blé. Le rendement en blé passe de 19 à 21 q/an lorsque le blé est associé à des peupliers.

Étape 2 Le modèle de l'agroforesterie présente des phénomènes expliquant les bénéfices de cette pratique : réduction de l'érosion, barrière contre le vent, absorption dans les couches profondes du sol de l'eau par les arbres et rétention de l'eau dans le système, production de matière organique et son recyclage par l'activité biologique du sol, ou création d'habitats pour les auxiliaires de culture.

Étape 3 Les bénéfices de l'agroforesterie sur les cultures présentés dans le modèle sont bien en accord avec les données expérimentales.

MÉMO VISUEL

Les services écosystémiques

- **SERVICES ÉCOSYSTÉMIQUES**
  - D'approvisionnement
    - Énergie
    - Bois et fibres
    - Ressources génétiques
    - Plantes et gibiers
    - Aliments cultivés
    - Pollinisation
  - De régulation
    - Climat
    - Qualité de l'eau
    - Réduction des crues
    - Régulation des ravageurs
  - Culturels
    - Inspiration
    - Identité
    - Éducation
    - Religion
    - Loisirs

L'humanité et les écosystèmes

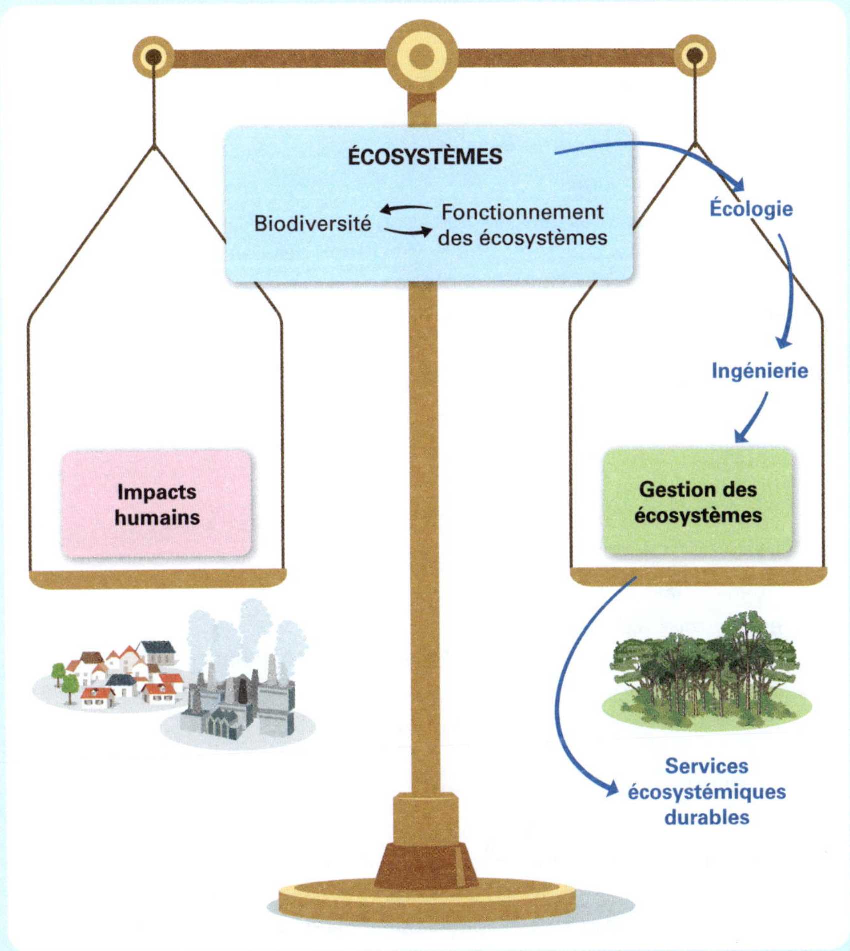

SE TESTER QUIZ

Vérifiez que vous avez bien compris les points clés des **fiches 25 à 27.**

1 L'homme dans les écosystèmes

→ FICHE 25

1. L'espèce humaine :

☐ **a.** est particulière, elle n'est pas impliquée dans des relations biotiques
☐ **b.** appartient à la biocénose au même titre que les autres espèces
☐ **c.** nuit à ses espèces commensales

2. Les activités humaines :

☐ **a.** concernent uniquement l'exploitation des ressources
☐ **b.** dégradent les écosystèmes au point d'avoir des conséquences négatives pour la production alimentaire
☐ **c.** modifient le biotope et la biocénose des écosystèmes

2 Les services écosystémiques

→ FICHE 26

1. Les services écosystémiques sont :

☐ **a.** impliqués dans la santé humaine
☐ **b.** nécessairement matériels
☐ **c.** uniquement les productions exploitables des écosystèmes
☐ **d.** des modifications des écosystèmes par l'homme

2. La monétarisation des services écosystémiques :

☐ **a.** est soumise à débat
☐ **b.** tient uniquement compte des services d'approvisionnement
☐ **c.** révèle de faibles bénéfices de ces services rendus par les écosystèmes
☐ **d.** permet de peser dans les décisions politiques

3 La gestion des écosystèmes

→ FICHE 27

1. La gestion des écosystèmes :

☐ **a.** a pour unique objectif la conservation des écosystèmes
☐ **b.** peut apporter des solutions à la pérennité des ressources exploitées
☐ **c.** ne peut tenir compte de l'exploitation des ressources par l'homme

2. La restauration d'écosystèmes dégradés :

☐ **a.** ne peut se faire que sans l'intervention de l'homme
☐ **b.** ne peut assurer durablement les services écosystémiques
☐ **c.** peut s'appuyer sur des techniques de l'ingénierie écologique

S'ENTRAÎNER

4 Schématiser les conséquences d'une invasion biologique

→ FICHES 25 et 26

Originaire d'Amérique du Sud, la Jussie est une plante aquatique. Introduite en France au XIXe siècle pour ornementer les bassins d'agrément, sa présence est signalée dès 1830 dans la région de Montpellier. Depuis, la Jussie a colonisé nombre de cours d'eau et de zones humides telles que le marais poitevin, deuxième zone humide de France.

À partir de l'exploitation du document, schématiser les impacts de la prolifération de la Jussie ainsi que ses conséquences sur les services écosystémiques.

Doc La Jussie : une plante invasive

La Jussie se reproduit essentiellement de manière asexuée : un fragment de tige peut bouturer et former un nouvel individu. Ses racines peuvent atteindre trois mètres de profondeur et elle peut croître de 2 cm/jour. En plus d'être très compétitive et de n'avoir aucun prédateur en France, elle synthétise des molécules inhibant le développement des autres plantes aquatiques dont se nourrissent les poissons. Recouvrant rapidement les plans et cours d'eau, elle empêche la pénétration de la lumière. L'importante quantité de matière organique produite, lorsqu'elle sédimente, entraîne l'augmentation de l'activité des décomposeurs qui, en consommant le dioxygène, tendent à rendre les milieux anoxiques, ce qui impacte l'ensemble des communautés animales. La densité du réseau racinaire de la Jussie augmente la sédimentation et limite l'écoulement de l'eau : l'envasement des zones conduit à l'augmentation du risque de crues. Le développement de la plante en tapis pouvant atteindre 80 cm au-dessus de la surface de l'eau entrave la circulation des embarcations et réduit la distribution de l'eau, posant des problèmes de pompage et d'irrigation des surfaces agricoles. Les activités de pêche se trouvent également impactées et dans le cas du marais poitevin, avec 650 000 visiteurs chaque année, le tourisme fluvial craint une diminution de la fréquentation.

5 Argumenter la conservation d'un écosystème

→ FICHE 26

Les mangroves sont des écosystèmes côtiers se développant dans la zone de balancement des marées des régions tropicales. En Thaïlande, principal exportateur mondial de crevettes, l'installation de fermes aquacoles fait de l'élevage de crevettes la plus grande menace pour les mangroves. Des industriels privés envisageraient le développement de cette production.

À partir de l'étude du document et des connaissances, argumenter auprès des autorités thaïlandaises sur l'importance de la conservation des mangroves.

Doc Valeurs comparées de l'élevage de crevettes et des mangroves

Après cinq années d'exploitation, la production de crevettes décline et les fermes sont abandonnées. Des programmes de restauration des mangroves sont alors mis en place.

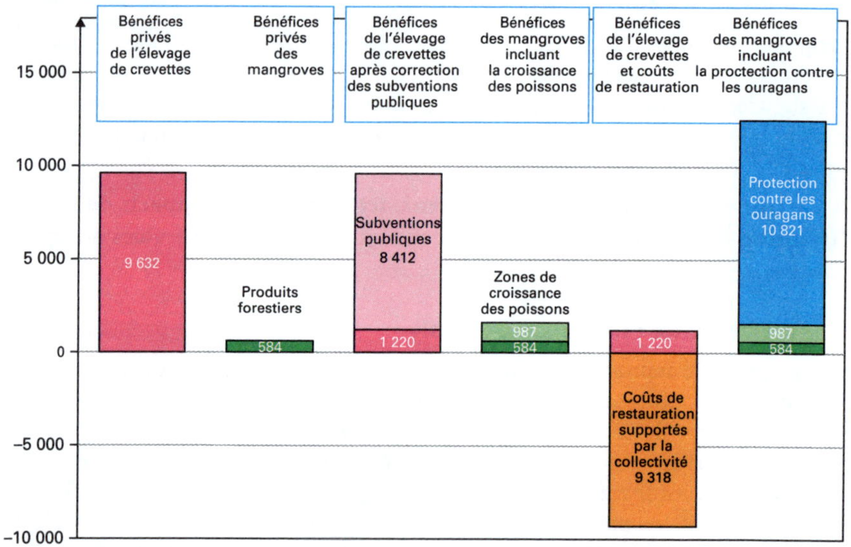

6 Montrer l'efficacité de mesures de restauration

→ FICHES 25 et 27

Le lac Léman alimente plus de 600 000 personnes en eau potable. Dès 1950, il a présenté une dégradation de son état sanitaire puis une nette augmentation des teneurs en phosphore. Différents plans d'action ont été mis en place pour lutter contre l'eutrophisation du lac.

À partir de l'exploitation des documents, montrer l'efficacité des mesures de restauration écologique.

Doc 1 Évolution des concentrations en phosphore dans le lac Léman

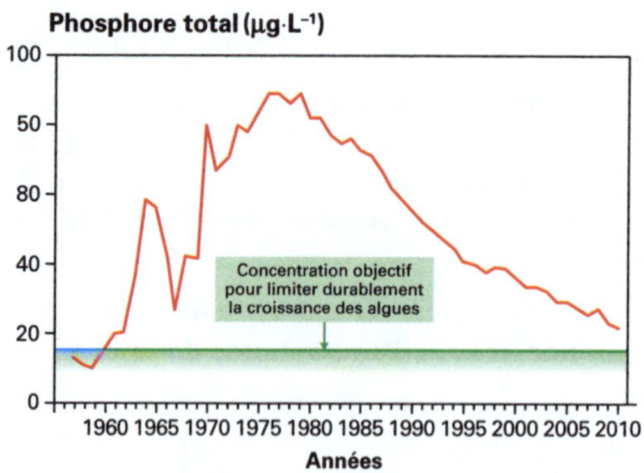

Doc 2 La lutte contre l'eutrophisation du lac Léman

Dès mai 1957, il est instauré une surveillance systématique de la qualité des eaux sur 16 stations de prélèvement. 14 sont ajoutées en 1959 et après quatre années de suivis scientifiques, le constat d'eutrophisation du lac pousse la France et la Suisse à prendre des mesures. En 1972 sont mises en service des stations d'épuration des eaux usées pratiquant la déphosphatation et dès le début des années 90, la quasi-totalité des stations la pratique. La réduction des rejets de phosphore a été accélérée par l'interdiction prise par la Suisse en 1986 des phosphates dans les lessives textiles. Cette interdiction est effective depuis 2007 en France.
Dans le domaine agricole, l'effectif du cheptel bovin et porcin a diminué de près de 23 % pour l'ensemble du bassin lémanique depuis 1980. La mise aux normes des bâtiments d'élevage a permis de réduire fortement les pollutions et l'épandage de fertilisants phosphatés a baissé d'un tiers en Suisse ces vingt dernières années, de moitié en région Rhône-Alpes entre 2001 et 2008.
Aujourd'hui, ne devrait être autorisée aucune construction nouvelle d'habitation ou d'établissement industriel, commercial, artisanal ou agricole sans que l'épuration des eaux usées ait été reconnue satisfaisante par les services en charge de la surveillance des eaux du lac.

7 Évaluer l'autorestauration de milieux perturbés

→ FICHE 27

L'introduction de bovins en 1871 sur l'île d'Amsterdam a eu un impact considérable sur les écosystèmes terrestres. Ces bovins ont été éliminés en 1988 dans le cadre d'un programme de restauration écologique.

À partir de l'exploitation des documents et des connaissances, évaluer les capacités de restauration des communautés végétales sur l'île d'Amsterdam.

Doc 1 Impacts des bovins sur l'île d'Amsterdam

Le pâturage des bovins a fortement réduit la richesse spécifique des communautés végétales notamment en favorisant le développement d'espèces introduites, telles que *Cirsium vulgare*, peu sensibles voire entretenues par le piétinement. Sur l'île d'Amsterdam, les bovins ont également participé à l'érosion des sols. Le sud de l'île a conservé des sols organiques peu érodés, alors qu'au nord, le pâturage n'a laissé que des affleurements de lave et des sols peu épais à faible réserve hydrique.

Doc 2 Évolution des communautés végétales au sud de l'île d'Amsterdam

La végétation de zones protégées du pâturage par des falaises abruptes est largement dominée par *Poa novarae*, une graminée endémique.

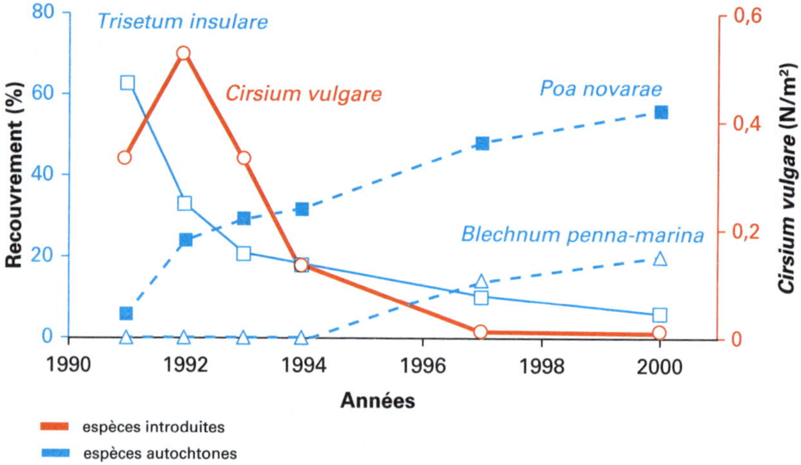

Doc 3 Évolution des communautés végétales au nord de l'île d'Amsterdam

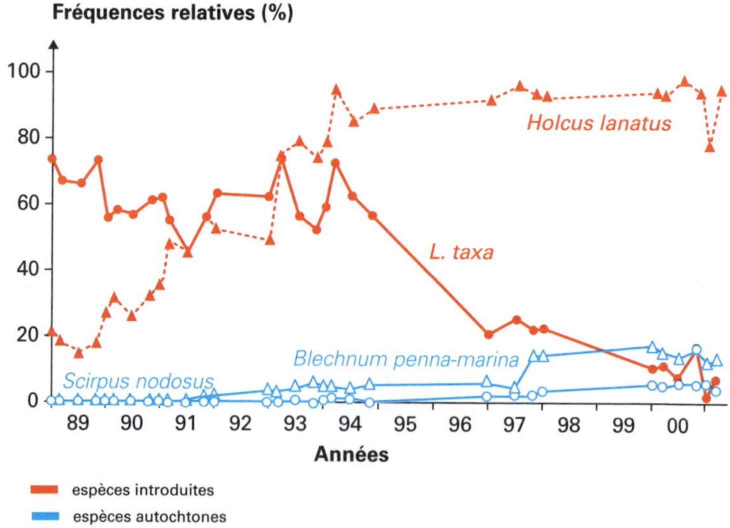

OBJECTIF BAC

8 La maladie de Lyme, pathologie émergente

40 min

→ FICHES 25 et 26

Cet exercice faisant appel à plusieurs notions des chapitres 7 et 8 permet d'aborder, au travers d'un cas concret, les conséquences sanitaires de la modification des écosystèmes.

La maladie de Lyme est une infection bactérienne due à *Borrelia burgdorferi*. Cette infection est transmise par la piqûre de tiques du genre *Ixodes*, c'est aujourd'hui la maladie vectorielle la plus fréquente de l'hémisphère nord. Identifiée pour la première fois en 1977 aux États-Unis, les manifestations de cette maladie avaient déjà été décrites au XIXe siècle en Europe, mais de manière éparse.

À partir de l'étude des documents et des connaissances, montrer que la modification des écosystèmes par l'homme explique l'importance actuelle de cette pathologie.

Doc 1 Nombre de cas déclarés annuellement au Québec

La maladie de Lyme existe sur tous les continents mais prédomine dans les régions tempérées de l'hémisphère nord avec près de 30 000 cas signalés chaque année dans le Nord-Est des États-Unis.

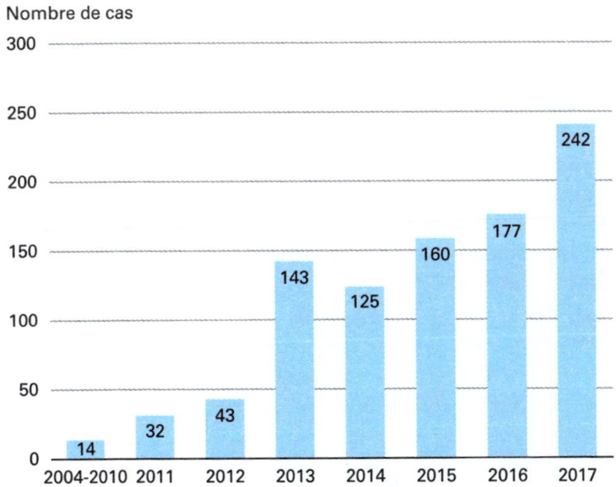

Doc 2 Cycle de transmission de la bactérie *Borrelia burgdorferi*

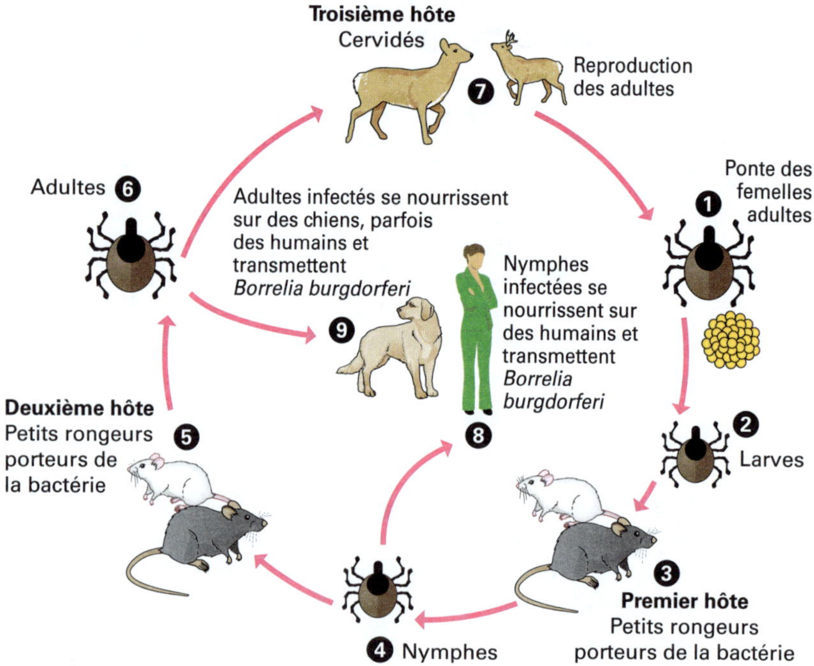

Doc 3 Conséquences de la modification des populations

La chasse et le réchauffement climatique sont responsables de la diminution du nombre de loups gris, prédateurs de coyotes et de cervidés dont les populations sont au contraire en croissance. Les coyotes, eux-mêmes prédateurs du renard roux, sont responsables de la diminution des effectifs de ce prédateur de petits rongeurs.

Les graphiques ci-dessous présentent les résultats d'une étude menée sur plusieurs années dans l'État de Virginie.

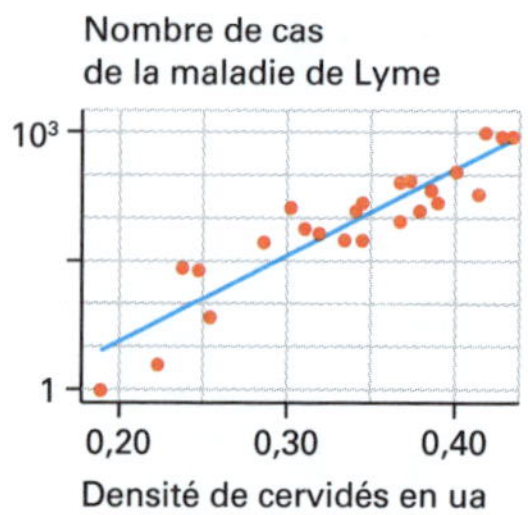

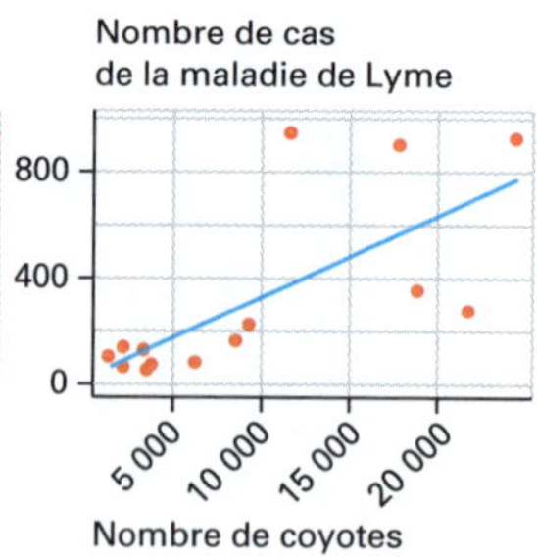

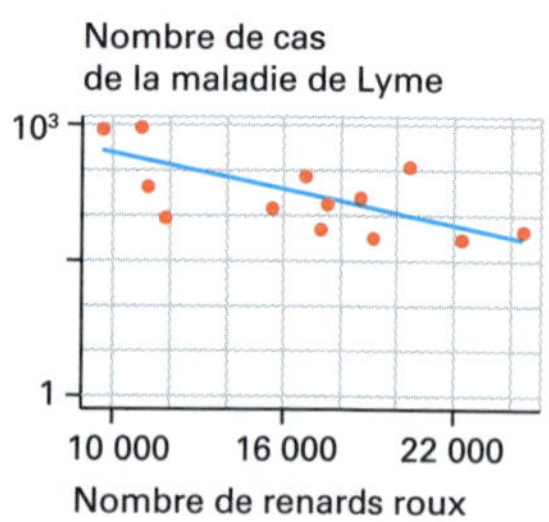

Doc 4 Réchauffement climatique et aire de répartition des tiques

Selon deux scénarios de développement économique et de données sur les émissions de gaz à effet de serre, une étude a modélisé l'aire de répartition des tiques *Ixodes scapularis*, jamais identifiées au Canada avant l'an 2000.

Le scénario A2 simule une population humaine mondiale qui continue de croître, orientée vers le développement économique et technologique. Le scénario B2 simule une humanité guidée par les principes du développement durable.

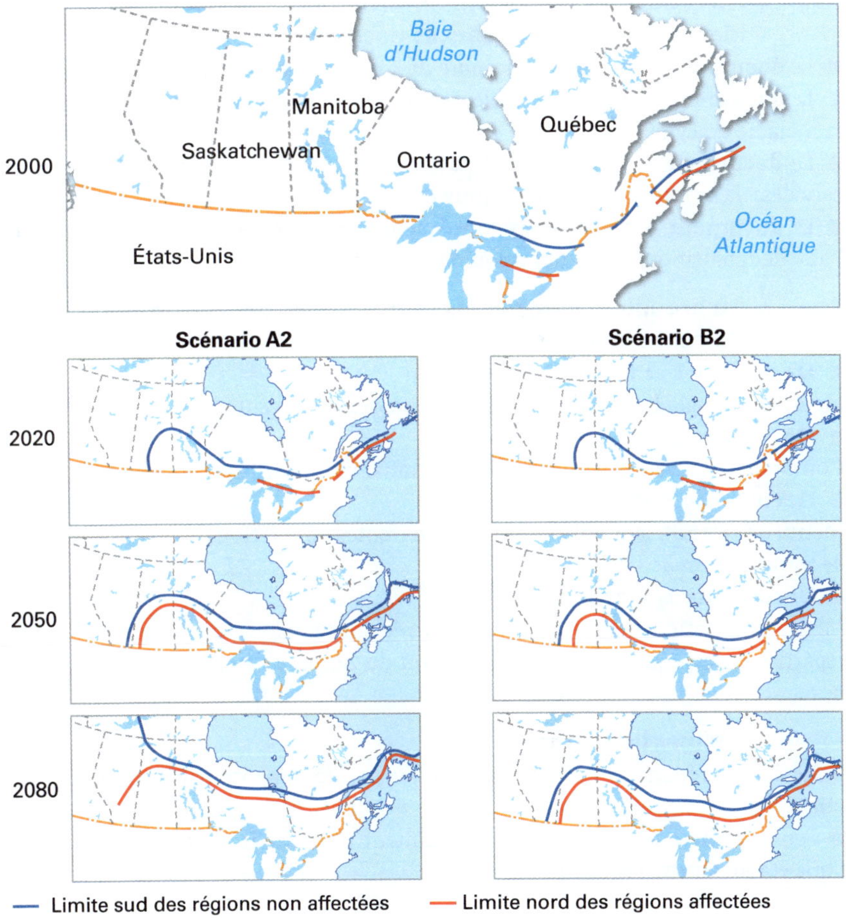

▶▶▶ LA FEUILLE DE ROUTE

La consigne indique qu'il faut montrer le lien entre la modification des écosystèmes par l'homme et l'importance actuelle de la pathologie. Ainsi il est nécessaire de :
- comprendre l'importance de la maladie et son mode de transmission;
- identifier les modifications des écosystèmes présentées dans les documents;
- établir les liens entre les éléments précédents.

Étape 1 Au brouillon, extraire les informations des documents, identifier les connaissances nécessaires

- Le **document 1** présente le nombre de cas déclarés de la maladie au Québec.
- Le **document 2** présente le cycle de transmission de la bactérie responsable de la maladie de Lyme.
- Le **document 3** donne les résultats d'études portant sur les populations de cervidés, de coyotes et de renards roux en Virginie.
- Le **document 4** présente les conséquences du réchauffement climatique sur l'aire de répartition des tiques selon deux scénarios.

Étape 2 Au brouillon, associer les informations des documents, les connaissances

- **Document 1 et texte d'introduction**

Identifier la maladie de Lyme comme pathologie émergente.

- **Document 2**

Comprendre le cycle et les possibilités de transmission de la pathologie à l'homme.

- **Documents 2 et 3**

Mettre en relation la modification des différentes populations avec le risque accru de transmission de la bactérie.

- **Documents 1, 2 et 4**

Mettre en relation les conséquences du réchauffement climatique sur l'aire de répartition des tiques avec l'augmentation du nombre de cas dans l'hémisphère nord.

Étape 3 Rédiger la réponse

- Rédiger la réponse en associant l'analyse des documents et les connaissances utiles.
- Penser à indiquer le numéro du document utilisé, afin de souligner les relations établies entre les documents.

CORRIGÉS

SE TESTER QUIZ

1 L'homme dans les écosystèmes

1. Réponse b.

L'homme appartient à la biocénose des écosystèmes tout comme les autres espèces.

2. Réponses b et c.

L'homme impacte de nombreux écosystèmes et leur dégradation a des conséquences négatives sur ses activités. Il modifie le biotope comme la biocénose.

2 Les services écosystémiques

1. Réponse a.

Les écosystèmes assurent la régulation des populations d'agents pathogènes et sont donc impliqués dans la santé humaine.

2. Réponses a et d.

Des débats existent autour de la monétarisation des services écosystémiques, mais l'importance des valeurs permet de peser dans les décisions politiques.

3 La gestion des écosystèmes

1. Réponse b.

La gestion des écosystèmes a pour objectif leur protection tout en assurant la pérennité des ressources exploitées.

2. Réponse c.

L'ingénierie écologique est constituée d'un ensemble de techniques pouvant participer à la restauration des écosystèmes dégradés.

S'ENTRAÎNER

4 Schématiser les conséquences d'une invasion biologique

En appliquant la méthode de la fiche 25.

Schéma des conséquences de l'invasion biologique de la Jussie

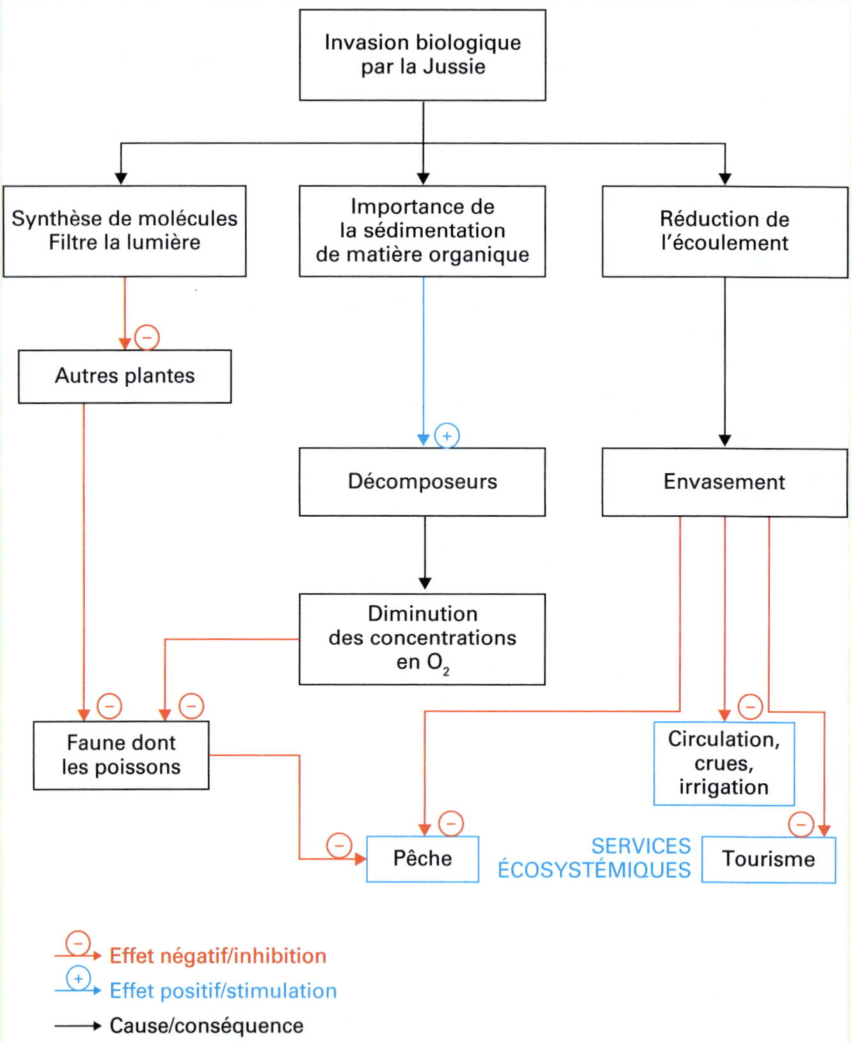

5 Argumenter la conservation d'un écosystème

À NOTER

Certains sujets peuvent vous placer dans un contexte particulier. Ici par exemple, la consigne indique que l'argumentation est faite en direction des autorités thaïlandaises. Dans le fond, le problème n'est pas modifié. Dans la forme, rien ne vous oblige à vous adresser à l'interlocuteur proposé.

- Les services d'approvisionnement assurés par les mangroves représentent 1 571 US$/ha, 584 en produits forestiers et 987 en tant que zone de croissance de poissons. C'est certes plus de six fois moins que les 9 632 US$/ha que rapporteraient l'élevage de crevettes aux industriels mais en tenant compte des 8 412 US$/ha de subventions publiques, le bénéfice de l'élevage des crevettes ne représente plus que 1 220 US$/ha.
- Les bénéfices de la conservation des mangroves passent à 12 392 US$/ha en prenant en compte le service de protection contre les ouragans. Après cinq années d'exploitation seulement, les fermes à crevettes sont abandonnées à cause du déclin des rendements et les programmes de restauration des mangroves coûtent 9 318 US$/ha à la collectivité.
- Il apparaît donc bien que les bénéfices des services écosystémiques assurés par les mangroves sont bien plus importants que le coût total de 8 098 US$/ha (9318-1220) représenté par leur conversion en fermes aquacoles.
- Par ailleurs, les services assurés par les mangroves sont durables, ce qui n'est pas le cas de l'élevage de crevettes, moins rentable après seulement cinq années.
- Dernier élément, cette étude ne prend pas en compte tous les services assurés par l'écosystème de mangrove. D'autres services de régulation ne sont pas pris en compte tels que la lutte contre l'érosion, le stockage de carbone, etc. Les services culturels liés à la pêche, au tourisme ou autre n'apparaissent également pas dans le calcul des bénéfices qu'apportent la conservation des mangroves.

À NOTER

La monétarisation des services écosystémiques fait débat en raisonnant sur le prix d'une «nature utile» à l'homme. Pour beaucoup, le vivant ne peut avoir de prix.

6 Montrer l'efficacité de mesures de restauration

- Le lac Léman a présenté, dès 1950, une dégradation de son état sanitaire puis une nette augmentation des teneurs en phosphore. De 1960 à 1972, la concentration en phosphore total est passée de 15 à 75 $\mu g \cdot L^{-1}$ (doc. 1). Pour limiter durablement la croissance des algues, phénomène lié à l'eutrophisation, la concentration en phosphore total doit être en dessous de 15 $\mu g \cdot L^{-1}$.

À NOTER
Il faut ici mettre en lien les deux documents. Les variations des concentrations en phosphore du document 1 ne pouvant pas toutes être expliquées, il faut s'en tenir à des tendances générales, ce qui n'empêche pas de quantifier.

■ En 1972, des stations d'épuration des eaux usées pratiquant la déphosphatation sont mises en service et cette technique est pratiquée par la quasi-totalité des stations dès le début des années 1990 (doc. 2). Parallèlement aux traitements des eaux usées, l'interdiction des phosphates dans les lessives textiles adoptée en 1986 en Suisse a permis la réduction des rejets de phosphore. La concentration en phosphore total est passée, durant cette période, de 75 à 55 $\mu g \cdot L^{-1}$, avec cependant un maximum de 90 $\mu g \cdot L^{-1}$ en 1978. De 1990 à 2010, la concentration en phosphore n'a fait que décroître jusqu'à 20 $\mu g \cdot L^{-1}$. Aux mesures prises avant cette période, s'est ajoutée l'interdiction des phosphates dans les lessives textiles en France en 2007.

■ Des mesures concernant l'agriculture ont également été prises pour le bassin lémanique. La mise aux normes des bâtiments d'élevage et la réduction des épandages de fertilisants phosphatés d'un tiers en Suisse ces vingt dernières années, de moitié en région Rhône-Alpes entre 2001 et 2008, ont permis de réduire les apports de phosphore, au même titre que la réduction de 23 % de l'effectif du cheptel bovin et porcin depuis 1980.

■ En 2010, l'objectif de 15 $\mu g \cdot L^{-1}$ de phosphore total n'était pas encore atteint, mais les différentes mesures de restauration écologiques ont participé à la constante décroissance des concentrations depuis 1978. L'eutrophisation du lac Léman liée aux concentrations trop élevées en phosphore semble ainsi maîtrisée.

7 Évaluer l'autorestauration de milieux perturbés

■ L'introduction de bovins sur l'île d'Amsterdam en 1871 a fortement modifié les communautés végétales. Après l'élimination des bovins en 1988 et la fin du pâturage, l'évolution des communautés a été suivie (doc. 2 et 3). Au sud de l'île, le nombre de *Cirsium vulgare*, espèce introduite peu sensible voire entretenue par le piétinement des animaux, est passé de 0,5 à près de 0 entre 1992 et 2000 (doc. 2).

À NOTER
Attention au graphique comportant deux axes des ordonnées.

■ Le pourcentage de recouvrement de *Trisetum insulare*, espèce autochtone, a également diminué, passant de 62 à 5 %. En revanche, le pourcentage de recouvrement de *Poa novarae* est passé de 5 à 55 % sur la même période, celui de *Blechnum penna-marina* de 0 à 20 % entre 1994 et 2000. Ces deux espèces autochtones ont bénéficié de la suppression de la perturbation, le pâturage par les bovins. Les sols du sud de l'île sont organiques et peu érodés (doc. 1). Dans ces conditions, il semble que les communautés végétales aient retrouvé un état proche des zones non pâturées protégées par des falaises abruptes dominées par *Poa novarae*, graminée **endémique** (doc. 2).

À NOTER

Endémique : se dit d'une espèce si elle n'existe pas ailleurs.

■ Au nord de l'île, les fréquences relatives de *Blechnum penna-marina* et *Scirpus nodosus*, espèces autochtones, sont passées de 0 à respectivement 10 et 5 % entre 1989 et 2000 (doc. 3). La fréquence relative de *Leontodon taraxacoides*, après être restée relativement stable à 70 % jusqu'en 1994, a diminué jusqu'à 5 % en 2000. La fréquence relative de *Holcus lanatus*, autre espèce introduite sur l'île, est passée de 20 à près de 90 % entre 1989 et 2000. D'après le document 1, le pâturage n'ayant laissé au nord que des affleurements de lave et des sols peu épais à faible réserve hydrique semble avoir profondément modifié le biotope au point d'interdire la résilience de l'écosystème et le retour à un état initial des communautés végétales.

À NOTER

L'énoncé indiquant que les connaissances sont nécessaires, penser à utiliser un vocabulaire spécifique.

■ Ainsi, au sud de l'île, les communautés végétales ont retrouvé en une dizaine d'années l'aspect du témoin non perturbé alors qu'au nord, une espèce introduite domine largement. Les capacités de restauration des communautés végétales sur l'île d'Amsterdam, après la suppression de la perturbation liée aux pâturage, semblent dépendre du degré de dégradation des sols par les bovins.

OBJECTIF BAC

8 La maladie de Lyme, pathologie émergente

Étape 1 Au brouillon, extraire les informations des documents, identifier les connaissances nécessaires

■ **Document 1 :** la maladie de Lyme prédomine dans l'hémisphère nord. Le nombre de cas au Québec augmente depuis 2004 et est déjà très important dans le Nord-Est des États-Unis.

■ **Document 2 :** la bactérie responsable de la maladie est transmise par la piqûre de tiques. Ces tiques ont un cycle de développement passant par plusieurs hôtes. L'homme peut être infecté à deux reprises.

■ **Document 3 :** la chasse et le réchauffement climatique ont modifié les populations de cervidés et de petits rongeurs (hôtes), en conséquence de la modification des réseaux trophiques.

■ **Document 4 :** les deux scénarios de réchauffement prévoient une extension vers le Nord du Canada de l'aire de répartition des tiques.

Étape 2 Au brouillon, associer les informations des documents, les connaissances

■ La maladie de Lyme est due à une bactérie transmise par la piqûre de tiques. C'est une pathologie émergente avec de plus en plus de cas dans l'hémisphère nord.

■ Les tiques se développent en passant par différents hôtes, notamment des cervidés et des petits rongeurs au contact desquels les tiques s'infectent.

■ La chasse des loups gris a entraîné l'augmentation des populations de cervidés et donc des cas de la maladie via les populations de tiques. La chasse des loups gris a également entraîné l'augmentation des populations de coyotes et donc la diminution des populations de renards roux. Les conséquences sont l'augmentation du nombre de cas, *via* l'augmentation des populations de petits rongeurs.

■ Quel que soit le scénario de croissance, le réchauffement climatique est responsable de l'extension vers le nord de l'aire de répartition des tiques et explique en partie l'augmentation du nombre de cas au Québec.

Étape 3 Rédiger la réponse

■ La maladie de Lyme est due à *Borrelia burgdorferi*, une bactérie transmise à l'homme par la piqûre de tiques du genre *Ixodes*. Cette maladie avait déjà été décrite au XIXe siècle en Europe, mais les cas étaient rares.

D'après le document 1, la maladie de Lyme prédomine dans l'hémisphère nord avec près de 30 000 cas par an dans le Nord-Est des États-Unis. Entre 2004 et 2017, le nombre de cas déclarés au Québec est passé de 14 à 242. Cette maladie émergente, identifiée pour la première fois en 1977, est devenue la maladie vectorielle la plus fréquente dans l'hémisphère nord.

■ Les adultes des tiques se nourrissent et se reproduisent sur des cervidés (doc. 2). Les femelles pondent des œufs donnant des larves s'attachant et se nourrissant sur de petits rongeurs. C'est à leur contact que les tiques acquièrent la bactérie.

À NOTER

Les **rongeurs** sont ainsi qualifiés de «réservoir» de la bactérie.

Après avoir quitté le second hôte rongeur, les tiques deviennent des nymphes s'attachant à d'autres petits rongeurs mais pouvant aussi, au travers d'une piqûre, infecter l'homme avec *Borrelia burgdorferi*. Les adultes des tiques quittant l'hôte rongeur s'attachent enfin à des cervidés. Ces adultes peuvent aussi piquer et transmettre la bactérie aux chiens ou à l'homme.

■ D'après le document 3, le réchauffement climatique et la chasse sont responsables de la diminution des populations de loups gris. Ces loups sont des prédateurs de cervidés et de coyotes. Dans l'État de Virginie, le nombre de cas de la maladie de Lyme passe de 1 à 1 000 lorsque la densité de cervidés passe de 0,2 à 0,45 ua.

L'augmentation des populations de cervidés influe sans doute sur le nombre de tiques, et donc sur le risque de transmission de la bactérie.

Les loups gris sont également prédateurs de coyotes, eux-mêmes prédateurs de renards roux qui se nourrissent de petits rongeurs. Le nombre de cas de la maladie de Lyme est multiplié par 8 (100 à 800) quand le nombre de coyotes est multiplié par 10 (2 500 à 25 000). Inversement, le nombre de cas baisse de moitié (1 000 à 500) lorsque la population de renards roux passe de 10 000 à 24 000.

L'augmentation du nombre de coyotes peut être relié à la diminution du nombre de renards roux et donc sans doute à l'augmentation des populations de petits rongeurs. Ces derniers étant les hôtes sur lesquels les tiques s'infectent avec la bactérie, il est logique que le nombre de cas de la maladie de Lyme augmente.

■ D'après le document 4, la tique *Ixodes scapularis* n'avait jamais été identifiée au Canada avant l'an 2000. La prévision du réchauffement climatique repose sur des scénarios de développement économique et de données sur les émissions de gaz à effet de serre. Le scénario A2 simule une population humaine mondiale qui continue de croître, orientée vers le développement économique et technologique. Le scénario B2 simule une humanité guidée par les principes du développement durable. La carte présentant la répartition de la tique en 2000 montre que seul l'extrême Sud du Québec était affecté. Les deux scénarios prévoient une extension vers le nord de l'aire de présence d'*Ixodes scapularis* d'ici 2080, avec l'ensemble des provinces du Canada touchées. Il y a peu de différence entre les deux, le scénario A2 montre seulement une réduction des régions non affectées à l'est.

L'extension de l'aire de répartition des tiques sur le continent nord-américain peut faire craindre une augmentation du nombre de cas de transmission de la maladie de Lyme dans le futur, avec davantage de populations humaines touchées.

■ Ainsi, la modification par l'homme du climat global est sans doute pour partie responsable de l'importance actuelle de la maladie et laisse craindre une augmentation des populations touchées. La chasse des populations de prédateurs tels que les loups gris a modifié l'ensemble de la chaîne alimentaire se traduisant par l'augmentation des populations de petits rongeurs sur lesquels les tiques acquièrent la bactérie pathogène. Ces modifications anthropiques des écosystèmes expliquent donc l'émergence de la maladie de Lyme.

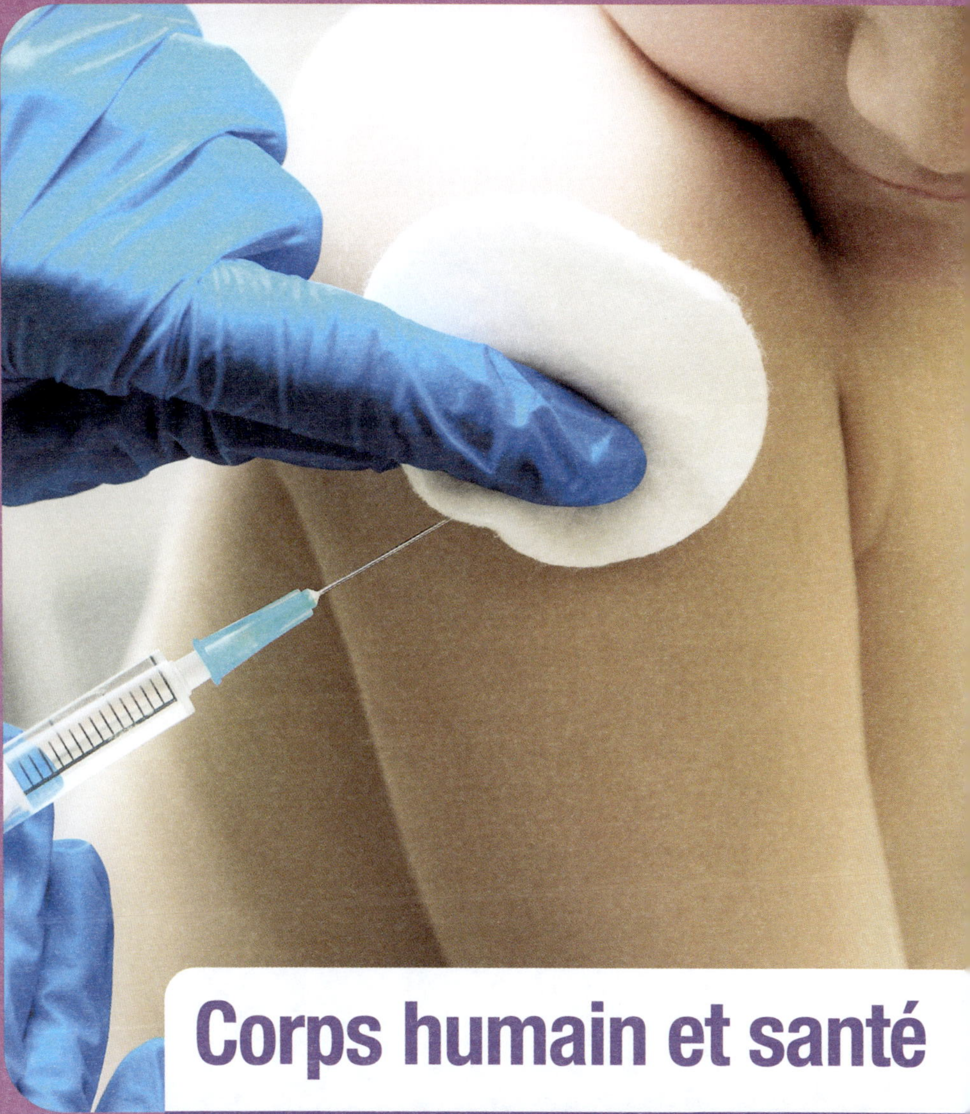

Corps humain et santé

9 Variation génétique et santé

Les personnes diabétiques doivent contrôler régulièrement leur glycémie ; le diabète de type 2 est une maladie multifactorielle : des **facteurs génétiques**, mais aussi de l'**environnement** (alimentation, mode de vie) contrôlent son apparition.

28 Les maladies monogéniques récessives

En bref *Les maladies monogéniques sont causées par la mutation d'un seul gène. La thérapie génique est un traitement porteur d'espoir dans le traitement de certaines de ces maladies.*

I Les caractéristiques des maladies monogéniques récessives

- Les maladies **monogéniques** sont des maladies génétiques liées à la mutation d'un seul gène. Le plus souvent, l'allèle responsable du développement de la maladie est **récessif**. La maladie ne se déclare donc que si l'individu possède l'allèle muté en deux exemplaires pour le gène en question. Un individu hétérozygote pour ce gène (qui possède un allèle normal et l'autre muté) est dit **porteur sain** : il possède l'allèle muté mais n'est pas malade (car l'allèle est récessif).

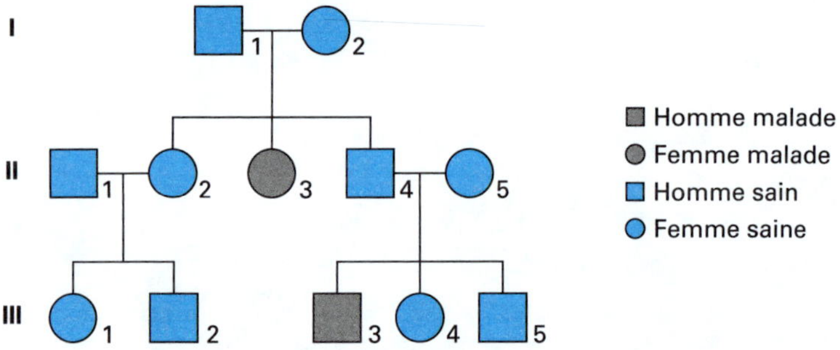

Doc **Arbre généalogique d'une famille dont certains individus sont atteints d'une maladie génétique**

- Un arbre généalogique peut aider à déterminer la récessivité de l'allèle à l'origine de la maladie (doc. ci-dessus) : les parents des individus malades ne le sont pas (I1 et I2, II4 et II5). Ils possèdent pourtant l'allèle responsable de la maladie, car ils l'ont transmis à leur enfant : cet allèle est donc récessif. Ces individus sont porteurs sains.
- Les mutations à l'origine de ces allèles peuvent être héritées des ancêtres (doc.), ou être nouvellement produites dans les cellules germinales des parents de l'individu atteint.
- La **mucoviscidose** est une maladie monogénique récessive. Les malades portent deux allèles mutés du gène *CFTR*. Ce génotype est responsable de la formation d'une protéine CFTR non fonctionnelle (phénotype moléculaire). Le phénotype cellulaire est alors modifié : les cellules qui produisent la protéine CFTR (cellules de bronche, de pancréas...) expulsent mal les ions Cl^- dans le mucus. En conséquence, le mucus produit est visqueux et le phénotype macroscopique est altéré (troubles respiratoires, digestifs...).

II Les traitements de la mucoviscidose

- Des médicaments peuvent aider à fluidifier le mucus des bronches et limiter les carences digestives. La kinésithérapie respiratoire aide aussi à désencombrer les bronches. Aucun de ces traitements ne peut guérir les malades.

- La thérapie génique consiste à introduire l'allèle normal du gène *CFTR* dans les cellules altérées, afin qu'elles produisent une protéine CFTR fonctionnelle. L'allèle est transporté par un vecteur (virus inactivé, vecteur synthétique) inhalé par les patients. Le but est que le vecteur injecte ensuite l'allèle dans les cellules de bronches pour les « réparer ». Cette thérapie a pour objectif de guérir les patients, mais elle s'est heurtée à des difficultés propres à la maladie (franchissement du mucus par les vecteurs, intégration du gène dans des cellules qui se divisent peu).

Méthode

Calculer un risque génétique

Un couple souhaite procréer, mais il craint de donner naissance à un enfant atteint de mucoviscidose, car l'homme a une sœur atteinte de cette maladie.

Calculer le risque que ce couple ait un enfant malade.

Doc Génotypes possibles des cellules œufs issues de deux individus hétérozygotes

A et a sont 2 allèles d'un gène. Pour la mucoviscidose, la probabilité d'être porteur sain est de 1/35 dans la population générale, 2/3 si un frère ou une sœur est atteint.

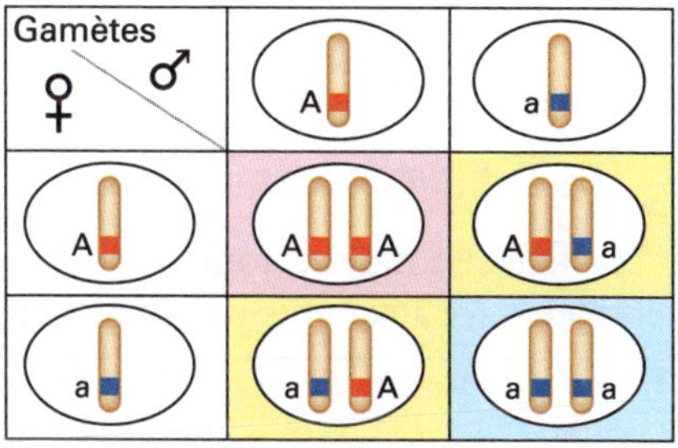

CONSEILS

Étape 1 Calculer la probabilité que les 2 parents portent un allèle muté.
Étape 2 Calculer le risque que 2 hétérozygotes aient un enfant malade.
Étape 3 Calculer le risque que le couple en question ait un enfant malade.

SOLUTION

Étape 1 Pour avoir un enfant malade, chaque membre du couple doit porter l'allèle muté. Comme aucun n'est malade, cela n'est possible que s'ils sont hétérozygotes pour le gène *CFTR* : probabilité de 1/35 pour la mère, 2/3 pour le père, soit $1/35 \times 2/3 = 2/105$ pour le couple.

Étape 2 Une seule des 4 cellules œufs donnera un enfant malade. La probabilité qu'un couple d'hétérozygotes ait un enfant malade est donc de ¼.

Étape 3 $2/105 \times 1/4 = 1/210$.

29 Le diabète de type 2, maladie multifactorielle

En bref *Les maladies multifactorielles sont dues à des facteurs génétiques et environnementaux identifiables par les outils de l'épidémiologie.*

I La mise en place du diabète de type 2 (DT2)

■ Le DT2 est une **épidémie** qui peut entraîner des complications graves (cécité, amputation, infarctus…) si elle n'est pas prise en charge. Elles sont la conséquence d'une glycémie (taux de glucose dans le sang) trop élevée.

MOT CLÉ
Épidémie : augmentation rapide de la fréquence d'une maladie (contagieuse ou non) dans une population.

■ La glycémie est régulée par l'insuline, hormone produite par des cellules pancréatiques. L'insuline agit sur des cellules cibles (muscles, foie…) pour y faire pénétrer le glucose sanguin. Chez les pré-diabétiques, les cellules deviennent peu sensibles à l'insuline, provoquant une augmentation de leur glycémie. Après quelques années, les cellules du pancréas produisent moins d'insuline, ce qui amplifie l'hyperglycémie : c'est le stade de diabète.

II L'identification des causes du diabète de type 2

1 Les outils d'épidémiologie

■ Les maladies multifactorielles sont dues à de nombreux facteurs. On peut les identifier grâce aux outils statistiques appliqués à l'étude de nombreux individus.

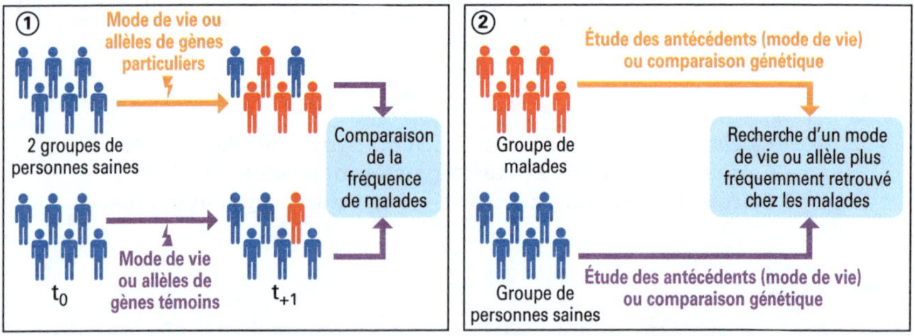

■ Méthode 1 : Deux groupes d'individus sains sont étudiés. Ceux d'un groupe partagent des caractéristiques dont on soupçonne une action dans le développement de la maladie (ex. : nourriture grasse, ou possession d'un allèle). La fréquence des malades de chaque groupe est ensuite comparée.

■ Méthode 2 : Un groupe de malades est comparé à un groupe témoin. Des caractéristiques plus fréquemment retrouvées chez les malades que chez les témoins (mode de vie, allèles de gènes) sont ensuite recherchées.

2 Les facteurs de risque du DT2

Pour le DT2, deux principaux facteurs ont été mis en évidence :
- génétiques : il existe de nombreux **gènes de prédisposition** au DT2 ;
- environnementaux : sédentarité, alimentation grasse et sucrée.

MOT CLÉ
Gène de prédisposition : gène dont certaines versions (allèles) augmentent la probabilité de développer la maladie, sans la rendre certaine.

Méthode

Calculer un risque relatif de développement d'une maladie

Le risque relatif est un coefficient multiplicateur qui désigne le risque de développer une maladie dans un groupe par rapport à un autre.

Calculer le risque relatif de développer un cancer chez des Japonais exposés à des radiations radioactives intenses et interpréter ce résultat.

Doc Nombre de cancers chez des survivants des bombardements de Nagasaki et Hiroshima

Deux groupes de survivants ont été étudiés : ceux qui ont reçu une forte dose de radiations (> 2 sieverts) et ceux qui en ont reçu une faible dose (< 0,1 sievert).

	Nombre d'individus étudiés	Nombre de personnes ayant déclaré un cancer
Exposition faible	27 789	4 406
Exposition forte	564	185

CONSEILS
Étape 1 Calculer la proportion d'individus malades dans chaque groupe.
Étape 2 Pour calculer le risque relatif, effectuer le rapport entre la proportion d'individus malades du groupe exposé et celle du groupe témoin.
Étape 3 Interpréter le résultat obtenu.

SOLUTION

Étape 1 Proportion d'individus atteints de cancers dans le groupe :
- fortement exposés aux radiations : (185/564) × 100 = 32,8 % ;
- faiblement exposés aux radiations : (4 406/27 789) × 100 = 15,9 %.

Étape 2 32,8/15,9 = 2,06.

Étape 3 Les individus fortement exposés aux radiations radioactives ont eu 2,06 fois plus de risque de développer un cancer que les autres. L'exposition à la radioactivité doit donc être un facteur de risque dans le développement des cancers.

30 Les cancers

En bref *Une cellule ne devient cancéreuse qu'après avoir subi de nombreuses mutations, lui conférant des propriétés particulières. Ces mutations peuvent être favorisées par des agents mutagènes. Certains virus favorisent également l'apparition de cellules cancéreuses.*

I Le processus de cancérisation

- Une cellule n'est qualifiée de **cancéreuse** que lorsqu'elle acquiert plusieurs propriétés nouvelles : perte de sa fonction initiale, prolifération incontrôlée, immortalité, stimulation du développement de vaisseaux sanguins, capacité d'invasion des tissus voisins puis lointains (formation de métastases)...

> **MOT CLÉ**
> **Tumeur cancéreuse :** amas de cellules issues de la division d'une unique cellule initiale, qui possèdent les propriétés citées ci-contre.

- Ces propriétés nouvelles ne sont acquises qu'après de nombreuses mutations dans plusieurs gènes. Ces mutations mènent à :
– la surexpression d'oncogènes. Ce sont des gènes codant des protéines qui favorisent la prolifération cellulaire ou inhibent leur mort ;
– la sous-expression ou l'inactivation de gènes suppresseurs de tumeurs (anti-oncogènes). Ces gènes, comme le gène *p53*, codent des protéines qui ont une action inverse des oncogènes.

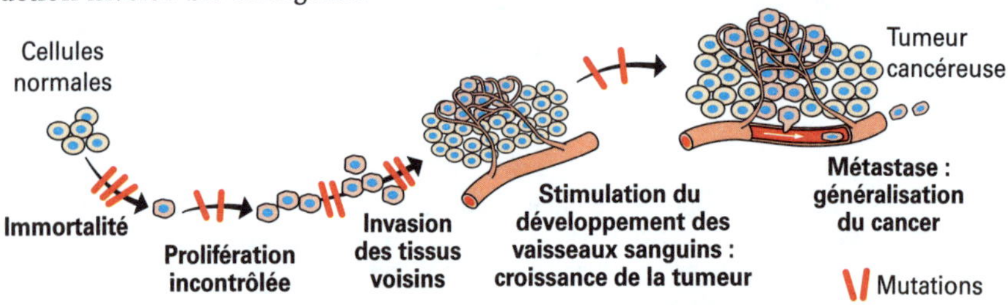

Doc **Présentation du processus de cancérisation**

II Les facteurs de risques

- Parmi les mutations décrites précédemment, certaines sont héritées des parents, mais la plupart se produisent spontanément, au cours de la vie de l'individu, suite à des erreurs de réplication de l'ADN polymérase. Ces erreurs peuvent néanmoins être favorisées par des expositions prolongées à des agents mutagènes (rayons UV, fumée de cigarettes...).
- Des virus ont également la capacité de stimuler la cancérisation des cellules. On estime que 15 % des cancers ont une origine virale (ex. : les papillomavirus, favorisant le développement des cancers du col de l'utérus). La vaccination permet donc de prévenir l'apparition de certains cancers.

III Les traitements existants

Selon le type de cancer et son stade de développement, les traitements peuvent être :
- la **chirurgie** (extraction de la tumeur) visant à éliminer les cellules cancéreuses ;
- la **chimiothérapie** (injection de molécules) et la **radiothérapie** (exposition à des rayons) visant à détruire les cellules cancéreuses ou bloquer leur multiplication ;
- l'**immunothérapie** (stimulation du système immunitaire pour qu'il lutte plus efficacement contre les cellules cancéreuses, voir fiche 42) ;
- la **thérapie génique** (ex. : transfert d'un gène suppresseur de tumeur dans les cellules cancéreuses ; pour le principe de la technique, voir la fiche 28).

Méthode

Déterminer le rôle d'un gène dans la cancérisation

p53 est un gène qui est inactivé dans près de 50 % des cancers humains. Pour déterminer son rôle, des chercheurs ont étudié deux types de souris : des souris témoins et des souris « super 53 » qui possèdent une copie supplémentaire de ce gène dans toutes leurs cellules. Ils leur ont ensuite injecté un produit hautement mutagène pour accélérer le développement de tumeurs.

Déterminer le rôle du gène *p53* dans la cancérisation.

Doc Évolution des souris durant 40 semaines suivant leur exposition à l'agent mutagène

CONSEILS

Étape 1 Comparer l'évolution des deux courbes.
Étape 2 Relier cette évolution au nombre de copies du gène présent dans chaque cellule des souris.
Étape 3 Identifier le rôle du gène *p53* (oncogène ou anti-oncogène).

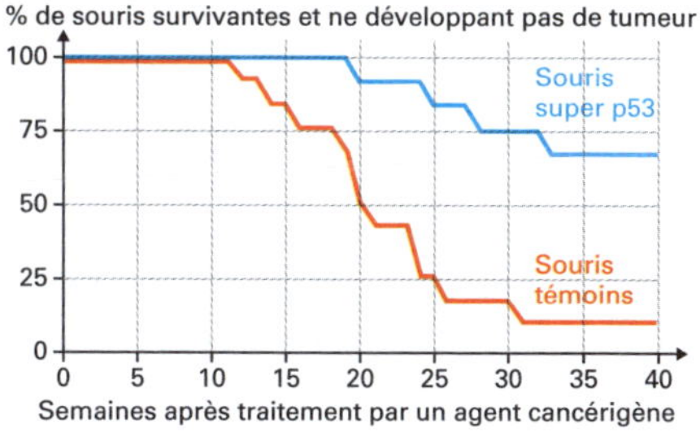

SOLUTION

Étape 1 La proportion de souris super *p53* qui survit sans développer de tumeur diminue moins vite que celle des souris témoins et est supérieure à la fin de l'expérience (≈ 65-70 % contre ≈ 10 %).

Étape 2 Ces souris diffèrent par le nombre de copies du gène *p53* qu'elles possèdent : les souris témoins en possèdent deux dans chaque cellule, les souris super *p53* en possèdent trois.

Étape 3 La copie supplémentaire du gène *p53* permet de retarder et de limiter l'apparition de tumeurs. Le gène *p53* est donc un anti-oncogène.

31 La résistance bactérienne aux antibiotiques

En bref *Certaines mutations confèrent aux bactéries une résistance aux antibiotiques. Dans un milieu riche en antibiotiques, il y a une sélection des formes résistantes : leur proportion augmente.*

I Les mutations qui confèrent une résistance

■ Les antibiotiques sont des molécules qui tuent les bactéries ou inhibent leur croissance. Ils peuvent agir en empêchant la formation de la paroi bactérienne, ou en bloquant la synthèse d'ADN ou de protéines. Les antibiotiques sont totalement inefficaces contre les virus.

■ Lors de la réplication de l'ADN bactérien, des mutations aléatoires peuvent apparaître. Si ces mutations touchent des gènes impliqués dans la synthèse de l'ADN, des protéines, ou de la paroi bactérienne, elles peuvent rendre les bactéries insensibles aux antibiotiques.

■ La résistance ou la sensibilité d'une souche bactérienne à des antibiotiques différents peut être déterminée grâce à la réalisation d'une culture de bactéries en présence de différents antibiotiques : c'est le principe de l'antibiogramme.

Doc Antibiogramme réalisé sur une souche bactérienne

Cette souche est résistante aux antibiotiques 1 et 2 car des colonies de bactéries se sont développées à leur contact. Elle est sensible aux 5 et 6.

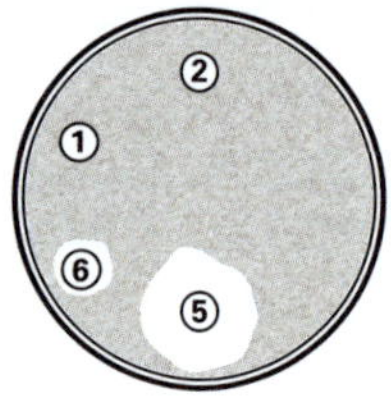

II La sélection des bactéries résistantes

■ Depuis la découverte des antibiotiques en 1928, leur utilisation est devenue massive dans les pays développés, tant en matière de santé humaine qu'animale (agriculture). Dans les pays ayant le plus recours aux antibiotiques (ex. : France), la proportion de bactéries résistantes à plusieurs antibiotiques (multirésistantes) a fortement augmenté au cours des années.

■ Par le mécanisme de sélection naturelle, dans un environnement riche en antibiotiques, les quelques bactéries ayant subi une mutation aléatoire leur conférant une résistance survivent mieux que les autres et se reproduisent plus, transmettant cette mutation à leurs descendants. La proportion de bactéries résistantes augmente alors dans la génération suivante, etc.

■ Ce phénomène de résistance est préoccupant car les types d'antibiotiques sont limités ; il est donc de plus en plus fréquent de se retrouver face à une souche bactérienne résistante à tous les antibiotiques disponibles. Il faut donc rechercher des pratiques d'utilisation des antibiotiques plus responsables pour limiter le développement des souches bactériennes multirésistantes.

Méthode

Identifier l'antibiotique à choisir pour traiter un patient

Pour sélectionner un antibiotique à prescrire, le médecin peut faire réaliser un antibiogramme. Deux types de valeurs doivent ensuite être comparés :
- la concentration minimale inhibitrice (CMI) de l'antibiotique : c'est la plus petite concentration capable d'inhiber la croissance bactérienne. Elle est déduite du diamètre d'inhibition visible sur l'antibiogramme ;
- les concentrations critiques inférieures (CC_I) et supérieures (CC_S) en antibiotique, déterminées par un comité d'experts pour chaque antibiotique. La CC_i correspond à la concentration sanguine minimale en antibiotique chez un patient qui prend une dose normale d'antibiotique. La CC_s est la concentration sanguine maximale qui peut être tolérée par un patient ; au-delà, l'antibiotique devient toxique pour le patient.

Identifier l'antibiotique qu'il serait le plus judicieux de prescrire.

Doc Concentrations critiques de trois antibiotiques (a) et détermination de leur CMI (b)

a.

Antibiotique	CC_I ($\mu g \cdot L^{-1}$)	CC_S ($\mu g \cdot L^{-1}$)
A	8	16
B	4	8

b.

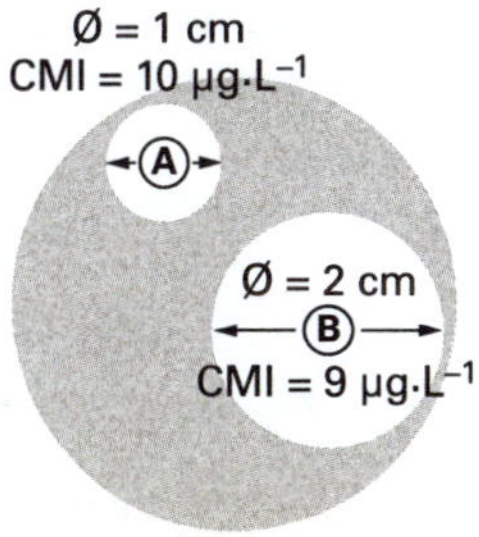

CONSEILS

Étape 1 Différencier les notions de CMI, CC_I et CC_S.
Étape 2 Comparer les CMI de chaque antibiotique à leur CC_I et CC_S.
Étape 3 Conclure en choisissant un antibiotique dont la dose permettrait un traitement efficace, mais non dangereux pour le patient.

SOLUTION

Étape 1 La CMI décrit la plus petite dose d'un antibiotique qui peut être efficace contre une bactérie. La CC_i correspond à la plus petite dose retrouvée dans le sang lors d'un traitement classique, et la CC_s la dose à partir de laquelle l'antibiotique devient dangereux pour le patient.

Étape 2 $CC_{i\,(A)} \approx CMI_A < CC_{S(A)}$ alors que $CMI_B > CC_{S(B)}$.

Étape 3 La dose efficace pour l'antibiotique A ($10\ \mu g \cdot L^{-1}$) est quasi identique à la dose minimale retrouvée dans le sang des patients lors d'un traitement ($8\ \mu g \cdot L^{-1}$), et très inférieure à son seuil de toxicité ($16\ \mu g \cdot L^{-1}$). L'antibiotique B n'est quant à lui efficace qu'à une dose ($9\ \mu g \cdot L^{-1}$) bien supérieure au seuil de toxicité ($8\ \mu g \cdot L^{-1}$). L'antibiotique à utiliser est donc le A.

Évolution de la résistance aux antibiotiques dans une population de bactéries

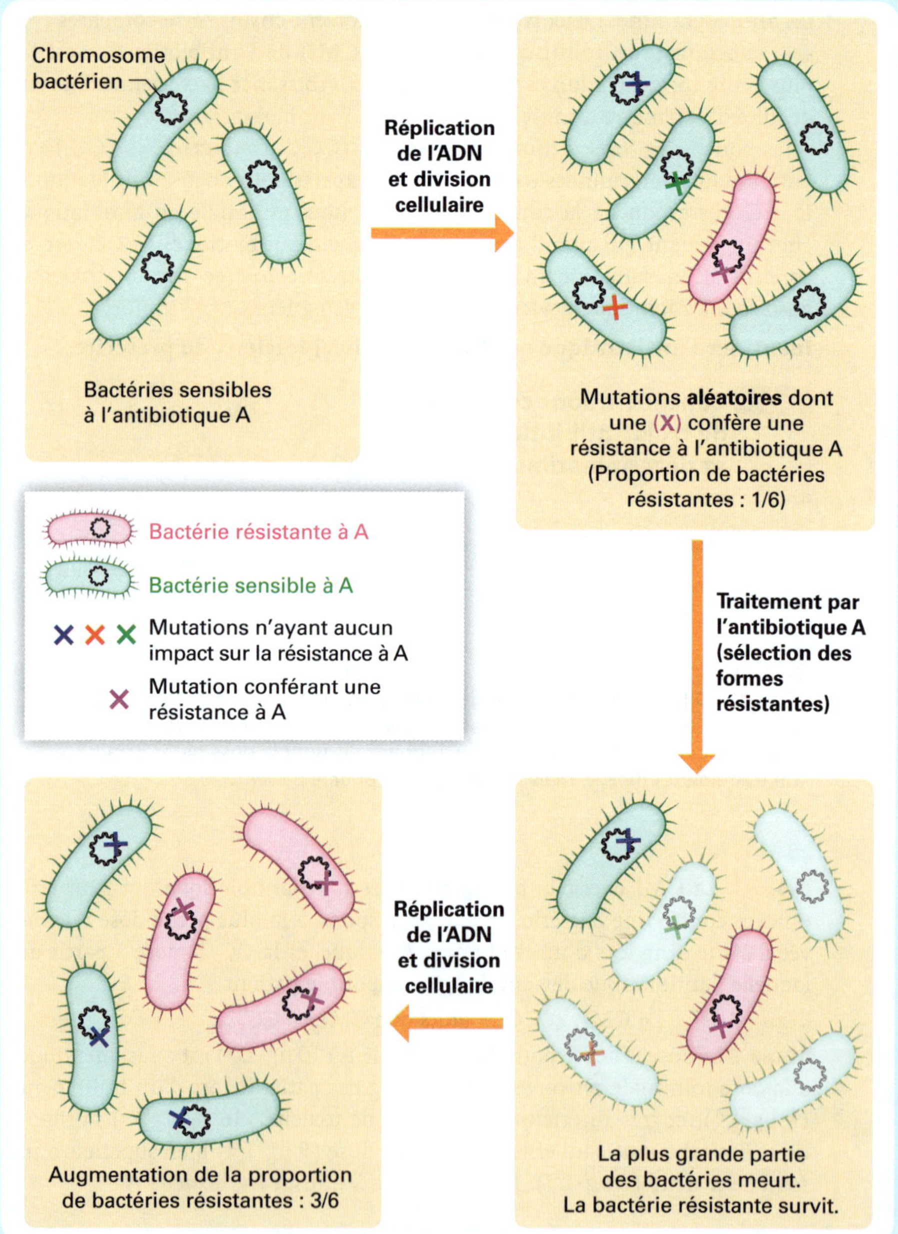

Influence du génotype et de l'environnement dans le développement de certaines maladies

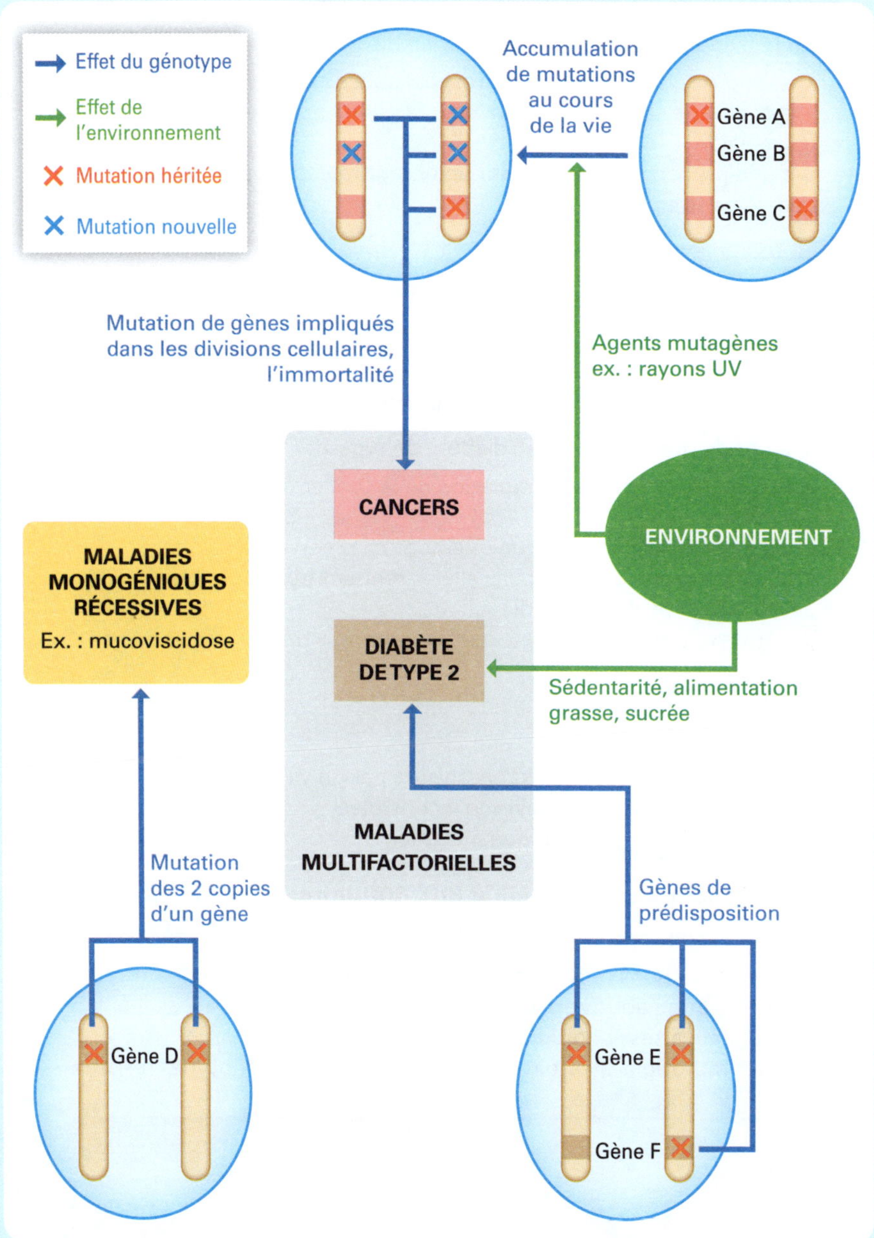

SE TESTER QUIZ

Vérifiez que vous avez bien compris les points clés des **fiches 28 à 31**.

1 Les maladies monogéniques récessives

→ FICHE 28

1. Un individu porteur sain pour une maladie monogénique récessive :

☐ **a.** est homozygote pour l'allèle responsable de cette maladie
☐ **b.** est malade car hétérozygote pour le gène impliqué dans cette maladie
☐ **c.** a une probabilité d'1/4 d'avoir un enfant malade si sa compagne est également porteur sain

2. La thérapie génique :

☐ **a.** utilise souvent un virus comme vecteur pour transporter l'allèle sain
☐ **b.** consiste à introduire l'allèle sain dans les protéines d'un malade
☐ **c.** est utilisée pour traiter tous les malades de la mucoviscidose

2 Le diabète de type 2, maladie multifactorielle

→ FICHE 29

Les gènes de prédisposition au diabète de type 2 :

☐ **a.** causent une mauvaise régulation de la concentration en protéine sanguine
☐ **b.** sont des gènes présents uniquement chez certains malades
☐ **c.** sont des gènes dont certains allèles rendent plus probable le développement de la maladie
☐ **d.** peuvent apparaître suite à une alimentation trop grasse et sucrée

3 Les cancers

→ FICHE 30

Une cellule cancéreuse :

☐ **a.** peut être introduite dans l'organisme par un virus
☐ **b.** a acquis la capacité de division incontrôlée
☐ **c.** peut être issue d'une unique mutation

4 La résistance bactérienne aux antibiotiques

→ FICHE 31

La résistance des bactéries aux antibiotiques est due :

☐ **a.** à des mutations provoquées par l'utilisation d'antibiotiques
☐ **b.** à l'utilisation abusive d'agents mutagènes
☐ **c.** à de mauvaises conditions d'hygiène
☐ **d.** à des mutations aléatoires et à la sélection des phénotypes résistants

S'ENTRAÎNER

5 Identifier des facteurs de risque du diabète de type 2

→ FICHE 29

Le diabète de type 2 est une maladie multifactorielle. Le suivi épidémiologique de populations d'Indiens d'origine mexicaine, les Pimas, a permis de mieux identifier certains de ces facteurs.

Du fait de leur histoire, les individus de cette population ont une plus grande proximité génétique entre eux qu'avec les Américains descendants de colons européens. Une partie de ces Indiens s'est installée en Arizona depuis 3 000 ans, d'autres sont restés au Mexique.

Exploiter les résultats des études épidémiologiques pour montrer que le diabète de type 2 est lié à des causes génétiques et environnementales.

Doc Incidence du DT2 et mode de vie de différentes populations

a)

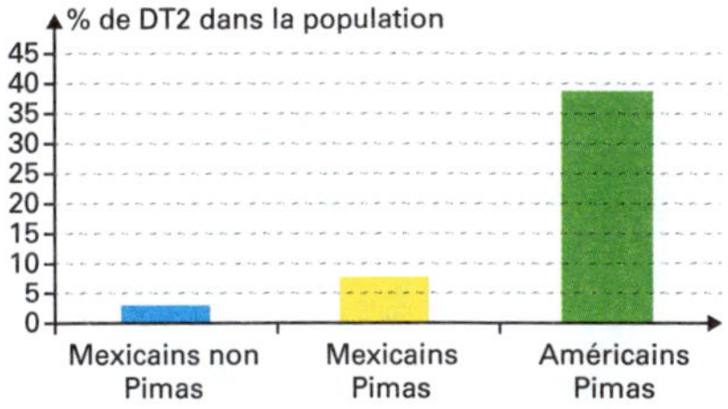

b)

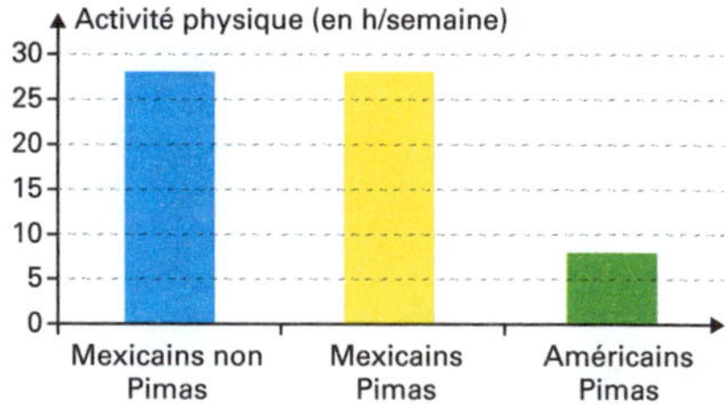

6 Montrer l'évolution de la résistance aux antibiotiques

→ FICHE 31

L'Observatoire national de l'épidémiologie de la résistance bactérienne aux antibiotiques (ONERBA) publie chaque année un rapport dans lequel sont synthétisés les résultats de nombreux antibiogrammes (*cf.* fiche méthode 31) effectués à partir de souches bactériennes infectieuses prélevées sur des patients en France.

Les résultats d'antibiogrammes effectués sur les bactéries *Escherichia coli*, naturellement présentes dans la flore intestinale, ont été compilés et sont présentés dans le document suivant.

Comparer les résultats obtenus en 2007 et 2017 pour évaluer l'évolution de la résistance des bactéries à un antibiotique, le céfotaxime.

Doc Synthèse des résultats de plusieurs centaines d'antibiogrammes réalisés en 2007 (haut) et 2017 (bas) à partir d'un antibiotique, le céfotaxime

Chaque antibiogramme a été réalisé avec une même concentration de céfotaxime, sur des souches différentes d'*E. coli* ; le diamètre d'inhibition a ensuite été mesuré.
Les barres représentent la proportion de souches d'*E. coli* qui se sont développées plus ou moins près du disque imprégné de l'antibiotique. Le diamètre des disques était de 6 mm : les souches qui se sont développées au contact du disque sont donc présentées au niveau du diamètre 6 mm.

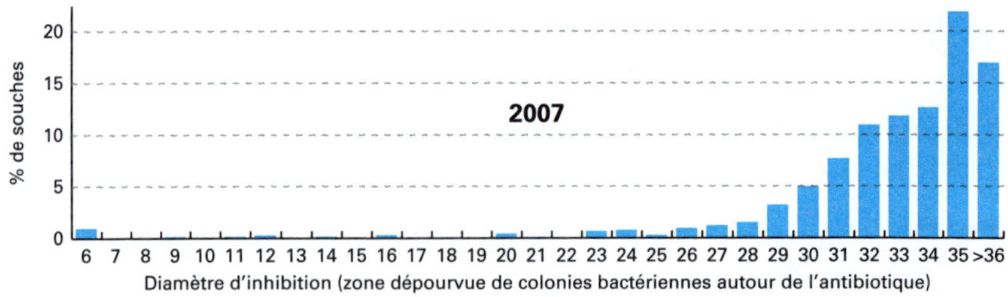

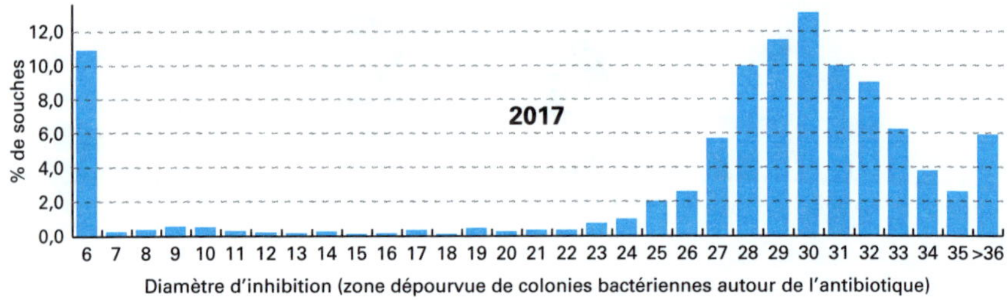

7 Calculer le risque d'avoir un enfant malade

→ FICHE 28

Le *Xeroderma pigmentosum* est une maladie génétique qui réduit fortement l'espérance de vie. Les enfants qui en sont atteints, surnommés « enfants de la Lune » sont très sensibles aux rayons UV du soleil. Cette sensibilité s'explique par des protéines défaillantes chez ces personnes : il s'agit d'enzymes de réparation de l'ADN. Les erreurs de réplication (favorisées par les UV) ne sont pas réparées, et les mutations s'accumulent, ce qui explique que ces patients ont 10 000 fois plus de risque de développer un cancer de la peau que les autres.

Deux couples qui attendent un heureux événement se présentent à vous. Ils se posent des questions quant à la santé de leur futur enfant.

1. Étudier l'arbre généalogique de la famille A pour déterminer si le *Xeroderma pigmentosum* est une maladie monogénique récessive ou dominante.

2. Calculer le risque que les enfants III.3 de la famille A et III.2 de la famille B soient atteints de *Xeroderma pigmentosum*.

Doc **Arbre généalogique des deux familles**

Plusieurs formes de la maladie existent, mais nous n'en étudierons qu'une dans cet exercice, liée à la mutation d'un seul gène.

On estime que la probabilité d'être hétérozygote pour ce gène est de 1/500 lorsqu'aucun membre de la famille proche n'est atteint. Cette probabilité est de 2/3 lorsqu'un de ses frères ou sœurs est malade.

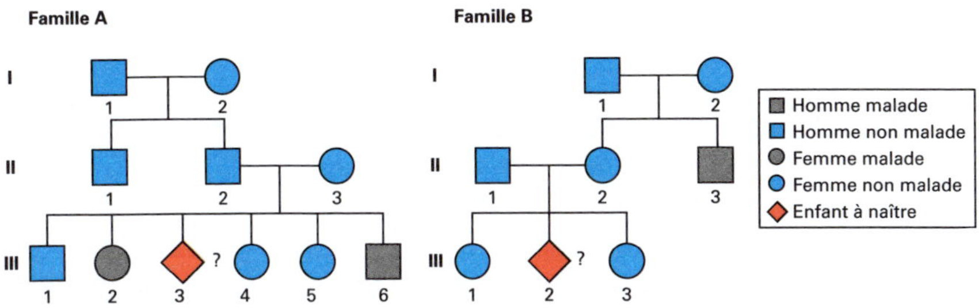

8 Identifier le rôle d'un allèle dans le développement de l'obésité

→ FICHE 29

L'obésité est une maladie multifactorielle définie par un excès de masse pour une taille donnée. C'est ainsi que l'OMS (Organisation mondiale de la santé) définit une personne obèse par un indice de masse corporelle (IMC) supérieur à 30 $kg \cdot m^{-2}$. L'IMC se calcule en faisant le rapport entre la masse (en kg) et la taille (en m) élevée au carré, soit IMC = masse/taille^2.

Des chercheurs ont identifié un gène, *FTO*, dont un allèle (A) est impliqué dans le développement du diabète de type 2 ; ils soupçonnent cet allèle d'avoir également un rôle dans l'obésité.

Pour le montrer, ils ont suivi un groupe de 38 759 Européens, dont certains sont homozygotes pour cet allèle (A) de *FTO*, et d'autres pour un autre allèle (*T*) du même gène. Les individus hétérozygotes pour ce gène ne sont pas étudiés dans cet exercice.

À partir des documents 1 et 2 :

1. Calculer le risque relatif d'être obèse lorsqu'un individu est homozygote pour l'allèle A du gène *FTO* (par rapport à un individu homozygote pour l'allèle *T*).

2. Interpréter le résultat précédent.

CONSEIL
Pour l'interprétation, faites une phrase du type : « Le risque de devenir obèse est augmenté/diminué de… % pour un individu… par rapport à un individu… »

3. Débattre de la pertinence des titres de journaux qui ont suivi la publication d'une autre étude sur le même gène.

Doc 1 **Répartition des individus suivis en fonction de leur IMC et de leur génotype pour le gène *FTO***

Génotype du gène *FTO* \ IMC ($kg \cdot m^{-2}$)	18,5 - 25	25 - 30	> 30
AA	2 019	2 835	1 813
TT	6 533	4 667	2 133

Doc 2 **Quelques extraits d'articles de journaux apparus à la suite d'une autre étude sur le gène *FTO***

Le sport efficace contre le gène de l'obésité

« Une nouvelle étude apporte un espoir aux personnes porteuses du gène de l'obésité. Le sport et l'alimentation pourraient combattre cette fatalité génétique. Les individus porteurs du gène *FTO* qui favorise l'obésité peuvent lutter contre la génétique en pratiquant une activité physique régulière, selon les résultats d'une étude publiée dans la revue médicale *British Medical Journal* (BMJ). »

Agathe Mayer, *Top santé*, www.topsante.com, 21 septembre 2016.

Le gène de l'obésité moins fort que le sport et les régimes

« La prédisposition génétique à l'obésité existerait bien, quoique son degré d'influence reste mal connu, mais cela ne signifie pas que les personnes concernées auront plus de mal à perdre du poids. Ces conclusions qui peuvent sembler paradoxales résultent d'une étude publiée lundi 20 dans le *British Medical Journal*. »

France-Soir, www.francesoir.fr, 21 septembre 2016.

9 Déterminer le rôle d'une protéine virale dans la cancérisation

→ FICHE 30

Les cellules cancéreuses possèdent des propriétés qui les distinguent des autres cellules, parmi lesquelles : leur division incontrôlée, leur immortalité, et leur capacité de division infinie.

Des scientifiques ont émis l'hypothèse que l'acquisition de ces propriétés pouvait être stimulée par l'action de certains virus, comme le papillomavirus HPV16, transmis lors de rapports sexuels.

Donner les arguments en faveur de cette hypothèse.

Doc 1 **Taux d'incidence cumulée du cancer du col de l'utérus dans deux groupes de femmes (infectées ou non par HPV16), suivies pendant dix ans**

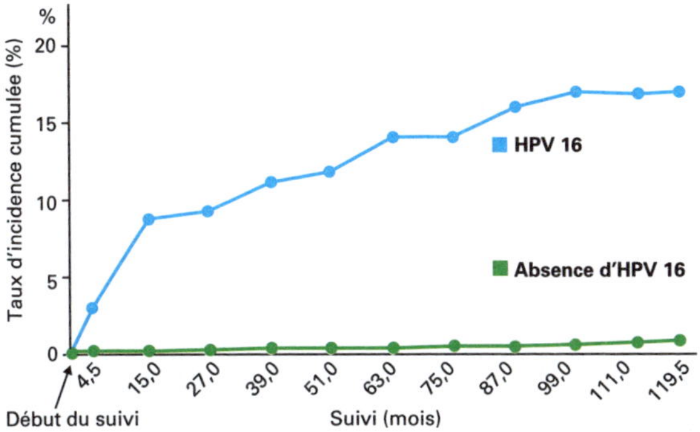

Le taux d'incidence cumulée correspond à la proportion de femmes de chaque groupe qui développe un cancer du col de l'utérus.

Doc 2 **Résultats d'une électrophorèse**

L'électrophorèse permet de séparer et d'identifier les différentes protéines produites dans une cellule : plus la production de la protéine est intense, plus la bande colorée correspondante est épaisse.

E6 est une protéine produite dans les cellules infectées, à partir du matériel génétique du papillomavirus HPV16.

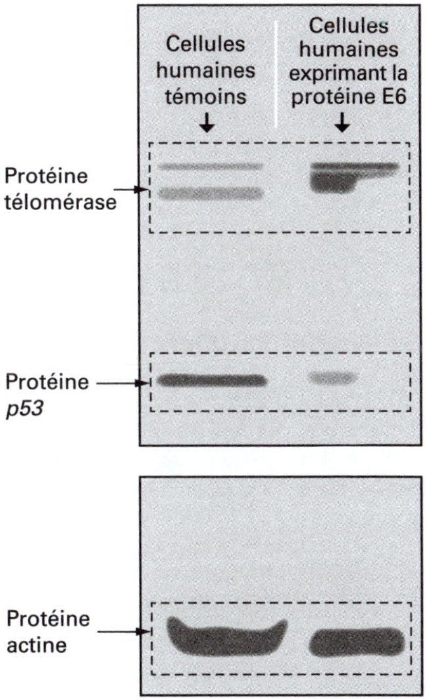

Doc 3 Rôles des protéines humaines étudiées dans le document 2

Protéine humaine étudiée	Rôle cellulaire
Télomérase	Après chaque réplication (donc avant chaque division), les extrémités des chromosomes (télomères) raccourcissent. C'est la raison pour laquelle les cellules ne peuvent normalement subir qu'un nombre limité de divisions. La télomérase est une enzyme humaine qui permet d'agrandir les télomères (donc d'éviter ce raccourcissement), mais elle n'est normalement que très peu produite dans la plupart des cellules somatiques (en dehors de la période embryonnaire).
p53	Protéine humaine issue du gène *p53*, gène suppresseur de tumeur. Elle permet de stopper le cycle cellulaire si l'information génétique de la cellule est endommagée et d'activer la mort de la cellule si les dommages sont irréparables.
Actine	Protéine humaine exprimée dans toutes les cellules du corps. Elle intervient dans la forme de la cellule et ses mouvements. Dans cette expérience, elle est utilisée comme témoin.

OBJECTIF BAC

10 Montrer les effets d'un traitement par thérapie génique

75 min

Cet exercice permet d'appliquer les connaissances de ce chapitre sur la thérapie génique, tout en mobilisant du vocabulaire introduit dans le chapitre 2 (génotype, phénotype).

LE SUJET

La myopathie myotubulaire est une maladie génétique monogénique récessive, liée à la mutation du gène *MTM1* porté par le chromosome X.

Les garçons, n'ayant qu'un seul chromosome X, donc qu'une seule copie du gène *MTM1*, sont plus touchés que les femmes (1 garçon qui naît sur 50 000 est atteint).

Le gène *MTM1* permet la production d'une protéine, la myotubularine, enzyme indispensable au bon développement des cellules musculaires. Les personnes atteintes de cette pathologie ont une faiblesse musculaire telle que leur capacité respiratoire est fortement diminuée, ce qui cause le décès de plus de la moitié des enfants avant l'âge de 18 mois.

Des chercheurs ont développé un protocole de thérapie génique, actuellement testé sur des enfants, pour tenter de les guérir. Pour mettre au point ce traitement, ils ont d'abord réalisé une série d'études sur des souris, dont une partie des résultats est présentée ici.

À partir des documents et de vos connaissances, montrer que la thérapie génique est une technique basée sur la modification du génotype de certaines cellules, qui permet de rétablir le phénotype d'un individu aux différentes échelles.

Doc 1 Protocole de thérapie génique utilisé dans cette étude

Les chercheurs ont choisi un vecteur issu de virus AAV modifiés. Ces virus infectent naturellement les hommes et certains autres primates, mais ne semblent pas pathogènes. Des vecteurs contenant le transgène ont été injectés dans une solution salée à des souris malades de 3 semaines d'âge. Des souris non malades ont reçu au même âge une solution salée ne contenant aucun vecteur.

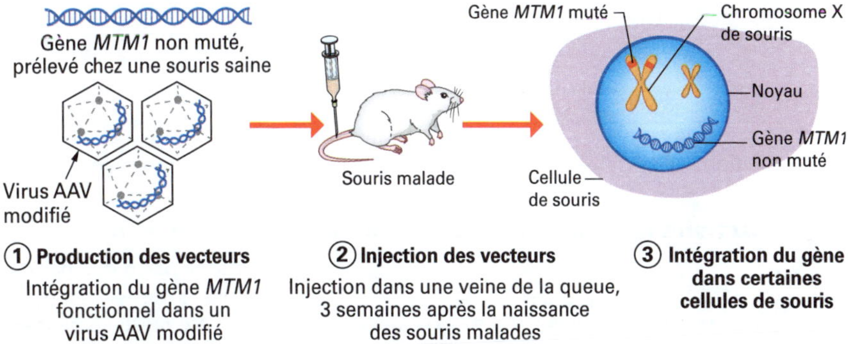

Doc 2 Suivi du taux de survie et de la masse corporelle des souris testées sur sept mois

La flèche indique le début du traitement.

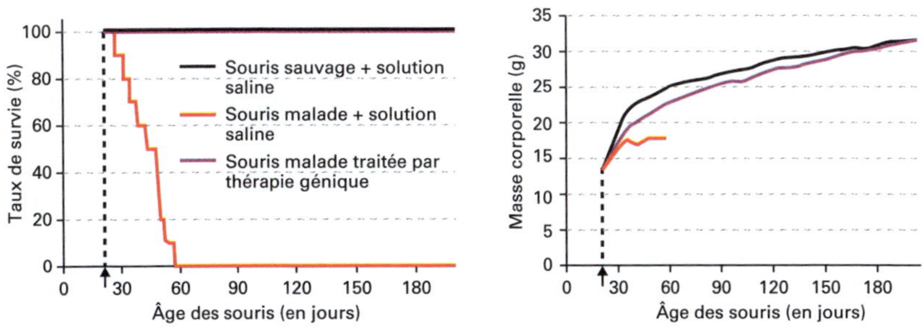

Doc 3 Expression de la myotubularine dans les cellules d'un muscle du tibia (TA) et d'un muscle respiratoire, le diaphragme (Dia)

La quantité de myotubularine mesurée chez les souris sauvages a été ramenée à 1. La quantité de myotubularine chez les autres souris a été comparée à celle des souris sauvages. Les souris malades non traitées ont une quantité nulle de myotubularine.

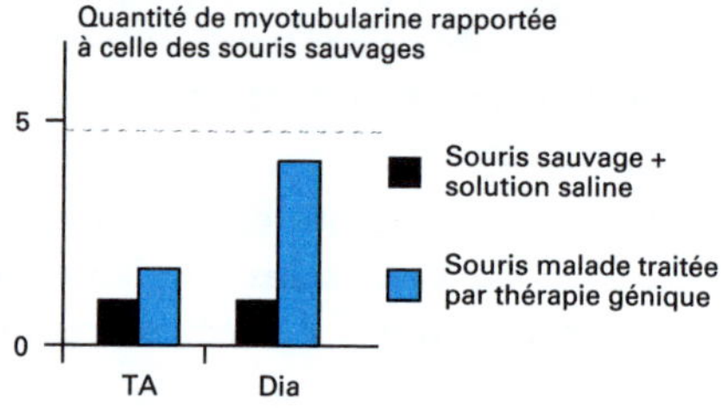

Doc 4 Cellules du muscle tibial en coupe, d'après une observation au microscope

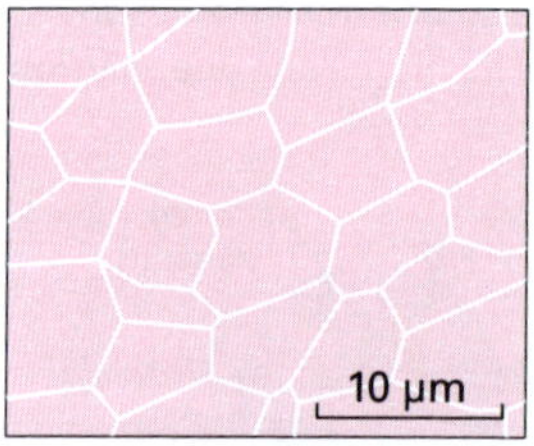

Souris malade + solution saline

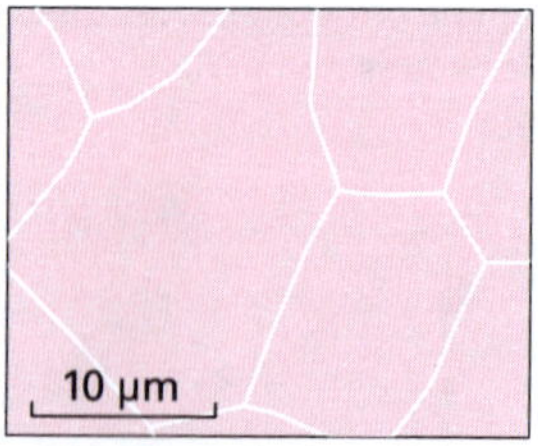

Souris malade traitée par thérapie génique

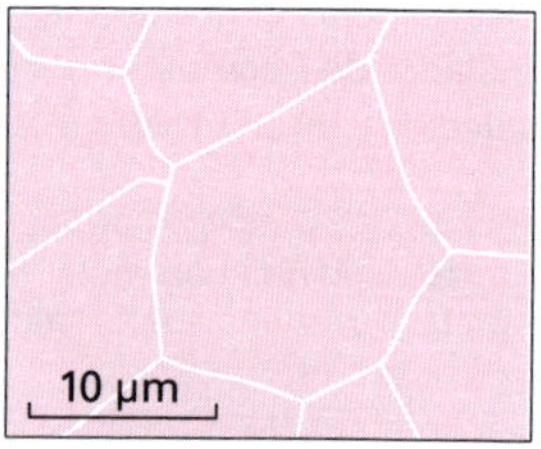

Souris sauvage + solution saline

Doc 5 Activité générale des souris avant et après traitement

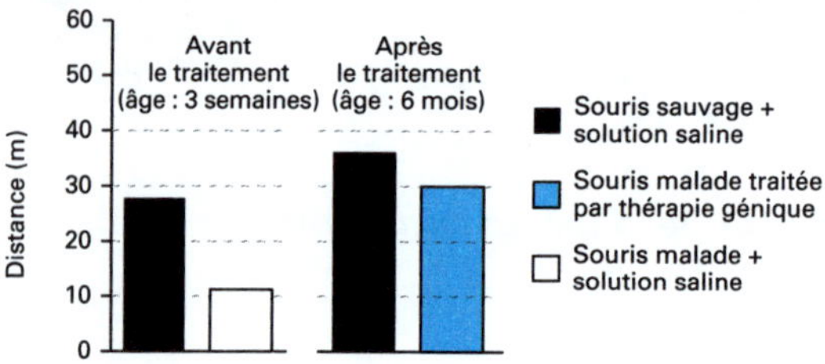

La distance parcourue par des souris libres de leurs mouvements a été mesurée pendant 90 minutes avant et après le traitement. À 6 mois, toutes les souris malades non traitées étaient mortes.

LA FEUILLE DE ROUTE

Étape 1 Montrer que la thérapie génique modifie le génotype de certaines cellules

- Rappeler la définition de génotype (→ FICHE 5).
- À partir du document 1, rappeler le principe de la thérapie génique en prenant soin d'appliquer vos connaissances sur cette technique au cas étudié ici (nom du gène inséré, vecteur utilisé, types de cellules à cibler).
- Répondre à la première partie de la consigne en montrant que le résultat de la thérapie génique est une modification du génotype de certaines cellules des souris traitées.

Étape 2 Identifier les modifications du phénotype liées au traitement

- Rappeler la définition de phénotype, et les différentes échelles auxquelles il peut être décrit : moléculaire, cellulaire, macroscopique (→ FICHE 5).
- Au brouillon, identifier les échelles du phénotype décrites dans les documents 2 à 5 en lisant bien les titres de chaque document.
- Au brouillon, choisir une organisation de l'argumentation. Deux types de cheminements peuvent être judicieux :
  – 1re possibilité : montrer les effets du phénotype moléculaire sur le cellulaire puis sur le macroscopique ;
  – 2e possibilité : partir du phénotype macroscopique et montrer qu'il est contrôlé par le cellulaire, qui dépend lui-même du moléculaire.
- Exploiter chaque document pour identifier les modifications du phénotype induites par le traitement des souris malades ; pour cela, penser à comparer le phénotype des souris traitées à celui des souris témoins.

Étape 3 Synthétiser les informations relevées pour répondre à la consigne générale

- Faire la synthèse de votre réponse à l'étape 1.
- Faire la synthèse de votre réponse à l'étape 2.
- Expliquer en quoi la modification du génotype identifiée dans l'étape 1 explique les modifications du phénotype présentées dans l'étape 2.

CORRIGÉS

SE TESTER QUIZ

1 Les maladies monogéniques récessives

1. Réponse c.

Un individu porteur sain porte l'allèle responsable de la maladie. Il n'est cependant pas malade (il est sain, la réponse b est incorrecte) car il possède également l'allèle non mutant, qui domine l'allèle mutant. Il est donc hétérozygote pour le gène en question (la réponse a incorrecte).

2. Réponse a.

- La réponse b est incorrecte, car l'allèle sain doit être introduit dans les cellules déficientes et non dans leurs protéines.
- La réponse c est incorrecte car la thérapie génique n'a pas encore donné de résultats suffisants dans le traitement de la mucoviscidose.

2 Le diabète de type 2, maladie multifactorielle

Réponse c.

- La réponse a est incorrecte car le diabète de type 2 est dû à une mauvaise régulation du taux de glucose dans le sang (et non protéines).
- La réponse b est incorrecte car les différents gènes d'un individu sont partagés par tous les membres de son espèce ; ce sont les allèles qui diffèrent d'un individu à un autre.
- La réponse d est incorrecte car l'alimentation grasse et sucrée est un facteur de risque du DT2, mais elle n'agit pas en modifiant les gènes.

3 Les cancers

Réponse b.

- La réponse a est incorrecte car les virus n'introduisent pas de cellules à l'intérieur d'un organisme.
- La réponse c est incorrecte car une cellule ne devient cancéreuse qu'après avoir subi une série de mutations qui lui confèrent ses propriétés (division incontrôlée et indéfinie, immortalité, capacité d'invasion des tissus voisins et lointains, etc.)

4 La résistance bactérienne aux antibiotiques

Réponse d.

- Les réponses a et b sont incorrectes car les mutations à l'origine de la résistance ne sont pas provoquées par l'utilisation d'antibiotiques, et les agents mutagènes ne sont pas nécessaires à leur apparition : elles sont créées à la suite d'erreurs de réplication, aléatoires.

■ La réponse c est incorrecte car les conditions d'hygiène peuvent avoir un impact sur le nombre de bactéries dans un environnement, mais pas sur leur résistance aux antibiotiques.

S'ENTRAÎNER

5 Identifier des facteurs de risque du diabète de type 2

■ Le document 1a montre que la proportion de diabétiques de type 2 est bien plus élevée chez les Mexicains Pimas (≈ 7 %) que chez les autres Mexicains (≈ 2,5 %). Les Pimas ayant un génotype différent des autres Mexicains mais un mode de vie comparable, on peut donc penser que ce sont des facteurs génétiques qui expliquent cette différence : les Pimas doivent posséder des allèles particuliers de gènes de prédisposition au DT2 (qui sont moins présents chez les descendants de colons européens).

■ De plus, on observe que les Américains Pimas ont un taux de DT2 bien plus élevé (≈ 37,5 %) que les Mexicains Pimas, alors qu'ils possèdent un patrimoine génétique similaire. C'est donc le signe que les facteurs génétiques ne sont pas les seuls impliqués dans le développement du DT2. Le document 1b montre que les Pimas vivant aux États-Unis ont une activité sportive hebdomadaire quatre fois moins longue que ceux vivant au Mexique. La différence de fréquence de diabétiques dans ces 2 populations doit donc être liée à ce mode de vie : la sédentarité (environnement au sens large) est un autre facteur de développement du DT2.

À NOTER

Pour démontrer l'influence d'un facteur (génétique ou environnemental), penser à comparer des populations pour lesquelles ne varie qu'un seul de ces deux facteurs ; la comparaison des Américains Pimas avec les Mexicains non Pimas ne permettrait donc pas d'aboutir à une conclusion, car ces deux populations ont à la fois un génotype et un mode de vie différents.

6 Montrer l'évolution de la résistance aux antibiotiques

■ En 2007, la majeure partie des souches d'*Escherichia coli* testées n'arrivaient pas à se développer à moins de 29 mm de l'antibiotique : elles étaient donc majoritairement sensibles à l'antibiotique.

À NOTER

En additionnant les proportions de souches se développant entre 29 mm et plus de 36 mm de l'antibiotique, on peut estimer que ces souches représentaient plus de 90 % de celles testées.

1 % souches arrivait néanmoins à se développer à 6 mm (au contact de l'antibiotique) : ces souches étaient donc résistantes au céfotaxime.

■ **En 2017,** la répartition des souches testées a évolué :

- la majeure partie des souches (≈ 82,5 %) se répartit au niveau des diamètres supérieurs ou égaux à 25 mm, avec un pic à 30 mm (contre 35 mm en 2007). En 10 ans, les souches ont donc réussi à se développer à une proximité plus grande de l'antibiotique, c'est-à-dire qu'elles sont devenues en moyenne moins sensibles à cet antibiotique ;
- la proportion des souches se développant au contact de l'antibiotique était de 11 % (soit 11 fois plus qu'en 2007).

■ **En 10 ans,** la majeure partie des souches est donc devenue un peu moins sensible au céfotaxime, et il y a eu une **forte augmentation de la proportion des souches résistantes**. Cette augmentation peut être expliquée par le mécanisme de **sélection naturelle** : les souches résistantes, qui existaient en 2007 (bien qu'en faible proportion), ont mieux survécu aux environnements riches en antibiotique, et se sont plus reproduites que les souches sensibles.

7 Calculer le risque d'avoir un enfant malade

1. Le *Xeroderma pigmentosum* (*XP*) est une maladie monogénique (liée à la mutation d'un seul gène), tout comme la mucoviscidose. Nous devons identifier si un individu malade doit être porteur des deux allèles du gène en version mutante (allèle récessif) ou si un seul allèle mutant suffit à induire la maladie (allèle dominant).

Observons la famille A : les enfants III.2 et III.6 sont malades, au contraire de leurs parents (II.2 et II.3). Ces enfants possèdent donc au moins un allèle mutant pour le gène induisant le *XP*, hérité d'un des deux parents. Or aucun parent n'est malade : l'allèle mutant n'est pas dominant, **il est donc récessif.**

À NOTER

Le génotype de ces individus peut être déduit de cette réponse : l'allèle mutant étant récessif, les individus malades (III.2 et III.6) sont forcément homozygotes. Chacun de leurs parents (II.2 et II.3) leur a donc transmis un allèle mutant ; mais les parents n'étant pas malades, ils ont forcément un allèle non mutant pour ce gène : ils sont donc porteurs sains.
Le même raisonnement aurait pu être effectué avec les individus I.1, I.2 et II.3 de la famille B.

2. Pour l'individu III.3 de la famille A, appliquons la méthode de la fiche 28

Nous connaissons le génotype de ses parents (II.2 et II.3) : ils sont hétérozygotes. La probabilité que deux individus hétérozygotes donnent un enfant homozygote pour l'allèle mutant est de 1/4.

L'enfant II.3 a donc 25 % de chance d'être atteint de *XP*.

Pour l'individu III.2 de la famille B, appliquons la méthode de la fiche 28.

Étape 1 La probabilité que le père soit porteur sain est de 1/500, car aucun membre de sa famille n'est malade. Pour la mère, qui a un frère atteint, cette probabilité est de 2/3. La probabilité que les deux parents soient porteurs sains est donc de (1/500) × (2/3) soit 1/750.

Étape 2 La probabilité que deux parents hétérozygotes aient un enfant malade est de 1/4.

Étape 3 La probabilité que l'individu III.2 soit malade est donc de (1/750) × (1/4) soit 1/3 000. Il n'a donc que 0,033 % de risque d'être malade.

8 Identifier le rôle d'un allèle dans le développement de l'obésité

1. Appliquons la méthode de la fiche 29 à cet exemple :

Étape 1 Il faut comparer la proportion d'individus obèses dans le groupe des personnes possédant le génotype AA par rapport à ceux qui possèdent le génotype TT (ils font office de groupe témoin).

La proportion correspond au nombre d'obèses par rapport au nombre total d'individus de chaque groupe. Pour les individus AA, il y a eu 2 019 + 2 835 + 1 813 = 6 667 individus étudiés. Pour les individus TT, il y a eu 6 533 + 4 667 + 2 133 = 13 333 individus étudiés.

La proportion d'obèses (IMC > 30 $kg \cdot m^{-2}$) est donc de : (1 813/6 667) × 100 = 27,19 % chez les individus AA ; (2 133/13 333) × 100 = 16 % chez les TT.

Étape 2 Le risque relatif est donc de : 27,19/16 = 1,7.

2. Les individus ayant un génotype AA pour le gène *FTO* ont 1,7 fois plus de risque d'être obèses que les personnes TT ; le risque de devenir obèse est donc augmenté de 70 % chez ces personnes (par rapport à une personne TT).

Le gène *FTO* semble donc être un **gène de prédisposition** à l'obésité.

3. Les titres des deux journaux parlent de *FTO* comme « le gène de l'obésité ». Ces titres sont maladroits pour plusieurs raisons.

- Ils peuvent laisser penser que ce gène est présent chez les obèses, absent chez les personnes de corpulence normale. Or, c'est une version de ce gène (A) qui favorise le développement de la maladie, pas le gène lui-même. Le gène *FTO* est bien présent chez tous les individus de notre espèce, ce sont les allèles de ce gène qui peuvent varier d'un individu à l'autre.
- Il semble que la présence de ce gène (ou plus précisément d'un allèle de ce gène) entraîne automatiquement l'obésité. Or, l'obésité est une maladie multifactorielle : les causes environnementales (habitudes alimentaires et sportives) sont des facteurs prépondérants dans son apparition. FTO n'est donc qu'un gène de prédisposition à l'obésité : certains allèles (A) favorisent la probabilité de développement de la maladie, sans qu'elle se développe de façon certaine.

Cette nuance est d'ailleurs abordée dans les paragraphes qui suivent les titres, puisqu'il est question de gène qui « favorise l'obésité » ou de « prédisposition génétique ».

De plus, FTO n'est pas le seul gène dont certains allèles peuvent favoriser **l'obésité** : plusieurs dizaines d'autres ont déjà été identifiés.

À NOTER
Certaines formes d'obésité sont dues à la mutation d'un seul gène : ce sont des formes monogéniques, retrouvées chez 5 % des personnes obèses.

9 Déterminer le rôle d'une protéine virale dans la cancérisation

■ Le **document 1** montre que le taux d'incidence cumulé des cancers du col de l'utérus augmente dans les deux groupes étudiés. Cela signifie qu'au cours du suivi (qui a duré 10 ans), des cancers du col de l'utérus se sont déclarés dans les deux groupes de femmes. Cependant, le taux d'incidence à la fin de l'étude est bien plus élevé pour les femmes infectées par le HPV16 (≈ 17 %) que pour celles qui ne le sont pas (< 1 %). Ce papillomavirus doit donc bien favoriser la cancérisation des cellules du col.

■ Le **document 2** montre que les cellules humaines exprimant E6 (une protéine du virus HPV16) produisent beaucoup plus de télomérase que les cellules témoins, et ne produisent pas de p53 au contraire des témoins. En revanche, l'actine (protéine témoin) est produite de manière équivalente dans les deux types de cellules. La protéine E6 produite par le virus inhibe donc l'expression du gène *p53*, et stimule celle du gène codant la télomérase. Elle n'a pas d'action sur l'expression de l'actine.

■ Or, le **document 3** indique que la télomérase est une protéine normalement non exprimée dans les cellules somatiques, qui permet l'allongement des télomères, et donc une division illimitée des cellules. Le gène qui la contrôle est donc un oncogène. Au contraire, le gène *p53* est un gène suppresseur de tumeur, car il permet de contrôler les divisions cellulaires, et d'activer la destruction des cellules anormales.

■ Le virus HPV16, via sa protéine E6, permet donc d'activer un oncogène (gène de la télomérase) et de réprimer un gène suppresseur de tumeur (*p53*). Il favorise donc l'acquisition de propriétés favorisant la cancérisation (divisions incontrôlées et indéfinies, immortalité) : c'est un **oncovirus**.

OBJECTIF BAC

10 Montrer les effets d'un traitement par thérapie génique

Étape 1 Montrer que la thérapie génique modifie le génotype de certaines cellules

■ Le **génotype** correspond à l'information génétique d'un individu, contenue dans les allèles de l'ensemble de ses gènes.

■ Dans le cas étudié ici, la thérapie génique est dispensée à des souris atteintes de myopathie myotubulaire, qui possèdent le gène *MTM1* muté. Elles reçoivent une injection de virus AAV transformés, transportant le gène *MTM1* de souris non muté. Puisque cette maladie affecte les cellules musculaires, il faudrait que ces virus s'intègrent à ce type de cellules des souris malades pour y insérer la copie « normale » du gène *MTM1* dans leurs noyaux.

■ Si le traitement fonctionne, les cellules musculaires de souris porteront une version supplémentaire et fonctionnelle du gène *MTM1* : **le génotype de ces cellules sera donc modifié.**

Étape 2 Identifier les modifications du phénotype liées au traitement

- Le phénotype des souris correspond à l'ensemble de leurs caractères observables. Il peut se définir à l'échelle moléculaire (protéines), cellulaire et macroscopique (à l'échelle de l'organisme).

- Le **document 3** présente la quantité de **myotubularine** (protéine issue de l'expression du gène *MTM1*) dans deux muscles de souris malades (traitées par thérapie génique ou non), par rapport à celle de souris sauvages. Alors que la myotubularine n'est pas produite chez les souris malades non traitées (quantité nulle), les souris malades traitées produisent la myotubularine en quantité deux (muscle tibial) ou quatre fois plus importante (diaphragme) que les souris sauvages. Le phénotype moléculaire (production de myotubularine) est donc rétabli chez celles traitées par thérapie génique.

> **À NOTER**
> La quantité supérieure de **myotubularine** chez les souris traitées par rapport à celle des sauvages pourrait s'expliquer par la quantité de virus insérée : pour avoir une expression identique, peut-être faudrait-il réduire la concentration de virus injectée.

- Le **document 4** présente la taille et la forme de cellules du muscle tibial vues en coupe. Alors que les cellules de souris malades non traitées ont un diamètre très inférieur à celles des souris sauvages (≈ 7 µm en moyenne contre 22 µm, si l'on prend en compte l'axe le plus grand de chaque cellule), les cellules de souris malades traitées par thérapie génique ont une taille équivalente à celle des souris sauvages. Le traitement a donc permis de rétablir le **phénotype (largeur) des cellules musculaires**.

- Le **document 1** montre que l'ensemble des souris malades traitées a survécu six mois après le début de l'expérimentation (comme les souris sauvages), alors qu'aucune souris malade non traitée n'a survécu au-delà de 60 jours. Il montre également que l'augmentation de la masse corporelle des souris malades traitées est équivalente à celle des souris sauvages (bien que plus faible en début d'étude). En revanche, les souris malades non traitées n'ont aucune augmentation de leur masse entre 40 jours et leur mort. Ces observations peuvent s'expliquer grâce au document 4 décrit précédemment : le rétablissement de la croissance musculaire doit être responsable de cette prise de masse.

- La bonne croissance musculaire des souris traitées se répercute sur l'activité globale des souris. En effet, la distance parcourue par les souris malades traitées par thérapie génique est équivalente à celle des souris sauvages au bout de 6 mois, alors que les souris malades ne parcouraient qu'un tiers de la distance effectuée par les souris sauvages avant le traitement (≈ 30 m pour les sauvages contre 10 m pour les malades).

Les documents 1 et 5 montrent donc que **le phénotype macroscopique** des souris traitées est rétabli, car équivalent à celui des souris sauvages.

> **À NOTER**
> Dans le document 5, à 6 mois, les résultats des souris malades non traitées ne sont pas présentés, car aucune n'a survécu au-delà de 2 mois.

Étape 3 Synthétiser les informations relevées pour répondre à la consigne générale

Le traitement par thérapie génique des souris atteintes de myopathie myotubulaire consiste à **modifier le génotype** de leurs cellules musculaires en introduisant une nouvelle version fonctionnelle du gène *MTM1*. Cette version du gène *MTM1* a réussi à s'exprimer dans leurs cellules, puisque la protéine correspondante, la myotubularine, a été synthétisée en grande quantité (doc. 4). Cette modification de leur **phénotype moléculaire** a permis le rétablissement du **phénotype cellulaire** des cellules musculaires (cellules de plus grande taille que les malades), ce qui a rétabli l'activité (doc. 5), la masse corporelle et la survie (doc. 1) des souris traitées : leur **phénotype macroscopique** est donc devenu identique à celui des souris sauvages suite au traitement.

10 L'immunité innée

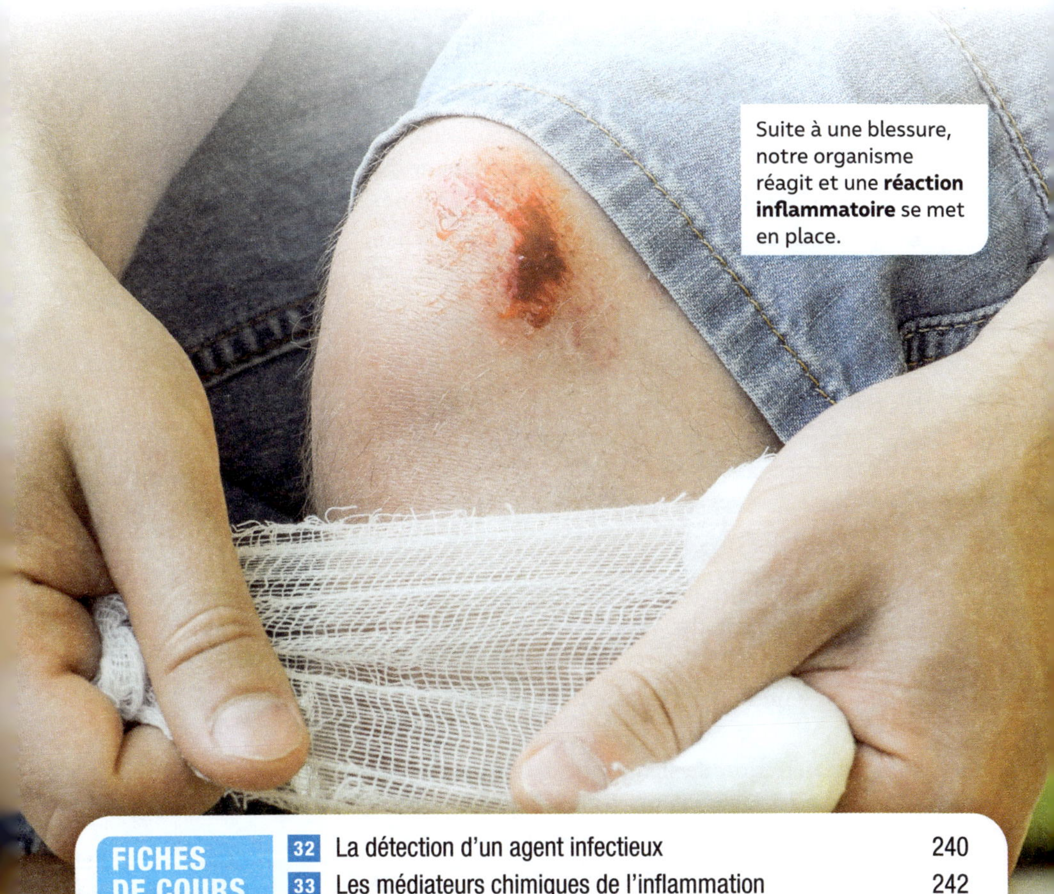

Suite à une blessure, notre organisme réagit et une **réaction inflammatoire** se met en place.

32 La détection d'un agent infectieux

En bref *Grâce à leurs récepteurs, les cellules sentinelles sont capables de détecter des agents pathogènes, ou des situations dangereuses pour l'organisme, avant d'activer la réaction inflammatoire.*

I Les signaux de danger

Les signaux de danger correspondent à des molécules (ou fragments de molécules) qui sont reconnues comme dangereuses par les cellules du **système immunitaire inné**.

- Les **organismes pathogènes** (bactéries, virus, champignons...) qui pénètrent dans notre organisme (contamination) et s'y multiplient (infection), présentent des molécules détectées comme signaux de danger. Ces molécules sont communes à de nombreux organismes.
- Les cellules cancéreuses ou celles de tissus lésés (suite à une entorse par exemple) possèdent également des signaux de danger à leur surface.

> **MOT CLÉ**
> **Système immunitaire inné :** système immunitaire non spécifique et à déclenchement rapide contre les agents infectieux.

> **MOT CLÉ**
> **Organismes pathogènes :** organismes responsables du développement de maladies.

II Les cellules sentinelles

- Les cellules dendritiques, les macrophages ou encore les mastocytes sont des cellules qui possèdent des récepteurs de surface capables de reconnaître ces signaux de danger.

Elles sont présentes dans l'ensemble de nos tissus. On les nomme cellules sentinelles.

- Suite à la détection de signaux de danger, les cellules sentinelles libèrent des molécules appelées médiateurs chimiques de l'inflammation.

L'action de ces molécules permet l'arrivée massive et rapide de cellules du système immunitaire inné.

Doc **Reconnaissance des signaux de danger par les cellules sentinelles**

❶ Reconnaissance des signaux de danger par des récepteurs spécifiques.
❷ Libération des médiateurs chimiques de l'inflammation par les cellules sentinelles.

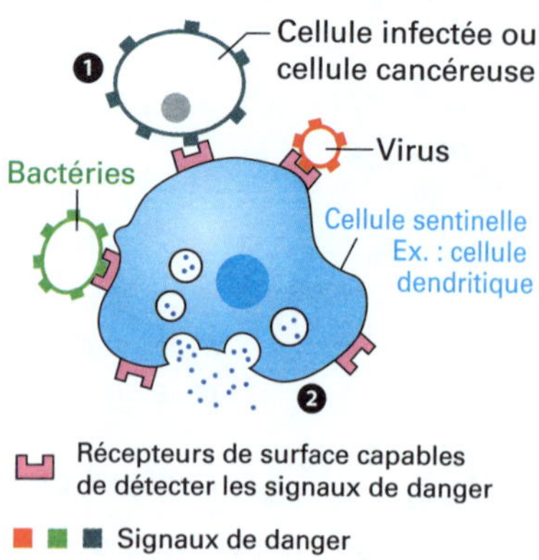

Méthode

Détecter un danger

Dans un milieu de culture, on met en contact des macrophages (cellules sentinelles de l'immunité innée) avec un virus. Les macrophages proviennent de souris mutantes dont un récepteur de l'immunité innée a été inactivé et d'une souris témoin. Les concentrations de médiateurs chimiques de l'inflammation (TNF) dans le milieu extracellulaire sont mesurées.

Doc **Concentrations de TNF dans le milieu extracellulaire**

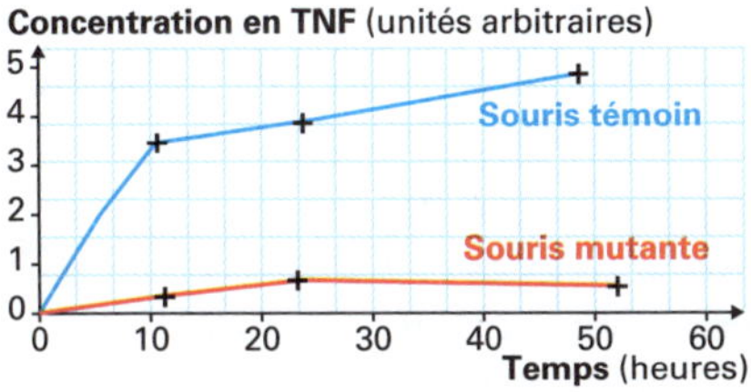

À partir de l'exploitation des données et de vos connaissances, expliquer le mode d'action des cellules sentinelles.

CONSEILS

Étape 1 Comprendre la raison pour laquelle on étudie à la fois les macrophages de souris témoins et de souris mutantes.

Étape 2 Repérer la variable mesurée et la comparer dans les deux milieux de culture. Identifier la nature des TNF retrouvés dans le milieu extracellulaire.

Étape 3 Donner les causes des variations observées et en déduire les conditions nécessaires pour que les cellules sentinelles puissent agir lors de la détection d'un danger.

SOLUTION

Étape 1 L'étude de souris témoins et mutantes pour un récepteur de l'immunité innée permet de déterminer le rôle de ces récepteurs.

Étape 2 Souris témoins : la concentration en TNF (médiateurs chimiques de l'inflammation) augmente fortement dans le milieu extracellulaire suite au contact avec un virus (0 à 3,5 ua en 10 h, 5 ua en 50 heures). Souris mutantes : elle augmente très peu (de 0 à 0,8 ua en 22 heures).

Étape 3 Les TNF sont libérés par les macrophages. Seules les souris possédant l'ensemble des récepteurs aux signaux de danger fonctionnels sont capables d'en libérer en grande quantité. On en déduit donc que c'est le contact entre le virus et les récepteurs des macrophages qui permet de déclencher la libération de TNF dans le milieu extracellulaire. Ces médiateurs activent ensuite d'autres cellules du système immunitaire inné.

33 Les médiateurs chimiques de l'inflammation

En bref *Les médiateurs chimiques de l'inflammation (MCI) sont des molécules qui déclenchent la réaction inflammatoire. Les anti-inflammatoires permettent de réduire la production de certains MCI.*

I Les modes d'action des MCI

■ De nombreux MCI existent (ex. : interleukines, TNF...). Ils permettent une communication entre cellules et ont différentes actions sur le site de la zone lésée :

– La vasodilatation, responsable d'un afflux de sang sur la zone touchée, favorise l'arrivée de nombreuses cellules immunitaires. Elle augmente également la perméabilité des vaisseaux à l'origine d'une sortie de plasma.

– La facilitation du passage des globules blancs sanguins (ex. : granulocytes ou monocytes) depuis les vaisseaux sanguins jusqu'à la zone lésée. Ce phénomène se nomme la diapédèse.

– La stimulation de fibres nerveuses responsables de la douleur et celles qui contrôlent la température corporelle, entraînant alors de la fièvre.

■ Les symptômes de la réaction inflammatoire aiguë sont stéréotypés : on observe rougeur et chaleur (dues à l'afflux de sang), un gonflement (lié à la sortie de plasma), de la douleur et parfois de la fièvre (due à la stimulation de certaines fibres nerveuses).

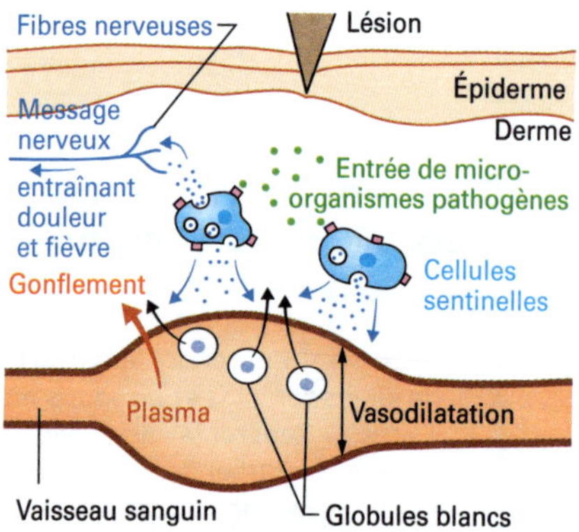

Doc Mise en place des symptômes de la réaction inflammatoire aiguë

Cette réaction inflammatoire se met en place très rapidement et prépare le déclenchement de l'immunité adaptative (→ FICHE 35).

II Les anti-inflammatoires

■ La réaction inflammatoire peut déclencher des douleurs intenses et endommager certains tissus. Des médicaments permettent de limiter cette réaction : les anti-inflammatoires (ex. : aspirine ou ibuprofène).

■ Les anti-inflammatoires interviennent dans la synthèse de certains MCI, notamment ceux responsables de la douleur ou de la fièvre. Ils perturbent l'action des enzymes responsables de la synthèse de MCI.

■ Ils permettent de stopper certains symptômes de la réaction inflammatoire sans pour autant l'empêcher d'avoir lieu.

Méthode

Déterminer le mode d'action d'un anti-inflammatoire

L'enzyme COX permet de catalyser une réaction à l'origine de la synthèse de prostaglandine. La prostaglandine est un MCI responsable de la douleur et de la fièvre dans les réactions inflammatoires aiguës.

Doc Modèle moléculaire de l'enzyme COX avec la molécule d'aspirine (à gauche), avec le substrat à l'origine de la prostaglandine (à droite)

Des chercheurs ont mis en présence COX avec son substrat à l'origine de la prostaglandine, et COX avec une molécule d'aspirine. À l'aide d'un logiciel permettant de visualiser des modèles moléculaires, on peut visualiser ces molécules et identifier les différentes structures souhaitées.

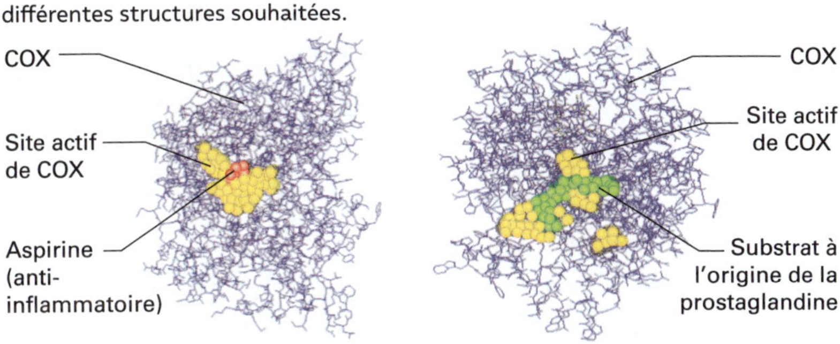

À partir de l'exploitation des documents, expliquer comment les anti-inflammatoires peuvent limiter certains symptômes gênants de la réaction inflammatoire.

CONSEILS

Étape 1 Repérer le site actif de l'enzyme et, dans chaque cas, repérer la molécule qui s'y fixe.
Étape 2 En déduire les conséquences que cela peut avoir sur la synthèse de la prostaglandine et donc sur certains symptômes de la réaction inflammatoire.

SOLUTION

Étape 1 Le site actif de COX (jaune) se lie au substrat responsable de la synthèse de la prostaglandine (schéma de droite). Mais lorsque COX est en présence d'aspirine, cet anti-inflammatoire se lie au site actif de COX à la place du substrat.

Étape 2 Si l'anti-inflammatoire se fixe sur le site actif à la place du substrat, la réaction à l'origine de la synthèse de prostaglandine n'a donc plus lieu. Ce médiateur chimique est à l'origine de la douleur et de la fièvre. Celui-ci n'étant plus synthétisé, ces symptômes diminuent ou disparaissent.

34 L'élimination des agents pathogènes

En bref *Certaines cellules du système immunitaire inné ont la capacité d'effectuer la phagocytose : elle permet d'éliminer les agents pathogènes.*

I Les cellules phagocytaires

- Après avoir détecté un signal de danger, les cellules sentinelles (comme les cellules dendritiques ou les macrophages) effectuent la phagocytose. On parle alors de **cellules phagocytaires** ou **phagocytes**. Ce processus participe à l'élimination de l'agent pathogène, mais il joue également un rôle dans l'activation du système immunitaire adaptatif (→ FICHE 35).
- Les globules blancs ayant effectué la diapédèse (granulocyte ou monocyte) passent des vaisseaux sanguins au lieu d'infection. Ils sont également capables d'effectuer la **phagocytose**.

MOTS CLÉS
Phagocyte ou **cellule phagocytaire :** cellule capable d'effectuer la phagocytose.

II Les étapes de la phagocytose

La phagocytose est un processus permettant d'englober et de digérer un élément étranger. Elle se déroule en plusieurs étapes :

1. **Adhésion** : la cellule phagocytaire adhère à la paroi de la bactérie *via* des molécules spécifiques.
2. **Ingestion** du pathogène dans une vésicule du cytoplasme, appelée phagosome.
3. **Digestion** du pathogène, suite à une fusion entre le phagosome et des vésicules cytoplasmiques contenant des enzymes digestives.
4. **Rejet de déchets** après digestion de l'élément étranger ; les déchets sont rejetés à l'extérieur du phagocyte.

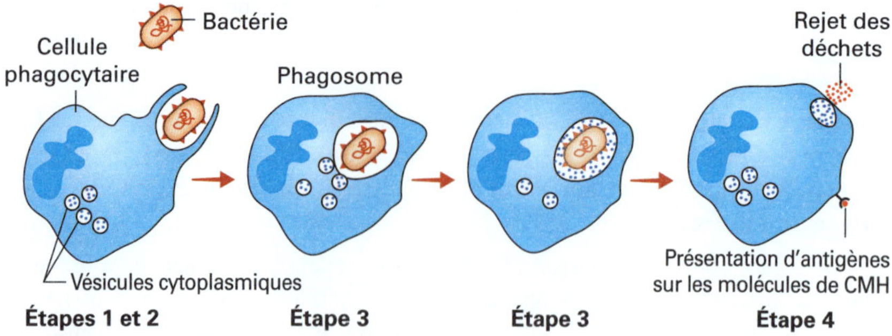

Doc **Les différentes étapes de la phagocytose**

Méthode

Identifier les étapes de la phagocytose

Certaines cellules de l'immunité innée sont capables d'éliminer les agents pathogènes en effectuant la phagocytose.

À partir de cette photographie, faire un schéma interprétatif dans lequel apparaissent différentes étapes de la phagocytose.

Doc **Bactérie phagocytée par une cellule phagocytaire observée au microscope électronique**

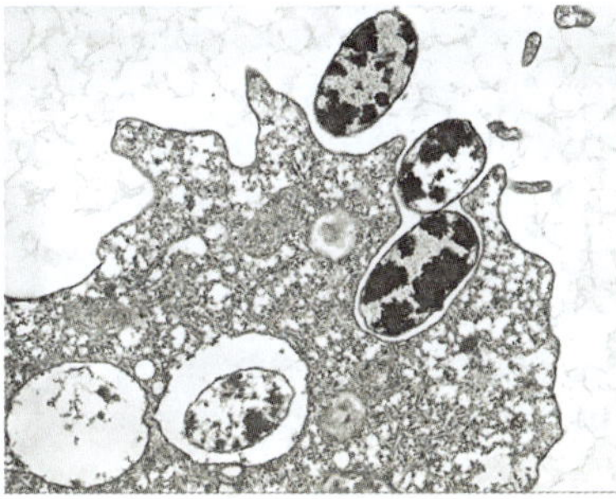

CONSEILS

Étape 1 Distinguer la cellule phagocytaire de la bactérie. Repérer les différentes étapes de la phagocytose qui apparaissent sur cette photo.
Cette étape vous permet de préparer les termes qui seront à placer dans vos légendes (bactérie, cellule phagocytaire, et les différentes étapes de la phagocytose visible sur cette photo).

Étape 2 Représenter de façon simplifiée cette portion de cellule dans laquelle la phagocytose a lieu. Représenter différemment la bactérie de la cellule phagocytaire afin de pouvoir les différencier.

Étape 3 Légender, nommer et décrire brièvement les différentes étapes de la phagocytose. Mettre un titre au schéma.

SOLUTION **Une bactérie phagocytée par une cellule phagocytaire**

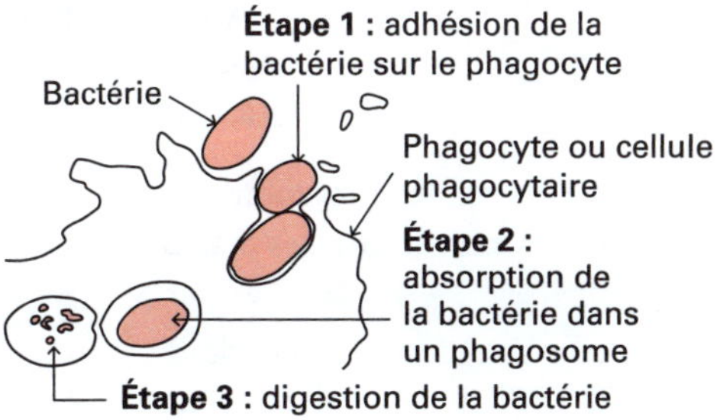

35 La coopération entre les deux immunités

En bref *L'ensemble des processus mis en place par l'immunité innée ne permet pas toujours l'élimination du danger détecté. Dans ce cas, chez les vertébrés, l'immunité adaptative est alors activée.*

I Les systèmes immunitaires inné et adaptatif

- Le système immunitaire inné est **actif dès la naissance** et est non spécifique, ce qui n'est pas le cas de l'immunité adaptative.
- Les récepteurs des signaux de danger et les cellules phagocytaires sont présents chez des êtres vivants très divers (insectes, mollusques, vertébrés...). L'immunité innée est donc un **système de défense commun à de nombreux êtres vivants** (chez tous les animaux). Elle repose sur des mécanismes de reconnaissance et d'action très conservés au cours de l'évolution : elle a été héritée d'un ancêtre commun aux animaux.
- L'immunité adaptative quant à elle, assure **une action plus spécifique contre des signaux de danger** portés par des agents infectieux ou des cellules anormales (cancéreuses, infectées). Elle est plus longue à se mettre en place. Elle ne se retrouve que chez les **vertébrés**.

II La préparation de la réaction immunitaire adaptative

- Chez les vertébrés, lorsque l'immunité innée ne suffit pas à éliminer le danger, l'immunité adaptative est déclenchée en partie par les cellules de l'immunité innée (voir chapitre 2).
- Certains phagocytes (comme les macrophages ou les cellules dendritiques) présentent des fragments du pathogène digéré, associés à des structures protéiques membranaires à leur surface : ce sont les complexes majeurs d'histocompatibilité (CMH). Les cellules présentant ces fragments sont nommées **cellules présentatrices** d'**antigène** **(CPA).**
- Des CPA migrent jusqu'aux ganglions lymphatiques (un type d'organe lymphoïde). Elles activent alors des cellules de l'immunité adaptative : les lymphocytes T.

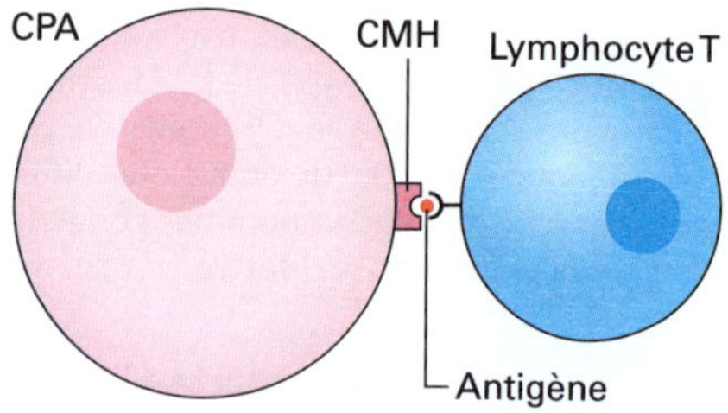

Doc **Antigène présenté par le CMH d'une CPA à un lymphocyte T**

MOT CLÉ
Antigène : molécule qui peut être reconnue par le système immunitaire et engendrer une réponse.

Méthode

Caractériser l'évolution des récepteurs de l'immunité innée

Des récepteurs cellulaires capables de reconnaître un signal de danger se retrouvent chez divers êtres vivants. Une fois activés, ils déclenchent des réactions de protection de l'organisme. À l'aide d'un logiciel, il est possible de faire une analyse génétique de ces récepteurs.

Donner un argument qui appuie le fait que l'immunité innée était présente chez l'ancêtre de tous les animaux.

Doc Alignement des séquences en acides aminés (AA) d'un récepteur capable de reconnaître les signaux de danger chez différentes espèces

Chaque lettre correspond à un AA : les AA en bleu ou vert ont des propriétés chimiques très proches, ceux en rouge sont identiques dans les différentes séquences.

```
          260       270       280       290
          |         |         |         |
1 DAFYSLGSLEHLDLSDNHLSSLSSSWFGPLSSLKYLNLMGNP
2 DSFSSLGSLEHLDLSYNYLSNLSSSWFKPLSSLTFLNLLGNP
3 DSFSSLGSLEHLDLSYNYLSNLSSSWFKPLSSLTFLNLLGNP
4 DSFGSQGKLELLDLSNNSLAHLSPVWFGPLFSLQHLRIQGNS
5 RAFEGLLSLRVVDLSANRLTSLPPELFAETKQLQEIYLRNNS
```

1. Souris
2. Homme
3. Chimpanzé
4. Poule
5. Drosophile

CONSEILS

Étape 1 Comparer les différentes séquences de récepteurs.
Étape 2 À l'aide de vos connaissances sur la transmission des caractères au cours du temps, donner une explication à ces observations qui permettrait de répondre au problème.

SOLUTION

Étape 1 Les différentes séquences en AA sont très ressemblantes : beaucoup d'AA apparaissent en bleu, vert ou rouge, ce qui signifie qu'ils sont soit similaires, soit très proches au niveau de leurs propriétés chimiques.

Étape 2 Cette proximité n'est pas due au hasard. Ces protéines proches ont été héritées d'un ancêtre commun. Peu de mutations ont touché les gènes codant ces récepteurs : ils ont été très conservés au cours de l'évolution. Ceci explique la grande similarité retrouvée actuellement au niveau de leur composition en acide aminé et de leur fonction, de reconnaissance et de participation à la protection de l'organisme.

MÉMO VISUEL

Mode d'action des médiateurs chimiques de l'inflammation

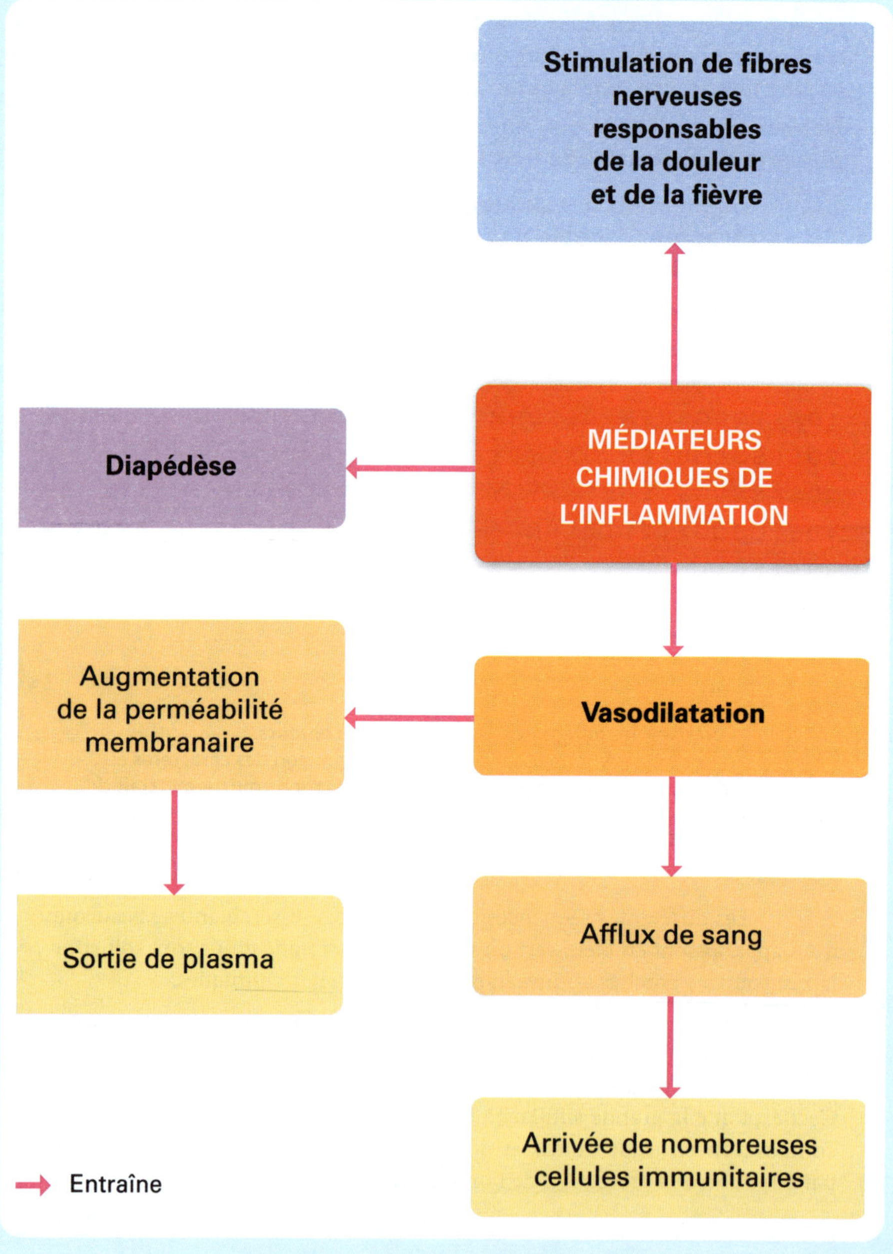

La réaction inflammatoire aiguë, un mécanisme de l'immunité innée

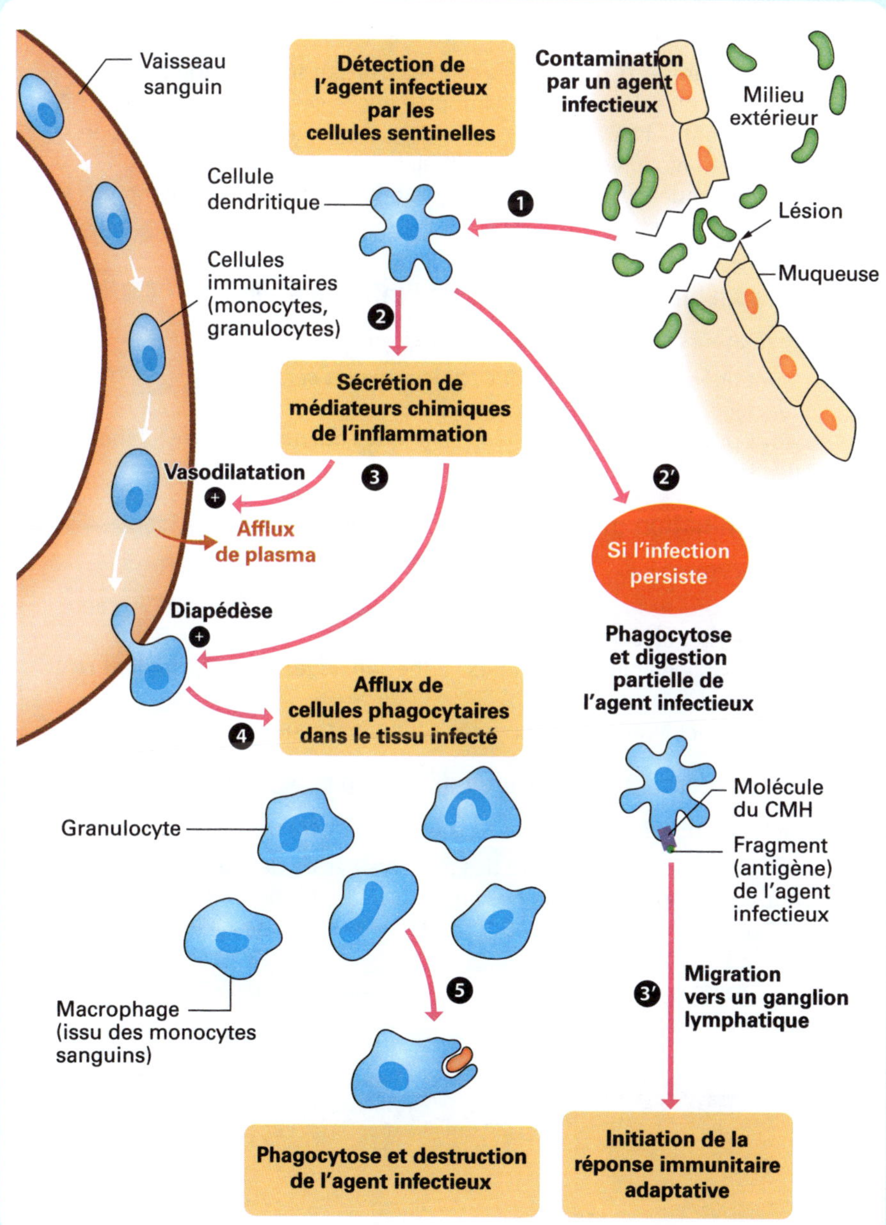

SE TESTER QUIZ

Vérifiez que vous avez bien compris les points clés des **fiches 32 à 35.**

1 La détection d'un agent infectieux

→ FICHE 32

Les signaux de danger :

☐ **a.** ne sont présents que sur des cellules d'organismes étrangers
☐ **b.** peuvent être détectés par n'importe quelle cellule de l'organisme
☐ **c.** entraînent la libération de médiateurs chimiques de l'inflammation après détection par les cellules sentinelles
☐ **d.** correspondent à des molécules qui sont communes à de nombreux micro-organismes

2 Les médiateurs chimiques de l'inflammation

→ FICHE 33

Les médiateurs chimiques de l'inflammation :

☐ **a.** sont libérés continuellement par les cellules sentinelles
☐ **b.** déclenchent la réaction inflammatoire aiguë
☐ **c.** sont produits lors de réactions chimiques qui peuvent être inhibées par des anti-inflammatoires

3 L'élimination des agents pathogènes

→ FICHE 34

La phagocytose :

☐ **a.** est un processus que toutes les cellules de l'organisme sont en capacité d'effectuer en cas de danger
☐ **b.** se déroule en plusieurs étapes : adhésion, ingestion, digestion et rejet des déchets
☐ **c.** permet seulement d'éliminer les agents pathogènes

4 La coopération entre immunités innée et adaptative

→ FICHE 35

Parmi les affirmations suivantes, lesquelles sont vraies ?

☐ **a.** L'immunité innée présente des mécanismes de défense et d'action qui ont été grandement modifiés au cours de l'évolution
☐ **b.** L'immunité adaptative peut être déclenchée par des cellules de l'immunité innée
☐ **c.** Les cellules dendritiques sont capables de migrer dans les ganglions lymphatiques

S'ENTRAÎNER

5 Identifier la mise en place de l'immunité innée chez un poisson-zèbre

→ FICHE 35

Une expérience sur un embryon de poisson-zèbre est effectuée. On lui injecte des bactéries et on observe la réaction qui se produit vingt minutes plus tard. Les résultats sont présentés ci-dessous.

Doc Cellules phagocytant les bactéries

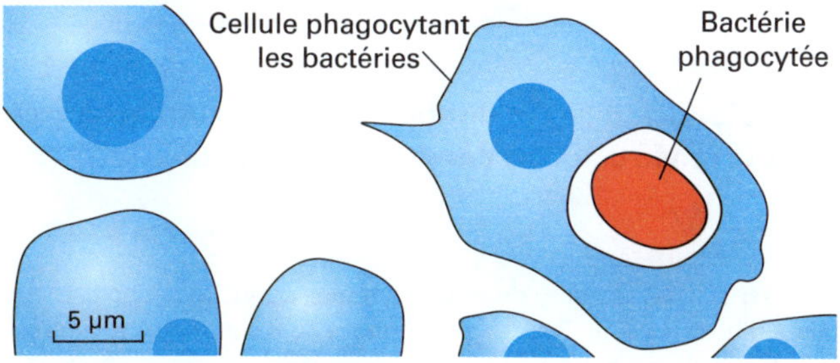

Cinq heures plus tard, toutes les bactéries ont été digérées.

Après avoir décrit et interprété les résultats de cette expérience, justifier la phrase suivante : « L'immunité innée est active dès la naissance et est commune à de nombreux êtres vivants. »

CONSEILS

1. Décrire la réaction observée.
2. Mettre en relation ces observations avec vos connaissances afin d'expliquer les mécanismes mis en place par le poisson-zèbre pour se défendre contre les bactéries.
3. Utiliser vos explications précédentes pour justifier l'affirmation.

6 Déterminer le mode d'action des cellules sentinelles

→ FICHE 32

Suite à un contact avec une bactérie, on observe au microscope électronique le comportement d'un mastocyte (cellule sentinelle de l'immunité innée). Les quantités d'histamine et de TNF (médiateurs chimiques de l'inflammation) dans le milieu extracellulaire sont mesurées.

Doc **Schémas au microscope éléctronique d'un mastocyte au repos (à gauche) et suite à un contact avec une bactérie (à droite)**

Les granules cytoplasmiques observables sur les deux schémas sont riches en molécules comme le TNF ou l'histamine.

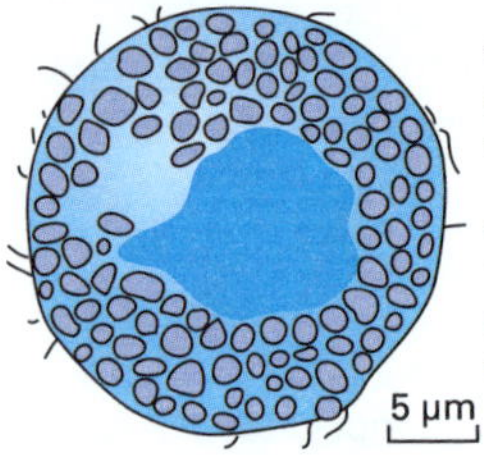

- Libération d'histamine = 1 (référence)
- Concentration de TNF dans le milieu extracellulaire = 50 pg.mL^{-1}

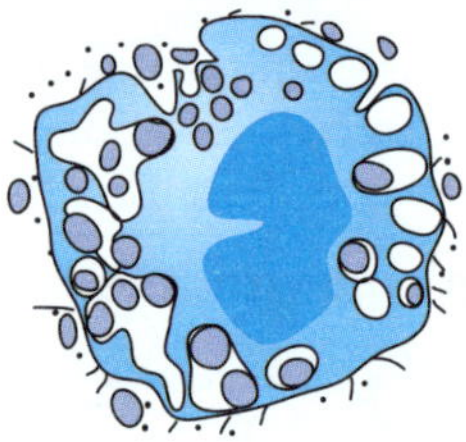

- Libération d'histamine = 5,6
- Concentration de TNF dans le milieu extracellulaire = 1 950 pg.mL^{-1}

À partir de l'exploitation de ces données et de vos connaissances, déterminer quel est le mode d'action des cellules sentinelles.

CONSEILS

1. Comparer la structure cellulaire du mastocyte, les quantités et concentrations extracellulaires d'histamine et TNF, avant et après contact avec une bactérie.
2. Répondre à la consigne en y intégrant vos connaissances.

7 Étudier le rôle d'une protéine dans le cas d'une légionellose

→ FICHE 33

La légionellose est une maladie, potentiellement mortelle, due à une infection pulmonaire aiguë. Elle est causée par une bactérie, *Legionella pneumophila*.

Ces bactéries sont présentes dans les flores aquatiques et peuvent se retrouver dans les systèmes d'alimentation en eau.

Les contaminations sont dues aux climatiseurs, canalisations d'eau chaude, bains à remous...

À la suite d'une infection par *Legionella pneumophila*, une protéine, MIP2, est produite par certaines cellules du système immunitaire. On souhaite connaître le rôle de cette protéine.

Pour cela nous disposons de souris traitées chez lesquelles le récepteur à la protéine MIP2 est inactivé expérimentalement. Ce récepteur se situe sur la membrane plasmique de certains globules blancs : les granulocytes.

Étudier le rôle de cette protéine dans la réponse immunitaire (faisant suite à une infection par *Legionella pneumophila*) et expliquer en quoi elle peut intervenir dans la survie des individus infectés.

Évolution du nombre de granulocytes présents dans le tissu pulmonaire chez les souris traitées et témoins 24 h après une infection par *Legionella pneumophila* (ces dernières sont comparées à celles obtenues chez des souris témoins non infectées).

Souris traitées	Nombre de granulocytes ($\times 10^5$)
Souris témoins non infectées	0
Souris témoins infectées	6
Souris traitées infectées	2

Doc Évolution du nombre de bactéries dans les poumons et de la survie de souris témoins et traitées après une infection par *Legionella pneumophila*

Ces données sont comparées à celle obtenues chez des souris témoins non infectées.

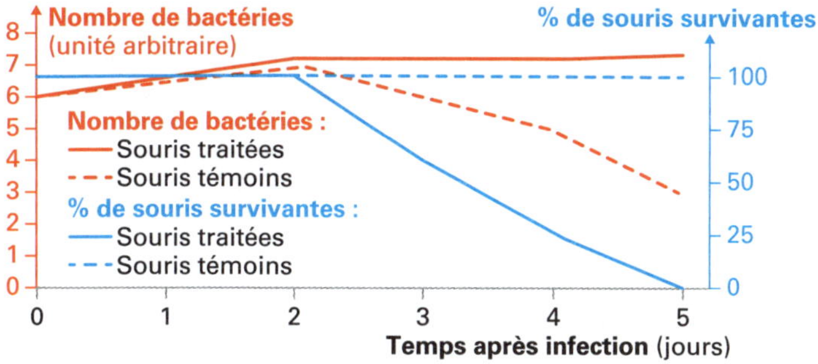

CONSEILS

1. Présenter et analyser chaque document : penser à citer les valeurs chiffrées lors de vos analyses.
2. Mettre en relation ces observations avec vos connaissances sur une des conséquences des médiateurs chimiques de l'inflammation, pour en déduire le rôle de MIP2.

8 Expliquer l'origine d'un dysfonctionnement de la réaction inflammatoire aiguë

→ FICHES 33 et 34

De rares personnes sont touchées par un syndrome appelé syndrome LAD (*leukocyte-adhesion deficiency*). Ces personnes souffrent des symptômes suivants : chute retardée du cordon ombilical, absence de pus dans les tissus infectés (liquide jaunâtre contenant des granulocytes et des débris cellulaires), mais surtout des infections bactériennes chroniques.

À l'aide de l'exploitation des documents et de vos connaissances, expliquer l'origine des infections généralisées chroniques chez les individus atteints de ce syndrome.

Doc 1 Données cytologiques et sanguines d'un individu atteint et non atteint par le syndrome de LAD lors d'une infection

	Sujet atteint	Sujet non atteint
Présence de granulocytes dans le sang	+	+
Présence de granulocytes dans les tissus infectés	–	+

+ = présence ; – = absence

Doc 2 Les étapes de la diapédèse

Document 2a. Lors de la diapédèse, les globules blancs sanguins migrent des vaisseaux vers les tissus infectés en plusieurs étapes : ils effectuent un roulement sur la paroi des vaisseaux sanguins, puis ils adhèrent aux cellules de la paroi des vaisseaux sanguins grâce à diverses molécules, notamment les intégrines. Enfin, ils migrent des vaisseaux vers les tissus infectés.

Document 2b. Les intégrines sont des protéines de surface permettant l'adhésion cellulaire entre les globules blancs et les cellules des parois des vaisseaux sanguins. Des mutations peuvent toucher les gènes responsables de la synthèse des intégrines. C'est le cas des personnes atteintes du syndrome LAD.

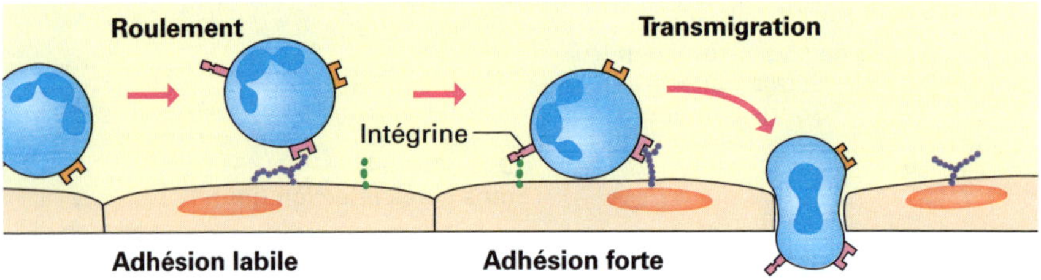

9 Éliminer les déchets résultant d'une lésion

→ FICHES 32, 33 et 34

Lors d'une course à pied, Romane s'est blessée à la cuisse. Suite aux examens effectués, le médecin diagnostique un claquage musculaire.

Un claquage est une lésion du tissu musculaire. Cela entraîne une réaction inflammatoire aiguë. Cette réaction permet à l'organisme d'éliminer les débris cellulaires résultant de la lésion du tissu musculaire.

Expliquer les mécanismes mis en place pour éliminer ces débris cellulaires : préciser d'où viennent les cellules impliquées dans ces mécanismes et quel est leur mode d'action.

Votre réponse comprendra une introduction, un développement structuré et une conclusion. Ce développement sera accompagné d'un schéma illustrant le mode d'action de ces cellules.

CONSEILS

1. Réfléchir en amont à toutes les notions que le sujet vous évoque.
2. Organiser ensuite ces notions en plusieurs parties dans lesquelles vous les développerez. Certaines peuvent être présentées sous forme de schémas, titrés et légendés ; cela peut permettre d'être plus clair et plus concis.

OBJECTIF BAC

10 Retracer l'histoire du système immunitaire au cours du temps

30 min

→ FICHES 34 ET 35

L'exploitation de l'ensemble des documents, mis en relation avec vos connaissances, permet de replacer l'évolution du système immunitaire inné et adaptatif au cours du temps.

LE SUJET

L'immunité innée est un système de protection rapide et non spécifique. Il se caractérise par la présence d'un système de détection de signaux de danger, le recrutement de cellules immunitaires sur le site d'infection et la présence de cellules phagocytaires impliquées dans l'élimination du danger.
L'immunité adaptative est un système de protection plus tardif, qui met en jeu la production et l'activation de cellules immunitaires au mode d'action plus spécifique : les lymphocytes.
À partir de l'exploitation des documents suivants et de vos connaissances, proposer un scénario concernant l'apparition et l'évolution des mécanismes immunitaires au cours du temps.

Doc 1 Photographies de cellules (hémocytes, cœlomocytes) jouant un rôle dans le système immunitaire des annélides ou des mollusques

Ces groupes ne présentent pas de lymphocyte.

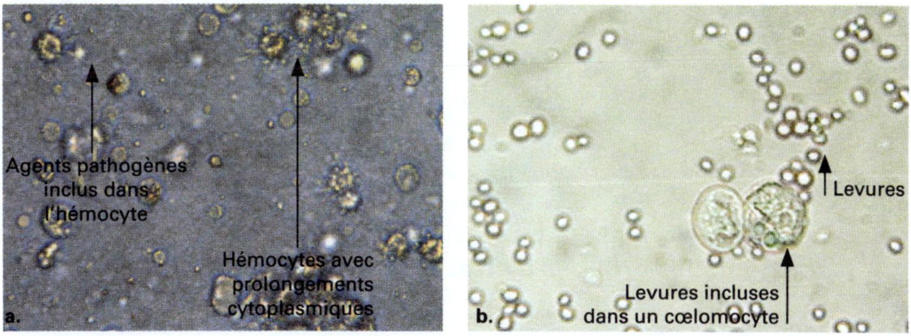

1a Hémocytes de moule (mollusque) en présence d'agents pathogènes (observation ×400)
1b Cœlomocytes de lombric (annélide) en présence de levures (observation ×400)

Doc 2a Le système immunitaire des vertébrés Poissons avec et sans mâchoire et système immunitaire

Parmi le groupe des vertébrés, il existe le groupe des poissons sans mâchoire (les Agnathes comme la lamproie), les poissons avec mâchoire (poissons cartilagineux et osseux), les reptiles, les amphibiens, les oiseaux et les mammifères.

La lamproie est un vertébré appartenant au groupe des poissons sans mâchoire. Elle possède des cellules capables d'effectuer la phagocytose.

Pendant longtemps, on a pensé qu'elle ne possédait pas de lymphocyte (car elle ne possède pas de thymus, lieu de production des lymphocytes). Cependant, des travaux récents ont suggéré qu'elle possède des cellules analogues aux lymphocytes. Ces cellules sont produites au niveau de tissus présents à l'extrémité de leurs branchies.

Le thymus (organe où sont produits les lymphocytes) des poissons à mâchoire provient d'une zone analogue à la région des branchies.

Les poissons avec mâchoire (poissons cartilagineux et osseux), les reptiles, les amphibiens, les oiseaux et les mammifères possèdent des organes lymphoïdes primaires et secondaires, c'est-à-dire les organes de production et d'activation des lymphocytes.

Doc 2b La lamproie, poisson sans mâchoire, possède un système immunitaire proche du système immunitaire adaptatif

a. Larve de lamproie (poisson sans mâchoire).
b. Coupe transversale de branchies de larve de lamproie.
c. Tissus à l'origine de la production de cellules analogues aux lymphocytes (gène spécifique des cellules analogues aux lymphocytes coloré en bleu).

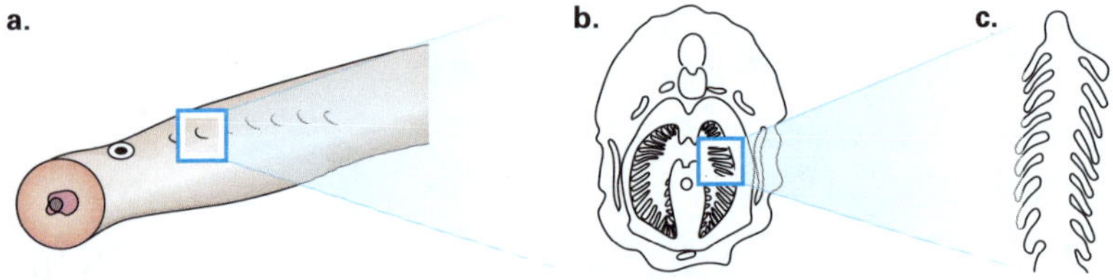

Doc 3 Arbre phylogénique montrant les liens de parenté de quelques groupes d'êtres vivants

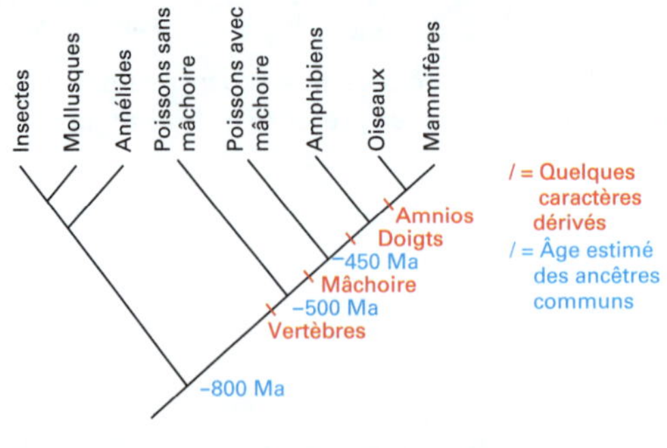

LA FEUILLE DE ROUTE

Étape 1
Présenter et analyser le document 1a et 1b.

Étape 2
Utiliser les informations apportées par l'énoncé et vos connaissances pour préciser (en justifiant) le type d'immunité qui se rencontre dans ces groupes. (→ FICHE 34)

Étape 3
Utiliser les informations apportées par le document 2a et 2b et l'énoncé pour en déduire parmi les vertébrés quels sont les groupes qui présentent l'immunité innée et adaptative.

Étape 4
Mettre en relation l'ensemble de vos déductions précédentes avec le document 3 pour proposer un scénario expliquant l'apparition des deux types d'immunité.

Étape 5
Conclure sur l'origine des mécanismes immunitaires observés chez les organismes et leur évolution au cours de l'évolution.

11 Expliquer l'origine des symptômes de la réaction inflammatoire

45 min

→ FICHE 33

L'ensemble des documents proposés dans cet exercice permet de comprendre à quoi sont dus certains symptômes de la réaction inflammatoire.

LE SUJET

Après s'être taillé le doigt, Leïan ne s'est pas désinfecté. Le lendemain, il a mal et constate que son doigt est rouge, chaud et très gonflé. Il commence un peu à s'inquiéter.

À partir de l'exploitation de l'ensemble des documents et de vos connaissances, expliquer les mécanismes de la réaction inflammatoire aiguë qui se mettent en place suite à une infection qui expliquerait les symptômes observés chez Leïan.

Doc 1 Coupe transversale de peau (cadres en haut à gauche) et vue rapprochée du derme dans une peau saine et une peau infectée (vues au MO).

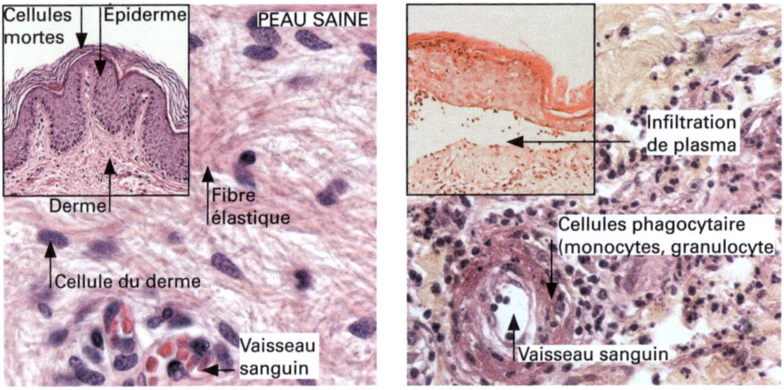

Doc 2 Le recrutement des globules blancs sanguins suite à une infection

Photographies d'un granulocyte à quelques minutes d'intervalle au microscope électronique à transmission.

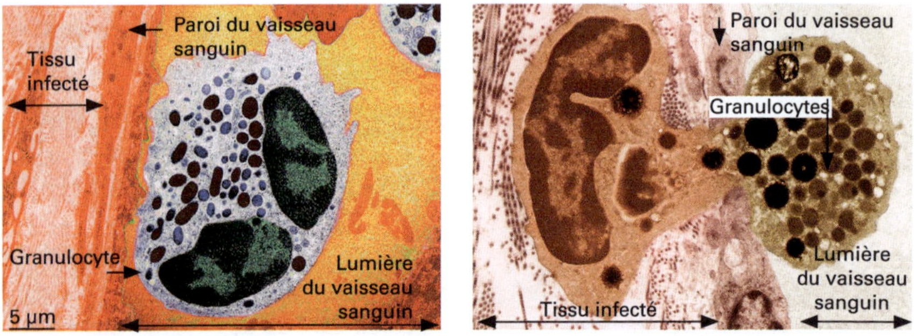

Doc 3a Variation du diamètre des vaisseaux sanguins dans un tissu sain ou infecté par des bactéries

	Diamètre des vaisseaux sanguins (en % du diamètre maximal)
Avant infection	20
Pendant une infection	87

Doc 3b Une action des médiateurs chimiques de l'inflammation

Étude sur un rat avant et après injection d'une molécule ayant des effets similaires aux médiateurs chimiques de l'inflammation

	Diamètre des vaisseaux sanguins (micromètres)
Avant injection	100-120
Après injection	180-200

Le diamètre du vaisseau est corrélé positivement à sa perméabilité : plus il est dilaté, plus il est perméable, notamment aux cellules.

▶▶▶ LA FEUILLE DE ROUTE

Étape 1 Présenter et analyser le document 1 : comparer les photos avant et pendant l'infection afin de relever des différences.

Étape 2 Présenter et analyser le document 2 : décrire le comportement d'un globule blanc sanguin suite à une infection. Mettre en relation ces observations avec vos connaissances pour expliquer ce mécanisme et le nommer. (→ FICHE 33)

Étape 3 Mettre en relation les documents 1 et 2 : utiliser les informations apportées par le document 2 et vos connaissances pour expliquer une partie des observations effectuées dans le document 1.

Étape 4 Présenter et analyser le document 3a : comparer les diamètres des vaisseaux sanguins avant et pendant une infection par des bactéries. Penser à citer des valeurs. En déduire les conséquences d'une infection sur la vasodilatation.

Étape 5 Présenter et analyser le document 3b : comparer les diamètres des vaisseaux sanguins avant et après une injection de médiateurs chimiques de l'inflammation. Penser à citer des valeurs.
Intégrer les informations apportées par le texte du document 3b et en déduire les conséquences des médiateurs chimiques de l'inflammation sur les vaisseaux sanguins.

Étape 6 Relier les informations des documents 3a et 3b et intégrer vos connaissances pour établir des liens sur l'origine de la vasodilatation. (→ FICHES 1 et 2)

Étape 7 Mettre en relation l'ensemble de vos observations avec vos connaissances, pour en déduire les conséquences de la réaction inflammatoire. (→ FICHE 33)

Étape 8 Faire un lien entre ces conséquences et les symptômes observés chez Leïan.

CORRIGÉS

SE TESTER QUIZ

1 La détection d'un agent infectieux

Réponses c et d. Les signaux de danger correspondent à des molécules qui se présentent sur nos propres cellules si elles sont infectées, ou lésées (cancer, blessures...) ou sur des micro-organismes pathogènes. Ces molécules sont communes à de nombreux micro-organismes. Elles sont détectées par des cellules appelées cellules sentinelles. Une fois ces signaux détectés, ces cellules libèrent des médiateurs chimiques de l'inflammation.

2 Les médiateurs chimiques de l'inflammation

Réponses b et c. Les médiateurs chimiques de l'inflammation ne sont libérés que lorsqu'un signal de danger est détecté par les cellules sentinelles. Ils déclenchent la réaction immunitaire innée responsable de la réaction inflammatoire aiguë.

Ces médiateurs se forment lors de réactions chimiques qui peuvent être inhibées par des anti-inflammatoires afin de limiter les symptômes associés.

3 L'élimination des agents pathogènes

Réponse b. La phagocytose est un processus que seules certaines cellules effectuent (ex. : certaines cellules sentinelles, ou granulocytes...). Elle se déroule en plusieurs étapes : adhésion, absorption, digestion et rejet des déchets.

La phagocytose permet d'éliminer les agents pathogènes mais également d'activer le système immunitaire adaptatif si l'immunité innée ne suffit pas.

4 La coopération entre l'immunité innée et adaptative

Réponses b et c.

L'immunité innée présente des mécanismes de défense et d'action qui ont été très conservés au cours du temps.

Suite à la détection de signaux de danger, les cellules dendritiques sont capables de migrer dans les ganglions lymphatiques pour présenter des fragments de l'agent pathogène au niveau de son CMH. Elle active l'immunité adaptative si jamais l'immunité innée ne suffit pas à éliminer un danger. Ces mécanismes se complètent.

S'ENTRAÎNER

5 Identifier la mise en place de l'immunité innée chez un poisson-zèbre

Sur le schéma, on observe des cellules d'embryon de poisson-zèbre effectuant la phagocytose. À l'intérieur des cellules, on observe des bactéries phagocytées.

La phagocytose est un mécanisme de défense de l'immunité innée permettant l'élimination d'élément pathogène : des cellules phagocytaires englobent et digèrent un élément étranger.

La phagocytose s'observe donc avant la naissance (cellules d'embryon) chez d'autres animaux que les hommes. L'immunité innée est active dès la naissance (même avant dans ce cas) et se retrouve chez différents êtres vivants.

6 Déterminer le mode d'action des cellules sentinelles

Au repos, le mastocyte présente de nombreuses granules cytoplasmiques riches en TNF et en histamine, médiateurs chimiques de l'inflammation. Suite au contact avec une bactérie, on observe la libération du contenu des vésicules cytoplasmiques à l'extérieur de la cellule. La libération d'histamine passe de 1 à 5,6, et la concentration de TNF de 50 $pg \cdot mL^{-1}$ à 1 950 $pg \cdot mL^{-1}$.

Les cellules sentinelles contiennent des vésicules cytoplasmiques. Elles sont riches en médiateurs chimiques de l'inflammation, de nature variée. Suite à la reconnaissance et au contact avec un agent pathogène (exemple ici d'une bactérie) par des récepteurs spécifiques, elles libèrent ces médiateurs qui vont alors activer le système immunitaire inné.

7 Étudier le rôle d'une protéine dans le cas d'une légionellose

■ **Le 1er document** est un tableau présentant l'évolution du nombre de granulocytes dans le tissu pulmonaire de différentes souris.

• **Chez les souris témoins non infectées,** le nombre de granulocytes est très élevé par rapport aux **souris témoins infectées** : ils sont 600 000 alors qu'ils sont absents chez les souris non infectées.

Cela est dû au recrutement de ces cellules suite à la libération de médiateurs chimiques de l'inflammation par les cellules sentinelles : les granulocytes migrent dans les tissus infectés par diapédèse.

• **En revanche, les souris traitées infectées** présentent 3 fois moins de granulocytes que les souris témoins infectées : 200 000 granulocytes.

En cas d'absence de récepteur au MIP2, le nombre de granulocytes recrutés qui se rendent par diapédèse dans les tissus infectés diminue.

MIP2 doit donc jouer un rôle dans le recrutement et la migration des granulocytes des vaisseaux aux tissus infectés. Cependant elle ne doit pas être la seule à jouer un rôle dans cette migration car une partie des granulocytes se sont rendus dans le tissu pulmonaire.

■ **Le 2e document** présente le lien entre le nombre de bactéries dans les poumons des souris témoins et traitées, et le pourcentage de souris survivantes.

• On constate que **chez les souris témoins**, le nombre de bactéries dans les poumons passe de 6 à 3 (→ unité arbitraire). Les souris survivent toutes à cette infection.

• **En revanche, les souris traitées** présentent un nombre de bactéries passant de 6 à 8 et les souris meurent toutes.

Sans l'intervention de MIP2 sur le site d'infection, les bactéries se multiplient davantage et entraînent la mort des individus.

En présence de MIP2, le nombre de granulocytes recrutés, participant à l'élimination des bactéries par phagocytose, est suffisamment élevé pour stopper l'infection.

La présence de MP2 permet donc d'effectuer une réaction inflammatoire plus efficace et entraîne donc une meilleure survie des individus.

8 Expliquer l'origine d'un dysfonctionnement de la réaction inflammatoire aiguë

■ **Le document 1** présente des données cytologiques et sanguines lors d'une infection chez un sujet atteint et non atteint du syndrome de LAD.

On observe la présence de granulocytes dans le sang chez les deux patients. En revanche, on note seulement chez le patient non atteint leur présence dans les tissus infectés.

■ **Le document 2** présente le mécanisme à l'origine de la sortie des globules blancs des vaisseaux aux tissus infectés : la diapédèse.

Celle-ci s'effectue en plusieurs étapes. L'une d'entre elles, l'adhésion, nécessite des protéines, les intégrines, permettant aux globules blancs comme les granulocytes de se fixer aux cellules des parois des vaisseaux pour ensuite pouvoir migrer jusqu'aux tissus infectés.

Chez les sujets atteints du syndrome de LAD, le gène à l'origine des intégrines est touché par une mutation. Cela les rend non fonctionnelles.

On comprend donc que chez ces personnes, la diapédèse se fait difficilement. Cela explique pourquoi il n'y a pas de granulocyte dans les tissus infectés.

Les granulocytes présents dans les tissus infectés effectuent la phagocytose pour éliminer le danger (organismes pathogènes ou cellules lésées...). En leur absence, l'élimination du danger n'a pas lieu et aboutit à des infections généralisées chroniques.

9 Éliminer les déchets résultant d'une lésion

Lors d'une infection, d'une présence de cellules anormales ou lésées, les mécanismes de l'immunité innée sont activés. Cela déclenche la réaction inflammatoire aiguë.

Dans le cas de Romane, le claquage a entraîné la lésion des tissus musculaires de la cuisse. Cela déclenche une réaction inflammatoire permettant d'éliminer les débris cellulaires.

D'où viennent les cellules impliquées dans ce mécanisme et quel est leur mode d'action ?

Dans un premier temps, nous étudierons les cellules impliquées dans ces mécanismes et comment elles procèdent pour se rendre sur le lieu de la lésion. Puis dans un second temps, nous verrons comment elles procèdent pour éliminer ces débris cellulaires.

1. Le rapatriement des cellules impliquées dans l'élimination des débris cellulaires

Les cellules sentinelles, comme les cellules dendritiques ou les macrophages, patrouillent en permanence dans les tissus. Elles peuvent détecter une infection ou un tissu lésé.

Dans le cas du claquage de Romane, certaines cellules du muscle sont lésées et reconnues comme telles par les cellules sentinelles.

Ces cellules sécrètent alors des médiateurs chimiques qui déclenchent la réaction inflammatoire. Ils entraînent la dilatation des vaisseaux et augmentent la perméabilité de leurs parois, ce qui entraîne un afflux de sang. Celui-ci permet de rapatrier de nombreux globules blancs sanguins (monocytes ou granulocytes) qui effectuent la diapédèse : ils passent des vaisseaux aux tissus lésés.

Une fois sur le site, ils détruisent les cellules lésées et font disparaître les débris cellulaires.

2. Mode d'action des cellules impliquées dans l'élimination des débris cellulaires

Une fois arrivés au niveau des tissus lésés, les granulocytes et les monocytes éliminent les cellules lésées et les débris cellulaires par phagocytose. Celle-ci se déroule en plusieurs étapes.

Doc La phagocytose des débris cellulaires

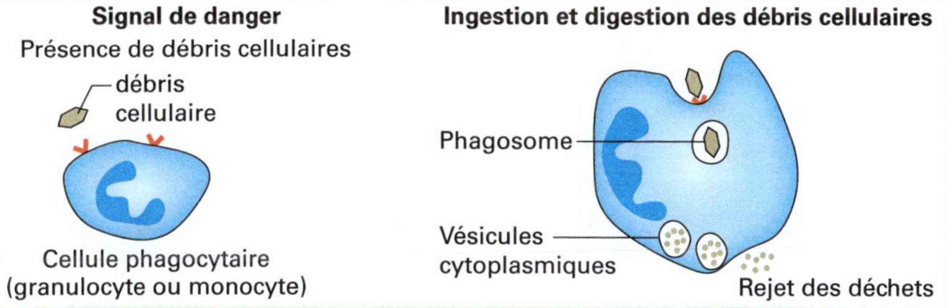

Les cellules lésées et les débris cellulaires sont repérés et ingérés. Ils forment des vésicules appelées phagosomes. Ils fusionnent avec des vésicules contenant des enzymes digestives et les débris sont alors digérés.

En conclusion, les cellules de l'immunité innée telles que les phagocytes ont permis l'élimination des débris cellulaires, et par la suite la guérison des tissus lésés par le claquage.

En cas d'une infection par un organisme pathogène, les mécanismes déclenchés sont similaires. Si l'infection persiste et que l'immunité innée ne suffit pas à éliminer le danger, certaines cellules de l'immunité innée deviendront présentatrices d'antigène et activeront l'immunité adaptative.

OBJECTIF BAC

10 Retracer l'histoire du système immunitaire au cours du temps

Étape 1 Présenter et analyser le document 1a et 1b

Les documents 1a et 1b présentent des photos de cellules immunitaires de moules et de lombrics en présence de micro-organismes. Dans chaque cas, on distingue ces micro-organismes à l'intérieur des hémocytes ou cœlomocytes.

Étape 2 Utiliser les informations apportées par l'énoncé et vos connaissances pour préciser le type d'immunité qui se rencontre dans ces groupes

Ces observations permettent d'identifier ces cellules immunitaires comme étant des phagocytes, cellules capables d'éliminer un micro-organisme étranger. Ce mécanisme caractérise l'immunité innée.

En revanche, le document 1 précise que ces groupes d'organismes ne possèdent pas de lymphocytes, cellules caractérisant l'immunité adaptative.

Ces groupes présentent donc un système immunitaire composé de l'immunité innée uniquement.

Étape 3 Utiliser les informations apportées par le document 2a et 2b et l'énoncé pour en déduire parmi les vertébrés quels sont les groupes qui présentent l'immunité innée et adaptative

Le document 2 explique que tous les vertébrés, sauf les poissons sans mâchoire, possèdent des organes lymphoïdes primaires et secondaires : ils produisent donc des lymphocytes, caractérisant l'immunité adaptative.

La lamproie, poisson sans mâchoire, présente des cellules capables de faire la phagocytose : elle a donc une immunité innée. Elle présente également des tissus au niveau des branchies capables de produire des cellules analogues aux lymphocytes. Cela ressemble donc aux mécanismes mis en place par l'immunité adaptative.

Étape 4 Mettre en relation l'ensemble de vos déductions précédentes avec le document 3 pour proposer un scénario expliquant l'apparition des deux types d'immunité

En prenant en compte l'ensemble des observations précédentes avec les informations apportées par l'arbre phylogénique présenté dans le document 3, on peut imaginer le scénario suivant :

- L'ensemble des groupes présentent les mécanismes caractérisant l'immunité innée : celle-ci serait donc apparue au niveau de leur ancêtre commun à tous, il y a au moins 800 Ma.
- Les mécanismes de défense mis en place chez les poissons sans mâchoire sont encore à préciser, mais l'immunité adaptative est clairement présente pour les autres groupes de vertébrés.
- Les mécanismes à l'origine de l'immunité adaptative seraient apparus entre 500 et 450 Ma.

Étape 5 Conclure sur l'origine des mécanismes immunitaires observés chez les organismes et leur évolution au cours de l'évolution

Les mécanismes de l'immunité sont donc des mécanismes hérités d'ancêtres communs et bien conservés dans le temps.

11 Expliquer l'origine des symptômes de la réaction inflammatoire

Étape 1 Présenter et analyser le document 1 : comparer les photos avant et pendant l'infection afin de relever des différences

Le document 1 est une photographie (au microscope) d'une coupe de peau saine et infectée.

La peau infectée présente une infiltration de plasma entre le derme et l'épiderme. Ce plasma ne s'observe pas dans la peau saine.

De plus, on note de très nombreux granulocytes dans le derme de la peau infectée, contrairement à la peau saine où on ne les distingue pas.

Étape 2 Présenter et analyser le document 2

Le document 2 présente deux photographies de globule blanc : un même granulocyte, à quelques minutes d'intervalle.

Sur la première photo, le granulocyte se situe dans la lumière du vaisseau sanguin, au niveau d'un tissu infecté.

Sur la seconde photo, on voit le granulocyte sortir du vaisseau sanguin pour rejoindre le tissu infecté.

Ce phénomène se nomme la diapédèse. (→ FICHE 33)

Étape 3 Mettre en relation les documents 1 et 2

À la suite d'une infection, les globules blancs qui se situent dans le sang comme les granulocytes sont recrutés grâce aux médiateurs chimiques de l'inflammation.

Ils passent des vaisseaux sanguins au tissu infecté par diapédèse. Cela explique pourquoi ils sont si nombreux dans le document 1.

Étape 4 Présenter et analyser le document 3a

Le document 3a est un tableau comparant le diamètre des vaisseaux sanguins avant et pendant une infection. Ils passent de 20 % du diamètre maximal à 87 % pendant une infection. L'infection déclenche donc une vasodilatation.

Étape 5 Présenter et analyser le document 3b

Le document 3b est un tableau comparant le diamètre des vaisseaux sanguins d'un rat avant et après injection de molécules ayant des effets similaires aux médiateurs chimiques de l'inflammation. Le diamètre passe de 100-120 micromètres à 180-200 micromètres.

Le diamètre du vaisseau étant corrélé positivement à sa perméabilité, lorsque des médiateurs chimiques déclenchent la vasodilatation, ils entraînent une augmentation de la perméabilité et donc un passage plus important des cellules des vaisseaux aux tissus lésés.

Étape 6 Relier les informations des documents 3a et 3b et intégrer vos connaissances pour établir des liens sur l'origine de la vasodilatation

Les médiateurs chimiques de l'inflammation sont libérés par les cellules sentinelles suite à la détection d'un danger.

Ces médiateurs entraînent une vasodilatation responsable d'un afflux de sang. Cela attire de nombreuses cellules de l'immunité. Cette vasodilatation entraîne également une augmentation de la perméabilité des vaisseaux. (→ FICHES 32 et 33)

Étape 7 Mettre en relation l'ensemble de vos observations avec vos connaissances, pour en déduire les conséquences de la réaction inflammatoire

Cette perméabilité facilite la diapédèse : les granulocytes arrivent alors au niveau des tissus infectés et éliminent l'ennemi par phagocytose.

Cette perméabilité entraîne également la sortie de plasma. (→ FICHE 33)

Étape 8 Faire un lien entre ces conséquences et les symptômes observés chez Leïan

Chez Leïan, on observe rougeur et chaleur (dues à un afflux de sang), un gonflement (lié à la sortie de plasma), de la douleur et de la fièvre (dues à la stimulation de certaines fibres nerveuses). Les symptômes de la réaction inflammatoire aiguë sont stéréotypés.

11 L'immunité adaptative

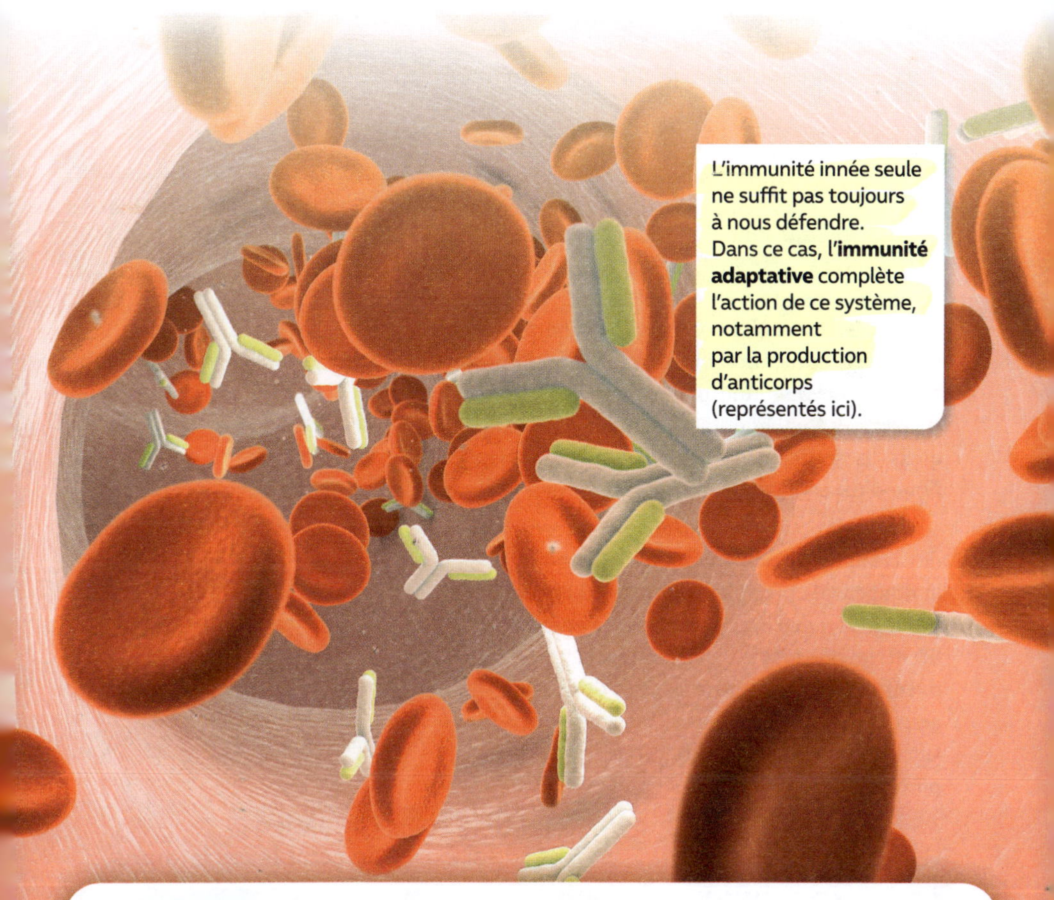

L'immunité innée seule ne suffit pas toujours à nous défendre. Dans ce cas, l'**immunité adaptative** complète l'action de ce système, notamment par la production d'anticorps (représentés ici).

36 L'immunité adaptative humorale

En bref *L'immunité adaptative met en jeu des molécules nommées anticorps, ainsi que les lymphocytes B, cellules à l'origine de leur production. Elles constituent l'immunité adaptative humorale.*

I Les anticorps, acteurs principaux de l'immunité humorale

- Les anticorps sont des protéines de type immunoglobulines (essentiellement des γ-globulines), solubles dans le sang, constitués de 4 chaînes : 2 lourdes et 2 légères. Chaque chaîne présente : une partie constante, qui leur permet de se fixer aux phagocytes ; une partie **variable** ayant une structure complémentaire des antigènes sur lesquels ils se fixent. Chaque anticorps est **spécifique** d'un seul type d'antigène.

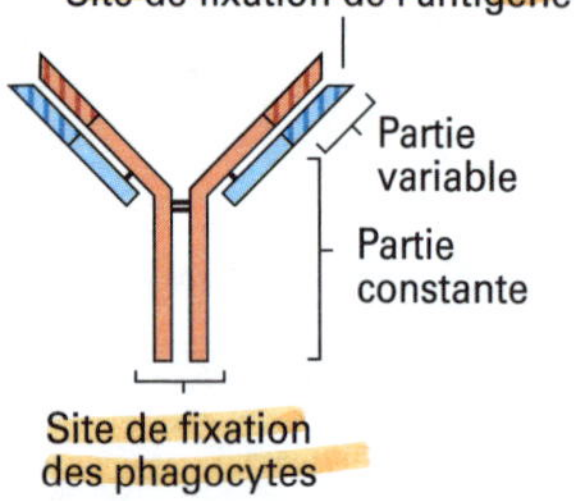

Doc 1 Structure d'un anticorps

- L'association anticorps/antigènes forme des **complexes immuns qui neutralisent le danger** (ils précipitent et empêchent la propagation de l'agent pathogène) et **facilitent la phagocytose** (les phagocytes se fixent sur la partie constante des anticorps grâce à des récepteurs spécifiques présents sur leur membrane et éliminent les complexes immuns).

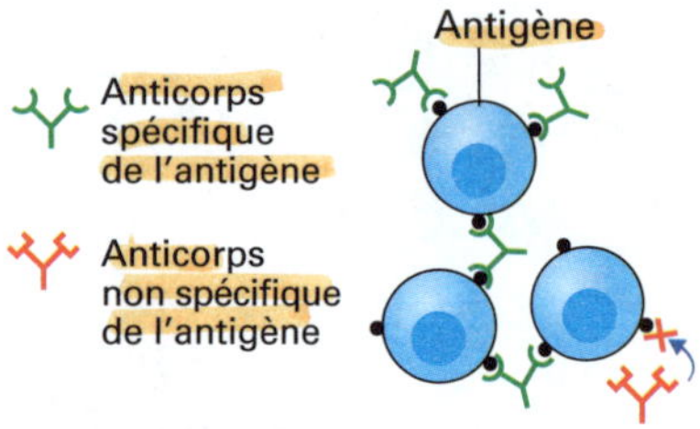

Doc 2 Formation de complexes immuns

II La production d'anticorps

- Les anticorps sont produits par des cellules spécialisées issues de la transformation de **lymphocytes B (L_B)** : les plasmocytes. Il existe différents types de L_B, différant par le type d'anticorps qu'ils présentent à leur surface. Chaque L_B possède un seul type d'anticorps membranaire, capable de détecter un antigène qui lui est spécifique. Chaque type de L_B existe en plusieurs exemplaires, qualifiés de clones.

- Lorsqu'un antigène pénètre dans l'organisme, seuls les clones de L_B spécifiques de ces antigènes sont sélectionnés : c'est la **sélection clonale**.

Ils subissent alors une multiplication intense, c'est la phase d'**amplification**. Puis les L_B se différencient en **plasmocytes**, cellules spécialisées dans la production d'anticorps, de compositions identiques aux anticorps membranaires qui ont détecté l'antigène, et en L_B mémoire (voir chap. 3).

Méthode

Mettre en évidence le caractère adaptatif de la réponse humorale

On injecte une protéine d'albumine de **sérum** de bœuf (Sérum Albumine Bovine) à un lapin sain. Cette protéine joue le rôle d'antigène. Quelques jours plus tard, on effectue une électrophorèse à partir du sérum de ce lapin (on centrifuge un échantillon de sang et on récupère le sérum qui surnage).

> **MOT CLÉ**
> **Sérum :** liquide sanguin (dépourvu de cellules).

À partir du document présenté, expliquer pourquoi on parle de réponse adaptative lorsqu'on parle de réponse humorale.

Doc Électrophorèse d'un lapin témoin (à gauche) et d'un lapin ayant subi une injection de SAB (à droite)

Une électrophorèse permet de séparer les protéines contenues dans le sérum en fonction de leur taille et de leur charge.

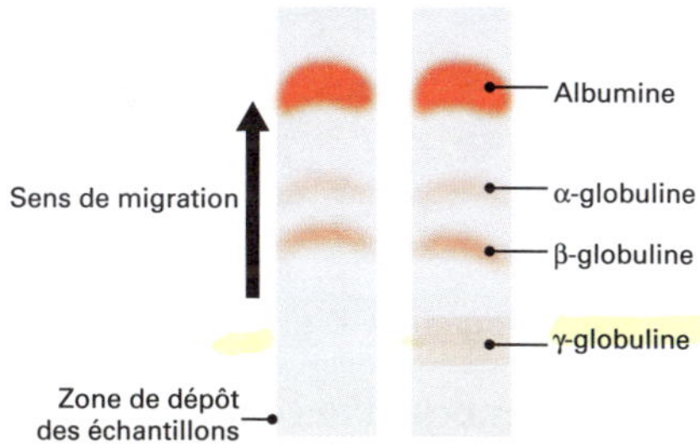

CONSEILS

Étape 1 Comparer les protéines constituant le sérum des deux lapins.
Étape 2 Établir un lien entre les différences observées et les conditions d'expérience pour chaque lapin. En déduire l'origine de ces différences.
Étape 3 Donner les conditions nécessaires pour déclencher la réponse humorale (à l'origine de la production d'anticorps) qui vous permettent d'expliquer le caractère adaptatif de la réponse humorale.

SOLUTION

Étape 1 Le lapin ayant reçu une injection de SAB présente des γ-globulines, donc des anticorps, contrairement au lapin témoin.

Étape 2 Sans injection d'antigène SAB, il n'y a pas production d'anticorps anti-SAB. À l'inverse, à la suite de l'injection, le lapin en produit. L'injection de SAB a donc déclenché la production d'anticorps anti-SAB.

Étape 3 La production d'anticorps par la réponse humorale n'est déclenchée qu'après une mise en contact avec un antigène. La réponse humorale est donc induite. C'est pourquoi on parle de réponse adaptative.

37 L'immunité adaptative cellulaire

En bref *Les lymphocytes T cytotoxiques (LT_C) sont des cellules capables de détruire des cellules cibles (cancéreuses, infectées...). Ces cellules sont les acteurs de l'immunité adaptative cellulaire.*

I Les LT_C, acteurs principaux de l'immunité cellulaire

■ Lorsqu'une cellule est infectée, ou anormale (ex. : cancéreuse), elle présente au niveau de son CMH (voir fiche 38) des molécules antigéniques reconnues par des récepteurs présents sur la membrane des LT_C : les récepteurs T.

■ À la suite de cette reconnaissance, les LT_C libèrent des molécules capables de lyser (détruire) cette cellule (voir schéma).

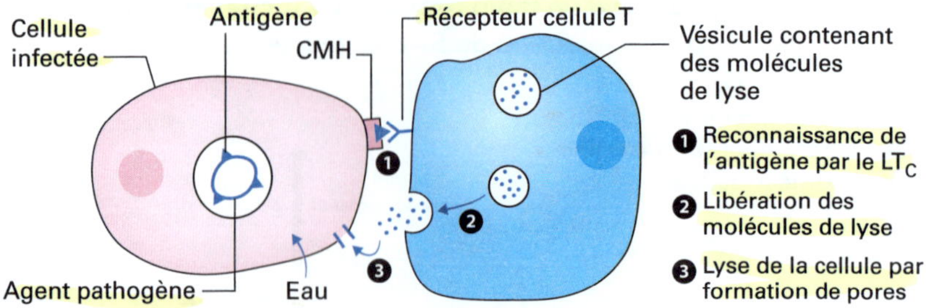

Doc 1 Le mode d'action des LT_C

Exemple de la destruction d'une cellule infectée.

II La production des LT_C

■ Les LT_C dérivent de lymphocytes T_{CD8} (LT_{CD8}) stockés dans les organes lymphoïdes (ex. : ganglions lymphatiques). Chaque LT_{CD8} possède un même type de récepteurs T à sa surface, capable de détecter un antigène qui lui est spécifique. Chaque type de LT_{CD8} existe en plusieurs exemplaires, qualifiés de clones.

■ Lorsqu'une cellule présentatrice d'antigène (voir chap. 1) migre jusqu'aux ganglions lymphatiques, le complexe CMH/antigène active certains LT_{CD8} porteurs de récepteurs T spécifiques de l'antigène : c'est la sélection clonale. Ces LT_{CD8} subissent d'intenses mitoses, c'est la phase d'amplification. Puis ils se différencient en LT_{CD8} mémoire et en LT_C capables de détruire les cellules cibles (voir chap. 3).

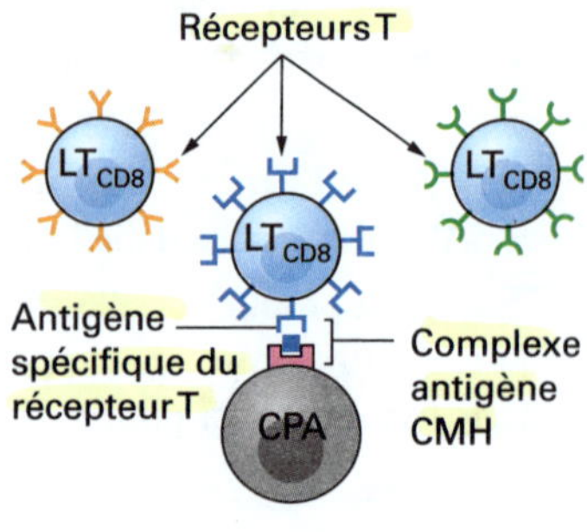

Doc 2 Sélection clonale parmi trois clones de LT_{CD8}

Méthode

Mettre en évidence la spécificité des LT_c

Des prélèvements de cellules dermiques et de LT_C sont effectués chez différentes souris (saines ou infectées par un virus A ou B). Plusieurs cultures sont effectuées. Pour chaque cas, le devenir des différentes cellules dermiques est noté dans le tableau ci-dessous.

En vous appuyant sur les résultats d'expériences, montrer la spécificité des LT_C pour un antigène.

Doc Résultats du devenir des différentes cellules dermiques

		Provenance des cellules dermiques		
		Souris saines	Souris infectées par le virus A	Souris infectées par le virus B
Provenance des lymphocytes T cytotoxiques	Souris saines	Absence de lyse*	Absence de lyse	Absence de lyse
	Souris infectées par le virus A		Lyse des cellules dermiques	Absence de lyse
	Souris infectées par le virus B		Absence de lyse	Lyse des cellules dermiques

* Lyse = destruction de la cellule

CONSEILS

Étape 1 Identifier les conditions nécessaires à la lyse des cellules dermiques.
Étape 2 Conclure sur la spécificité des LT_c par rapport aux particules virales.

SOLUTION

Étape 1 Les cellules dermiques des souris infectées par le virus A sont lysées dans le cas où les LT_C proviennent de souris infectées par le virus A, celles des souris infectées par le virus B quand les LT_C proviennent de souris infectées par le virus B. Pour détruire les cellules dermiques, les LT_C doivent donc être issus de souris infectées par le même virus que la cellule dermique infectée.

Étape 2 Les LT_{CD8} spécifiques du virus A ou B ont été activés : ils ont été sélectionnés, se sont multipliés et différenciés en LT_C spécifiques pour le virus A ou B. Ils ne peuvent alors détruire que les cellules infectées par ce même virus. Les LT_C agissent donc spécifiquement sur des cellules infectées par des virus identiques à ceux qui les ont activés.

38 La coordination de l'immunité adaptative

En bref *Les L_B et LT_{CD8} ne s'activent que si des interleukines les stimulent. Ces molécules sont produites par les lymphocytes T auxiliaires.*

I Les lymphocytes T auxiliaires (LT_a)

1 Le rôle de coordination des LT_a

- Les phases d'amplification et de différenciation des LT_{CD8} et des L_B, ne peuvent s'effectuer qu'en présence d'une molécule : l'interleukine 2 (IL-2).
- Les IL-2 sont sécrétés par des LT auxiliaires (LT_a). Ils jouent un rôle de coordinateur (chef d'orchestre) de l'immunité humorale et cellulaire.

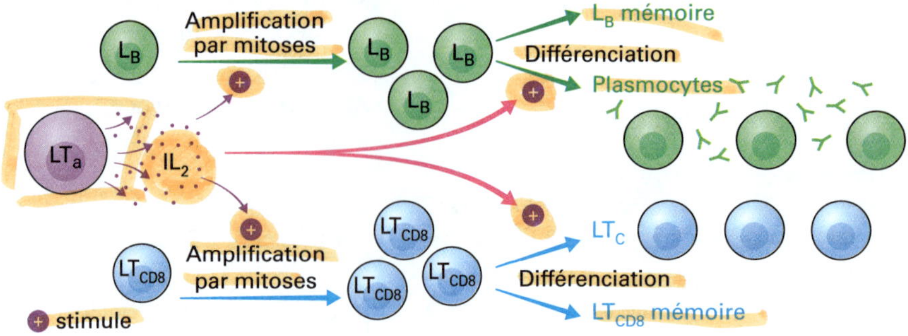

Doc **Les LT_a, coordinateurs de l'immunité humorale et cellulaire**

2 L'origine des LT_a

Les LT_a dérivent de lymphocytes T_{CD4} (LT_{CD4}) qui se différencient à la suite d'un contact avec un antigène spécifique. Chaque LT_{CD4} possède un même type de récepteurs T à sa surface capable de détecter un antigène spécifique présenté par une CPA. Les clones de LT_{CD4} activés sont alors sélectionnés et produisent des IL-2 qui entraînent l'amplification des LT_{CD4}. Une partie se transforme en LT_{CD4} mémoire, une autre se différencie en LT_a qui sécrètent alors de grande quantité d'IL-2 intervenant dans l'immunité humorale et cellulaire.

II L'immunité adaptative, une réponse lente et spécifique

- Ces différentes phases (sélection clonale des LT_{CD4}, LT_{CD8} et L_B, amplification et différenciation) expliquent le délai que met l'immunité adaptative à se déclencher.
- Les anticorps et les LT_C produits sont spécifiques des antigènes qui ont déclenché leur production. Cette réponse immunitaire ne se produit donc qu'après un contact avec un antigène, c'est pour cela que l'on parle de réponse adaptative.

Méthode

Identifier le mode d'action des LT_{CD4}

Des cellules dendritiques (CPA) et des LT_{CD4} de souris sont prélevées. Une partie des souris sont mutantes pour des molécules du CMH. Elles sont ensuite placées dans un milieu de culture, en présence d'un antigène. Un jour plus tard, on mesure la quantité d'IL-2 présente dans le milieu.

À partir des résultats d'expériences, montrer le rôle du CMH dans le mode d'action des LT_{CD4}.

Doc Évolution de la quantité d'IL-2 selon la quantité d'antigène présent dans le milieu pour une souris mutante et une souris normale

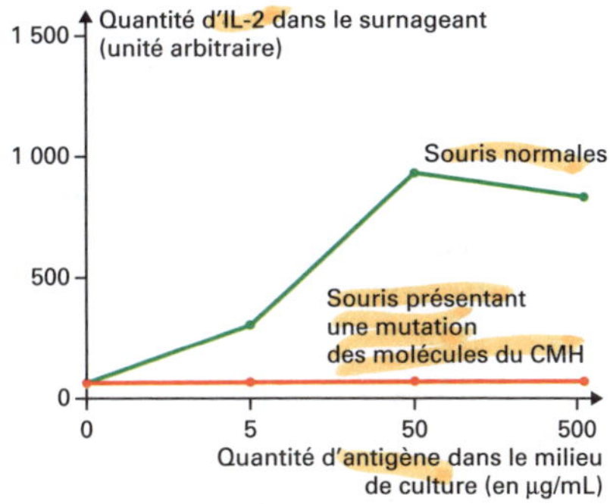

CONSEILS

Étape 1 Décrire les résultats obtenus pour les deux lots de cellules.

Étape 2 Établir un lien entre ces résultats et la mutation des souris pour identifier l'importance du CMH.

Étape 3 En vous appuyant sur ces observations et vos connaissances, en déduire les conditions nécessaires pour déclencher la production d'IL-2, et donc l'activation des LT_{CD4}.

SOLUTION

Étape 1 Plus la quantité d'antigène dans le milieu est importante, plus la production d'IL-2 par les cellules des souris normales est importante (300 ua pour 5 $g \cdot L^{-1}$, environ 1 000 ua pour 50 $g \cdot L^{-1}$). Elle est en revanche quasi nulle pour les souris mutantes, quelle que soit la quantité d'antigène.

Étape 2 La production d'IL-2 n'a pas lieu lorsqu'une mutation affecte les molécules du CMH. Le CMH est donc impliqué dans la production d'IL-2.

Étape 3 Les molécules du CMH des cellules dendritiques présentent les antigènes aux LT_{CD4}. Les LT_{CD4} spécifiques de ces antigènes se lient par leur récepteur T à ce complexe et sont activés. Ils produisent alors des IL-2, impliqués dans leur amplification et dans les réponses humorales et cellulaires.

39 La maturation du système immunitaire

En bref *Des réarrangements moléculaires sont à l'origine de la diversité des antigènes reconnus par l'organisme. Une fois produits, les lymphocytes subissent une maturation.*

I La diversité des anticorps produits

■ La reconnaissance spécifique de nombreux antigènes par notre système immunitaire repose sur la grande diversité des protéines membranaires des lymphocytes (récepteurs T des L_T et anticorps membranaires des L_B).

■ La recombinaison de gènes impliqués dans la synthèse des parties variables des anticorps est aléatoire. C'est un des mécanismes contribuant à cette diversité : on parle de diversité combinatoire. De plus, lors de la constitution des anticorps, l'association des chaînes lourdes et légères se fait au hasard. Ces différentes combinaisons des gènes et des chaînes lourdes et légères augmentent la diversité des anticorps produits.

■ Ces mécanismes ont lieu lors de la production des lymphocytes et sont à l'origine d'un grand répertoire de L_B. Ils entraînent la reconnaissance d'une diversité d'agents **immunogènes** potentiellement infinie.

MOT CLÉ
Substance immunogène : substance (antigène, le plus souvent) ayant la capacité de déclencher une réaction immunitaire.

II La sélection des lymphocytes

■ L'ensemble des lymphocytes sont produits dans la moelle osseuse. Les L_T (LT_{CD8}, LT_{CD4}) migrent ensuite vers le thymus.

■ Les lymphocytes dont les récepteurs membranaires sont dirigés contre les propres molécules de l'organisme sont dits auto-réactifs. Ils sont éliminés lors de la maturation des lymphocytes. Seuls les lymphocytes immunocompétents (capables de reconnaître des antigènes anormaux pour l'organisme, ils constituent le répertoire des lymphocytes B de l'organisme) sont conservés. Une fois cette sélection réalisée, les cellules restantes circulent dans le sang et dans la lymphe. Une 2e sélection a lieu lors de la rencontre des lymphocytes avec un antigène qui lui est spécifique, c'est la sélection clonale.

Doc **Maturation et sélection des lymphocytes**

Dans la moelle osseuse pour les L_B, le thymus pour les L_T.

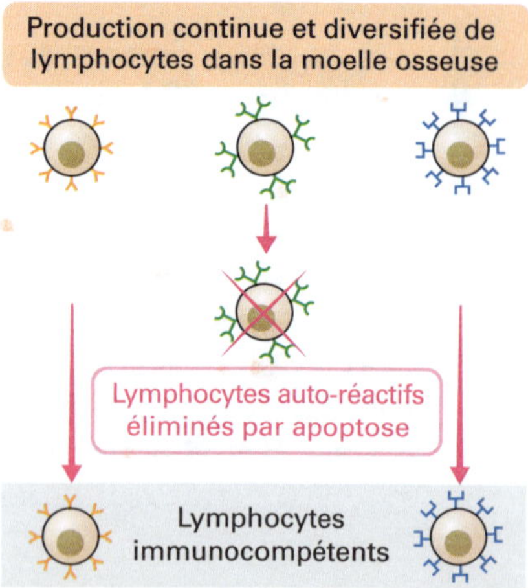

Méthode

Identifier le rôle et le lieu de la maturation des lymphocytes

Des chercheurs ont élevé des souris transgéniques qui ne produisent qu'un seul type de LT_{CD8}. Ces LT_{CD8} expriment tous un récepteur T spécifique de la protéine HY, codé par un gène présent sur le chromosome Y et exprimé dans toutes les cellules.

Expliquer l'importance de la maturation des lymphocytes T et indiquer la localisation de cette étape.

Doc Identification des LT_{CD8} chez les souris mâles et femelles

	Thymus	Ganglions lymphatiques
Souris transgénique mâle (XY)	Présents (mais en cours de destruction)	Absents
Souris transgénique femelle (XX)	Présents (en division)	Présents

CONSEILS

Étape 1 Identifier les molécules capables d'activer les LT_{CD8} et les individus chez qui ces molécules sont présentes.

Étape 2 Comparer l'état des LT_{CD8} dans le thymus des souris mâles et femelles et en identifier la cause.

Étape 3 Préciser les organes dans lesquels sont localisés les LT_{CD8} et en déduire le rôle de la maturation.

SOLUTION

Étape 1 Les LT_{CD8} expriment un récepteur T spécifique de la protéine HY, issue d'un gène porté par le chromosome Y. Seules les souris mâles produisent ces protéines capables d'activer les LT_{CD8}.

Étape 2 Dans le thymus, les LT_{CD8} des mâles sont en cours de destruction, contrairement à ceux des femelles qui se divisent. L'activation des LT_{CD8} par leurs propres protéines (HY) entraîne cette destruction.

Étape 3 Chez les femelles, les LT_{CD8} se retrouvent dans le thymus et dans les ganglions lymphatiques. Chez les mâles, on ne les retrouve que dans le thymus. Les LT_{CD8}, dits autoréactifs, ont donc été éliminés et n'ont pas pu rejoindre les ganglions lymphatiques. Cette élimination s'effectue dans le thymus, lors de la maturation des lymphocytes, et permet d'éliminer les cellules du système immunitaire capables de réagir contre le soi (l'organisme lui-même).

MÉMO VISUEL

La double action des anticorps

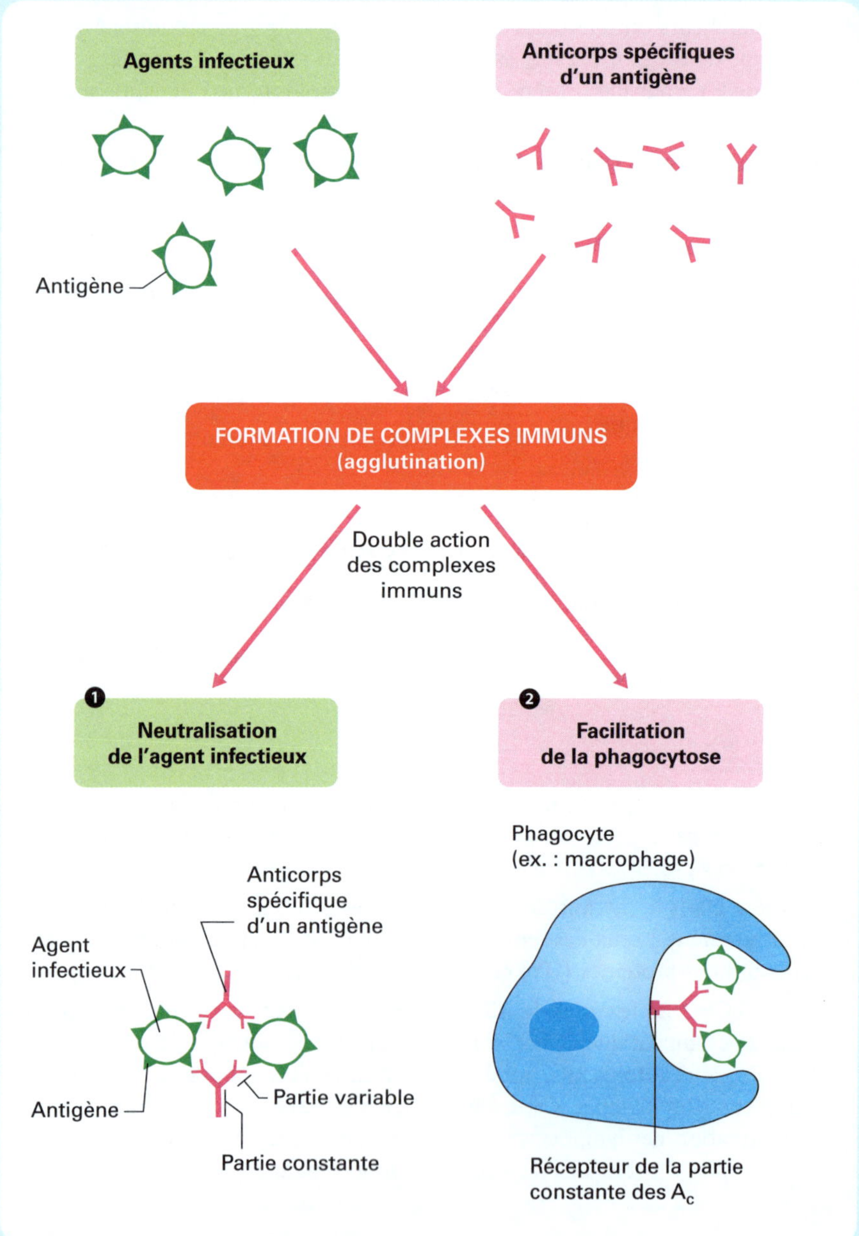

Les acteurs et la coordination de l'immunité adaptative

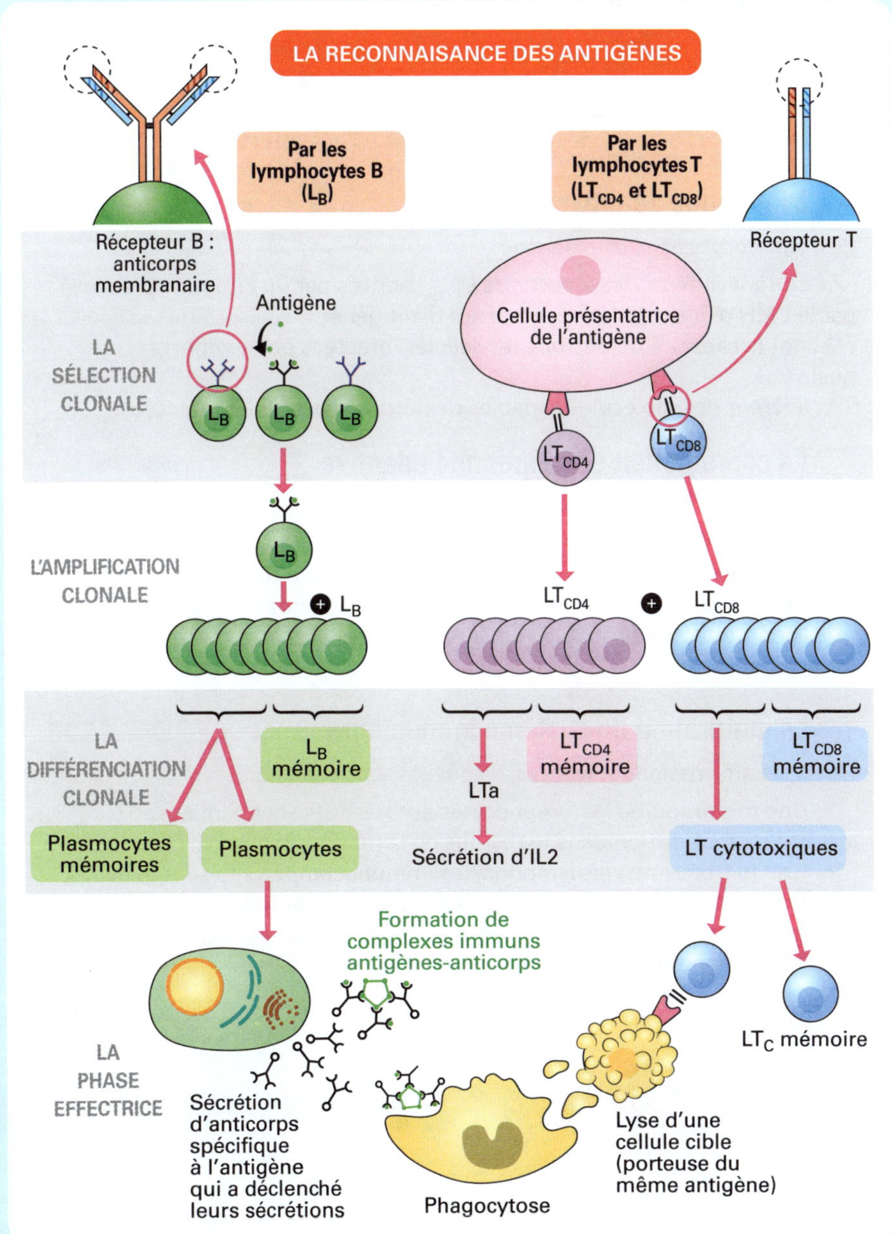

SE TESTER QUIZ

Vérifiez que vous avez bien compris les points clés des **fiches 36 à 39.**

1 L'immunité adaptive humorale

→ FICHE 36

Les anticorps :

☐ **a.** sont présents initialement dans le sang, prêts à agir rapidement
☒ **b.** sont spécifiques d'un antigène donné
☒ **c.** ont leur production déclenchée à la suite d'une infection

2 L'immunité adaptive cellulaire

→ FICHE 37

Les lymphocytes T cytotoxiques :

☒ **a.** se sont différenciés à partir de LT_{CD8}, activés par un antigène présenté par le CMH d'une cellule présentatrice d'antigène
☐ **b.** ont la capacité de détruire les cellules infectées par n'importe quel virus
☒ **c.** libèrent des molécules capables de détruire les cellules infectées

3 La coordination de l'immunité adaptive

→ FICHE 38

Les LT_{CD4} :

☐ **a.** contrôlent la réponse immunitaire adaptative humorale seulement
☒ **b.** possèdent des récepteurs T sur la surface de leur membrane, capables de se lier spécifiquement à un antigène donné
☐ **c.** libèrent des IL-2 capables de détruire les cellules infectées par un virus

4 La maturation du système immunitaire

→ FICHE 39

Parmi les affirmations suivantes, lesquelles sont vraies ?

☐ **a.** Une fois produits, les lymphocytes autoréactifs sont éliminés, lors de leur maturation dans le thymus ou la moelle osseuse
☒ **b.** Une fois produits, les lymphocytes immunocompétents sont éliminés, lors de leur maturation dans le thymus ou la moelle osseuse
☒ **c.** Des mécanismes de réarrangement de gènes sont à l'origine de la diversité des clones de lymphocytes

S'ENTRAÎNER

5 Expliquer l'origine de la spécificité des anticorps

→ FICHE 36

Un individu possède des millions de clones de L_B différents. Chacun a la capacité de détecter un antigène donné et est à l'origine de la production d'anticorps spécifiques à cet antigène.

Après l'étude de plusieurs modèles moléculaires obtenus par des données de diffraction aux rayons X, on a pu identifier les acides aminés d'un anticorps impliqué dans la reconnaissance et la fixation d'un antigène. Les résultats sont présentés dans le document ci-dessous.

À partir de l'exploitation des graphes, expliquer l'origine de la spécificité d'un anticorps pour un antigène.

Doc Séquences polypeptidiques des régions variables des chaînes lourdes et légères d'anticorps à spécificité différente

Les acides aminés sont numérotés en partant de l'extrémité du bras Y. Les flèches indiquent la position des acides aminés impliqués dans la liaison avec l'antigène. Au-delà du 100e acide aminé, les séquences des chaînes de l'ensemble des anticorps étudiés sont à peu près constantes.

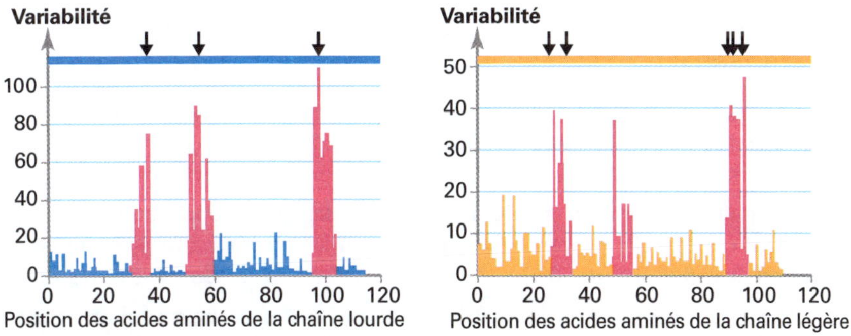

CONSEILS

1. Observer la variabilité des chaînes lourdes et des chaînes légères : situer les zones où la variabilité est faible/élevée.
2. Mettre en lien ces zones avec celles de fixation de l'antigène et les caractériser.
3. En déduire l'origine de la reconnaissance d'une grande diversité d'antigènes par les régions variables des chaînes lourdes et des chaînes légères des anticorps.

6 Expliquer un paradoxe génétique

→ FICHE 39

L'homme possède en moyenne 25 000 gènes. Pourtant, le nombre de clones de lymphocytes qui diffèrent par leurs protéines membranaires à l'origine de la reconnaissance d'un grand nombre d'antigènes est de plusieurs millions.

À partir de l'analyse du document ci-après, expliquer un des mécanismes à l'origine de la diversité des clones de L_B qui permet d'expliquer ce paradoxe génétique.

Doc Mécanisme simplifié à l'origine de la diversité de L_B

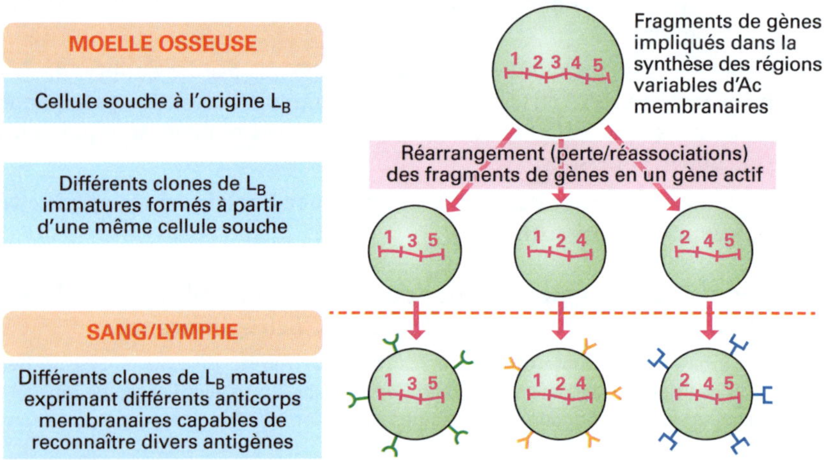

7 Mettre en évidence la réponse immunitaire spécifique et adaptative

→ FICHE 36

Une protéine d'albumine issue du sérum de bœuf, SAB (sérum = liquide sanguin débarrassé de ses cellules) est injectée à un lapin sain. Celle-ci joue le rôle d'antigène, mais n'est pas pathogène.

Quelques jours plus tard, on prélève un peu de son sang et la concentration en anticorps est mesurée : elle est très élevée comparée à la concentration présente avant l'injection de la SAB. Un test d'Ouchterlony est effectué sur le sérum de ce lapin.

Ce test consiste à mettre dans différents puits des solutions d'antigènes et d'anticorps, qui peuvent diffuser dans toutes les directions autour du puits. Quand deux solutions entrent en contact, si elles ne réagissent pas ensemble, la zone de contact reste invisible ; dans le cas contraire, les solutions précipitent et un arc de précipitation, visible à l'œil nu, se forme.

Doc 1 Schéma du principe de la méthode d'immunodiffusion sur gel

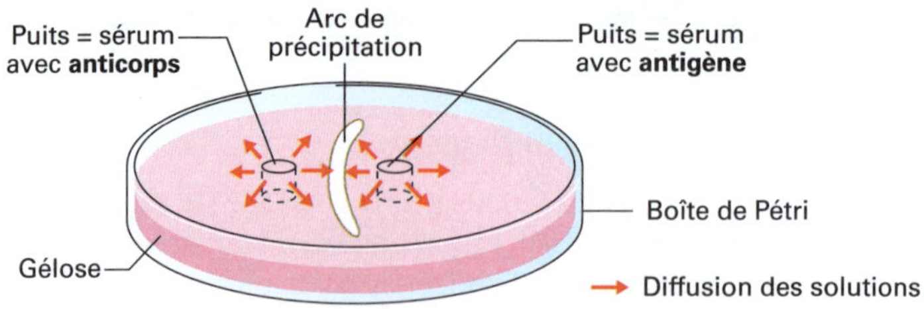

Doc 2 Test d'Ouchterlony effectué sur un sérum de lapin ayant reçu une injection de SAB

On place au centre le sérum de lapin chez qui la SAB a été injectée quelques jours auparavant. Autour de ce puits, plusieurs sérums de différentes espèces, chèvre (C), poule (P), lapin (L), bœuf (B), cheval (CL) et une molécule d'origine bovine : la BSA (albumine de bœuf) sont déposés. Les résultats sont présentés dans le document ci-contre.

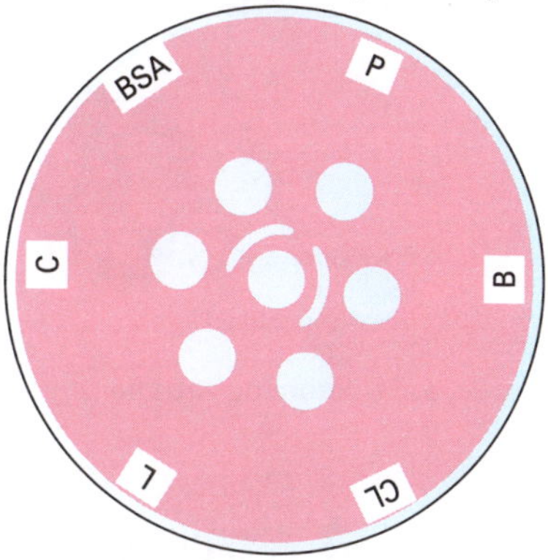

À partir de l'exploitation des résultats présentés et de vos connaissances, mettre en évidence que la production d'anticorps est spécifique et adaptative d'un antigène donné.

CONSEILS

1. Situer les solutions qui réagissent entre elles en localisant la présence d'arcs de précipitation.
2. Appuyez-vous sur le document 1 et vos connaissances pour expliquer ce que signifie la présence d'arcs de précipitation en général.
3. Interpréter l'ensemble des résultats du document 2 en utilisant vos explications précédentes pour prouver que la production d'antigène est spécifique d'un antigène donné et que la réponse est adaptative.

8 Combattre le virus de la grippe

→ FICHE 37

Le virus de la grippe est à l'origine de grandes épidémies chaque année et dans certains cas peut être mortel. Il provoque de fortes fièvres, courbatures, toux, et est très contagieux.

À partir de l'étude de l'ensemble des documents et de vos connaissances, expliquer les mécanismes mis en place par le système immunitaire permettant de lutter contre le virus de la grippe.

Vous ne développerez pas l'action des LT_{CD4} dans cet exemple.

Doc 1 Le virus de la grippe

Pour se reproduire, ce virus doit utiliser la machinerie cellulaire de cellules cibles. Pour s'y fixer et pénétrer à l'intérieur, il utilise des protéines membranaires. Une fois à l'intérieur, il détourne la machinerie de la cellule infectée et produit de nombreux virus qui s'échappent et infectent de nouvelles cellules.

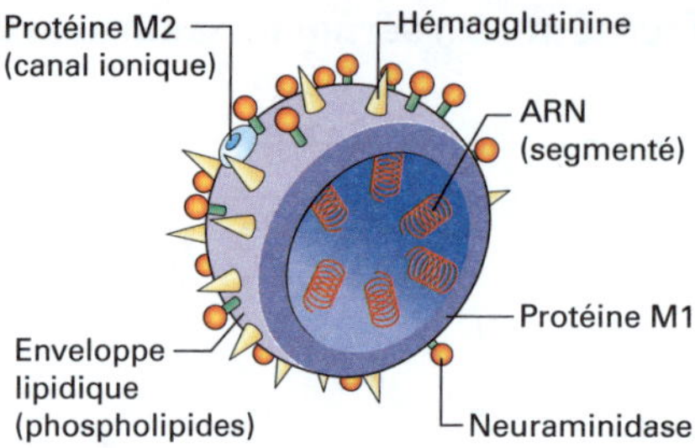

a. Structure du virus de la grippe.

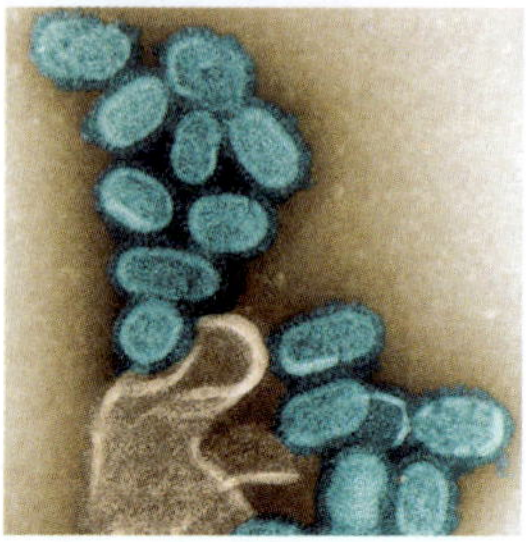

b. Photo au microscope électronique de la libération de virus de la grippe d'une cellule (× 100).

Doc 2 Représentation schématique d'une observation effectuée par vidéo du comportement d'un lymphocyte T_{CD8} lors de l'arrivée de la cellule dendritique dans un ganglion lymphatique

Lors d'une infection par le virus de la grippe, au niveau du site de la réaction inflammatoire, des cellules dendritiques phagocytent des débris de cellules infectées par le virus. Elles migrent ensuite vers les ganglions lymphatiques.

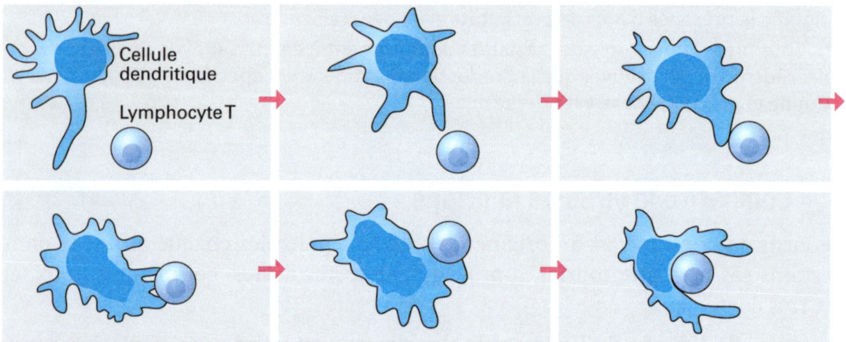

Doc 3a Pourcentage de LT_{CD8} spécifiques à différents virus avant et après une contamination au virus de la grippe

Les LT_{CD8} spécifiques du virus de la grippe, du pneumovirus et du virus de la chorioméningite sont évalués en pourcentage par rapport à l'ensemble des LT_{CD8} circulants.

	Virus de la grippe	Pneumovirus	Virus de la chorioméningite
Avant l'infection	0,1	0,1	0,2
8 jours après la contamination	8	0,1	0,2

Doc 3b Pourcentage de destruction par des LT_c de populations cellulaires infectées par le virus de la grippe

Les LT_C proviennent de souris infectées par ce même virus quelques jours plus tôt (1) et (2). En (3), les cellules au contact des LTc ne sont pas infectées.

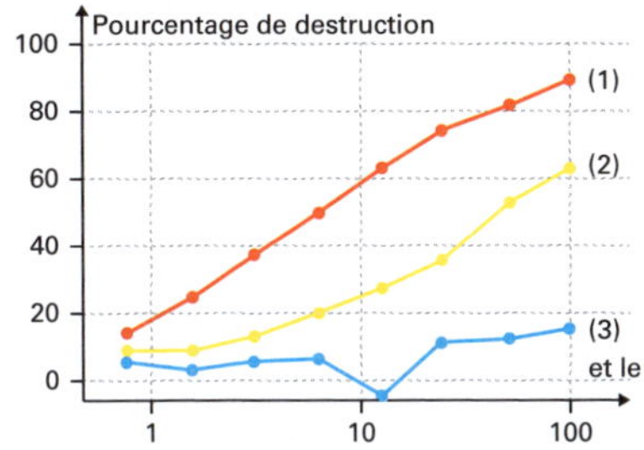

9 Expliquer le mode d'action du VIH

→ FICHE 38

Après avoir pénétré à l'intérieur d'un lymphocyte T, le VIH se sert de la machinerie cellulaire de cette cellule pour se reproduire. Des particules virales sont alors libérées pour aller infecter des cellules saines du système immunitaire comme des macrophages ou des LT_{CD4}. En phase terminale de la maladie, l'ensemble des cellules infectées peut produire jusqu'à dix mille milliards de virus en 24 heures.

À partir de l'exploitation du document suivant et de vos connaissances, expliquer le mode d'action du VIH et ses conséquences sur le système immunitaire adaptatif.

Doc Évolution de la charge virale et de la concentration en LT_{CD4} à la suite d'une infection par le VIH

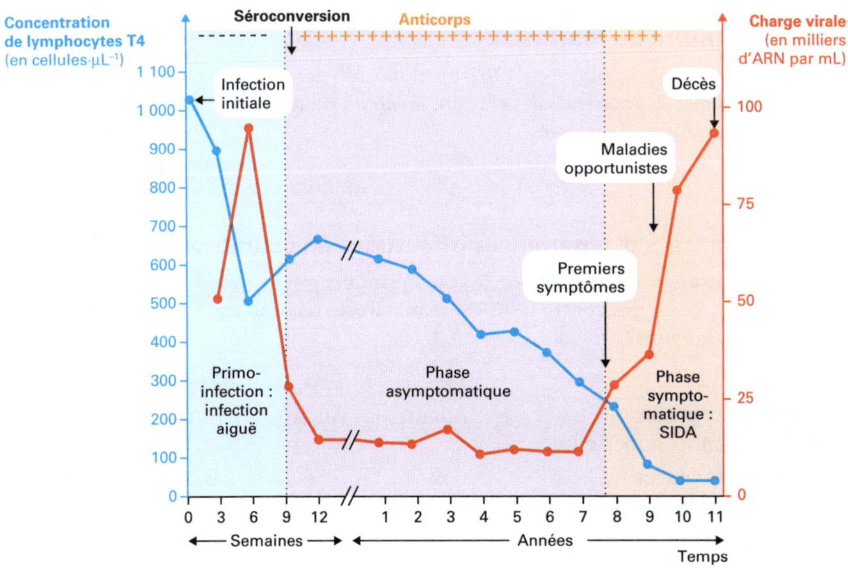

CONSEILS

1. Décrire l'évolution de chaque courbe lors des différentes phases (de 0-6 semaines puis de 6-9 semaines, durant la phase asymptomatique ; et enfin lors de la phase symptomatique).
2. Relier l'évolution de la courbe des LT_{CD4} à celle de la charge virale et au mode d'action du système immunitaire adaptatif (LT_C et anticorps).
3. Expliquer l'évolution des symptômes et de la charge virale observables à l'aide des réponses précédentes.

OBJECTIF BAC

10 Expliquer le rôle des LT_{CD4} dans l'immunité adaptative → FICHE 38

50 min

Pour comprendre le rôle essentiel des LT_{CD4} dans la coordination du système immunitaire adaptatif, il vous faudra exploiter les documents et les mettre en relation avec vos connaissances, pour apporter une réponse complète au problème posé.

LE SUJET

À partir de l'exploitation des documents et de vos connaissances, expliquer le rôle des LT_{CD4}.

Des chercheurs injectent à une souris des globules rouges de moutons (GRM). Quelques jours plus tard, on prélève dans sa rate des lymphocytes B et T. On les met en culture séparément quelques jours dans la chambre de Marbrook selon différentes combinaisons cellulaires entre les deux chambres.

Doc 1a Chambre de Marbrook

John Marbrook met en place en 1967 un dispositif permettant d'étudier la coopération cellulaire au cours de la réponse immunitaire adaptative.

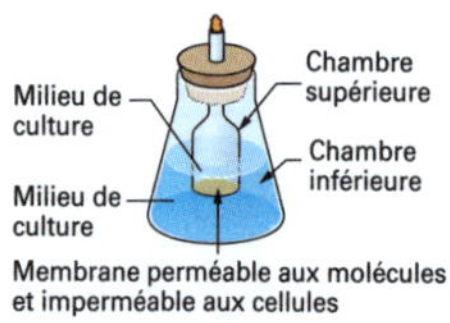

Doc 1b Résultats d'expériences effectuées en chambre de Marbrook

Après avoir filtré le milieu de culture, le surnageant est mis en présence de GRM. La présence d'anticorps dirigés contre les GRM se manifeste par une agglutination (formation de complexes immuns).

	Exp. 1	Exp. 2	Exp. 3	Exp. 4
Lymphocytes placés dans la chambre supérieure	Aucun	Aucun	Aucun	B
Lymphocytes placés dans la chambre inférieure	B	T	B et T	T
Agglutination	+	.	+++	+++

Doc 2 Nombre de plasmocytes différenciés à partir de LB en fonction de la concentration en IL-2.

Les concentrations sont données en unité internationale (UI/litre).

À la suite de leur activation par un antigène qui leur est spécifique, les LT_{CD4} s'activent : ils se multiplient, se différencient en $LT_{auxiliaire}$ et produisent des interleukines 2 (IL-2).
On étudie l'effet de la concentration en IL-2 sur la différenciation d'une population de L_B en plasmocytes préalablement activés par un contact avec un antigène.
On obtient des résultats similaires pour des populations de LT_C par rapport aux lymphocytes T_{CD8}.

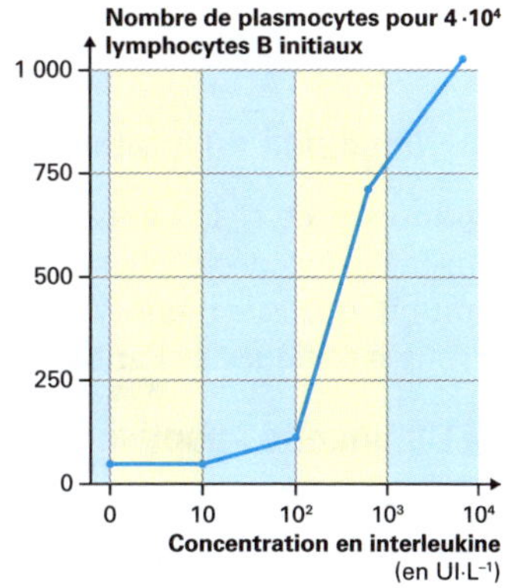

▶▶▶ LA FEUILLE DE ROUTE

Étape 1
Analyser et interpréter les différentes expériences effectuées dans la chambre de Marbrook.

Étape 2
En déduire les conditions nécessaires aux L_B pour produire des anticorps.

Étape 3
Analyser le graphique pour expliquer le rôle de l'IL-2 sur les populations de L_B, puis son rôle sur les populations de LT_{CD8}.

Étape 4
Mettre en lien les informations issues des deux documents, pour expliquer le mode d'action des LT_{CD4} et leur rôle dans l'immunité adaptative.

CORRIGÉS

SE TESTER QUIZ

1 L'immunité adaptative humorale

Réponses b et c. Les anticorps ne sont produits qu'après une infection par un antigène qui va déclencher leur production, par des cellules spécialisées du système immunitaire, les lymphocytes B. Ils ne sont pas initialement présents dans le sang. Ils sont spécifiques de l'antigène qui a déclenché leur production.

2 L'immunité adaptive cellulaire

Réponses a et c. Les LT_{CD8} sont activés par un antigène présenté par le CMH d'une cellule présentatrice d'antigène. Ils se différencient ensuite en lymphocytes T cytotoxiques capables de détruire les cellules infectées par le même virus que ceux ayant déclenché leur activation.

3 La coordination de l'immunité adaptive

Réponse b. Les LT_{CD4} contrôlent la réponse immunitaire adaptative humorale et cellulaire. C'est un chef d'orchestre des deux types d'immunité adaptative. Ils possèdent des récepteurs T sur la surface de leur membrane, capables de se lier spécifiquement à un antigène donné. Cet antigène est présenté par le CMH d'une cellule présentatrice d'antigène. Une fois sélectionnés et activés, ils libèrent des IL-2 qui entraînent l'amplification des lymphocytes et leurs différenciations.

4 La maturation du système immunitaire

L'affirmation a est vraie. Une fois produits, les lymphocytes autoréactifs sont éliminés lors de leur maturation, dans le thymus pour les lymphocytes T ou la moelle osseuse pour les lymphocytes B.

L'affirmation b est fausse. Les lymphocytes immunocompétents sont sélectionnés et constituent le répertoire des lymphocytes de l'individu.

L'affirmation c est vraie. Des mécanismes de réarrangement de gènes sont à l'origine de la diversité des clones de lymphocytes produits, permettant la reconnaissance d'un grand nombre d'antigènes.

S'ENTRAÎNER

5 Expliquer l'origine de la spécificité des anticorps

■ Les graphes traduisent la variabilité des 100 premiers acides aminés des régions variables des chaînes lourdes et des chaînes légères d'anticorps à spécificité différente.

L'évolution de la variabilité des acides aminés des deux chaînes est assez similaire :
- certaines zones présentent une variabilité oscillant de 0 à 20 ua (de la position 0 à environ 25, 36 à 50, et 58 à 92) ;
- d'autres zones présentent une très forte variabilité pouvant atteindre jusqu'à 100 ua pour les chaînes lourdes, et 40 ua pour les chaînes légères. Ces zones sont identifiées par des flèches (de la position environ 26 à 35, 51 à 57 et 93 à 100) et correspondent à la zone de fixation de l'antigène sur l'anticorps.

■ Les zones de fixation de l'antigène au niveau des chaînes lourdes et des chaînes légères des régions variables des anticorps sont donc des zones où la séquence en acide aminé est très variable.

■ Ces variations se traduisent par une diversité de forme des deux extrémités variables des anticorps, à l'origine de la reconnaissance d'un grand nombre d'antigènes différents. Elles sont donc à l'origine de la spécificité des anticorps pour un antigène donné.

6 Expliquer un paradoxe génétique

■ De nombreux fragments de gènes, présents dans les cellules souches à l'origine de LB, sont impliqués dans la synthèse des régions variables d'anticorps membranaires.

Ces fragments peuvent se recombiner et former diverses associations dans les cellules issues de la division d'une même cellule souche.

■ Les LB immatures présentent alors un gène responsable de la synthèse des régions variables des anticorps membranaires, différents d'un LB à un autre, à l'origine de la diversité des clones.

■ Ces clones issus d'une cellule souche génétiquement identique produisent des anticorps membranaires à région variable très différents, permettant de reconnaître de nombreux antigènes grâce à des mécanismes de recombinaisons génétiques.

7 Mettre en évidence la réponse immunitaire spécifique et adaptative

■ Le test présente deux arcs de précipitation entre le puits central contenant le sérum de lapin chez qui la BSA a été injectée et :
- le puits contenant la BSA ;
- le puits contenant le sérum de bœuf.

■ D'après le document 1, un arc de précipitation est visible à l'œil nu lorsque les solutions réagissent entre elles. Les anticorps et antigène peuvent en effet dans certains cas interagir ensemble, lors de la formation de complexes immuns qui précipitent (visibles par la présence d'arcs de précipitation).

■ Le sérum de lapin chez qui la BSA (agissant comme un antigène) a été injectée quelques jours plus tôt, réagit seulement avec les solutions des puits dans lesquels la BSA est présente. Il y a donc une interaction anticorps/antigène entre ces solutions. En revanche, aucun arc de précipitation n'est visible avec les sérums ne contenant pas de BSA, donc pas d'interaction anticorps/antigène.

Le lapin possède donc des anticorps spécifiques seulement à la BSA, qu'il a produits à la suite de l'injection préalable de celle-ci (la concentration d'anticorps dans le sang a fortement augmenté après l'injection de la BSA).

La production d'anticorps ne se fait donc qu'après avoir été en contact avec un antigène, et elle est spécifique de l'antigène qui a déclenché sa production.

8 Combattre le virus de la grippe

■ Chaque année, le virus de la grippe contamine de nombreuses personnes et entraîne des épidémies. À l'aide des documents et de nos connaissances, nous pouvons expliquer par quels mécanismes le système immunitaire permet de lutter contre ce virus.

■ Le document 1 nous permet de constater que le virus de la grippe ne peut se reproduire qu'en infectant des cellules cibles. Il s'y fixe et y pénètre grâce à des protéines membranaires. Après avoir utilisé la machinerie cellulaire de la cellule cible, il se reproduit et de nombreux virus sont libérés. Chaque virus infecte ensuite d'autres nouvelles cellules.

Lors d'une infection, les acteurs de l'immunité innée sont sollicités : la réaction inflammatoire se met en place. Si elle ne suffit pas à éliminer le pathogène, des cellules présentatrices d'antigène (comme les cellules dendritiques) phagocytent des fragments de cellules infectées, et les présentent au niveau des molécules du CMH. Elles migrent ensuite dans les ganglions lymphatiques les plus proches.

■ Dans le document 2, on constate qu'à l'arrivée de la cellule dendritique, un LT_{CD8} se dirige vers elle. Puis les cellules entrent intimement en contact.

En effet, les LT_{CD8} qui possèdent des récepteurs T spécifiques à l'antigène présenté par les cellules dendritiques sont sélectionnés et activés. On parle de sélection clonale.

■ Après une contamination par le virus de la grippe, on constate dans le document 3a, que seuls les LT_{CD8} spécifiques de ce virus ont très fortement augmenté dans le sang : en 8 jours, ils passent de 0,1 % à 8 %.

Ce n'est pas le cas des LT_{CD8} spécifiques du pneumovirus ou du virus de la choriméningite.

Les LT_{CD8} spécifiques du virus de la grippe qui ont été sélectionnés précédemment subissent d'intenses mitoses : c'est l'amplification clonale. Une véritable armée spécifique de ce virus se met en place.

■ Le document 3b montre que seules les populations cellulaires (1) et (2) sont détruites par les LT_C provenant de souris infectées par le virus de la grippe. Ces populations ont été infectées par ce même virus.

Plus le rapport entre les LT_C et les cellules infectées est important, plus le pourcentage de cellules infectées détruites augmente : pour un rapport passant de 1 à 100, le nombre de cellules détruites augmente de 2 à 100 % pour la population cellulaire 1 et de 20 à 80 % pour la population cellulaire 2. Ce n'est pas le cas des populations de cellules saines (3). Elles ne sont pas détruites par les LT_C.

■ Les nombreux LT_{CD8} issus de l'amplification clonale se différencient en LT cytotoxiques à la suite de l'action de l'IL-2 libéré par les LT_{CD4}.

Les LT_C reconnaissent les cellules infectées (elles présentent des fragments de particules virales au niveau de leurs molécules du CMH) et après un contact avec elles, les LT_C libèrent des molécules de lyse qui les détruisent.

Les LT_{CD8} appartiennent au système immunitaire cellulaire adaptatif. Il permet de compléter l'action de l'immunité innée qui ne suffit pas à lutter contre le virus de la grippe. Une sélection de LT_{CD8} spécifiques a lieu, puis suite à l'amplification clonale et la différenciation des LT_{CD8} en LT_C, la destruction de cellules infectées permet à l'organisme d'éliminer le pathogène.

9 Expliquer le mode d'action du VIH

■ **De 0 à 6 semaines**, le VIH pénètre dans ses cellules cibles : les cellules du système immunitaire comme les macrophages ou les LT_{CD4}. Il se multiplie en utilisant leur machinerie cellulaire. Une fois reproduites, les particules virales sont libérées et infectent de nouvelles cellules cibles saines.

■ **Une fois l'individu contaminé**, la charge virale augmente rapidement : elle passe de 50 à 100 milliers d'ARN/mL en trois semaines. En parallèle, la concentration en LT_{CD4} chute de 1 050 à 500 cellules/microlitre.

La diminution de la concentration en LT_{CD4} s'explique par le fait que ce sont les cellules cibles dans lesquelles le VIH se reproduit. Une fois qu'il s'y est multiplié, les LT_{CD4} libèrent les particules virales qui partent infecter de nouvelles cellules cibles. Les LT_{CD4} infectés finissent par mourir. Leur concentration diminue donc, et celle du virus augmente.

■ **Vers 6 semaines**, la charge virale diminue fortement : elle passe de 100 à 300 milliers d'ARN/mL. La concentration en LT_{CD4} augmente doucement de 500 à 600 cellules/microlitre.

Quelque temps après la contamination de l'individu, des anticorps spécifiques au VIH sont produits par des plasmocytes issus de la différenciation de L_B. Ils se fixent sur le VIH, le neutralisent et facilitent sa phagocytose par les cellules phagocytaires.

Les LT_C issus de la différenciation des LT_{CD8} ont la capacité de détruire les cellules infectées par le VIH pour lequel ils sont spécifiques.

À la suite de la contamination par le VIH, l'immunité innée n'a pas été suffisamment efficace pour lutter contre le VIH. L'immunité adaptative humorale et cellulaire ont pris le relais. La complémentarité des deux immunités permet de détruire activement une partie de la charge virale. Cela explique sa diminution. Les LT_{CD4} réaugmentent alors doucement.

À NOTER
Voir les fiches 36 et 37.

■ **Lors de la phase asymptomatique**, la charge virale se maintient faiblement : elle est autour de 12 milliers d'ARN par mL pendant des années.

Les LT_{CD4} diminuent tout au long de cette période : ils passent de 600 à environ 200 cellules/microlitre avant d'arriver en phase symptomatique. C'est quand le seuil de 300 cellules/microlitre est atteint que la charge virale explose.

Les LT_C et les anticorps permettent d'éliminer activement la charge virale dont celle contenue dans les LT_{CD4} infectés en détruisant ces cellules. Cela permet un maintien d'une faible quantité de virus dans l'organisme, mais la destruction des LT_{CD4} infectés entraîne leur diminution.

Les LT_{CD4} jouent un rôle très important dans l'activation et la coordination des immunités humorale et cellulaire : à la suite de leur sélection pour leur spécificité pour un antigène donné, ils se multiplient et se différencient en $LT_{auxiliaire}$. Ces cellules sont à l'origine de la production d'une grande quantité d'interleukine 2 (IL-2). Ces molécules stimulent alors l'amplification clonale et la différenciation des L_B en plasmocytes et les LT_{CD8} en LT_C. Sans les IL-2, l'immunité humorale et l'immunité cellulaire ne sont plus efficaces.

- **Vers 7 ans**, la charge virale augmente brusquement, et le nombre de LT_{CD4} continue à diminuer (à cause de leur destruction par le système immunitaire cellulaire). On entre alors dans la dernière phase, **la phase symptomatique**.
- La quantité de LT_{CD4} n'est plus suffisante pour produire assez d'IL-2, permettant d'activer l'immunité humorale et cellulaire. À ce moment-là, la production d'anticorps diminue, la concentration en LT_C également.

Le virus n'étant plus activement attaqué, il se reproduit fortement, et sa quantité augmente brusquement.

La charge virale ne cesse de continuer d'augmenter, la concentration en LT_{CD4} chute. Le malade n'ayant plus de LT_{CD4} en quantité suffisante, il n'est plus en capacité d'activer l'immunité humorale et cellulaire.

L'apparition du SIDA (syndrome d'immuno-déficence acquise) est marquée par l'apparition de maladies opportunistes (cancer, pneumonie...).

N'ayant plus de système immunitaire efficace pour être défendu contre les divers pathogènes qui l'entourent, les maladies opportunistes provoquent le plus souvent le décès de l'individu infecté.

OBJECTIF BAC

10 Expliquer le rôle des LT_{CD4} dans l'immunité adaptative

Étape 1 Analyser et interpréter les différentes expériences effectuées dans la chambre de Marbrook

- **Expérience 1 :** les L_B seuls agglutinent peu les GRM. Des anticorps sont présents en faible quantité (anticorps membranaires des L_B).
- **Expérience 2 :** les L_T seuls n'agglutinent pas les GRM. Aucun anticorps n'est produit.
- **Expériences 3 et 4 :** les L_B et L_T ensemble agglutinent les GRM. Une grande quantité d'anticorps sont produits.

Étape 2 En déduire les conditions nécessaires aux L_B pour produire des anticorps

La présence de L_B et L_T ensemble permet la production d'anticorps. D'après les résultats de l'expérience 4, le contact physique entre cellules n'est pas nécessaire à la production d'anticorps par les L_B, mais elle serait liée à la présence d'une molécule.

Étape 3 Analyser le graphique pour expliquer le rôle de l'IL-2 sur les populations de L_B, puis son rôle sur les populations de LT_{CD8}

À partir de 10 UI/L, plus la concentration en IL-2 augmente, plus le nombre de plasmocytes issus de L_B augmente. L'IL-2 est donc impliquée dans la différenciation des L_B en plasmocytes. Les résultats étant similaires avec des populations de LT_C par rapport aux lymphocytes T_{CD8}, elle est également impliquée dans leur différenciation.

Étape 4 Mettre en lien les informations issues des deux documents, pour expliquer le mode d'action des LT_{CD4} et leur rôle dans l'immunité adaptative

Les IL-2 sont les molécules responsables de la production d'anticorps dans les expériences effectuées dans la chambre de Marbrook.

Elles stimulent la différenciation des LB en plasmocytes, cellules spécialisées dans la production d'anticorps. Elles stimulent également la différenciation des LT_{CD8} en LT_C.

Les IL-2 sont donc des molécules indispensables à l'activation de la réponse immunitaire adaptative.

Elles sont produites par les LT_{CD4} à la suite de leur activation par un antigène spécifique.

Les LT_{CD4} jouent donc un rôle majeur dans la coordination et l'activation de l'immunité humorale et cellulaire.

12 Mémoire immunitaire et santé humaine

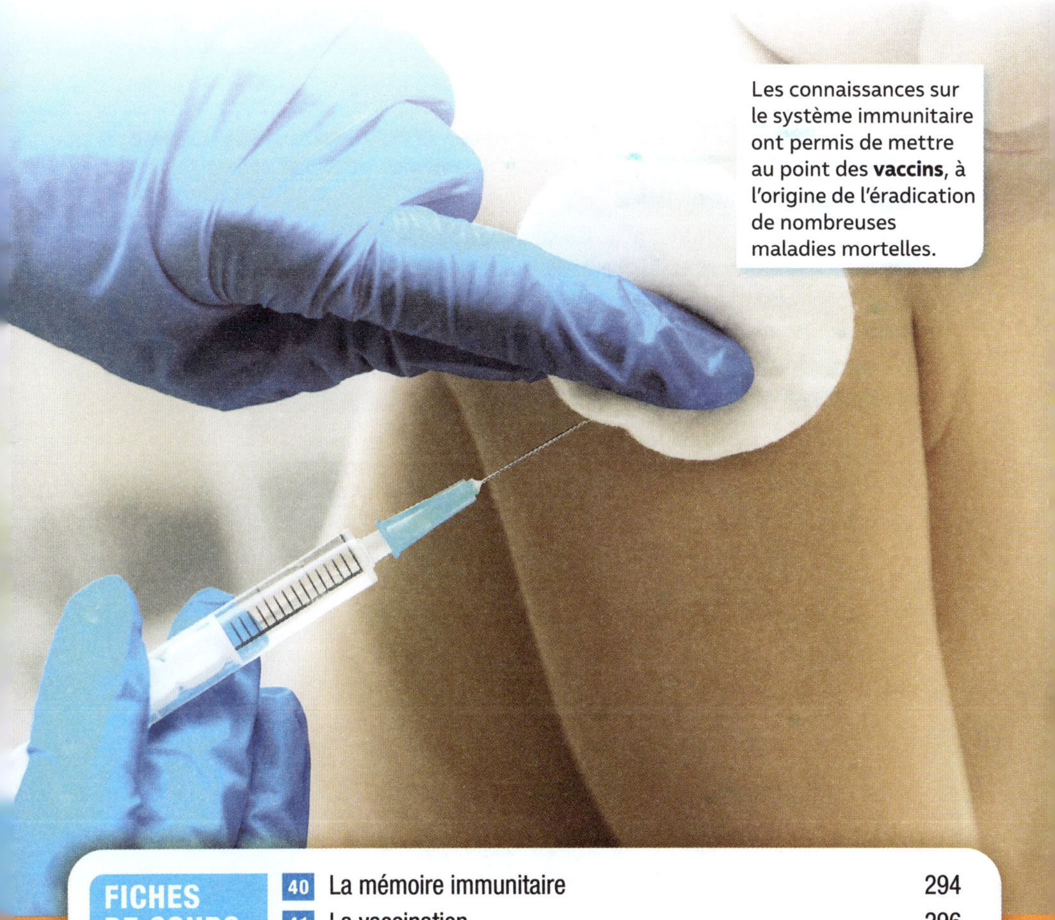

Les connaissances sur le système immunitaire ont permis de mettre au point des **vaccins**, à l'origine de l'éradication de nombreuses maladies mortelles.

40 La mémoire immunitaire

En bref *Lors d'un premier contact avec un antigène, des lymphocytes mémoires se forment. Ils permettent une réponse plus rapide et efficace lors d'un second contact avec ce même antigène.*

I La réponse primaire et secondaire

- Lors d'un premier contact avec un antigène, la sécrétion d'anticorps dans le sang est faible et nécessite un certain délai : la **réponse immunitaire primaire** est lente et quantitativement faible.
- Lors d'un second contact avec ce même antigène, la réponse immunitaire est plus rapide à se mettre en place et la quantité de plasmocytes sécréteurs d'anticorps (mais aussi la quantité de LTc et LTa spécifiques de l'antigène) est plus importante : la **réponse immunitaire secondaire** est plus intense et plus efficace.
- Ces caractéristiques montrent que le système immunitaire garde en mémoire les antigènes préalablement rencontrés : on parle de **mémoire immunitaire**.

Doc Réponses immunitaires primaire et secondaire à la suite d'une infection par un même virus

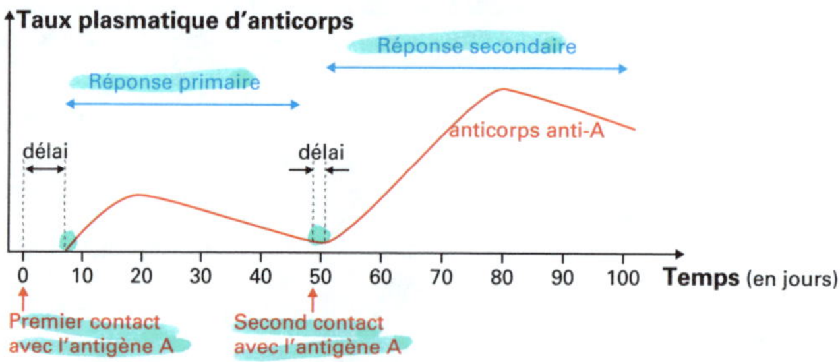

II Les cellules mémoires

- Lors d'un **premier contact** avec un antigène, les clones de lymphocytes spécifiques à cet antigène (B, T_{CD4} et T_{CD8}) sont sélectionnés. Ils se multiplient activement. Une partie se différencie en cellules spécialisées, l'autre partie constitue un pool de lymphocytes mémoires.
- Les **lymphocytes mémoires** ont les particularités communes d'être activés plus rapidement, d'avoir une capacité de prolifération supérieure à celle des **lymphocytes naïfs** et d'avoir une durée de vie longue (jusqu'à 10 ans). En cas de second contact avec un même antigène, ils permettent alors une réponse plus rapide et plus efficace.

> **MOT CLÉ**
> **Lymphocytes naïfs :** lymphocytes n'ayant jamais été en contact avec un antigène.

Méthode

Mettre en évidence la mémoire immunitaire

Lors d'une greffe, les cellules immunitaires reconnaissent les cellules du greffon comme n'appartenant pas à l'organisme. Elles peuvent donc entraîner son rejet. Des expériences de greffe ont été réalisées à partir de deux souris donneuses (A et B) vers une souris receveuse. La vitesse de rejet du greffon par la receveuse est donnée pour chaque expérience :

Doc Résultats d'expériences de greffe et de la vitesse de rejet du greffon

Origine du greffon	Souris donneuse A 1re greffe (T_o)	Souris donneuse A 2e greffe (T_o + 1 mois)	Souris donneuse B 3e greffe (quelques jours plus tard)
Vitesse de rejet du greffon chez la souris receveuse	10 jours	3 jours	10 jours

Montrer qu'il existe une mémoire immunitaire, permettant une réponse plus rapide et efficace que la réponse immunitaire primaire.

CONSEILS

Étape 1 Comparer les délais de rejet du greffon provenant d'une même souris donneuse à 1 mois d'intervalle. Établir un lien entre ces délais et l'efficacité de la réponse immunitaire.

Étape 2 Comparer ces délais avec celui d'une greffe issue d'une nouvelle souris donneuse.

Étape 3 Conclure sur l'existence d'une mémoire immunitaire et ses caractéristiques.

SOLUTION

Étape 1 Le rejet du greffon provenant d'une souris A a lieu au bout de 10 jours. Lorsqu'on effectue une seconde greffe, 1 mois plus tard, celui-ci est rejeté au bout de 3 jours seulement. La réponse immunitaire secondaire est plus rapide et plus efficace que la réponse primaire.

Étape 2 Quelques jours plus tard on effectue une greffe provenant d'une souris donneuse B. Le rejet de greffon a lieu au bout de 10 jours, comme pour la première greffe de la souris donneuse A.

Étape 3 Le système immunitaire met donc environ 10 jours pour rejeter un greffon provenant d'une souris dont il n'a jamais rencontré les cellules. En revanche, lors d'un second contact, le délai du rejet est bien plus court. La mémoire immunitaire permet donc une réponse plus rapide et plus efficace lors d'un second contact avec des antigènes.

41 La vaccination

En bref *La mémoire immunitaire peut être stimulée artificiellement par les vaccins. Ils participent à la protection individuelle et collective.*

I Vaccination et mémoire immunitaire

- La vaccination consiste à stimuler artificiellement une réaction immunitaire afin de développer une mémoire immunitaire contre l'agent d'une maladie. Le principe est d'injecter à un individu un agent immunogène non pathogène.

Une réponse immunitaire primaire se déclenche, sans mettre la vie du patient en danger. L'agent immunogène peut être vivant (mais atténué) ou inerte (tué ou fragmenté...). Les lymphocytes spécifiques des antigènes portés par cet agent sont sélectionnés ; des lymphocytes mémoires sont alors formés. Après vaccination, s'il se produit une rencontre fortuite avec cet agent, une réponse plus rapide et plus efficace se déclenchera.

- Les adjuvants sont des substances qui peuvent être ajoutées dans les vaccins. Ils déclenchent une réaction inflammatoire indispensable à la mise en place d'une réponse immunitaire adaptative contre l'antigène injecté. Ils accélèrent, prolongent et augmentent l'efficacité de la réponse immunitaire.

Doc Concentration d'anticorps après vaccination avec ou sans adjuvant

L'ajout d'adjuvant permet une plus grande production d'anticorps, donc une réponse plus efficace.

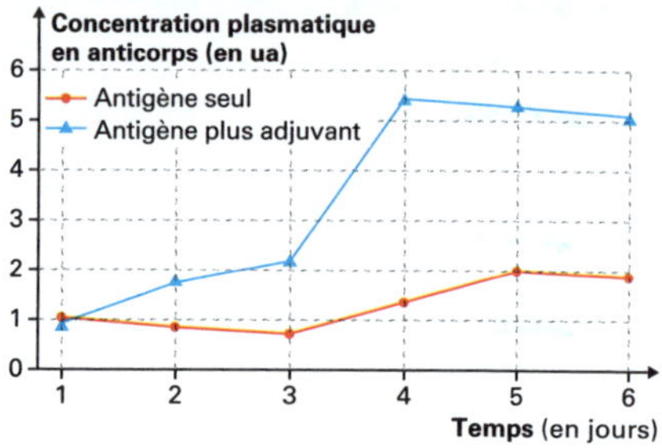

II Évolution du phénotype immunitaire

- La diversité de lymphocytes naïfs d'un individu est directement liée à son génotype. Au cours de sa vie, l'exposition naturelle ou artificielle (vaccins) à différents antigènes conduit à la sélection de certains clones de lymphocytes et entraîne la constitution d'une mémoire immunitaire propre à chaque individu. Celle-ci contribue à une protection individuelle mais peut également contribuer à une protection collective.

- Dans une population, la couverture vaccinale doit être suffisamment élevée pour que la vaccination soit efficace : plus le nombre d'individus vaccinés contre un agent pathogène est important, plus la population sera protégée (couverture vaccinale d'une population : nombre de personnes vaccinées / nombre total de personnes qui auraient dû l'être).

Méthode

Comprendre l'intérêt des rappels d'un vaccin

Le tétanos, dû à une neurotoxine produite par une bactérie *Clostridium tetani*, est une maladie infectieuse potentiellement mortelle. La vaccination a permis de passer d'un millier de décès en 1945 à une dizaine en 2000.

En vous appuyant sur le document suivant, expliquer l'intérêt d'effectuer des rappels réguliers du vaccin antitétanique.

Doc Évolution du taux d'anticorps antitétaniques suite aux injections d'anatoxine tétanique (AT) chez un adulte

L'anatoxine est une molécule dérivée des neurotoxines produite par *Clostridium tetani*. Elle est atténuée par un traitement, elle n'est plus pathogène mais conserve ses propriétés antigéniques.

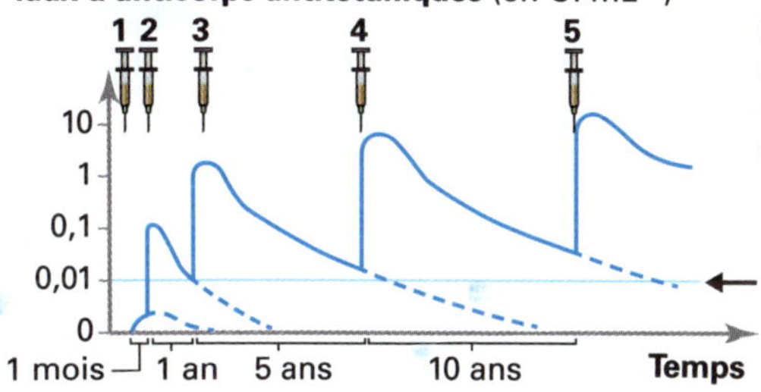

1. Primo-injections du vaccin AT
2. 1er rappel du vaccin AT
3. 2e rappel du vaccin AT
4. 3e rappel du vaccin AT
5. 4e rappel du vaccin AT

CONSEILS

Étape 1 Décrire l'évolution du taux d'anticorps après chaque injection du vaccin et les conséquences que cela entraîne sur la protection à long terme de l'individu contre le tétanos.

Étape 2 Conclure sur l'intérêt d'effectuer des rappels du vaccin AT.

SOLUTION

Étape 1 Les différentes injections stimulent artificiellement le système immunitaire contre l'AT : des anticorps antitétaniques sont produits. La première injection ne suffit pas à immuniser l'individu, une seconde est nécessaire pour que le taux d'anticorps soit suffisant pour être efficacement protégé (supérieur à 0,01 $UI \cdot mL^{-1}$). Puis le taux d'anticorps diminue : l'individu est immunisé jusqu'au moment où le taux d'anticorps passe en dessous de 0,01 $UI \cdot mL^{-1}$. L'individu est donc protégé sur un temps limité.

Étape 2 Les rappels sont nécessaires pour maintenir une quantité suffisante d'anticorps antitétaniques afin d'être protégé efficacement tout au long de sa vie contre le tétanos.

42 L'immunothérapie

En bref *L'immunothérapie est un traitement utilisé dans la lutte contre le cancer : elle vise à stimuler le système immunitaire du patient, lui permettant de lutter contre la maladie.*

I Les vaccins thérapeutiques

- Les vaccins thérapeutiques ne préviennent pas la maladie comme les vaccins préventifs, ils aident à traiter les cancers déjà présents dans l'organisme.
- Ils permettent au système immunitaire d'identifier et d'éliminer les cellules cancéreuses qui ont réussi à échapper au système immunitaire.
- À la suite de nombreuses mutations, les cellules cancéreuses produisent de nouvelles protéines ou antigènes tumoraux. Les vaccins sont fabriqués à partir de ces antigènes ; ils « apprennent » au système immunitaire à reconnaître les cellules cancéreuses porteuses de ces protéines et le stimulent afin de produire des anticorps et des LT_c capables de détruire les cellules cancéreuses.

II Les anticorps monoclonaux

- Ce sont des anticorps identiques entre eux, produits par un même type de clones de L_B dirigés contre un seul type d'antigène.
- Ils sont utilisés dans le traitement contre certains cancers ; ils reconnaissent les antigènes tumoraux portés par des cellules cancéreuses qui auraient pu échapper au système immunitaire.
- Pour obtenir des anticorps monoclonaux, différentes méthodes existent.

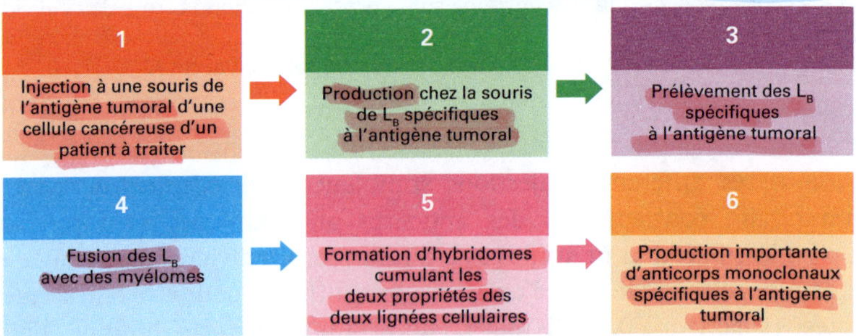

Doc **Exemple d'une méthode d'obtention d'anticorps monoclonaux**

3. *In vitro*, les L_B ne peuvent pas se reproduire et meurent rapidement. **4.** Myélomes : cellules immortelles ayant la capacité de se reproduire rapidement. **5.** Les hybridomes se reproduisent rapidement et à l'infini tout en produisant des anticorps spécifiques de l'antigène tumoral.

Méthode

Traiter des cancers par l'immunothérapie

Des traitements par immunothérapie ont été mis au point pour aider à lutter contre le cancer de la prostate (cancer le plus fréquent chez les hommes).

Expliquer le mode d'action du vaccin sipuleucel-T sur le système immunitaire et montrer en quoi il semble être intéressant dans la lutte contre le cancer de la prostate.

Doc Évolution du pourcentage de survie en fonction du temps d'individus atteints d'un cancer de la prostate à un stade avancé

Le sipuleucel-T est un vaccin thérapeutique qui stimule une réponse immunitaire. Pour obtenir ces vaccins, des CPA du patient sont prélevées et cultivées *in vitro* dans un milieu contenant notamment un antigène retrouvé dans 95 % des cas de cancer de la prostate. Les CPA alors chargées de cet antigène sont administrées au patient.

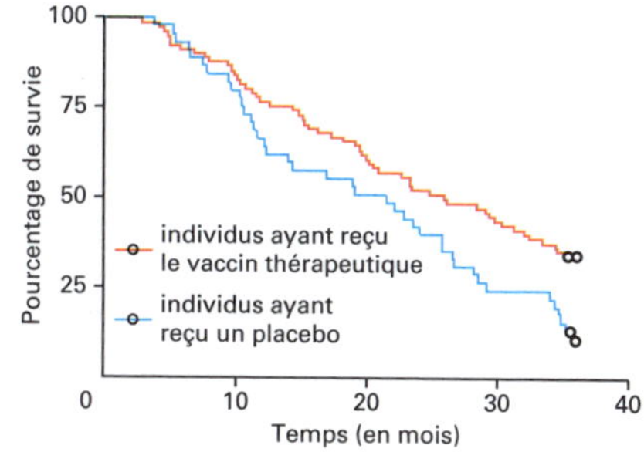

CONSEILS

Étape 1 Rappeler le rôle des CPA et les conséquences qu'elles ont sur la réponse immunitaire du patient.

Étape 2 Comparer le temps nécessaire pour atteindre un même pourcentage de survie chez les individus ayant reçu ou non le vaccin et en déduire les effets du traitement sur le temps de survie des individus.

SOLUTION

Étape 1 Les CPA activent la réponse immunitaire adaptative en présentant l'antigène tumoral aux lymphocytes T. Elles permettent au système immunitaire de sélectionner les LT spécifiques de cet antigène et donc de mieux repérer et détruire les cellules cancéreuses de la prostate.

Étape 2 Au bout de 20 mois, le pourcentage de survie des individus ayant reçu le placebo est de 50 %. Ce même taux de survie est atteint au bout de 25 mois chez les individus ayant reçu le vaccin thérapeutique.

Le traitement permet donc un allongement de la durée de vie d'environ 5 mois chez des personnes ayant un cancer à un stade avancé. Cet allongement est expliqué par une plus grande efficacité du système immunitaire des patients dans la reconnaissance et la destruction de leurs cellules cancéreuses.

MÉMO VISUEL

La vaccination : une stimulation de la mémoire immunitaire

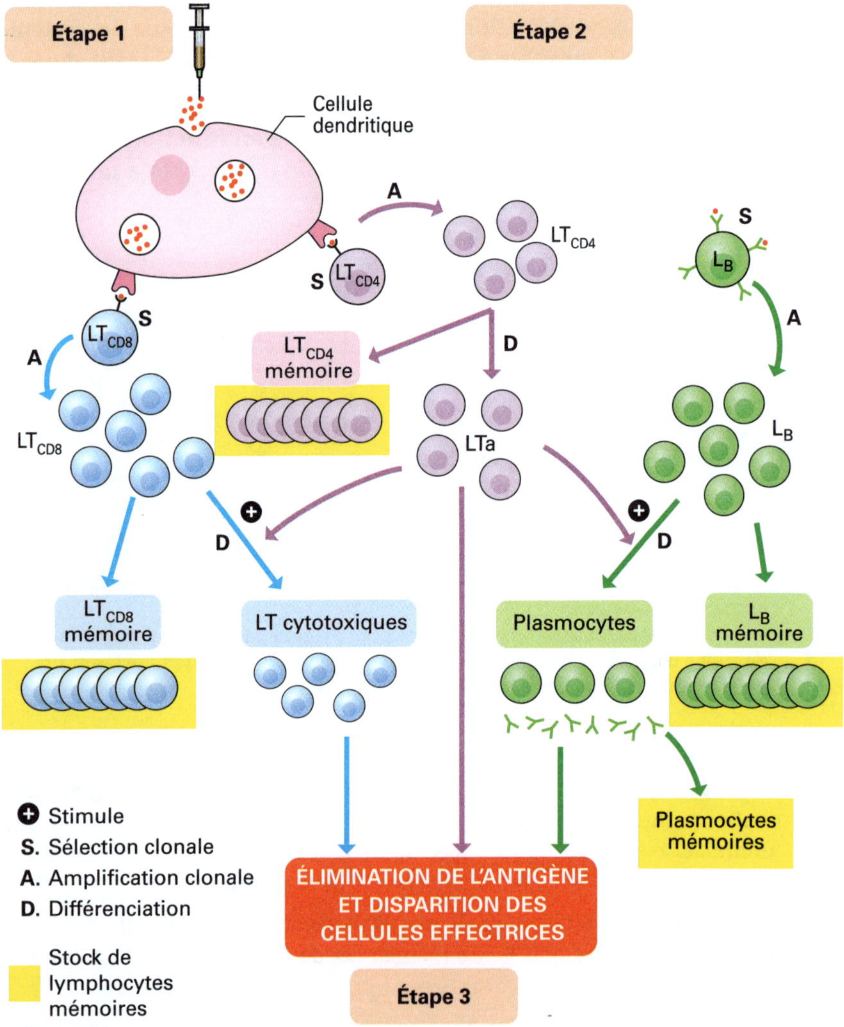

Étape 1 : Vaccination

Étape 2 : Stimulation artificielle d'une réaction inflammatoire et activation de la réaction immunitaire adaptative.

Étape 3 : Formation d'une mémoire immunitaire constituant une protection longue contre l'antigène ayant déclenché cette réaction.

Le phénotype immunitaire, une évolution propre à chacun

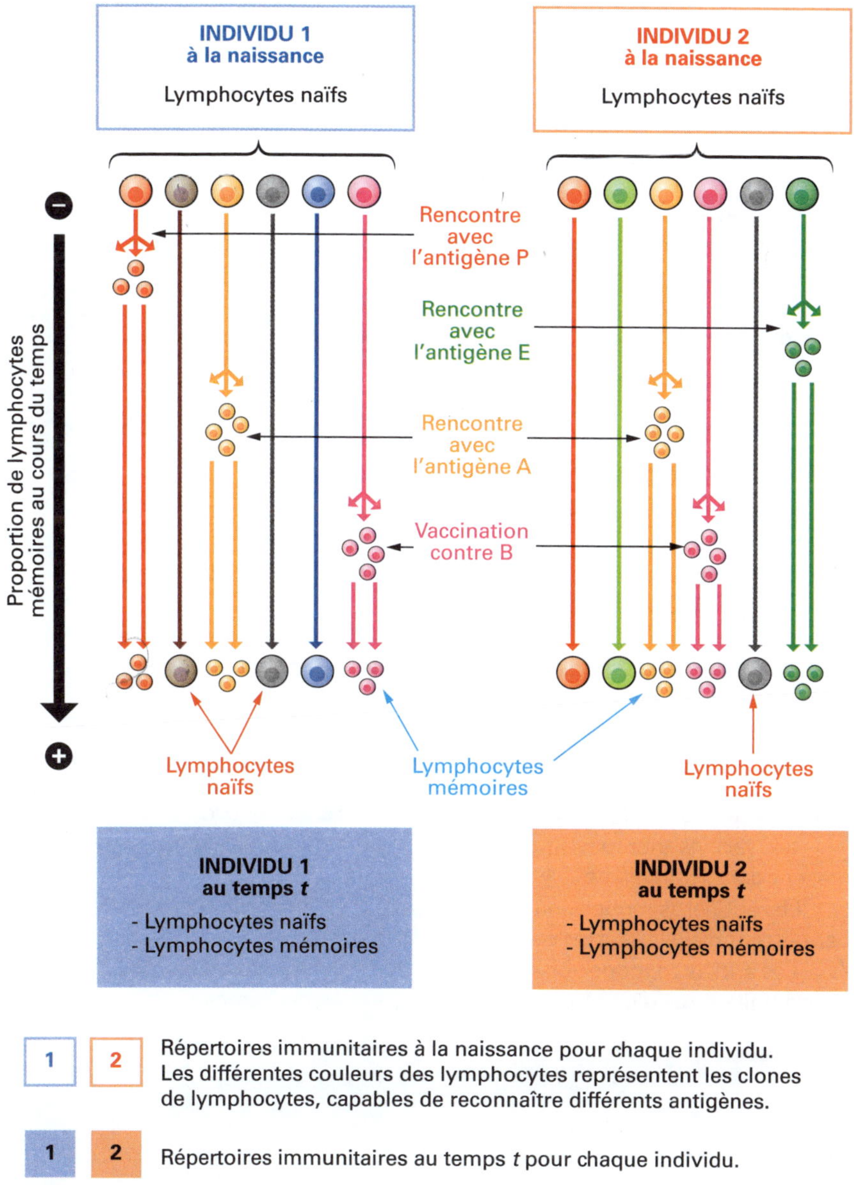

Répertoires immunitaires à la naissance pour chaque individu. Les différentes couleurs des lymphocytes représentent les clones de lymphocytes, capables de reconnaître différents antigènes.

Répertoires immunitaires au temps *t* pour chaque individu.

SE TESTER QUIZ

Vérifiez que vous avez bien compris les points clés des **fiches 40 à 42.**

1 La mémoire immunitaire

→ FICHE 40

1. La sécrétion d'anticorps dans le sang lors d'un second contact avec un antigène est quantitativement :

- ☐ **a.** faible
- ☐ **b.** faible et rapide à se mettre en place
- ☐ **c.** élevée
- ☐ **d.** élevée et rapide à se mettre en place

2. Les lymphocytes mémoires :

- ☐ **a.** sont activés plus rapidement que les lymphocytes naïfs
- ☐ **b.** ont une durée de vie assez courte
- ☐ **c.** permettent une réponse immunitaire rapide
- ☐ **d.** sont issus de lymphocytes naïfs ayant été activés par un antigène spécifique

2 La vaccination

→ FICHE 41

Parmi les affirmations suivantes, lesquelles sont vraies ?

- ☐ **a.** Les adjuvants accélèrent, prolongent et augmentent l'efficacité de la réponse immunitaire
- ☐ **b.** La vaccination permet de développer une mémoire immunitaire contre l'agent d'une maladie
- ☐ **c.** Dans une population, plus le nombre d'individus vaccinés contre un agent pathogène est important, moins la population sera protégée

3 L'immunothérapie

→ FICHE 42

Parmi les affirmations suivantes, lesquelles sont vraies ?

- ☐ **a.** Les vaccins thérapeutiques préviennent certains cancers
- ☐ **b.** Les vaccins thérapeutiques peuvent aider à traiter un cancer déjà présent dans l'organisme
- ☐ **c.** Les anticorps monoclonaux reconnaissent un antigène tumoral et permettent d'aider à lutter contre certains cancers
- ☐ **d.** Les anticorps monoclonaux sont produits en laboratoire par des hybridomes, issus d'une fusion entre des L_B et des myélomes

S'ENTRAÎNER

4 Connaître l'origine de la vaccination

→ FICHES 40 et 41

La variole (ou petite vérole) est une maladie infectieuse causée par un virus qui peut être mortelle. Elle est très contagieuse et épidémique. Elle se caractérise par des pustules sur tout le corps et de la fièvre. Jusqu'au XVIIIe siècle, elle a été à l'origine de dizaines de milliers de morts par an en Europe.

Doc 1 La découverte de la vaccination

Au XVIIIe siècle, Edward Jenner, médecin anglais, constate que les fermiers ayant contracté la vaccine (variole des vaches) « n'attrapent » pas la variole. La vaccine est transmissible à l'homme, mais le plus souvent sans danger pour lui. Elle est à l'origine d'une fièvre pendant quelques jours, et de pustules sur les mains du fermier. En 1976, Jenner prélève le pus d'une pustule d'une fermière ayant contracté la vaccine et l'injecte à un enfant. Par la suite, Jenner inocule la variole à cet enfant qui y résiste. Il est protégé contre la variole.

Doc 2 L'éradication de la maladie

Cette pratique qui consiste à inoculer le liquide des pustules de vaccine à un patient se répand en Angleterre et progressivement dans toute l'Europe. Elle prend le nom de vaccination (qui vient de « vaccine », nom de la variole bovine). La variole n'a commencé à disparaître en Europe qu'après la Première Guerre mondiale.

Dans la seconde moitié du XIXe siècle, suite aux travaux de Pasteur sur les micro-organismes, on découvre que les micro-organismes responsables de la vaccine chez la vache sont très proches de ceux à l'origine de la variole. En 1902, le vaccin est rendu obligatoire en France et se répand dans le monde vers les années 1950. En 1977, la maladie a complètement disparu. Depuis 1980, on ne vaccine plus contre la variole, la maladie a complètement été éliminée (grâce à la vaccination).

À partir des informations ci-dessus et de vos connaissances, expliquer quelles sont les bases cellulaires de l'immunisation contre la variole.

5 Comprendre les bases biologiques de la vaccination

→ FICHES 40 et 41

Jenner a réussi à protéger l'homme contre la variole, en lui injectant des micro-organismes proches du virus responsable de cette maladie, infectant les vaches.

Louis Pasteur s'est basé sur ce principe en utilisant non pas un micro-organisme proche mais l'agent infectieux responsable de la maladie, atténué de sa virulence. Il obtient l'immunisation contre l'agent infectieux selon des procédés généralisables à un grand nombre de maladies.

Les travaux de Pasteur sur le choléra des poules sont présentés dans les documents suivants.

Doc Travaux de Pasteur sur le choléra des poules

Voici vingt poules qui n'ont jamais subi les atteintes de la maladie ; je les inocule avec le microbe très virulent. Le lendemain elles sont toutes couchées, très boîteuses ; en 48 heures les vingt poules ont péri. Voici d'autre part, vingt poules préalablement vaccinées au maximum (c'est-à-dire des poules ayant reçu trois ou quatre injections de microbes très atténués)* ; elles sont inoculées à la même heure que les précédentes, à la même place, par le même microbe, employé en même quantité. Le lendemain, toutes sont vives, alertes, mangent, gloussent.

Extrait des *Carnets d'expériences* de Pasteur, septembre 1885.

* Durant deux semaines, il fait vieillir les agents pathogènes responsables de la maladie au contact du dioxygène de l'air. Il utilisera ces agents pour la mise au point d'un vaccin en 1878.

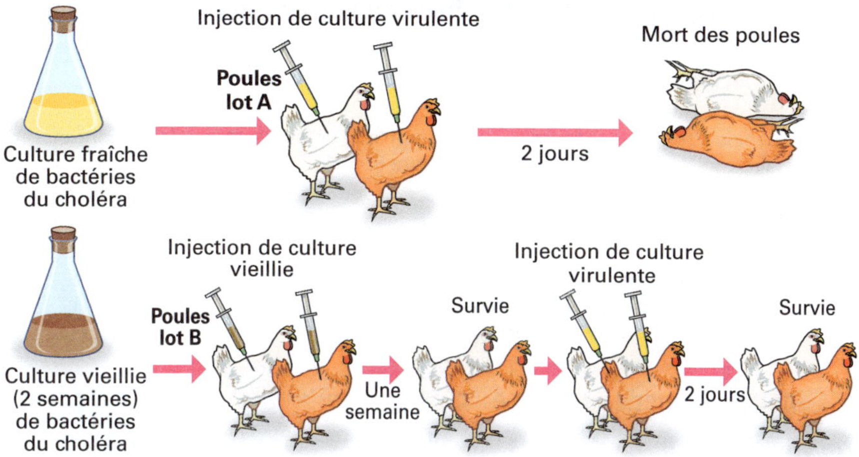

En s'appuyant sur les travaux de Pasteur, préciser les bases biologiques sur lesquelles repose la vaccination.

6 Justifier une stratégie vaccinale

→ FICHE 41

L'hépatite B est une infection du foie qui peut être mortelle. Chaque année en France, elle entraîne près de 1 500 décès. Elle est causée par le virus de l'hépatite B (VHB). Il se transmet principalement par le sang ou lors de rapports sexuels.

Un vaccin efficace existe. Il contient des particules virales inactivées. Un des antigènes reconnu par le système immunitaire est nommé HBs.

La stratégie vaccinale est de trois injections espacées d'un mois, puis une injection 12 mois plus tard, puis une autre 5 ans plus tard.

Doc Évolution du taux plasmatique des anticorps anti-HBS suite à la vaccination contre l'hépatite B en fonction du temps

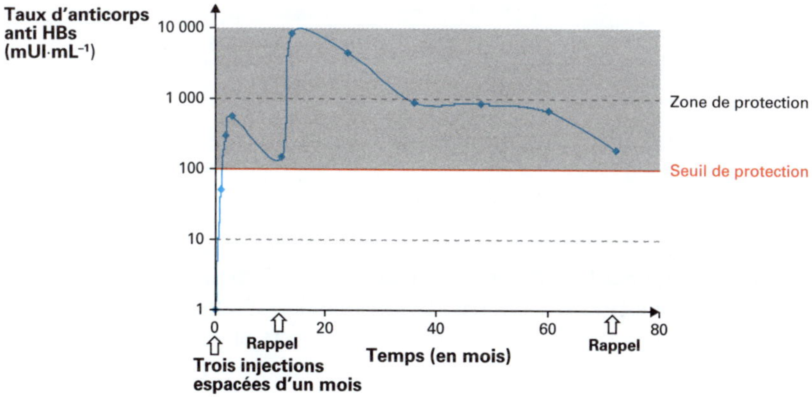

Expliquer en quoi la stratégie vaccinale proposée assure une protection efficace de l'individu contre l'hépatite B.

CONSEILS

1. Utiliser les informations fournies par le graphique pour déterminer les conditions nécessaires pour être protégé contre l'hépatite B.
2. Décrire les effets des trois premières injections du vaccin sur le taux d'anticorps anti-HBs de l'individu et indiquer si elles suffisent pour être protégé contre l'hépatite B.
3. À la suite de ces injections, décrire l'évolution du taux d'anticorps anti-HBs en fonction du temps, et expliquer l'intérêt d'effectuer un rappel 12 mois plus tard et 5 ans plus tard pour une protection durable.

7 Mettre en évidence la mémoire immunitaire

→ FICHE 40

Les salmonelloses sont des maladies entraînant de fortes fièvres, des diarrhées, des vomissements qui disparaissent généralement au bout de quelques jours. Elles sont dues à des bactéries du genre *Salmonella*. Le plus souvent, la contamination se fait par l'alimentation, par le biais d'aliments crus ou insuffisamment cuits.

Un rat subit deux injections de bactéries du genre *Salmonella* dans un intervalle de 6 semaines. Des prélèvements de sang sont alors régulièrement effectués pour quantifier les concentrations des anticorps anti-salmonelle présents chez cet organisme.

Doc Évolution de la concentration plasmatique des anticorps anti-salmonelle en fonction du temps

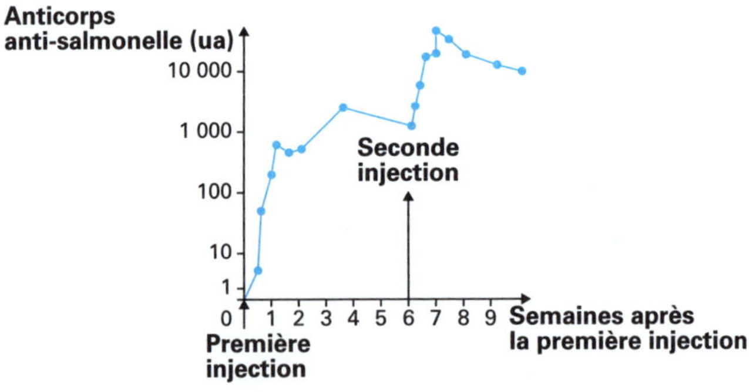

À partir de cette expérience, montrer qu'il existe une mémoire immunitaire.

8 Expliquer l'intérêt de la sérovaccination

→ FICHE 42

Le tétanos est une toxi-infection qui peut toucher l'homme. Il est lié à une neurotoxine produite par la bactérie *Clostridium tetani*. Cette neurotoxine touche le système nerveux central et empêche la transmission d'informations entre neurones. Des spasmes et des contractures se produisent alors au niveau musculaire, et certains réflexes nerveux d'organes internes se bloquent. Dans 20 ou 30 % des cas, il entraîne la mort des individus.

Clostridium tetani se trouve dans le sol et l'environnement. Elle peut pénétrer dans notre organisme lors d'une blessure par exemple.

Pour des plaies mineures, une personne vaccinée depuis moins de 10 ans sera protégée. En revanche, une personne n'ayant pas été vaccinée ou n'ayant pas reçu ses rappels depuis plus de 10 ans a des risques d'être infectée. Dans ce cas, le protocole à suivre est le suivant :

Trois vaccinations antitétaniques consécutives sont effectuées. On administre au patient, en même temps que la première injection du vaccin, un sérum contenant des immunoglobulines tétaniques humaines (ces immunoglobulines tétaniques humaines sont obtenues à partir de dons de sang). Voici l'évolution dans le temps du taux d'anticorps antitoxine tétanique dans le plasma d'un individu blessé qui a suivi ce traitement.

Doc Évolution dans le temps du taux d'anticorps antitoxine tétanique

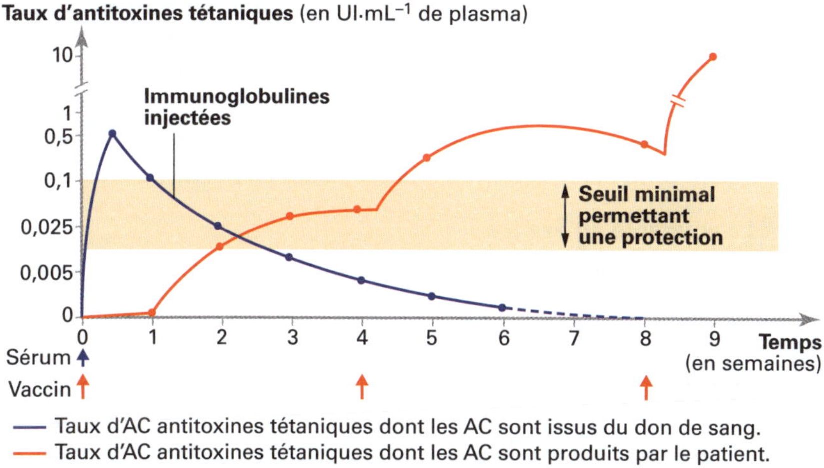

Après avoir décrit l'évolution du taux d'anticorps dans le plasma du blessé, expliquer l'intérêt d'avoir utilisé la combinaison des deux procédés pour la protection de l'individu contre le tétanos.

CONSEILS

1. Décrire les effets de l'injection du sérum sur le taux d'antitoxines tétaniques, et préciser son efficacité sur la protection de l'individu contre le tétanos au cours du temps.
2. Décrire les effets de l'injection des vaccins sur le taux d'antitoxines tétaniques, et préciser son efficacité sur la protection de l'individu contre le tétanos au cours du temps.
3. Conclure sur l'efficacité de la combinaison des deux procédés pour la protection de l'individu contre le tétanos.

OBJECTIF BAC

9 Se protéger et protéger son entourage

45 min

→ FICHES 40 et 41

Afin de comprendre l'intérêt des vaccins au sein d'une population, il faudra exploiter les documents et les mettre en relation avec vos connaissances pour apporter une réponse complète au problème posé.

LE SUJET

La rougeole est une maladie infectieuse virale très contagieuse (à partir d'une personne malade, la rougeole peut contaminer jusqu'à 18 personnes qui ne seraient pas vaccinées, pas immunisées ou pas protégées contre cette maladie). Elle touche surtout les jeunes enfants (5-6 mois) et les jeunes adultes. Elle se caractérise par de la fièvre, des écoulements au niveau des yeux, du nez, et des plaques rouges qui s'étendent sur tout le corps. Dans certains cas, des complications peuvent aboutir à la mort des individus contaminés. Il n'y a pas de traitement pour soigner la rougeole une fois qu'elle a été contractée, mais des traitements préventifs efficaces existent.

À partir de l'ensemble des documents et des connaissances, expliquer l'intérêt des vaccins contre la rougeole dans la protection individuelle et collective.

Doc 1 La rougeole en France

A. Nombre de cas de rougeole entre 1984 et 2011 en France métropolitaine et recommandations vaccinales

Depuis 1983, des recommandations vaccinales ont été établies en France.
Le vaccin contre la rougeole (ROR) nécessite 2 injections pour être efficace, une première à 12 mois, puis une seconde entre 16 et 18 mois.

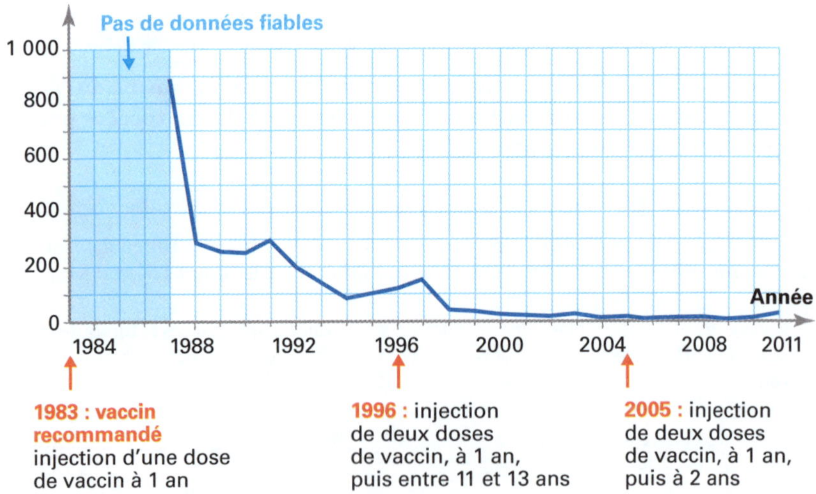

B. Évolution des cas de rougeole déclarés en France depuis le 6 novembre 2017

Depuis le 6 novembre 2017, une recrudescence s'observe : 2 779 cas ont été déclarés, dont 3 décès depuis le début de l'année 2018, avec l'apparition de foyers épidémiques dans plusieurs régions.

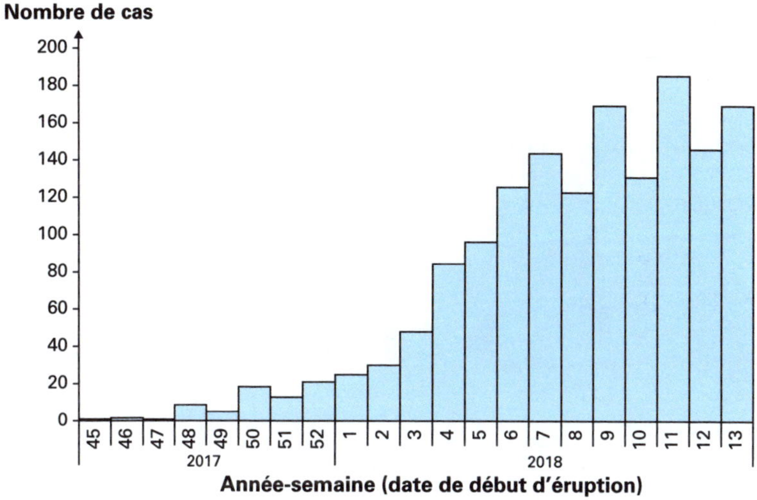

Doc 2 Statut vaccinal des cas déclarés* en France, du 6 novembre 2017 au 16 septembre 2018

*sur les sujets nés depuis 1980 dont le statut vaccinal est renseigné, soit 2 318 personnes sur les 2 779 cas déclarés.

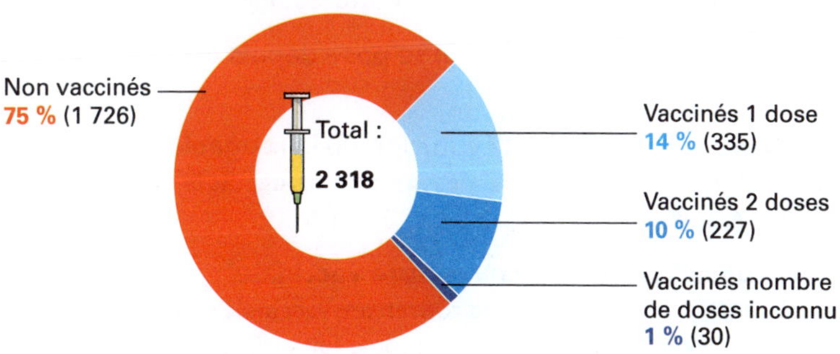

Doc 3 La couverture vaccinale et la protection collective

Le taux de couverture vaccinale correspond au nombre de personnes vaccinées dans une population à un instant donné. Il permet de déterminer le degré de protection d'une population contre une maladie infectieuse.

Taux minimum de la couverture vaccinale de la rougeole pour empêcher la circulation du virus : 95 %.

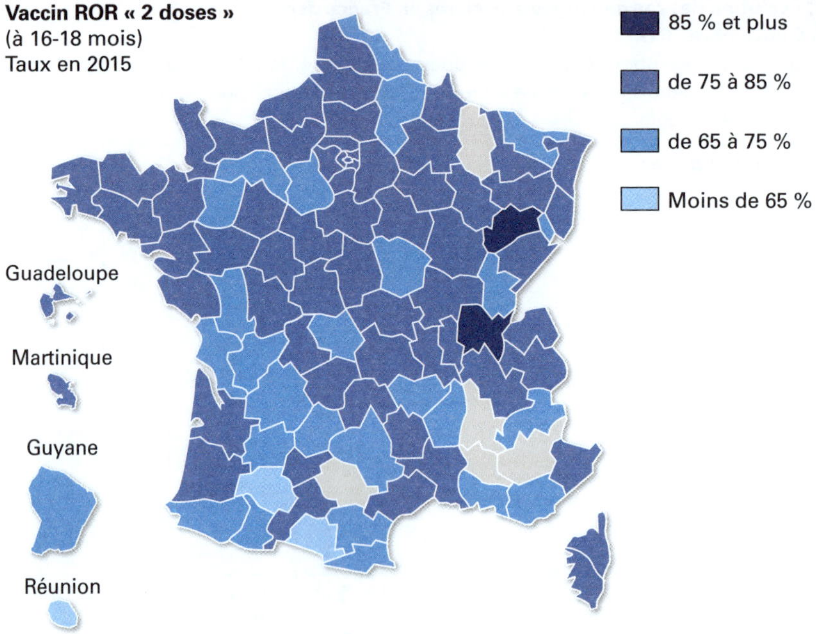

▶▶▶ LA FEUILLE DE ROUTE

Étape 1 Décrire l'évolution de la rougeole en France

Décrire l'évolution de la rougeole en France avant et après les campagnes de vaccination (citer des chiffres).

Montrer l'intérêt des vaccins pour lutter contre la rougeole.

Étape 2 Expliquer le problème qui se pose depuis quelques années en France

Étape 3 Déduire la cause de l'évolution de la rougeole

Après avoir étudié le statut vaccinal des cas déclarés depuis le 6/11/2017, déduire la cause de l'évolution de cette maladie en France.

Étape 4 Étudier les taux de couverture vaccinale

Rappeler le taux que doit atteindre la couverture vaccinale contre la rougeole dans une population pour lui permettre une protection efficace. Donner le taux de la couverture vaccinale dans quelques régions de France.

Étape 5 Expliquer les conséquences de ces taux

Expliquer les conséquences que ces taux peuvent avoir sur la transmission et la contamination par la rougeole au sein de la population pour l'ensemble des personnes non vaccinées, immunisées ou protégées.

CORRIGÉS

SE TESTER QUIZ

1 La mémoire immunitaire

1. Réponse d. La sécrétion d'anticorps lors d'un premier contact avec un antigène est lente à se mettre en place et quantitativement faible si on la compare à la sécrétion d'anticorps lors d'un second contact avec ce même antigène. En effet, les lymphocytes mémoires impliqués dans cette seconde réponse immunitaire sont activés plus rapidement que les lymphocytes naïfs et se multiplient très vite. Cela entraîne une sécrétion rapide et quantitativement plus élevée.

2. Réponses a, c, d. Les lymphocytes mémoires sont issus de lymphocytes naïfs qui ont été activés par un antigène. Après s'être multipliés, une partie s'est différenciée en plasmocytes, LT auxiliaires ou LTc, et une autre en lymphocytes mémoires. Lors d'un second contact avec un antigène, les lymphocytes mémoires sont activés plus rapidement que les lymphocytes naïfs, leur capacité de prolifération est importante, ce qui entraîne une réponse immunitaire secondaire plus rapide et efficace que la réponse immunitaire primaire. La durée de vie des lymphocytes est longue (environ 10 ans).

2 La vaccination

Réponses a, b. La vaccination permet de stimuler artificiellement une réponse immunitaire primaire afin de développer une mémoire immunitaire contre l'agent d'une maladie. Les adjuvants sont rajoutés dans les vaccins car ils permettent d'accélérer, de prolonger et d'augmenter l'efficacité de cette réponse immunitaire. La réponse c est fausse : dans une population, plus le nombre d'individus vaccinés contre un agent pathogène est important, plus la population sera protégée.

3 L'immunothérapie

4. Réponses b, c, d.

La réponse a est fausse. Les vaccins thérapeutiques ne préviennent pas des maladies comme les vaccins préventifs, mais ils permettent d'aider à traiter certains cancers déjà présents dans l'organisme de l'individu. Un autre type de traitement possible est l'injection d'anticorps monoclonaux, dirigés contre un antigène tumoral présent au niveau des cellules cancéreuses. Ces anticorps monoclonaux sont produits en laboratoire par des hybridomes, issus d'une fusion entre des L_B activés, spécifiques d'un antigène tumoral et des cellules transformées, ayant la capacité de se reproduire rapidement et à l'infini, les myélomes.

S'ENTRAÎNER

4 Connaître l'origine de la vaccination

La variole est une maladie d'origine virale qui peut être mortelle.

■ Au XVIIIe siècle, Jenner a établi une pratique permettant d'être protégé contre cette maladie : elle consiste à injecter à des patients du pus de pustule présent sur les pis de vache ou les mains de fermiers ayant contracté la vaccine (variole de la vache).

La vaccine est la plupart du temps sans danger pour l'homme. Elle déclenche une réaction immunitaire chez les patients à qui on l'injecte (elle est immunogène) mais elle n'entraîne pas de maladie (elle est non pathogène).

■ Les travaux de Pasteur ont permis de découvrir que les micro-organismes responsables de la vaccine chez la vache sont très proches des micro-organismes à l'origine de la variole.

Injecter le virus de la vaccine revient à établir une réponse immunitaire primaire de l'organisme contre un virus proche de celui de la variole.

Les bases cellulaires de la réaction primaire sont les suivantes.

■ Une réaction inflammatoire se produit, à la suite de laquelle la réponse adaptative se met en place.

Lors de cette réponse, les lymphocytes spécifiques des antigènes du virus de la vaccine sont sélectionnés et activés. Une partie se différencie en cellules effectrices, permettant de combattre la vaccine, une autre se différencie en lymphocytes mémoires (à durée de vie longue) spécifiques des antigènes du virus de la vaccine.

Lors d'un second contact avec ce virus ou avec la variole (qui présente des antigènes identiques à ceux de la vaccine), les lymphocytes mémoires sont mobilisés ; ils ont la capacité d'être plus rapidement activés que les lymphocytes naïfs, et se multiplient plus vite.

■ Cela entraîne une réponse immunitaire secondaire plus rapide et plus efficace que la réaction primaire : elle permet de lutter efficacement contre la variole et d'éliminer le virus.

L'injection de la vaccine est donc à l'origine d'une mémoire immunitaire qui permet de lutter efficacement lors d'une infection par le virus de la variole.

5 Comprendre les bases biologiques de la vaccination

■ Lorsque des **bactéries du choléra issues d'une culture fraîche** (culture virulente) sont injectées à des poules, celles-ci meurent au bout de 2 jours.

La réponse immunitaire produite ne suffit pas à protéger les poules contre ces bactéries.

■ Lorsque des **bactéries du choléra issues d'une culture vieillie** (2 semaines au contact du dioxygène de l'air) sont injectées à des poules, celles-ci survivent.

Les bactéries n'étant pas aussi virulentes que celles injectées aux poules du lot A, la réponse immunitaire suffit à les éliminer.

Lorsque des bactéries virulentes du choléra sont ensuite injectées à ces poules, on constate qu'elles survivent, contrairement à celles du lot A.

L'injection de bactéries issues d'une culture vieillie (moins virulentes, donc non pathogènes) a permis d'établir un premier contact entre l'organisme et les antigènes de l'agent pathogène. Elle a déclenché une réponse adaptative primaire. Celle-ci est lente et quantitativement faible : les antigènes libres dans le milieu extracellulaire sélectionnent les clones de LB spécifiques ; les CPA (issues de la réaction inflammatoire) présentent les antigènes du choléra au niveau de leur CMH. Elles sélectionnent les clones de LT (T_{CD4} et T_{CD8}) spécifiques de ces antigènes.

Les lymphocytes (B, T_{CD4} et T_{CD8}) sélectionnés se multiplient activement. Une partie se différencie en cellules spécialisées qui luttent contre les bactéries injectées, l'autre partie constitue un pool de lymphocytes mémoires.

■ Lors de la **seconde injection des bactéries du choléra** (virulentes) aux poules du lot B, les antigènes sont reconnus pour la seconde fois.

Les lymphocytes mémoires sont alors activés. Ils ont les particularités d'être activés rapidement, d'avoir une capacité de prolifération supérieure à celles des lymphocytes naïfs et d'avoir une durée de vie longue (jusqu'à 10 ans).

Les lymphocytes mémoires permettent une réponse plus rapide et plus efficace que lors de la première rencontre avec un antigène (la production d'anticorps et de LTc est plus rapide et en plus grande quantité). Cela explique pourquoi les poules du lot B sont protégées plus efficacement contre les bactéries virulentes du choléra contrairement aux poules du lot A.

6 Justifier une stratégie vaccinale

■ Le taux d'anticorps anti-HBs minimal nécessaire à un individu pour être protégé contre l'hépatite B est de 100 $mUI \cdot mL^{-1}$.

■ Les trois premières injections du vaccin entraînent une forte augmentation du taux d'anticorps anti-HBs de l'individu : il atteint environ 900 $mUI \cdot mL^{-1}$ en quelques jours. Il dépasse le seuil nécessaire à l'individu pour être protégé contre l'hépatite B.

Suite à cette augmentation, on remarque que le taux d'anticorps anti-HBs diminue rapidement : en 12 mois, il atteint environ 100 $mUI \cdot mL^{-1}$.

Un rappel est alors nécessaire pour stimuler la synthèse de nouveaux anticorps afin que ce seuil minimal de protection ne soit pas atteint.

■ Ce rappel est très efficace puisqu'il permet d'atteindre un taux d'anticorps anti-HBs d'environ 10 000 $mUI \cdot mL^{-1}$ en quelques jours. Ce taux diminue ensuite avec le temps mais beaucoup moins rapidement que lors de l'injection précédente. Cela permet d'avoir un taux d'anticorps supérieur au seuil sur une période beaucoup plus longue. Le dernier rappel n'est nécessaire que 5 ans plus tard.

7 Mettre en évidence la mémoire immunitaire

■ Lors de la première injection de bactéries, la concentration d'anticorps anti-salmonelle augmente de 0 à environ un peu plus de 1 000 UA en 4 semaines.

■ Lors de la seconde injection, la concentration d'anticorps passe de 1 000 à plus de 10 000 UA en une semaine, soit une production d'anticorps plus de 10 fois supérieure à celle qui précédait. De plus, le pic d'anticorps a été atteint en un temps plus court qu'après la première injection.

■ Lors du second contact avec cette même bactérie, la réponse immunitaire a été plus rapide et quantitativement plus élevée : ces caractéristiques sont dues aux cellules mémoires. Il existe donc bien une **mémoire immunitaire**.

8 Expliquer l'intérêt de la sérovaccination

■ Un patient non vacciné ou ayant reçu des rappels il y a plus de 10 ans n'a pas un taux d'anticorps suffisant pour lutter contre le tétanos. Deux procédés sont alors combinés pour aider le patient à lutter contre celui-ci :

– L'administration immédiate d'un sérum contenant des immunoglobulines tétaniques humaines : il permet au patient d'avoir un taux d'anticorps antitoxines tétaniques très élevé pendant les 1ers jours (courbe bleue). Il passe de 0 à 0,5 $UI \cdot mL^{-1}$ en quelques jours (moins d'une semaine). Ce taux dépasse le seuil de protection contre le tétanos : l'individu est alors très vite protégé. Mais ce taux diminue rapidement : au bout de 3 semaines, il passe en dessous du seuil de protection et en 8 semaines, les anticorps antitoxines tétaniques liés à l'injection du sérum disparaissent entièrement.

– En parallèle, 3 injections d'un vaccin antitétanique ont été effectuées, espacées de 4 semaines chacune. La 1re injection entraîne une production lente d'anticorps qui dépassent le seuil nécessaire pour être protégé contre le tétanos après 2 semaines. La deuxième injection permet l'augmentation du taux d'anticorps à environ 0,5 $UI \cdot mL^{-1}$ vers la 5e semaine. La dernière injection permet d'obtenir un taux d'anticorps très élevé, suffisant pour être protégé pendant quelques années.

■ L'injection du sérum permet à l'individu d'être protégé efficacement sur un temps court (moins de 3 semaines). Les différentes injections de vaccins ont permis d'atteindre un taux d'antitoxines tétaniques très élevé, mais un délai de 2 semaines a été nécessaire pour atteindre le seuil de protection contre le tétanos.

L'utilisation des deux procédés a permis une protection rapide (sérum) et durable dans le temps (vaccins).

OBJECTIF BAC

9 Se protéger et protéger son entourage

Étape 1 Décrire l'évolution de la rougeole en France

La rougeole est une maladie grave pouvant entraîner la mort des individus contaminés.

À la suite des recommandations vaccinales en France, une nette diminution de cas de rougeole a été observée, on est passé d'environ 900 cas déclarés en 1988, à environ une cinquantaine de cas de 2000 à 2011.

Le vaccin contre la rougeole a donc permis d'éviter la mort de très nombreux individus en leur assurant une protection individuelle contre la maladie.

Étape 2 Expliquer le problème qui se pose depuis quelques années en France

Depuis le 6 novembre 2017, une recrudescence s'observe avec 2 779 cas déclarés et 3 personnes sont décédées.

Étape 3 Déduire la cause de l'évolution de la rougeole

Parmi les cas déclarés, les personnes touchées sont majoritairement des personnes non vaccinées (75 %) ou vaccinées à une dose (14 %).

Un individu qui n'est pas vacciné n'est pas protégé contre la maladie. Ceux qui le sont avec une seule injection ne le sont pas efficacement. Le vaccin nécessite deux injections (une à 12 mois et une autre entre 16 et 18 mois). Ces deux injections permettent donc une protection quasi efficace contre la rougeole (seulement 10 % des personnes touchées étaient vaccinées à deux doses).

En France, depuis novembre 2017, la rougeole progresse dans la population suite à une absence de vaccination ou une vaccination incomplète de certaines personnes.

Étape 4 Étudier les taux de couverture vaccinale

La couverture vaccinale doit atteindre 95 % pour éviter la circulation du virus et empêcher les épidémies (un nombre réduit de personnes non vaccinées limite les possibilités de rencontre avec une personne malade).

En France, en 2015, la protection du vaccin ROR « 2 doses » est très hétérogène selon les départements : les taux sont en dessous du taux recommandé pour la plupart d'entre eux, ils varient de moins de 85 % à 95 % (3 seulement dépassent 95 %).

Étape 5 Expliquer les conséquences de ces taux

Lorsqu'une population est en dessous du taux de couverture vaccinale recommandé, de trop nombreuses personnes ne sont pas protégées contre la rougeole et sont susceptibles de l'attraper. Si une personne la contracte, elle risque de se propager rapidement (caractère très contagieux de la maladie).

Lorsqu'on se fait vacciner, on se protège individuellement contre la rougeole. De plus les personnes de notre entourage qui ne seraient pas vaccinées ont alors moins de chance d'être contaminées si nous ne pouvons pas leur transmettre la rougeole.

Donc se protéger revient aussi à protéger son entourage, et notamment ceux qui ne peuvent pas se faire vacciner (personnes immunodéprimées, enfant de moins de 18 mois...).

INDEX

CRÉDITS PHOTOGRAPHIQUES

Hatier s'engage pour l'environnement en réduisant l'empreinte carbone de ses livres. Celle de cet exemplaire est de :
1.1 kg éq. CO_2
Rendez-vous sur www.hatier-durable.fr

IMPRIM'VERT
PAPIER À BASE DE FIBRES CERTIFIÉES

Achevé d'imprimer en Italie par L.E.G.O. S.p.A. - Lavis (TN)
Dépôt légal : 09495-6/02 - Février 2024

Maquette de principe : Frédéric Jély
Mise en pages : IDT
Schémas : Nord Compo et Corédoc
Iconographie : Nelly Gras / Hatier Illustration
Édition : Danielle Roque